我们阅读
WOMENYUEDU

魅丽文化 花火工作室

今生有热风

容光　著

江苏凤凰文艺出版社
JIANGSU PHOENIX LITERATURE AND ART PUBLISHING, LTD

图书在版编目（CIP）数据

今生有热风 / 容光著 . -- 南京 : 江苏凤凰文艺
出版社，2019.5
ISBN 978-7-5594-3534-7

Ⅰ . ①今… Ⅱ . ①容… Ⅲ . ①长篇小说 - 中国 - 当代
Ⅳ . ① I247.5

中国版本图书馆 CIP 数据核字 (2019) 第 062588 号

今生有热风

容光 著

责任编辑　张　倩　王　青
特约编辑　朵　爷　夏　沅
装帧设计　苏　茶
出版发行　江苏凤凰文艺出版社
　　　　　南京市中央路 165 号，邮编：210009
网　　址　http://www.jswenyi.com
印　　刷　湖南新华精品印务有限公司
开　　本　880×1230 毫米　1/32
印　　张　10
字　　数　233 千字
版　　次　2019 年 5 月第 1 版，2019 年 5 月第 1 次印刷
书　　号　ISBN 978-7-5594-3534-7
定　　价　38.00 元

目录

CONTENTS

目录

CONTENTS

Chapter 01

少年热血

“哎，前边儿的，麻烦您让一让啊！车来啦——”

丁零零一阵脆响，宋诗意按着车铃、骑着辆破破烂烂的自行车往人群里见缝插针，不时伸长脖子吆喝两句。

有人不满地回过头来：“就你赶时间，我们不也堵着——”

话说到一半，看清骑车的人是个年轻姑娘，黑眼珠里淬满了笑，也便作罢，不吱声了。老话说得好，伸手不打笑脸人嘛。

宋诗意也不生气，笑吟吟地指了指车把手上挂着的塑料袋，里面装着热气腾腾的炸咯吱：“刚出锅呢，再捂着就该软了。我家就在前头，劳驾啊，让我过一过。”

那人往一旁挪了挪，宋诗意蓦地笑起来，轻快地骑了过去，头也不回地朝身后摆摆手：“多谢啦！”

周末的国子监大街永远在堵车。外地的游客、本地的师生，全都紧赶慢赶着来观摩这古老的学府遗址，盼着沾沾老祖宗的光。

宋诗意的家就在国子监大街里头，经过国子监大门往前走几步，老树底下、灰墙之上挂了块脱漆的牌子，红底白字，上面写着：箭厂胡同。

刚骑到胡同口，裤兜里的电话就响了起来。

宋诗意赶紧急刹车，单脚点地支着车，掏出手机一看，立马就蔫儿了。

她长叹口气，对着屏幕看了好一会儿，盼着那头的人中途死心，可对方极有耐性，死活不挂。宋诗意到底还是接通了电话，哀哀地开口：“又是您啊，孙教？”

孙健平的声气儿可大了，隔着手机都跟打雷似的：“什么叫又是我啊？怎么，你就这么不待见我？”

“没，没，没——”

“没什么没？听听你这语气，比深闺怨妇还幽怨！”孙健平重重地哼了一声，想起正事儿来，决定不跟她一般见识，遂清了清嗓子，语气也放和缓些了，“我问你，归队的事儿考虑得怎么样了？”

宋诗意一听“归队”二字就头大，低头心不在焉地戳着那塑料袋：“还在考虑……”

“还在考虑？你都考虑多久了？十天半个月了！”

“这是大事儿，还不兴人多考虑一阵？”

“考虑什么啊？我还不知道你？”孙健平是个急性子，嗓音立马又大了起来，“拖拖拖，反正就是跟我推三阻四的。你自己说说这两年你都干了些什么？帮你妈开那小铺子，成天当个小卖部老板娘，身后头跟着几个送货司机朝你献殷勤，围着你团团转。怎么，你觉得这样的人生是你想要的？宋诗意，我当初把你弄进队里，可不是为了让你退役了当个什么小老板娘……”

孙健平一说起这事儿就生气，噼里啪啦倒豆子似的数落她。

宋诗意真是怕了他，耳膜被震得一鼓一鼓的，赶紧把手机拿远了些：“孙教，我这会儿快到家了，还在骑车呢，您不如等我回家了再接着训？”

“我不！我告诉你，今儿我还就打算把话给你一股脑说清楚了，宋诗意——”

“哎哎，下雨了！”

“下什么雨啊，唬谁呢？不准挂！”那头一声暴喝。

宋诗意哭笑不得，也不见得真怕他，只是抬手抹了把脑门上刚砸下来的雨点：“真下雨了，我唬谁也不能唬您啊！”

北京可干燥得紧，不常下雨，这场突如其来的大雨下得又急又密，胡同外的游客纷纷跑动起来，嚷嚷着要找地方躲雨。

有对母子跑过宋诗意身边：“哎哟，伞也没带，这叫人上哪儿躲雨去！”

那头的孙健平戛然而止。

宋诗意笑了：“这下您信了吧？哟，雨势大了，我真不能跟您说了，我妈还等着我回家呢。”

也不管孙健平又在那头急吼吼地嚷嚷些什么，宋诗意挂断电话，如释重负地重新往胡同里蹬去。

几步路，快得很。

她熟稔地左拐右拐，穿过弯弯曲曲的胡同，把车停在里头最窄的甲十七号胡同口，拎起炸咯吱就往里跑。

雨下大了，劈头盖脸地砸下来，还挺疼。

疾步踏在水泥地上，噔噔的步伐声响彻胡同。正值大中午的，家家户户都在烧菜做饭，谁家的老太太推窗往外瞧，笑了：“就知道是宋丫头回来了，瞧这风风火火的劲头也没谁了！”

宋诗意笑起来：“李奶奶，今儿吃什么呢？”往窗子里头探了探头，“哟，豆腐卤？好香！”

奈何胡同里也有雨，吧嗒落在脖子上，惊起一身鸡皮疙瘩。她赶紧缩回脖子，扬了扬手里的塑料袋，“我先回家啦！”

再往前走几步，红色木门里就是她家。

六十四平的老平房，房屋窄小，隔音差劲，除了窗明几净以外，也确实没什么优点了。

宋诗意推开虚掩的门，把鞋子一蹬，光着脚丫往厨房走，将那塑料袋递给正在炒菜的母亲：“喏，炸咯吱来了。”

钟淑仪拎了过去，百忙之中抽空回首，不轻不重地瞪她一眼：“多大的人了，还这么风风火火没个正形。打从你进了胡同口，我就听见你撒丫子乱窜的动静了。”

“这不是下雨了嘛！”宋诗意从一旁的厕所里拿出自己的毛巾，一边擦头发一边往客厅走，“二姨多久到？”

“没一会儿了，估计这会儿堵车呢，得从雍和宫一路堵过来。”

“哦。”宋诗意在沙发上坐了下来，觉得脚踝有点疼，一边揉一边问，“好端端怎么想起来咱家吃饭了？她可是大忙人啊，无事不登三宝殿的主儿。”

“不许这么说你二姨！”钟淑仪把炸咯吱挪进盘子里，端到客厅里的小方几上，正准备数落女儿，结果见她头发也没擦，光坐在那儿揉脚，眉头还蹙得紧紧的，一愣，“怎么，脚又疼了？”

宋诗意又放开脚踝，直起身来，摇摇头：“也就是下雨天敏感了点，有点酸。”

钟淑仪心里不是滋味，又开始念叨：“全赖我，当初说什么也不该让你去那滑雪队。看看你成什么样子了？书也不念了，成了个半文盲，还年纪轻轻就弄得一身伤病。依我说，那孙健平就是个人贩子！把我好端端的女儿给拐走了，折腾得半死不活又给我倒腾回来……”

她嘀嘀咕咕，越说越气，真是恨不能把手里那一盘子炸咯吱朝孙健平砸过去，可惜他不在眼前。

宋诗意哭笑不得，赶紧转移话题：“您还做不做饭了？一会儿二姨都来了，您饭菜还没准备好呢！”

钟淑仪一听，也是，赶忙又钻进了厨房。

宋诗意揉着脚，缩在沙发上有一下没一下地看电视。

她习惯性切换到体育频道，巧了，电视里正在直播今年于日本举办的青年滑雪大众锦标赛，如今才刚进行到第一轮小组赛。

自打两年前宋诗意在比赛时受了伤，退役回来，还接受了一年半的康复训练，吃尽苦头后，钟淑仪就对滑雪深恶痛绝起来。全家人谁也不许提，一提就炸；电视上不许放，一看到就皱眉头；就连胡同里的邻里邻居提起这事，她也二话不说扭头走人。

宋诗意是知道母亲脾气的，便把电视声音关掉，在滴滴答答的雨声里看起了无声比赛。

炒一道菜的时间没多长，在钟淑仪再一次从厨房出来之前，她大概也就看了那么七八分钟。巧的是，这七八分钟的时间里，她还看到了一位中国小将。

是张新面孔。

二十岁开头的样子，身姿挺拔，浑身上下都散发着初出茅庐无所畏惧的气息。镜头给到他时，他已经全副武装站在山顶的赛道前，一身红白相间的滑雪服无比醒目，在这山间白雪的衬托下，比天上那轮红日还耀眼几分。

他戴着漆黑闪亮的滑雪镜、黑色头盔，面目被遮去了一半，只能看见那张略微紧抿的唇，红艳艳的像个姑娘家，无端带着点矜持。可宋诗意一眼就判断出来，这可不是个矜持谦虚的主儿，瞧他手持雪杖不可一世地站在那的姿态，活脱脱像个……

没见过世面的大傻子。

第一次参加世界级比赛吧？虽然只是个青年锦标赛。傻小子，没点敬畏心，尚且不知人外有人、天外有天的道理。

宋诗意斜眼看着那小子，他在察觉到镜头切到他时，扯了扯嘴角，露出一抹灿烂的笑，冲着镜头傻了吧唧地挥了挥手，一口白得发亮的牙齿整整齐齐。

啧，哪怕戴着护目镜看不清面目，也能看出个七七八八来，运动员身材，标准大长腿，轮廓立体、唇红齿白。

是日本的阳光太耀眼了吧，这家伙轮廓竟有些发光。

他双手持杖，在预备声响起后，紧紧蹬着双板，背部弓起，进入了全面准备阶段。

双唇紧抿，浑身上下的线条都是紧绷的，充满力量。

日光正盛，照得他红装耀眼。

没想到男人穿红色也能这么好看，就是不知道滑得怎么样……

裁判一声枪响，宋诗意的心也提到了嗓子眼，仿佛回到赛场上，回到了当初服役的时刻。而那年轻人在枪响的一瞬间，宛若利箭离弦，以迅雷不及掩耳之势朝山下的赛道冲去。

山间白雪灼灼，那抹红是唯一的色彩。男子速降的赛道上是一道又一道红色的赛道拱门，而他像是流星一样从最高处坠落，一路滑过拱门，沿着陡峭的赛道急转而下。

屏幕上不断出现他的用时与目前成绩排名，可宋诗意眼前一花，思绪就飘远了。

她已经没法全神贯注去看比赛了。

脑子里浮现出当初比赛的场景，多少次她站在那凛冽寒风里，眼前是自脚下蜿蜒而去的白色赛道，头顶是灼灼烈日。多少次她和那年轻人一样等候着裁判的枪声，早已形成的条件反射令她足以在枪响的瞬间进入忘我的准备状态。多少次她呼吸着冰冷的空气，那刺骨的寒意进入肺里，从起初的难以忍耐到后来的宛若上瘾。

可惜不论多少次，最后都成了回不去的那些年。

思绪戛然而止在钟淑仪端着炒肝儿出来的那一瞬："看什么节目呢，声音都没有？"

宋诗意一把抓起茶几上的遥控器，以光速把频道调换了，镇定自若地说："刚才那频道有问题。"

她一边说，一边毫不心虚地把音量又打开了。

钟淑仪看了眼桌上的几道菜，就差没鸡鸭鱼肉全摆上了，遂满意地摘下围裙："行了，大功告成，我去把厨房里那一摊给收拾了。"

临走前，她又想起什么，回头皱起眉头："你怎么还穿这身啊？你二姨都要来了，快进去换件正经衣服！"

宋诗意低头看看自己的花毛衣、牛仔裤，"这怎么就不正经了？"

"换件像样的，快去！"

她翻了个白眼，知道母亲这德行，死要面子活受罪，死活不愿意被妹妹比下去，也只能起身进屋换衣服。

“换上个月我陪你去买的那件红色羊绒裙！”厨房里传来遥遥呐喊。

“那个也太浮夸了吧，谁在家吃饭穿那个？”老房子就是好，不隔音，声音传得清清楚楚。

“就穿那个！”

“我——”

“你闭嘴，穿就行！”

宋诗意几下套好羊绒裙，趁钟淑仪还在厨房拾掇，又偷偷溜回客厅把电视调回了体育频道。

可那人已经滑完了。

屏幕上出现的已经是张欧洲面孔，蓝色滑雪服，又壮又厚实的，毛发还特旺盛。

欸，刚才那个呢？

他滑得怎么样啊？

她从半截儿看起，也没看到那人叫什么名字。

宋诗意盯着屏幕，心里不上不下的，那股没能纾解的情绪最终化成一股不甘心，从嘴边溢了出来。

她叹口气，关了电视，侧过头去盯着窗外狭窄逼仄的胡同和从房檐上往下淌的雨水，揉了揉腿，往后一靠。

电视是关了，恍惚中却还能听见那山顶呼啸而过的风，看见那热烈如火的一抹红。

不甘心。

始终是不甘心。

宋诗意挣扎了片刻，事实上她已经挣扎了半个多月，也没敢跟钟淑仪说。可这片刻的挣扎还是被冲动占了上风，她把心一横，拿起手机往卧室里走。

人生自古谁无死？横竖是一死，要么死在当妈的手里，要么死在孙教手里。

她把电话拨了过去，劈头盖脸地说：“行，我想通了，孙教，我pick

你！我宋诗意死也要死在赛道上，死得轰轰烈烈，死得其所！”

电话那头没有预料之中的惊喜吼叫，相反，一向性急的孙健平沉默了好几秒钟，稳健地回答她：“行，决定了就好，下周一来队里报到。老规矩，火车票给你报，机票不给报——”

又沉默了片刻，孙健平补充了一句：“报到之前，先去看看精神科，开个体检报告来。两年没训练，疯了吗这是？臭丫头，神神道道的！”

啪的一声，电话挂断了。

多年没见，她那教练还是这么雷厉风行，求你的时候给你当孙子，事情一成：“对不起我是你爷爷。”

她趴在床上翻了个白眼，把脸埋在枕头上，又没忍住，笑成了一朵花。

嘿，我宋诗意终于还是要回来了。

答应归队的当天晚上，宋诗意又接到了孙健平的电话。

“你日本的签证还能用吧？”

“能用啊，怎么了？”

“后天跟我去趟日本。”

“等等，不是说好下周一才归队吗？”

“早归晚归都是归，先跟我去日本看看大众锦标赛吧，机票吃住都给你报，权当提前适应一下回归赛场的感觉。”

孙健平说得很动听，但以宋诗意这么多年对他的了解……

“你看上哪根好苗子了，又要去忽悠人家进队了吗？”

孙健平呸了一声：“臭丫头，怎么说话呢！什么叫忽悠？我看上谁，想招谁进国家队，那可是人家祖坟上冒青烟了——”

气得胡子都抖了抖，才发觉话题被岔开了：“一句话，去不去？”

“去。”宋诗意答得斩钉截铁。

孙健平倒是愣了愣，这磨磨叽叽半个月才同意归队的家伙，这一次居然答应得这么爽快？

那头的宋诗意倒是淡定地挂了电话，翻了个身，脑子里浮现出中午那七八分钟的比赛片段。

她是真的想念那漫天风雪和白色赛道了。

只是临睡前，有个大红色的影子冒了出来，她迷迷糊糊地想着，那傻小子赢了吗？小组晋级了吗？要是还没被淘汰，说不定还能在现场看见他……

啧啧，现场看那大傻子春风得意的样子，有点意思。

鉴于钟淑仪女士的神经过于脆弱，宋诗意没敢把归队的打算告诉她，连日本之行都找了个挡箭牌——“我跟陆小双出去玩两天。”

陆小双跟宋诗意同年同月同日生，两人从小穿一条裤子长大，一个住甲十七号，一个住甲十八号。

钟淑仪问她：“去哪儿玩啊？可别又跟着双丫头去后海喝酒！”

宋诗意含含糊糊地说：“放心吧，不去后海。这回去远一点儿的地方。”

“有多远啊？”钟淑仪翻了个白眼，“就你俩这能耐，撒丫子满北京跑，最远也就跑到六环。”

宋诗意为母亲的蔑视深感忧伤，叹口气：“差不多吧。”

是差不多，跑到北六环首都国际机场，然后……坐个飞机去日本。

也就三两天的行程，宋诗意轻装上阵，和孙健平在首都机场碰了头。

孙健平是从哈尔滨赶回来的，中国雪上项目的训练基地就设在那。师徒俩可有大半年没见面了，上一次见面还是在香港，宋诗意在那接受康复训练。

在机场大厅见了面，孙健平首先往她脚上瞧：“腿怎么样了？”

“挺好。”

“蹬两下给我瞧瞧。”

宋诗意嘴角一扯，踢了踢腿，表示身子骨恢复得不错。

“再跳两下。”

这回她有点犹豫，但还是依言往上蹦了蹦。

孙健平点头，继续吩咐：“再翻俩跟头看看。”

“大庭广众之下，您这是把我当猴耍呢？”宋诗意终于回过神来。

孙健平这才悠悠一笑：“爱徒心切，忘了场合。”

呸，当她是傻子吗？这教练为师不尊也不是一天两天的事了。可她挤对的话都到嘴边了，到底还是化作一抹克制不住的笑意，水波似的漾开了。

他带她五年，师徒一场，感情早就胜似父女。

宋诗意咧着嘴凑过去：“这半年您过得还好吧？听说队里人才辈出，

瞧瞧您，一脸春风得意啊！”

溜须拍马也没用，孙健平瞥她一眼：“春风得意？有只白眼狼翅膀硬了，撒丫子一跑就不回来了，我还春风得意？我没心肌梗死，你就谢天谢地吧。”

从北京飞日本也不过三个半小时，两人唇枪舌剑了一路。

宋诗意原以为此行就他们师徒二人，倒是没想到东京机场还有熟人接应。

孙健平熟稔地拍拍那人肩膀，冲她说：“这位是省队的田教练，就不用我多做介绍了吧？”

田鹏面色黝黑，一笑就露出口大白牙，比起孙健平来憨厚不少：“好久不见，世界亚军。”

这称呼叫宋诗意一个脑袋两个大，慌忙摆手：“您可别逗我了，田教练。都哪辈子的事儿了？”

田鹏是黑龙江省高山滑雪队的教练，这些年也为国家队输送了不少人才。宋诗意算是个特例，并非循规蹈矩从省队上去的，但对田鹏也很熟悉，毕竟各大赛事上都能碰面，再加上他和孙健平交情也不错。

三人仓促地在机场吃了顿饭，打车直奔长野县的比赛中心。一路听得个七七八八，宋诗意反应过来了，孙健平看上的好苗子就是田鹏的徒弟，省队的新人。

孙健平说：“之前你们省队集训的时候，我也在长白山，一群人里就看见那小子了。身体素质好，可塑性强，最要紧的是有冲劲。后来陆陆续续关注了他的几场比赛，确实是个好苗子。”

田鹏素来谦虚，说起这个徒弟倒也眼里有光：“我在省队执教十来年了，程亦川确实是难得一见的可塑之才。虽说进队时间不长，但比师哥师姐都要强上不少。他来的第二个月，我就知道这家伙留不长，迟早得被你挖过去。”

“怎么能叫挖呢？这是伯乐相中千里马。”孙健平大言不惭。

“拉倒吧你，伯乐是我，你顶多是个倒腾二手货的！”

宋诗意扑哧一声笑出来，被逗乐了。

在她的五年运动员生涯中，能被孙健平视为千里马的，只有俩——男子高山滑雪前世界冠军丁俊亚，另一个就是她这不成器的徒弟，中途受伤，退役两年，如今卷土重来。

因此，她倒是对这个叫程亦川的年轻人好奇起来，备受省队和国家队两位教练青睐，也不知实力如何。

还未见面，好胜心就先被激起。

这次的高山滑雪大众锦标赛，是在日本长野县的白马八方尾根滑雪场举行的。宋诗意四年前来过这里，参加的是那一年的锦标赛。

故地重游，又是以观赛者的身份，心境大不相同。

高山滑雪分八个项目，宋诗意主攻女子速降。所谓速降，就是在覆雪的高山上进行竞速比赛。比赛线路长达两千米，男子比赛高度在八百米以上，女子为五百到八百米。赛道上每隔一段距离设有旗门，选手全程都要穿过旗门，最终抵达终点。

巍峨高山，白雪皑皑，劲风扑面，寒意刺骨。

宋诗意和孙健平站在离终点不远处的人群里，仰望着八百米上方的始发点，那里的人像是一颗小黑点，一声枪响后便急速往下速降。

田鹏就在终点处，这回他带了两个徒弟来，两个都进了今天的决赛。

其中一个叫杨东，排在第四个出场，成绩差强人意，虽说在前四人里排第二，但在宋诗意看来这四人成绩都不咋样，好戏估计还在后面。

而被再三提及的“好苗子”程亦川则排在倒数第二位出场，宋诗意等了半天才等到他，在此之前已经有十位选手进行过比赛了。

等待程亦川的同时，她还下意识寻找着那个红衣傻白甜。电视上的惊鸿一瞥，还真叫人惦记。当时看比赛时可没想过两日后的自己会出现在现场，若是他也进了决赛，真能亲眼见到他狂妄又倨傲的样子，也还挺有趣。

可惜十个人都冲过终点了，她始终没见到那家伙。

第十一位是程亦川，第十二位听说是个加拿大选手。宋诗意隐隐有些失望，明白那人多半已经在小组赛被淘汰，今日是无缘相见了。

不同于她的百无聊赖，轮到程亦川时，别说田鹏了，就连身边的孙健平都没忍住挺直了腰板，呼吸急促起来。

宋诗意斜眼笑了：“您的千里马要登场了。”

一边说着，她一边抬头去看终点旁立起的大屏幕。两千米的赛道，终点处压根看不清人，也看不见曲曲折折的速降过程，于是无人机直播的画面被大屏幕呈现给现场的观众。

那个叫程亦川的人千呼万唤始出来，终于出现在起点处，也登上了大屏幕。

只一眼，宋诗意就怔住了。

八百米上，一片耀眼的雪白之中，年轻男生全副武装站在始发点前。一身红白相间的滑雪服，纯黑色头盔，滑雪镜在阳光底下反射出夺目的光。装备遮去他大部分的容貌，只露出两瓣润泽的唇，对于一个男人来说，它们显得过于秀气，艳艳似早春三月的桃花。

察觉到镜头落在他的身上，他习惯性地扬起嘴角，露出一抹灿烂的笑来。

两排整整齐齐的小白牙，亮晶晶，白森森。

一脸没见过世面的模样，轻狂倨傲，半点不懂何为谦虚。

预备——

他站在双板上，肩、胯展开，雪杖在手，全身形成一道紧绷的弧线。

枪声响起的一瞬间，宋诗意看见了一头大红色的雪豹，以优雅的姿态、惊人的爆发力，携着风、卷起雪，朝山下俯冲而来。

那是一种狂猛的力量，难以言喻的速度。

程亦川的动作极为标准，纵是练习速降多年的前世界亚军宋诗意，也挑不出半点毛病来。哪怕这两年疏于训练，她依然私底下偷偷观看了不少国际赛事，眼前这一场不过是大众锦标赛，没有名家，亦无大将，可她就是被程亦川震慑住了。

大屏幕上在读秒，但她无暇去看那飞速跳动的数字，只是目不转睛盯着赛道上的人。

她有预感，有直觉，也有属于滑雪运动员的敏锐判断力，她知道这人的速度不会慢，甚至比先他出场的那十个都要快。

这个速度当然比不上世界大赛，可令人吃惊的是，这不过是个年轻且无名的小将，据田鹏说他加入省队不过一年时间？！

一分三十八秒九三，程亦川抵达终点，以一个漂亮的回转姿势停在雪地上。

候在那里的田鹏和已经比赛完的杨东猛地扑了上去，在观众热烈的欢呼声里抱住了程亦川。

年轻的男生被教练和师兄搂得喘不过气来，一边挣脱，一边死命喊：

“别啊，大老爷们儿的，大庭广众之下搂搂抱抱，叫人看了多不好啊！”

要不是他刚拿了个前所未有的好成绩，田鹏肯定当场把他摁进雪地里清醒清醒。

这节骨眼，他着实开心，激动地松开手，待程亦川踏出了滑板，弯腰把它扛起来后，拉着程亦川就往人群这边走。

“走，走走走，今儿有贵客来看你，算你小子争气，没给我老田丢人！”

程亦川一只手扛了两只板，一只手摘下碍事的滑雪镜，随手把这堆东西塞进师兄怀里：“累死我了。”——看得出，这动作是做惯了的，姿态娴熟，毫无违和感。

杨东也是老实人，他递过来，当师兄的也就理所当然接住了，也没觉得哪里不对——毕竟师弟说他累死了，可不是？

孙健平可激动坏了，拽着宋诗意就往前走，还抬手冲几人打招呼。哪知道动作太急，一下子被人把插在肩兜里的签字笔给打掉了，只得仓促地蹲下身去捡。可那笔在一片黑压压的脚底下被踢来踢去，他老也够不着。

就这么片刻的工夫，田鹏已经带着徒弟走到他们面前了。

孙健平还在找笔呢，宋诗意看看教练的屁股，忍住笑，冲程亦川伸出手去，率先打了个招呼：“恭喜你，程亦川，滑得很漂亮，不出意外要拿第一了。”

她笑得很欢畅，因为惊喜，因为这难以言喻的巧合。

原以为见不到那个傻白甜了，谁知道他就是程亦川，这个听了一路的千里马，被孙健平看中、不出意外即将成为她师弟的年轻男生。

她双目蕴笑望着他，头一回见他摘下滑雪镜的模样。

少年肤色偏白，比她高出近一个头。双唇还是那么秀丽润泽，似是高山之中的灼灼桃花。鼻梁高挺，因为护目镜的消失露出一双漆黑透亮的眼来。

单眼皮，眼尾有一点浅浅的弧度。

两道英挺的眉为他略显秀气的面容增添了几分男子气，左边的眉尾处有一颗很小很浅的痣。

喧哗热闹的人群为他的到来而沸腾起来，用各国语言说着他们听不懂的话，但想也知道多是欢呼。

程亦川莫名其妙地看着面前的年轻女人，挠挠头，片刻后恍然大悟。

从去年以来，他倒也参加了不少比赛，小到市级赛事，大到国际滑雪爱好者赛事，凭着这张脸（？）和他过人的实力（……），现场也有不少女孩子被他吸粉。上次他在黑龙江比赛的时候，还有几个眼熟的姑娘跑过去为他举牌加油呢，据说是几个月前看了场有他参加的滑雪比赛后就惊为天人、不可自拔，后来就开始追他的比赛。

这位想必也是吧？

也就在这时候，孙健平总算是冒着被人群践踏身亡的危险，捡起了那支价值不菲的签字笔——这笔跟了他好多年，当教练的，总得有一件像样的东西——他直起腰来，呼哧呼哧地喘着气。

下一秒，他手里的笔被人抽走。

“借用一下啊，谢谢。”他的“千里马”程亦川小朋友，一点不客气地从他手里拿过那支签字笔，然后拉住了宋诗意伸到半空的手，还特别主动地替她翻了个面，令她手心朝上。

噫，这姑娘的手怎么这么粗糙？一点不细嫩……

他一边感慨，一边唰唰几笔在人手心上龙飞凤舞地写下三个字，边写还边腼腆又无可奈何地说：“大老远的追到日本来看比赛，这天气不冷吗？嘿，你们女孩子真是……”

在场除了观众还是一如既往地为下一位选手加油打气，其余几人都是发蒙状态。

杨东是完全在状况外，扛着师弟的滑雪板，拿着师弟的滑雪杖，一头雾水。

孙健平则是匪夷所思地看看这匹“千里马”，又看看笑容逐渐扭曲的老徒弟，嘴角慢慢抖了起来。

田鹏的嘴张成了 0 字形，几秒钟后终于回过神来，一巴掌拍上程亦川的脑门儿，暴喝一声：“干什么呢你！”

程亦川被猛地一敲，头晕眼花地直起腰来，也愣住了：“签，签名啊……”

那只被写上“程亦川”三字的手颤了颤，不紧不慢缩了回去。手的主人似笑非笑抬起头来，挑挑眉，冲程亦川说：“谢谢你啊。”

程亦川下意识地咧嘴笑：“不客气——”

话音未落，被田鹏又一记暴击拍在脑门儿上，嗷呜一声叫了出来。

田鹏拧着他的耳朵，指指宋诗意：“你小子够膨胀啊！第一次见面就要给世界亚军签名？”

世，世界亚军？

程亦川的表情顿时僵在脸上，黑眼珠里满是震惊。

“谁？她？”他指着宋诗意，不可置信地重复了一遍，“世界亚军？”

宋诗意真想仰天长叹，如今退役两年的她就要从头来过，还不知道有没有平均水平呢，“世界亚军”这四个字，当真是丢人现眼了。

她摆摆手，就差没捂住脸了，尴尬地说：“好汉不提当年勇，好汉不提当年勇……”边说边往人群后方走，“我去个洗手间。”

深藏功与名，挥挥袖不带走一片云彩。

她一边走，一边隐隐听见后方传来少年人的声音：“我哪知道她是世锦赛亚军啊……”

咕哝里带着点不服输的意味，有点懊恼，又很快不可一世起来。

“世界亚军又怎么样？我可是要当冠军的人——嗷！”

又是一声惨叫，想必是田鹏的重击已到后脑勺了。

宋诗意原本还有点小小的失意，此刻终于没能忍住，扑哧一声笑了起来。

Chapter 02

漫漫来路

程亦川果不其然拿了第一。

颁奖台就设在离终点不远处的雪地上，三名青年运动员在欢呼声里站了上去。

年轻的男生站在最高处，冲着摄像机笑得灿烂极了。无数闪光灯、摄影机正对着他，而他的眼眸澄澈明亮，像个不知天高地厚的孩子，闪动着喜悦的光。

这条路从来都是如此，败者黯然离场，胜者为王，一路鲜花卓锦，烈火烹油。

孙健平兴奋地用手肘捅了捅徒弟："哎，你看他怎么样？"

宋诗意唇边带笑，淡淡地说了句："挺好。"

"挺好？就这俩字儿？"孙健平咂咂嘴，不太满意。

这时候，老实人杨东从远处跑来，按照田鹏的吩咐买了几瓶矿泉水，诚惶诚恐地递给孙健平师徒二人："孙教练，您喝水。宋师姐，您喝水。"

他听田鹏说了这两人的身份，一下子紧张起来，也不敢在一旁多待，送完水就去找不远处的田鹏和程亦川。

宋诗意笑了："都是师兄弟，怎么差别这么大？"

"是挺大。程亦川很有天分，这个杨东就一般般了。"孙健平很直接。

"我说的不只是天赋，还有性格。"宋诗意背对那热闹的聚光灯，拧开盖子喝了口水，凉意入喉，叫人头脑清醒。她望着远处的巍峨雪山，平静地说，"刚极易折，强极则辱。有天赋是好事情，但过早尝到胜利的滋味，反倒不利于之后的路。这个程亦川资质很好，但毕竟还是个孩子，不过一个青年大众锦标赛冠军，他就得意成这——"

话没说完，被孙健平一把攥住了胳膊。

宋诗意一扭头，就看见一脸尴尬的孙健平，一阵不好的预感爬上脊背。她再往后看，果不其然，她口中那个"太过张扬的孩子"此刻正捧着奖杯，眯着眼睛站在几步开外。

先前还总是笑得灿烂的嘴角这会儿有点往下撇，带着显而易见的不悦，眼睛里明明白白传达着：没想到你是这种背后给别人小鞋穿的人。

宋诗意顿了顿，也不好解释，只能弯起嘴角替自己解围："恭喜你啊，喃，奖杯真亮！"

程亦川皮笑肉不笑地回答说："不过是一个青年大众锦标赛冠军，有什么好恭喜的？"

真是“搬起石头砸自己的脚”。不过，这程亦川还真是个孩子，连场面话都不肯说一下，非叫人下不来台。

最后还是孙健平打圆场：“走，今晚我请客，大家一起去吃顿好的。”他拍拍程亦川的肩，“我替你们田教练犒劳犒劳你——”说到这，又忽然记起杨东的存在，赶忙把人也拉过来，“犒劳犒劳你们俩，今天都辛苦了！”

这顿饭吃得有人欢喜有人忧。

喜的是田鹏和孙健平，前者带出了第一个青年大众锦标赛冠军，后者收获了一根好苗子。忧的是杨东和宋诗意，一个赛场失意，还得看着光芒万丈的冠军师弟；一个极力避免和程亦川视线相对，偏那小子老往她这瞄，表情极其不友善。

当着杨东的面，两位教练自然是不会明着讨论程亦川去国家队的事情，也就闲话家常罢了。

这种闲话家常令宋诗意吃得没滋没味，不仅要无视程亦川的频频侧目，还要强颜欢笑地接受田鹏时不时 cue 她一下。

好不容易夹了只大闸蟹，吃得满手油时——

热情洋溢的田鹏：“你们可要跟你们宋师姐多多学习啊，人家十九岁可就代表国家队去参加世锦赛了！”

目光唰唰而来，她赶紧扔掉蟹壳：“哪里，哪里，田教练太客气了。”

三文鱼刺身刚送入口，芥末蘸多了，激得她双眼一热，涕泪滚滚——

田鹏又来了：“大家举杯，敬一敬你们宋师姐。人家二十一岁就在温哥华拿了世锦赛亚军，为国争光，你们将来也要向她看齐啊！”

宋诗意被呛得说不出话来，只能眼含热泪地跟大家碰个杯，脸红脖子粗的。

田鹏：“看看人家多谦虚！都拿过世界亚军了，一提起来还这么面皮儿薄，哪里像你这家伙，参加个小小赛事就飘飘然了！”

说着，他恨铁不成钢地往程亦川肩上一拍。

程亦川的目光又慢慢地飘了过来，落在这位“谦虚的”师姐身上。

宋诗意腹诽：这位朋友，你误会了！我这脸红脖子粗并非谦虚，实在是芥末……太辣了！

好不容易回到下榻的酒店时，宋诗意身心俱疲。

秉承队里多年来的节约美德，孙健平和田鹏挤一屋去了，程亦川和杨东住一间房，于是宋诗意一个人单开了一间。男人们都住在五楼，她一个人在七楼。

临走前，她偷偷抓住孙健平的衣袖：“住宿给报吧？”

孙健平翻了个白眼，痛心疾首：“多少年了，还是就这点儿出息！”

“到底给不给报？”她压低了嗓音恶狠狠问。

“报，报报报。快松手，别丢我人了！”

宋诗意手一松，笑嘻嘻走了。

悲伤的是，晚饭吃得如坐针毡，肚里压根没进多少东西，到了夜里九点就响起了奏鸣曲。运动员出身的人本身食量就大，没一会儿就饿得前胸贴后背了，宋诗意只得打电话问前台是否提供食物，一口寒碜的英语真是要多心酸有多心酸。

前台服务生耐着性子说了三遍，她才听懂。

There’re some typical Japanese restaurants nearby.

中间有俩词儿她没听懂，但附近有餐馆，这还是能明白的。

宋诗意换上了厚厚的蓝色及膝棉服，出门觅食，谁知道电梯停在了五楼。她一抬头，发现缓缓开门的电梯外站了个人。

一身黑色大衣衬得他身姿修长、越发白皙，那双黑漆漆的眼珠子落在她面上，一顿。

当真是冤家路窄。

年轻男生扯了扯嘴角，没有半点敬意地叫了声：“宋师姐。”

然后走了进来，懒洋洋地站在她旁边。

宋诗意微微一笑，仿佛先前的不愉快从未发生，友好地问他：“大晚上的，去哪啊？”

“吃夜宵。”程亦川答得简短，眯着眼好像还在生气，又动动嘴皮子，“师姐去哪？”

“一样，吃夜宵。”

“哦。”他目不斜视，压根不打算往下接话。

年轻人就是年轻人，什么情绪都写在脸上，瞧他，眼神里如今还满是控诉。宋诗意觉得好笑，也不说话了。

电梯里沉寂下去，直到叮的一声，抵达一楼大厅。

出于礼貌，她抬头问了句：“要不要一起——”

“不要。”程亦川言简意赅拒绝了她还没说完的邀请，双手插在大衣口袋里，长腿一迈，朝外走去，孩子气地扔下一句，“我可没资格和世界亚军一起吃夜宵。”

宋诗意：真是个记仇的孩子。

走出酒店，已经看不见程亦川的身影。

路口转个弯，前台所说的几家餐馆近在眼前。

长野县的风光极好，没有东京的繁华与现代化，却极具日本风情。路边的小店是古典而明朗的日式建筑，穿和服的姑娘站在门口，礼貌地说着句耳熟能详的日语，大概是欢迎一类的话。

远处的山浮在夜幕之上，深深浅浅的云下，小小的城是明亮秀丽的姑娘，在静谧的夜色里泛着温柔的笑意。

宋诗意不通日语，但好在每块招牌上总有那么几个关键字是中日共用的。

她停在某家拉面店门口，掀开门口的深蓝色布帘，感谢老祖宗发明的汉字影响深远、传播广泛，一个“面”字真是拯救了一个在饥饿中挣扎的文盲。

窘境出现在点菜时。

店内空间小，大晚上人也不多，零零星星三两人。和日剧里出现过的拉面店一样，客人围坐在环形木桌上，老师傅在中间做面条。

宋诗意艰难地拾起属于半文盲的英语：“I want some noodles.”

师傅指指墙上的一串日文：“What kind of noodles？”

看不懂。

豚骨拉面怎么说？菌汤乌冬面怎么说？随便来一碗怎么说？

她一脸尴尬地挣扎着，一字一顿往外蹦：“Whatever give me some noodles.”

随便给我点面。

背后蓦地传来一声笑。

宋诗意一回头，就看见不知何时掀起门帘走进来的年轻男生，一身黑色大衣肃杀冷冽，面上却如沐春风，就这么不紧不慢走到了她面前。

他的目光落在墙上：“猪豚骨拉面，鸡排拉面，海白菜拉面，辣味拉面……要哪个？”

“第一个。”

程亦川无比自然地在她身旁坐下来，对师傅说了句英语。片刻后，两碗热气腾腾的猪豚骨拉面摆在了桌上。两人都饿了，埋头苦吃起来。

宋诗意边吃边问：“你会日语？”

“二外学了点。”

“二外？你是学外语的？”

“英语。”

宋诗意迟疑片刻：“本科生？”

“不然呢？”

她笑起来，由衷地说：“挺厉害的，运动员里多半是年纪轻轻就开始练体育，念过大学的不算多。要念也是念体校，文化方面就……”

这句话暴露出的信息就很多了。至少程亦川看她一眼，明白了她的学历不会太高。

到底是孩子心性，程亦川没忍住刺了她一句：“运动员要那么高的文化做什么？拿个世界亚军就够风光了。”

宋诗意哑然失笑：“你小子挺记仇啊！”

程亦川斜眼看她：“谁让你在孙教练面前说我坏话？”

“怎么，你很在意他的看法？”

“废话。哪个省队的不在意国家队教练的看法？你见过不想进国家队的运动员？”

宋诗意笑了：“我那是说坏话吗？只是实话实说而已。”

“那我也没有得意忘形啊，只是拿了冠军，适当表示一下喜悦。”程亦川气鼓鼓地反驳她，“我不信当年你不是从低端局开始比的，别告诉我那时候你就宠辱不惊平常心了。”

宋诗意喝了口热腾腾的汤，靠在椅背上，低头看着碗里漂浮的青葱，顿了顿。

“就是因为得意忘形过，才不希望有天赋的年轻人步了我的后尘。”

程亦川一怔：“什么意思？”

什么意思？

宋诗意笑起来，侧头看着男孩子疑惑的双眼，那张年轻的面庞上尚且带着难以掩饰的稚气，眉目如画，雅致如早春枝头新绿初绽。真是个漂亮的孩子。

她问他："你多大了？"

"十九。"

"当真是个孩子。"她由衷地感叹。

程亦川立马不高兴了，眼睛都瞪圆了，不满道："你确定是我年纪小，不是你太老？"

宋诗意想也没想，手指一曲，敲在他脑门儿上："没礼貌，对着师姐没大没小。田教练没教过你吗？做咱们这行的，尊敬前辈很重要！"

程亦川不可置信地捂着脑门儿："咱俩这是第一天见面吧？你怎么这么自来熟呢。叫声师姐也不过是尊称罢了，又不是师出同门，你这还真把自己当长辈，动起手来了？"

因为怒气，他的双颊上浮起一抹浅浅的红，嘴边还有白雾呵出。

黑漆漆的眼珠子愤怒地圆睁着。

这模样一点也没有威胁感，反倒叫人想起森林里受惊的小马驹。

宋诗意笑出了声，抬手又敲了敲他的脑门儿，这回轻了些。

"你，还，敲？"程亦川怒不可遏。

她斜眼飞快地瞥下他，淡淡地说："田教练没告诉你吗？过不了多久，你就要进国家队了。"

程亦川的表情霎时间僵住了。

宋诗意好整以暇地欣赏片刻，心道年轻人，喜怒哀乐都是这样鲜活。

"等你进了国家队，咱们就是师出同门了。"她微微一笑，给予致命一击，"到时候我师出有名，别说敲你了，就是叫上队里的人把你摁在地上胖揍一顿，也是名正言顺的事。"

程亦川的眼睛都瞪成铜铃了，仿佛不敢相信世上竟有如此厚颜无耻之人："我说，咱俩是第一天见面没错吧？我是把你怎么着了，你要这么针对我？"

宋诗意没说话，伸出手来，掌心朝上对着他。

那手心里还留着龙飞凤舞的三个字。

一失足成千古恨。

他想说那咱俩就此别过，各吃各的，免得相对无言，饭都吃不下。可话到嘴边，出口却成了一句满怀期待而又小心翼翼的问询——

"喂，你没骗我吧？孙教练真打算把我招进国家队？"

宋诗意嘴角一扬，抬头对上少年人的视线。

年纪比她小，个头倒是高不少，坐着也比她高出半个头来，眼里满是抑制不住的喜悦，却又惴惴不安地看着她，试图得到肯定的答复。

那语气里不自然地染上了几分急促，清朗的嗓音里带着少年人的天真与稚气。

她无端笑起来，指指面前已经空掉的面碗："再请我吃碗面，吃了我就告诉你。"

程亦川嘀咕一句："还是个女人吗？这么能吃……"

话虽如此，他还是飞快抬头，冲做面的师傅灿烂一笑，用英语流利地说："劳驾，这里再来两碗面！"

运动员食量大，也长不胖。

做拉面的老师傅用异样的眼神看着这俩毫不费劲一口气干掉两大碗拉面的年轻人，心道：还真是人不可貌相。

两人吃了面，掀开帘子出门时，才发现外面不知何时下起雪来。

好在酒店近在咫尺。

几分钟的路途，两人走得步伐轻快。明亮的夜色，温柔的雪，还有刚吃完拉面暖和的胃，是多年后想起初遇的这一夜，他们共同的记忆。

才刚刚得知自己即将被招进国家队的程亦川，此刻颇有种被天降大礼砸中的飘飘然，连跟宋诗意计较的心思也没了。他用清澈而湿漉漉的眼望向身侧的女人："师姐，你今年多大了？"

宋诗意："女人的年龄，能随便问吗？"

"说说怎么了？"他撇嘴。

"搁在古代，问了我的芳龄就得娶我。"

"那你还是别说了。"

宋诗意看着一脸嫌弃的人，笑出了声："过了年就二十五了。"

"当初为什么会退役？"他问得自然。

宋诗意一顿，耸耸肩："脚伤，医生说可能会有后遗症，就是好了也不建议继续练滑雪了。"

"那你——"程亦川一愣。

"这不是好了吗？"年轻的师姐拍拍腿，蹬蹬脚，"好利索了，反正闲着也是闲着，这就回来了。"

少年人还是心地善良，哪怕两人有过一星半点的不愉快，也在此刻用再真诚不过的语气对她说:“回来就好。你那么厉害，一定能重新爬上顶峰的。”

宋诗意似笑非笑地睨着他：“你连我的比赛都没看过，怎么就知道我厉害了？”

“都拿过世界亚军了，难道不厉害？”

她有些好笑，又有些怅然地望向飘雪的天际：“恐怕是上不去了。”

“什么？”程亦川没反应过来。

宋诗意却自我安慰似的笑起来：“没什么。你可得好好加油了，国家队不是省队，就你这两把刷子——”

“Excuse me？什么叫就我这两把刷子？”被质疑的人立马眯起眼来，片刻后下了结论，“原来你是真看不起我。”

先前还以为她是跟孙教练随口一说，可听听她这语气吧，她是真瞧不上他。

宋诗意对上他漆黑透亮、略带薄怒的眼珠子，都有些想笑了：“不是看不起，是好意提醒。程亦川，你是很有天赋没错，可这世上并不是只有你一个人天赋异禀。等你进了队就会知道，天外有天、人外有人这句话不是空穴来风——”

“那又怎么样？”年轻人还是眯着眼，嘴角一弯，笑里仿佛携着凛风、裹着烈焰，倨傲又笃定，“比我有天赋的不见得比我努力，比我努力的不一定比我有天赋。”

两人对视片刻。

寂静的夜空因为云雾毕现的关系，隐隐泛着深蓝色，而这透亮的深蓝之中有星星点点的白飘向大地。偶有风过，纷飞的雪扑面而来，带着丝丝凉意。

宋诗意笑了，也不言语，和他一同踏入酒店，走进电梯。

数字从一到五，一直到程亦川走出电梯时，他才终于没忍住打破僵局，赶在电梯门关上之前，回头看着她，再次开口：“虽然不知道你为什么看不起我，但我一定会早日进队，总有一天听你亲口承认我不是只有两把刷子的。”

他微微笑着，面上有年轻人的挑衅和不服输。那种嚣张气焰叫人有些好笑，却并不讨人厌，兴许是因为那眉眼太好看，又或许是他自信笃定的模样带着点可喜的孩子气。

宋诗意想，还真是个孩子啊。

她懒懒地抬了抬眼，点头道：“行，那我就拭目以待了。”随即伸手按下关门键。

“哎，你怎么这么敷衍——”

门外的人话还没说完，电梯门毫不留情地合上了。

程亦川气急败坏地捋了把头发，不明白为什么她就是瞧不上他，一直到进了房间时还黑着张脸。

可程亦川回房间洗了个澡，也就冷静下来了。她是世界亚军，爬上过山顶俯瞰众人，他算老几？她瞧不上他，其实也在情理之中。

他从小到大就爱滑雪，后来又顺顺利利被田鹏选进了省队。原本还有些忐忑，结果进队之后力压群雄，年纪最小，但速度最快、技术最好。别说田鹏了，每回参加比赛，就连国外的选手、教练也对他投来惊艳的目光。

他风光惯了，顺风顺水惯了，还真没遇见几个对他不屑一顾的人。

程亦川擦着头发走出来，坐在床沿上，忽地问杨东：“师哥，你说国家队的人是不是真的比我们强很多？”

杨东握着遥控器，奇怪地看着他：“强肯定是要强一点，但也不至于很多吧？毕竟国家队的也是咱们几个省队里选上去的。”

看他一脸神游天外的表情，杨东问他：“你也看出来了？”

“什么？”程亦川摸不着头脑。

“孙教练大老远跑来日本看我们比赛，肯定不会是心血来潮。上回在长白山集训的时候，他就在赛道边上关注你，这回还直接跑现场来了。等着吧，明儿田教就会找你了，估计你很快就能进国家队了。”

程亦川不是傻子，他和杨东一起来参加比赛，杨东还是师兄，结果就他被选进国家队，这事搁谁身上都不好受。他只能挠挠头，嘀咕一句：“就怕进去成了凤尾，在省队还能当个鸡头，好歹不是鸡屁股……”

杨东哈哈大笑：“凤尾怎么了？当凤凰怎么不比当野鸡强？”

两人说了几句，程亦川又忽然想起什么：“哎，师哥，那宋诗——宋师姐以前很厉害吗？”

他一向爱滑雪，但只是业余爱好，家里管得严，他除去课外滑雪，其余时间还都是勤奋学习的好少年，并不曾过多关注滑雪赛事，就算看看比赛，也顶多是男子组的。直到一年前莫名其妙被田鹏招进省队，这才打开了新世界的大门，但毕竟宋诗意已经退役两年了，他从未看过她的比赛，只听说过有这么个人。

杨东不一样，杨东可都在省队待了三年多了。

“宋师姐吗？嗬，那可不？你又不是不知道，我们国家雪上项目一向……咯，一向尴尬。能拿个名次已经相当不容易了。当年她算是横空出世，十九岁就进了国家队，第一次参加全国赛就崭露头角，二十一岁参加世锦赛，一跃成为世界亚军，轰动了咱们滑雪界。”

说到这，杨东傻乎乎地笑出了声：“你知道不，那时候国内的媒体都叫她冰雪公主。”

程亦川沉默片刻：“还能有比这个更艳俗的名字吗？”

“可平心而论，宋师姐长得挺好看的。”

好看吗？

程亦川不置可否，回想片刻，那女人也没化妆，素面朝天的，皮肤好像是挺白，眉眼挺精神，勉强算漂亮……但说什么公主，好像也太牵强了吧？

他嘀咕一句：“那是你们当运动员的每天见的都是剽悍女人，随便拎着个清秀点的就惊为天人。”

话题一转，他又好奇地问：“那她怎么在巅峰期就退役了？今年也才二十五，二十三就受伤退役了？怎么受的伤啊？很严重？”

杨东摇摇头：“这我就不太清楚了，但当初还是个挺大的事儿。好像是她冲刺时为了加速，太心急，结果失控撞上旗门了，伤得是挺厉害。”

程亦川一愣。

运动员作息规律，第二日还要起个大清早回国，两人也没多说，很快就各自睡了。

程亦川听见隔壁床上传来的沉沉鼾声，翻了个身，从枕头下摸出手机来，鬼使神差地打开网页浏览器，手仿佛不听使唤，有了自我意识。

“宋诗意。”他摁出了这三个字。

弹出来的词条量是巨大的，而在那一片铺天盖地的新闻里，最醒目的一条是：“冰雪公主受重伤，或将永别滑雪赛场。”

他手上一顿，点开了那条两年前的新闻。

“高山滑雪世锦赛女子速降前亚军宋诗意，在冲刺阶段不听教练劝阻，擅自加速，于赛道失控受伤，被紧急送往医院救治……左脚踝粉碎性骨折，左膝韧带断裂，伤势严重，或将永别高山滑雪的赛场……”

刺眼的屏幕在漆黑一片的房间里格外醒目。

程亦川有些愣怔，点开好些网页，逐条浏览，最后冷不丁回过神来，这才惊觉多年来养成的规律作息居然被打破，遂放下手机，重新闭上眼。

然而还是没能顺利进入睡梦，脑子里无数念头一闪而过。

这么严重的伤势，如今还能重返赛场？可即便是重返赛场，她也已经告别运动员生涯整整两年了。干这一行的，十六七岁的大有人在，一般二十七八也就退役了……

二十五岁的“高龄”运动员，真的还能卷土重来吗？

次日清晨，五人共同乘机回国。

飞机上，田鹏和孙健平自然而然坐在了一排，三个年轻人一排。程亦川恰好在宋诗意和杨东中间。

由于起得太早，宋诗意哈欠连连，飞机一起飞，就闭上眼睛补瞌睡了，间或在飞机颠簸时睁眼片刻。

程亦川满脑子都是昨晚看到的新闻内容，又是偷偷去瞄她的脚，又是神色复杂地去瞧她的脸。

可算是理解她为什么不待见他了——都是极富天赋的运动员，她曾经是，他现在是（毫无自觉、一本正经的自恋）。可如今她的前途犹未可知，按常理来说多半是没什么太大希望了，可他还年纪轻轻，极有可能在不久的将来发光发热（并不觉得哪里不对）。

哎，这事儿吧，挺伤感，他从昨天的愤怒逐渐变成今日的同情。

程亦川的脑回路挺长，还山路十八弯，曲折离奇。于是毫无自觉地频频观察身侧的师姐，眼中又是同情，又是理解。

飞机起飞后十来分钟的时候，宋师姐终于忍无可忍地掀开眼皮子，侧头问他：“我长得像王祖贤还是林青霞？”

程亦川一愣：“哈？”

“哈什么哈？是我长得太美，你挪不开眼，还是我长得太丑，叫你忍不住仔细研究？”她似笑非笑打趣。

少年脸上腾地一红：“谁看你了？呵，真够自作多情的！”

接下来的一路，他再也没有转过头去哪怕一秒钟，心里嘀咕：真不愧是“高龄”运动员，一句话暴露年纪，那两位都是哪辈子的明星了？这年头还有人提起来！

这边师徒两人，那厢师徒三人，很快在首都机场分别。

宋诗意问孙健平："您不跟田教练他们一块儿回哈尔滨，留在北京干吗？"

孙健平说："怎么，不欢迎？我在北京待两天，周一和你一块儿回队。"

宋诗意立马有了不祥的预感，一脸警惕："您老人家想干什么？"

孙健平咧嘴，呵呵一笑："我好久没见你母亲了，这回跟你一块儿上你家去，拜访拜访她，顺便告诉她你要归队的事儿。"

宋诗意神情复杂地望着他，心悦诚服道："您是真的胆子大。"

师徒俩都心知肚明，要是真让钟淑仪女士见到这个"害她女儿如今成了半文盲和半残疾"的教练同志，箭厂胡同少说也会被她的滔天怒火烧成平地，方圆百里寸草不生。

临行前，孙健平和那边的师徒三人道别。

他先是拍拍杨东的肩："年轻人好好努力，是金子在哪儿都能发光。"

嗯，非常说明问题了，基本就是传达一个意思："在省队也不错啊，好好过日子。"

而面对程亦川时，他就言笑晏晏、一脸欣慰地摸摸这小子的头："老话说得好，胜不骄，败不馁。年轻人有点小成绩是好事，但不能懈怠啊，我可盼着早点再见到你。"

挺模棱两可的，也没明说是在哪儿再见，兴许是赛场，又兴许是国家队。没明说，也是为了给杨东留面子。

最后孙健平冲田鹏笑了笑，挤眉弄眼道："老田啊，好好带孩子啊，咱们高山滑雪可就指望你在山底下铺好地基了。我在山上等你输送苗子！"

田鹏脸红脖子粗："呸！你才在山底下！老子——"

"徒弟，咱们走！"孙健平这老油条，哪里是田鹏能比得上的？说完他要说的话，都不给人机会反将一军，拎着宋诗意就大步流星往外走，"转机去吧，哈尔滨见！"

宋诗意忍俊不禁，回头冲众人挥挥手，目光从咬住腮帮的田鹏看过去，划过难掩失落但依然傻乎乎笑着的杨东，最后落在了那个年轻人面上。

她那未来的小师弟身姿笔直地站在人来人往的机场之中，背后是玻璃窗外一览无余的晴天，而他眼底有比那艳阳更加夺目的光彩。他一脸倔强地看着她，嘴唇抿得有些紧，神情里多了一抹复杂的、她看不懂的情绪。

但这都不影响他那傲气外露的气质。

宋诗意笑了，转头问孙健平："您打算让程亦川多久进队？"

孙健平说："最多再等个一年半载吧。老田说他的文化课还没结束，既然要进队，就不能继续留学校了，校方那边给了他一年时间结束什么专四专八的考试，要是过了，就给他保留毕业证，不追究他的课程出席率的问题。"

宋诗意啧啧两声："有文化的运动员就是不一样，还能拿个本科毕业证呢。"

孙健平斜眼看她："知道他哪个学校的不？"

"哪个学校？"

孙健平报出了C大的全名，换来宋诗意目瞪口呆的震惊脸，圆满了："没想到吧？"

宋诗意神色复杂："确实没想到。"

她承认，她是真嫉妒，真眼红，真想仰天长叹老天不公。凭什么那小子天赋异禀，还能有这样的文化成绩？

孙健平看穿了她的心思，淡然地说："等他进队了，给他穿小鞋，狠狠虐一虐他。想我们运动员一辈子刻苦训练，有几个文化程度高的？他打破了我们运动员没文化的光荣传统，越发显得我们这些人像智障……我呸！"

宋诗意用鄙夷的目光看着师父，毫不犹豫地说："坚决响应您的号召，您放心，我一定好好折腾那臭小子！"

师徒二人是磨刀霍霍，可时间还早着呢，眼前的头等大事，是如何通过钟淑仪女士这一关，毫发无损地得到她的同意，手脚完好地走出箭厂胡同……

瑟瑟发抖中。

程亦川离开省队那天，和速降队的人在食堂里吃了顿散伙饭，没想到别队的师哥师姐们也都端着盘子来这桌挤上了。

他也不过在省队待了一年半时间，着实没想到走时会收获这么多"殷切叮咛"。

"去了要好好练，可别给咱们丢脸。"这是好强的，有集体荣誉感。

“就算是国家队的也没什么了不起，总不能三头六臂吧？有人欺负你，千万别憋着，受了委屈来找师姐，师姐替你出气去！”这是铅球队的，有护犊子的泛滥母爱。

“川啊，好好的。咱们是没什么指望了，干等着耗死在这儿，你不一样，你可是要披着五星红旗站上领奖台的人，你得好好加油，不为自己也为了咱们。”这是杨东，自知在滑雪运动上天分有限，没法有更高成就，一把鼻涕一把泪地拍着师弟的肩，跟刘备托孤似的。

隔壁花样滑冰队的小姑娘才十四岁，也咬着酸奶吸管钻进人群，拉了拉他的衣袖，泫然欲泣：“师哥，我以后是不是都见不到你了？”

程亦川笑了：“不啊，你加把劲，将来进国家队。师哥在国家队等你。”

小姑娘眼睛一亮：“多少岁能进国家队啊？”

“这个我还真不清楚。”程亦川笑了，“不过再过几年，等你年纪到了，多参加点比赛，好好表现，肯定就差不多了。”

“那我进国家队了，你会喜欢我吗？会让我当你女朋友吗？”小姑娘眨着眼睛，满怀希望。

人群刹那间哄笑起来，把他闹了个大红脸。

田径队的师哥拍拍小姑娘的肩：“成啊，咱们给你当个见证人，让你程师哥专心训练，别开小差。等你过个三两年，进了国家队，他再脱单也不迟。”

小姑娘眼巴巴地把目光转向程亦川：“可以吗？”

这要怎么下台？他要是当场拒绝，小姑娘估计能立马哭出来。

程亦川一脸幽怨地看了看田径队的师哥，尴尬地对小姑娘笑了两声：“咯，你好好加油。”

一整个食堂都是笑声，就差没把房顶掀翻。

Chapter 03

狭路相逢

下午，田鹏亲自把弟子送到了国家队的基地门口，和早在那候着的孙健平碰上了头。

孙健平大老远就笑得眼睛都眯成缝了："来啦？"

接着就自来熟地从田鹏那把程亦川给揽了过来，一脸"交接完毕，从今以后这就是我的人了"的沾沾自喜。

简单说了几句，田鹏就该走了，临走前拍拍程亦川的肩，咂嘴半天，只说出一句："今后你就跟着孙教练了，好好练，好好比。"

就只是一句平实而朴素的话，没有半点宣扬师恩、要他牢记旧情的意思。

运动员生涯虽短，但毕竟身处这个圈子里，程亦川是知道的，小到体校、县队，大到省队、国家队，多少人拼了命地往教练那送礼、套交情，就为往上爬。出成绩了，真爬上去了，又换成教练来讨好你，毕竟谁也说不准你会爬到哪个位置，万一就出了个世界冠军呢？他可指望这事儿就跟"一日夫妻百日恩"似的。

可田鹏没有。他的手搁在徒弟肩上，力道很轻，却又重如千钧。

程亦川眼眶忽地一热，想起这一年来被田鹏相中、带进队里，教练又当师父又当爹，在生活上无微不至关心他，又在赛场上一丝不苟地训练他。到头来像是接力棒一样把他送到了更高的地方，然后安安静静地松开了手。

他咬咬牙，用力点头："您放心，我一定不给您丢人。"

田鹏笑了，笑得一脸褶子，摆摆手："去去去，我田鹏两个字早就在江湖上响当当的了，还能让你小子砸了招牌去？你照顾好自己，我就谢天谢地了。"

师徒一场，终究止步于此。程亦川十步一回头，田鹏最终还是成了大门外的一粒小黑点，最后消失不见。

孙健平一路观察他，最后感慨了一句："这几年老田运气不错啊。"

得了几个得意弟子，人品本事都挺好。哎，搞得他都有点羡慕了。

不到二十岁的年轻人走在一旁，还没从分离的伤感中抽身而出，有几分傻气地仰头看着基地的红房子。日光兜头而下，像是在他面上洒了把金灿灿的粉末，把他的年轻和朝气都镀上了金、染上了色。

他摇摇头，轻声却笃定地说："是我，是我运气好。"

孙健平一愣，不再多言，笑着拍了拍他的背。

带着一堆资料文件去办公室注册报到之后，孙健平就把他交给了一个年纪差不多的男生："这是薛同，也是滑雪队的，你跟着他去宿舍收拾收拾，熟悉一下环境。我这儿还有一堆手续要办，明儿早训练场见。"

叫薛同的男生很和善，一边带着程亦川往外走，一边笑："你是省队来的程亦川，练速降的，对吧？"

"你知道我？"程亦川有点意外。

"那可不！嗬，早半年前就知道你了。那会儿孙教特意请假去日本看你比赛，回来就吹得天花乱坠的，说找到根好苗子，咱们男子速降有希望了。"薛同直率极了，有什么说什么。

"你也是练速降的？"

"不不不，我练的是自由式滑雪。"

"那你也是孙教练带吗？"

"不完全是。孙教练是滑雪队主教练，算是带咱们大家伙，但实际上负责训练的是年轻教练了。我这边玩儿花样和技巧的，主要是高翰新教练在带。你们速降队是丁俊亚教练在带。"

程亦川吃了一惊："丁俊亚？你是说男子速降前世界冠军丁俊亚？"

薛同咧嘴一笑："还能有几个丁俊亚？"

程亦川只觉得胸口一阵热气翻涌。他从小不追星，这么多年也就把一个丁俊亚当成偶像、男神了。如今呢，嗬，丁俊亚就要成他的教练了！

一路上，薛同把基地的环境都给大致介绍了一遍，然后抵达宿舍。

因地制宜，滑雪队的训练基地不在寸土寸金的北京，在长年有积雪覆盖的哈尔滨。也因此，宿舍条件相当不错，两人间，屋子宽敞明亮，一应俱全。

程亦川还以为他跟薛同一间房，结果进门才发现，屋里有人了。

薛同介绍说："这是你室友，也是玩儿速降的。"边说边招呼，"魏光严，来，见见新室友。"

屋内暖意融融，叫魏光严的大男生穿着背心裤衩躺在床上听歌，闻言摘了一只耳机，轻飘飘地抬眼看了过来，说了句："哦，幸会。"

程亦川把背包往空床上一放，扭头冲他伸出右手："我叫程亦川，省队来的。"

魏光严一手拿着耳机，二郎腿跷得老高，目光落在半空中的那只手上，也没伸手去握，只把耳机又戴上了，翻了个身："睡了，下午还要训练。"

看来新室友不怎么好相处，程亦川耸耸肩，收回手来。

薛同拉了拉他，示意他别计较："这家伙脾气不大好，人还是不错的。哎，我就在你隔壁屋，有什么事随时找我。"

"好。"

"你还没吃饭吧？孙教嘱咐我等着你来了一块儿吃，可把我饿坏了，走走走，去食堂！"

都是为运动员准备的食堂，省队与国家队也没太大差距。

薛同人缘很不错，一路上碰见熟人，大伙都笑着招呼他。薛同总免不了介绍介绍："这是新来的队友，程亦川。"

有人恍然大悟："哦，这就是……"

有人似笑非笑："知道知道，今年日本青年大众锦标赛冠军嘛！"

各色各样的神情，或友好或考究的目光，程亦川是个聪明人，多少看得出几分。

薛同也有些尴尬，吃饭时冲他说："你来之前就挺出名了，大伙都知道你。其实也不怪孙教，主要是咱们今年换了个李主任，和他不太对付，当初孙教申请把你招来队里，李主任百般刁难。孙教脾气大，直接跟他拍桌子怼上了，这不，大家都知道了……"

程亦川点头，也看得开："没事，反正迟早会知道。"

薛同没理解他的意思，也点头说："是啊，今天这不是来了吗？大家都知道了。"

程亦川：其实我想说的是，大家迟早会知道我有多牛……

算了，那是后话。

回宿舍时，薛同犹豫再三，还是嘱咐他一句："你宿舍里那位，你还是能不招惹就别招惹了。他最近压力大，成绩提不上去，一直卡在老地方。这不，听说你来了，估计心里挺急的。"

程亦川奇怪了："他成绩提不上去，我来或不来不都一样？他还能赖我身上不成？"

片刻后，他对上薛同的视线，懂了。

在省队或许一样，但在国家队，大概就不一样了。

饶是程亦川向来自负，来到一个陌生环境里也难免紧张，国家队虽不是龙潭虎穴，但绝非可以毫不费力就出人头地的地方。

他一面心不在焉地吃饭，一面不时抬头左顾右盼。

薛同问他："找什么呢？"

"没什么。"他露出一口小白牙友好地笑着，心道，真遗憾，今日该见的都见了，就差那位冰雪公主了。

不知为何，他很想让宋诗意瞧瞧，他程汉三终于杀进国家队了。

程亦川回宿舍时，房门虚掩着，魏光严还戴着耳机在睡大头觉，也没察觉到有人进屋。他把衣服换了，进卫生间洗了个澡，洗完正穿衣服，忽然听见有人推门而入。

"还睡什么睡。到点了，起来训练！"来的人嗓门儿很大。

然后是魏光严的声音，懒洋洋的："慌什么？不着急。"

"还不急？你今儿要是再迟到，看孙老头不扒了你一层皮！"那人说着，忽地话音一转，"哎，这床有人住了？行李都搬进来了？"

魏光严兴致缺缺："嗯。那小子来了。"

"哪个小子？"

"还能有谁？就那姓程的。"

"姓程——等等，就孙老头一天到晚念叨的那个？"

"嗯。"

"日本夺冠那个？"

"不然呢？"一听到"夺冠"两个字，魏光严就心浮气躁的。

那人顿了顿，试探着问了句："他真有孙老头说的那么牛？也就省队的小子，不至于吧？跟你比怎么着也差了十万八千里才是啊。"

魏光严笑了两声："跟我差多远不要紧，你还是担心担心自己吧。今年的市锦标赛、全青赛，你本来就只能沾个边了。如今来了个硬茬儿，有没有你的名额都是个问题——"

砰的一声，那人一脚踹上搁在床边的背包，骂了句脏话。

魏光严皱眉："干吗啊，卢金元？"

"泄愤啊。孙老头早看不上我了，你又不是不知道，他去年年底就开始劝我转项。今年更好，直接拎个人回来，要把我的名额给挤掉。呸，我才不让他如愿！”

“你下来，喂！人家刚铺好的床单，你给踩出脚印了，让老子背锅吗？”

“你说不知道就完事儿了。”

“呸，我能不知道吗？一个屋檐下的，你给我下来——”

屋里正吵吵闹闹的，卫生间的门吱的一声被人推开，两人齐刷刷愣住，侧头看去。

顶着一头湿漉漉的头发，穿着短袖和大裤衩的程亦川，就这么拎着毛巾从卫生间里走了出来，目光定格在自己的床上。

先前铺好的床原本干净整洁，此刻有个男生穿着运动鞋踩在上面，浅蓝色的格子被套上已经出现好几个脚印，黑乎乎的。

魏光严和卢金元都跟卡壳了似的僵在那里。

程亦川径直走到床边，胸口翻涌好一阵，念及自己初来乍到，硬生生把那句脏话压了下去。他抬头看了卢金元一眼，语气生硬地说了两个字：“劳驾。”

没想到被抓了个正着，卢金元脚一软，赶紧跳下来：“我不是故意的——”说到一半，估计也觉得没人信，只能讪讪地摸摸鼻子，头也不回地抛下一句，“我先去训练场了。”

走到门口，又仿佛觉得这样的退场显得过于心虚。笑话，也不过就是个新兵蛋子，初来乍到的，能干吗？敢干吗？

他又索性转过身来，冲程亦川说：“你，新来的是吧？年纪挺小啊，以后跟我说话，记得加师哥俩字儿。懂不懂礼貌啊你？”

然后扬长而去。

屋里就剩下魏光严和程亦川，大眼瞪小眼。

魏光严率先移开视线，心里暗骂卢金元没事找事。目光落在那一床狼藉上，他面上发烫，觉得自己跟卢金元不是同谋也成了共犯，只能绷着脸说：“那床，我帮你收收——”

“不用。”程亦川冷冷地说，一把扯下被套，扔在地上，又从柜子里拿了床干净被套出来，一言不发地套了起来。

大概是不想自讨没趣，魏光严看他片刻，插不上手，也说不出口，最后背上训练包就往外走，一句抱歉如鲠在喉。

这不是他的本意。

那欠揍的卢金元，留下这堆烂摊子就跑路了。

待会儿一定要揍死他。

运动员的训练是刻板而辛苦的，从早上七点开始，到晚上七点也仍未结束。抓得紧的，甚至夜里九点、十点也在场地上训练。

下午变天了，宋诗意的脚踝开始酸痛，训练起来也力不从心。受过伤的地方一到这种日子就跟大姨妈似的，准时而又敏感。

丁俊亚正带着大家做体能训练，察觉到她频频停顿，问她："旧伤犯了？"

她点头："有一点。待会儿估计要下雪了。"

丁俊亚笑了："你还真把自己当天气预报？"

他这一笑，女队员们都一眨不眨地看着，一边感慨丁教练好看，一边叹息好看是好看，就是不爱笑，还凶，跟万年冰山似的，只可远观，不可亵玩。

丁俊亚是宋诗意的师兄，几年前两人一个在男子滑降队，一个在女子滑降队，正经说来，年纪差别不大，只是如今一个退役当了教练，一个却复出继续当运动员。

宋诗意很愁啊，这辈分怎么一下子变矮了？

她这师哥话不多，平日里高标准、严要求，女队这边怕他得紧。可宋诗意不怕他，毕竟两人曾是师兄妹，正经说来不算师徒关系。

她挑眉："那是，我这天气预报比雷达还准。"

丁俊亚对她的伤知道得一清二楚，当初她赛道受伤，还是他把她背出基地，一路打车送去医院的。当下也不高标准、严要求了，反而纵容了一次："那你今天就回去歇着，别练了。"

宋诗意想拒绝，但脚踝确实酸痛得厉害，索性点头："成，那我走了。"

"都自己练着，我一会儿就回来。"丁俊亚要送她。

宋诗意觉得好笑："我这是脚疼，又不是脚断，回个宿舍还要你送？"

可丁俊亚没说什么，把她送到大门外时，远离众人了，才出声："脚怎么样？"

"没啥大事，就是有点酸痛。"

"宋诗意。"他轻声叫她的名字，眉头一皱，"你知道我问的是什么。"

宋诗意顿了顿，才说："想滑出以前那种速度，大概很难了。"

很长时间里，两人就这么站在门口，谁都没说话。

晚上七点半，天黑得一塌糊涂，风里带着刺骨寒意。场馆外果然下起雪来。长白山岚在不远处若隐若现，天也昏昏沉沉、摇摇欲坠。

她又笑起来："行了，反正你重心也不在我这儿，那几个年轻小姑娘挺不错的，你专心带她们就成。我嘛，反正就是个混子，来队里混吃混喝讨人嫌的——先走了。"

说着，她大步流星地往雪夜里去，几步开外回头一笑："好歹我还能当个天气预报，也不算是吃白饭的啊。"

丁俊亚哑然失笑。

宋诗意沿着林荫道往宿舍走。这个时间点，运动员们基本上都在训练，宿舍没亮几盏灯。她一拍脑门儿，想起个人来。

今日队里议论纷纷，句句不离三个字：程亦川。

哈，那小子终于来了，也不知道这会儿在干吗。

不知为何，运动员生涯五年多了，形形色色的运动员见过不少，能留在脑海里的始终只有那么几个，比如身披红旗的冠军师哥，比如黯然离场的失意师姐。

可这么一个没什么成绩的年轻小将，她倒是记住了。大半年没见，她还清楚地记得他的名字，记得他在赛道上的灿烂笑容和那抹难以忽视的红。

她正出神，转个弯，忽然瞧见不远处有个人影。

那人穿得不多，就一件棒球服，下面是运动裤，细细的裤管衬得两只腿又长又细。他个子挺高，拎了只水瓶迎面走来，走着走着，忽地朝一旁的树干上一脚踹上去，嘴里骂了一句粗话。

老树粗壮，被他这么猛地一踢，所剩无几的叶子纷纷往下坠。

谁啊，这么毛躁？居然骂人。

她走近了些，终于看清那人的面目，简直想笑。

年轻的男生眉眼耷拉着，好看还是好看，就是没什么精神，像是憋着股气。那口一笑起来就亮晶晶的小白牙看不见了，弯起来新月似的眉眼也不见了，就剩下一脸鼻子不是鼻子、眼睛不是眼睛的苦恼，嘴唇紧抿，难以缓解。

这算什么？说曹操，曹操就到？

于是在这寂静深夜里，刚朝大树上踹了一脚的程亦川正感慨，力的作用真是相互的，还没来得及揉一揉发疼的小腿，就听见迎面而来的声音。

"哟，这是谁啊？还大学本科生呢，老师没教过你要爱惜植物、爱护公共财产吗！"

明明是空无一人的林荫道，哪知道平地一声雷。

突如其来的指责吓得程亦川脚下一软，猛地一回头："谁？"

几步开外，年轻女人好整以暇地抱臂而立，一身黑色运动服，背上还斜斜挂了只背包。

"你看看我是谁？"她睨他一眼，走上前来。

程亦川的神情变了又变，从惊吓转为惊喜，然后又不满起来，嘀咕："干吗啊，大晚上的走路也不出声，还穿得跟黑寡妇似的……"

宋诗意伸手往他脑门儿上不轻不重地一敲："你小子欠揍啊？刚来基地，弄清楚这是谁的地盘没，就这么没大没小？"

喂，怎么一见面又敲人脑袋啊？！

程亦川捂着头，有些恼羞成怒的样子："你也没见得比我大多少，老是倚老卖老，有意思？"

"没大多少也是师姐。"

"呵，师姐。"本来就一肚子气，这下听闻"师姐"二字，程亦川像是被点燃的炮仗，冷笑一声，"国家队确实了不起，个个都是师哥师姐，我不光得好好学学爱护花草树木，还得学学尊师重道、尊老爱幼什么的。"

北风卷起一阵细密的雪，吹得少年额前碎发飘扬。

宋诗意看着他漆黑透亮的眼珠子，那里隐隐透着怒意，却又隐忍不发。

这语气……

她定睛看他："怎么，被人欺负了？"

程亦川跟被针扎了一样："被人欺负？谁敢？"

"那你这副模样，做给谁看？"

他想说点什么，到底是说不出来，只冷冷地别过脸去："算了，跟你说了也没用。"

说完他就拎着水瓶要去开水房打水。

宋诗意跟了上去："宿舍不是有热水吗？"

"烫脚。"

"也对，这边靠近长白山，天气冷，滑雪运动员靠脚吃饭，好好保护。"

"那你跟着我干吗？"少年扫她一眼，"我现在心情不好，你最好离远一点，免得误伤。”

宋诗意扑哧一声笑出来：“真是个小孩子。”

又是这句话！

“我今年二十了。”他脸红脖子粗，强调自己成年已久的事实。

“那也是个小孩子。”

程亦川憋了一肚子气：“你要是来雪上加霜的，趁早走人！我不听。”

“怎么，你还能把耳朵捂住不成？”

眼看着程亦川气坏了，宋诗意终于不再逗他，只说：“不管怎么说，来了国家队总是好事。很高兴又见面了，程亦川。”

她语气轻快，朝他友好地伸出手来，眨眨眼，报以一个微笑。

程亦川脚下一顿，目光落在那只手上，黑夜里显得格外纤细，格外白净。

他朝上看，意外撞入一个轻盈的笑容里。

心头那点浮躁刹那间凝固了。

你看，也不是所有人都不欢迎他。这个……一会儿友好一会儿不友好的师姐，至少这一刻是友好的。

他撇了撇嘴，换了只手拎水瓶，握住了半空中的那只手。

“谢谢。”

宋诗意下巴朝前方一指：“看那边。”

程亦川抬头：“长白山？”

“是啊。”女人微微笑着，头一偏，仿佛在考虑什么，到底该多此一举，还是就此别过。可对上少年没精打采的眼，她最后终于还是把安慰的话说出了口，“既来之，则安之。别人的态度不重要，自己的本事才重要。”

为什么平白无故对他说这话？一副什么都看明白的样子。

程亦川心头一动，探究似的盯着她。

她把手一摊：“你不是说过吗？你是要当冠军的人嘛。怎么，就这么没精打采的能当冠军？”

她，她怎么还记得当初的梗？程亦川脸涨得通红。

宋诗意可没管他脸不脸红，抬手指指远处的天际，眉眼微扬：“小朋友，你的天地不在队里，在那边的雪山上。”

她的声音干净利落，像这簌簌而落的雪。

程亦川下意识地抬头，看见不远处的长白山在雪中巍然挺立，那里是高山滑雪赛场，男子速降的绝佳雪道。

等他收回目光时，才发现宋诗意已经越过他往宿舍的方向去了。黑夜里只剩下她冒雪归去的背影，坚定里透着点单薄，细看之下，脚踝似乎有些不对劲。

他脱口而出：“为什么跟我说这些？”

女人头也不回地冲他挥挥手，却只是懒洋洋地说了句：“不谢。”

程亦川没忍住，嘴角蓦地一弯，片刻后又绷起脸来，嘀咕一句：“哼，女人心，海底针……”

来到国家队的第一天，没有训练，也没有朋友。

程亦川打完水，回到宿舍四仰八叉地躺床上发呆，窗外是风雪呼啸的夜。

闲得发霉，他翻了个身，摸出手机给母亲打电话。

程亦川是男孩子，鲜少主动往家里打电话，一般都是被动联系。因此，那头的莫雪芙女士接起电话后，心里咯噔了一下，三言两语后，就试探着问他：“都安顿好了？”

“安顿好了。”

“那边条件怎么样啊？不能比省队差劲吧？”

“有过之而无不及。”

“那就好……”当妈的顿了顿，话锋一转，“那一切还顺利吗？见着教练没？室友好相处吗？”

“挺好的。”他言简意赅，兴致缺缺。

“是不是有人欺负你了？”莫雪芙眯起眼睛，补充一句，“小川，妈妈希望你有一说一，不许为了让我们放心，就报喜不报忧。”

程亦川又翻了个身，嘟囔了一句：“谁欺负我啊？我不欺负别人就不错了。”

他在这边翻了个大大的白眼，他家父母是中年艺术双人组，搞摄影的，常年在国外。就算真有人欺负他，他们也只能干着急，难道还能飞回来不成！

程翰的声音在电话那头适时响起：“给我给我，电话给我！”

莫雪芙：“干吗啊你，儿子给我打电话，你插什么嘴？”

程翰插不上队，只能大着嗓门儿冲程亦川嚷嚷：“儿子，要真有人敢欺负你，只管揍！能动手咱们尽量不叨叨！大不了爸爸给你出医药费——”

“呸。有你这样教儿子的？给我一边儿去。真是越老越没样子！”

“我怎么就没样子了？你昨天还说我每一个样子都是你喜欢的样子——”

“住嘴！”气急败坏的捂嘴声，因为太急，力道稍重，听上去无限接近巴掌声。

果不其然，程翰惨叫了一声。

一通电话，打着打着，变成中年组虐狗现场。

程亦川说着说着就秀起恩爱来，完全不把他这个儿子放眼里。生无可恋。

通话末尾，莫雪芙说：“小川，妈妈再给你打点生活费吧？”

“不用。队里吃住全包，津贴比省队的还多。而且之前打的还没用完。”

“没用完就使劲儿用。平常训练那么辛苦，周末出去放风了，好吃好喝——”话到一半，想起国家队的规矩，运动员不可以在外面随意吃喝，于是话锋一转，“那就多买点好看的衣服，我儿子长那么帅，要当基地最耀眼的风景线！”

雷厉风行如莫雪芙，电话结束后转账的信息就到了程亦川手机上。说是生活费，金额却高达五万。二十出头的年轻人，有这个数生活费的可不多。

他趴在床上打了个哈欠，其实也习惯了。

那对中年夫妻是搞摄影的，充满艺术细胞，说好听点是浪漫，说难听点就是浪，满世界跑，难得归家。程亦川自小跟着爷爷奶奶住在东北，父母缺席了孩子的日常，大抵是有补偿心理，就大笔大笔地往家里打钱。

他爱画画，父母一通电话，动用关系请了市里最贵的油画老师给他当家教，一对一。

小孩子兴趣多变，画了俩月就搁笔不干了，说是要学跆拳道，父母二话不说，第二天就让奶奶送他去了少年宫。

程亦川的童年是自由的，选择权紧握手中，不差钱，可到底还是差了点什么。所以他在琳琅满目的爱好中挑挑拣拣、朝三暮四，钱是烧了一大堆，却什么也没能坚持下来。

这么说好像也不对，至少滑雪这件事情是坚持至今，还成了人生的大部分。

可他也只剩下滑雪了。

魏光严回宿舍时，新来的室友已经睡着了，漆黑一片的房间里隐隐传来均匀的呼吸声。

严冬时节，雪下得极大，他那厚重的外套都染上了一层白。

床上的安稳与他心里的烦躁形成鲜明对比，他重重地关上门，砰的一声把背包扔在地上，脱了衣服就往卫生间走。

程亦川睡觉很死，一般不容易被吵醒，可禁不住室友动静太大，于是热水器的声音、哗哗的水流声和魏光严洗完澡后踢踢踏踏的走路声，连绵不绝地往耳朵里灌。

他摸出手机一看。

夜里十一点。

以前在省队，训练时间是有规定的，每天六到八小时雷打不动。就算国家队的训练时间偏长，这位练到这么晚，恐怕也是偷偷在练，是违反规定的。

那乒乒乓乓的声音还在继续，程亦川皱起眉，翻了个身，拿被子盖住了头。

到魏光严终于关灯睡觉时，程亦川迷迷糊糊都快睡着了，忽然听见一声闷响，猛地惊醒，睁眼朝对面一看，隐约看见魏光严一拳砸在墙上。

那动静能把他都吵醒，足见力道之大。

程亦川惊疑不定地躺在黑暗里，借着窗外传来的微弱灯光，看见床上的人把自己裹在被子里。

下一刻，那团隆起物开始不住地颤抖，无声而剧烈。

这是……吃错药了？

他侧卧着，也不敢乱动，只莫名其妙地定睛瞧着对面的动静。直到某一刻，厚重的被子下面传来了再也抑制不住的抽泣声，哪怕只有一下，也足够清晰了。

于是一切都有了解释，他记起了薛同白天说的话——

“你宿舍里那位，你还是能不招惹就别招惹了。他最近压力大，成绩提不上去，一直卡在老地方。这不，听说你来了，估计心里挺急的。”

他忽然间就了悟了。

很多人都以为，运动员最怕的是比赛失利，但其实不然。他们最怕的分明是天赋不足，不管付出多少汗水、再怎么努力，都难以突破瓶颈，只能滞留原地，直到被后来者赶超，黯然离场。

漫长的冬夜，窗外是飘摇的雪，屋内是压抑的泪。

程亦川一动不动地躺在床上，看着黑夜里抽泣不止的大男生，胸口的那股气，蓦地散了。

隔天早上，隔壁的薛同同志六点半就来拍门了。

“起床没，程亦川？一起去食堂啊！”

程亦川开门一看，门外站了俩壮汉。一个是黑脸薛同，另一个是白面小子——

“这是我室友，他叫陈晓春。”薛同咧嘴笑。

陈晓春同学立马吱声：“备注一下，是春眠不觉晓的晓，可不是那个唱——”他清了清嗓子，开唱，“一杯二锅头、呛得眼泪流——”然后光速切换到说话模式，“——的陈小春那个小。”

初次见面，要稳住，不能笑。

程亦川保持面部表情，客气地夸了句：“唱得不错。”

陈晓春的表情立马温柔得跟春风化雨似的，伸手紧紧握住他：“薛同跟我说你人挺好，我还教育他知人知面不知心，今日一见，果然一个字，大大地好！”

薛同：“那是四个字——”

“你闭嘴。”陈晓春拍胸脯，“从今天起，这位是我兄弟了。谁敢欺负他，先踏着我的尸体——”

话没说完，从屋子里走出来的魏光严重重地擦过程亦川的肩膀，转身时，背包往肩上一搭，背带吧嗒一声抽在陈晓春脸上。

魏光严冷冷地扔下两个字：“聒噪。”

程亦川对上陈晓春满脸的疑问，想也没想，一把拉住了魏光严的背包。

后者回过头来，对上他的视线，冷冰冰地说：“干什么你？”

程亦川也来了气，生硬地说：“道歉。”

“做梦呢你？”魏光严冷笑一声，“你松手。”

程亦川也扯了扯嘴角：“做梦呢你？”

反将一军。

眼看着魏光严颇有要动手的势头，陈晓春和薛同立马伸手拉住程亦川，把他的手从背包上强行拽了回来。

陈晓春：“大家都是一个队的好朋友，别介别介！”

薛同点头如捣蒜，拉住程亦川往外走：“吃饭吃饭，走走走。”

擦肩而过时，程亦川瞥了魏光严一眼，他身姿笔挺地站在那，一副戒备姿态，可走廊尽头的日光逶迤一地，却越发显得他形单影只。

于是那个看似不可一世的身影忽然就显得有些可怜。

不同于魏光严，薛同和陈晓春都是极好相处的人。

毕竟是职业运动员，每天的生活都是四点一线：餐厅、宿舍、训练馆和医务室。说好听点是性格单纯，说直白点，就是文化程度不高、与外界接触过少。

竞技体育刺激而残酷，它需要全神贯注、一心一意。

陈晓春像个“百晓生”，借着吃早饭的工夫，把魏光严给扒了个底儿掉。

“那家伙是从沈阳佟沟乡来的，家里仨大老爷们儿，他是最小的。他妈嫌他吃太多，八九岁就给送到区里的体校去了。”

“吃太多”三个字莫名戳中笑点。

“练过滑冰，体格太壮了，不行。练过冰壶，手上没个轻重，练不出来。他妈不肯让他就这么回去，要他练拳击去——”

程亦川差点把牛奶吐出来：“拳击？怎么想的？”

陈晓春摇摇手指头：“可不是！那家伙也不干，说是拳击容易破相。啧，还挺爱美。”

说话间，卢金元端着盘子从桌边走过。

陈晓春看他走远了，又抬抬下巴：“这个，卢金元，见过没？”

程亦川眼神微沉：“见过。”

“嗬，这可是个烂人。”陈晓春再下评语，“魏光严顶多是脾气差劲、性格糟糕，这人是完完全全的坏心眼子。”

程亦川一口干了牛奶：“同意。”

薛同凑了过来：“哟，有故事？”

程亦川顿了顿，琢磨着是说还是不说，见薛同和陈晓春端着盘子正襟危坐，一副洗耳恭听的模样，便讲了。

两人听完了，都很够义气地表示了愤怒。

陈晓春：“烂人就是烂人！”

薛同：“我要是他爸，简直想把他塞回他妈肚子里回炉重造！”

程亦川再次点头，画龙点睛：“同意。”

骂人的话都是他们说的，可跟他没什么关系。

早饭接近尾声时，有人姗姗来迟，去窗口随意选了点吃的，就坐在离他们不远的地方。

陈晓春又朝那边抬抬下巴：“哎，看那边，你们速降队队花。”

程亦川回头一看……嗬，宋诗意。

那位师姐梳着高高的马尾，耳边钻出一缕调皮的碎发。一身白色运动服，吃饭的速度挺快——大抵是因为来得迟，但看上去极有食欲的样子。

食堂采光好，早晨的日光穿过窗户照进来，衬得她皮肤光泽漂亮，充满健康气息的小麦色。常年运动员生涯造就了她苗条挺拔的身段，光是坐在那儿也像是郁郁葱葱的小树。

之前也没细看，被陈晓春这么一说，才发现，好像今天看着是比以前要更好看了？

陈晓春："眼熟吧？嘿，告诉你，这可是几年前拿过世锦赛女子速降亚军的人！"

可不是？去年在日本吃瘪，就是因为这事儿。

程亦川慢条斯理地浮起一抹笑："那真是很厉害了。"

"长得漂亮，人也特好。上回在雪场我忘了带钱，还是师姐请我喝的咖啡呢。"陈晓春一脸骄傲，片刻后表情又垮了，"可是好人没好报，这么好的姑娘，你说她运气怎么那么差劲？"

程亦川直觉话题要往宋诗意受伤的事件上奔去了。

果不其然，陈晓春对队里的事知道得一清二楚，很快把当年她受伤的事情复述了一遍。

程亦川戳着碗里的鸡胸肉："也不算太差，至少她现在又复出了。"

"不算什么啊不算？"陈晓春一脸同情，"你是不知道，前几年一提起女子速降，谁不知道宋诗意三个字？这才两年时间，你再出门问问去，看还有谁知道她的？"

"够努力的话，还是有机会再冲上去的。"

"恐怕难了。"陈晓春的语速也慢了下来，惋惜地叹口气，"把她招回来，也是因为国内的竞速类滑雪项目实在难以跟上世界级水平，人不够，成绩也不够。可她回来一年了，速度还赶不上队里的平均水平，更别提跟当年相比了。"

程亦川的筷子停了下来。

这已经是后来他所不知道的事了。

陈晓春还在继续："那天我去我们高教那请假，听见他在劝孙教练，说是把人招回来，出不了成绩平白耽误人家的时间，不如放手，至少她还能选择将来要做什么，趁年轻好好规划一下。"

“那孙教练……说什么了？”

“孙教练说这是她自己的选择，只要她还愿意留在这，当师父的就不会赶她走。”

一席话，把人说得像只拖油瓶，讨人嫌还赖着不走。

薛同也挺惋惜的：“曾经光芒万丈，现在默默无闻，这事儿吧，挺伤感的。”

陈晓春：“要换作是我，肯定早就退役了，光荣过就完事儿了，何必来这么一次灰头土脸的复出？”

薛同点头：“我也这么想。观众可不管你曾经多辉煌，捞了就是捞了……哎，你说是吧？”

他问的是程亦川。

程亦川端着空杯子，默然不语，没说是，也没说不是。

眼看时间差不多了，陈晓春开始端盘子：“走，训练馆去，今儿下午要去雪场练专项呢。”

一周五天训练时间，百分之六十是在雪场，这是专项训练。百分之三十在训练馆，这是体能训练。还有百分之十是文化课，周四的晚上，周五的下午。

程亦川的思绪还停留在原处，想起昨天晚上在林荫道上的偶遇，那女人还眉开眼笑鼓励他，自己却……

他说：“你们先走，我还想喝杯牛奶。”

陈晓春：“嘿，兄弟，不怕待会儿体能训练尿频尿急啊？”

“我肾好。”

陈晓春：“兄弟你把话说清楚，谁的肾看起来不好吗？嘿，你这是暗示！”

两人唠唠叨叨走远了，程亦川迟疑片刻，端起盘子走到不远处的桌前，坐下，叫了声：“师姐。”

宋诗意抬头，嘴角一下子扬了起来：“哎，是你啊？”

他点头，觉得该说点什么的，却又不知从何说起，最后出口变成了极为尴尬的一句：“昨天晚上，谢谢你啊……”

“小事情。谁到了新环境不得适应个一阵？”她笑得灿烂，戳了块西红柿往嘴里送。

程亦川觉得自己有点蠢，没话找话说，这会儿才后悔起来，其实刚才就不该过来的。

最后只能明知故问：“去年在日本的时候，我记得你才刚打算归队。

怎么样，这都一年了，还顺利吗？”

“挺好的啊。”他问得小心翼翼，她倒答得自然。

“脚伤都恢复了？”他又补充一句，“那个，我听人说的。”

她仍旧是笑：“差不多，不影响。”

他只能挠挠头，迟疑着再问：“昨晚看你走路，是旧伤复发了？”

“不是，只是一点小问题。”她还是那个笑容，仿佛天塌下来也不关她的事。

程亦川定睛看着她，片刻后，有些无处使力的憋屈，明明是想还个人情，怎么她就跟坨棉花似的，油盐不进？挺好，差不多，小问题。

这国家队的人怎么回事啊？昨天的魏光严，今天的宋诗意，一个个都跟有两副面孔似的，私底下悲伤逆流成河无处释放，表面上还老子岿然不动云淡风轻。

他都不计较以前的不痛快了，这么眼巴巴地跑来坐着，也想给她一点昨晚她给他的安慰和鼓励，她怎么就这么铁甲女金刚呢？

程亦川翻了个白眼，端着盘子站起身，嘀咕了一句：“行，算我自作多情。”

走了几步，还是没忍住回头冲她说：“师姐，你要是不想笑就别笑，谁给你钱了吗？笑得那么用力……”

宋诗意笑容一僵，看见少年的背影很快消失在大门外，满脑袋问号。

难道她笑得很假？

什么叫用力？自打她扎起两个小辫会撒丫子乱跑了，箭厂胡同就没有她宋诗意一个笑容摆不平的事儿好吗？！

嗬，这小子。

Chapter 04

光芒初绽

宋诗意一向心态好，被狂妄后生挖苦了也不要紧，一路上自我麻痹——小孩子不懂事，别跟他一般见识，当他是空气就好。

可到了训练馆，一上午的工夫，心情只能用四个字描述：一言难尽。

训练馆很大，雪上技巧在这，竞速类项目也在这，男队女队在相邻的两个场地，中间仅仅隔着一道透明玻璃门。

一整个上午，女子速降这边都很心不在焉，一逮着机会，众人就开始交头接耳。

“那个就是新来的小师弟吧？”

“哈，哪个？”

“还能有哪个？边上那个，穿红色背心、闪瞎眼的那个啊！”

“这胸肌……”惊叹声说明一切。

“大惊小怪了吧？你是没看见刚才他跳起来的时候，腹肌也出来了，两个字，壮观。”

一开始，宋诗意没听清她们在说谁，还在喘口气时特意探过头去，融入大众：“又在欣赏魏光严的肉体？小心丁教练把你们拎出去罚下蹲。”

队里生活单调枯燥，姑娘们过着苦行僧般的训练生活，但毕竟年纪摆在这，慕少艾之心人人皆有，私底下也会对隔壁的男生交流一番。

魏光严是男子速降队的男魁。

当然，看今日这情形，程亦川也有跟他竞争上岗的潜力。

丁俊亚就在不远处，埋头在本子上写着下午的专项训练安排，不时抬头看上一眼，此刻看众人心不在焉的样子，脸色已明显有了转阴的迹象。

郝佳凑过来，笑嘻嘻地对宋诗意说：“师姐你有所不知，魏光严已经是过去式了，现在炙手可热的是那个新来的程亦川，哈哈。”

又是他。

简直是“哪壶不开提哪壶”。

宋诗意懒得插嘴，索性默默不说话，想用勤奋训练屏蔽掉来自小师弟的光芒，可那位初来乍到，人气目前在女队显然处于一个巅峰状态。

屏蔽是屏蔽不掉的。旁边的郝佳、卢思琴一个劲在那新闻播报。

拉伸运动——

“数清楚了没？我看着好像是六块！”

“还特整齐欸！”

胯部训练——

“刚，刚才那一下前顶，是我眼花了吗？”

“应该不是的，我，我也看见了……”

“好饱满的一坨！！！”

宋诗意：“？！”

一坨？！

郝佳一脸邪恶地凑过来：“师姐，你觉不觉得……”

“觉得什么？”

“那个程亦川，嘿嘿嘿，看起来很超凡脱俗的样子？”

宋诗意：我还是个孩子，你们放过我吧。

她心情有点复杂，想女子速降队数她年纪最大，结果……她一边感叹现在的小姑娘都挺早熟，一边不自觉扭过头去，默默地看了一眼隔壁的程亦川。

那小子还在重复着胯部训练，整个人仰面躺在垫子上，只有肩与脚后跟着地，腰与胯齐齐上顶。那一顶——

……

她镇定地收回视线。

行吧，是挺超凡脱俗的。

等等，怎么她也被带偏了？

女队所在的训练馆，不止女子速降这一小范围对隔壁的关注过剩，纵观大厅，技巧类项目那一块也挺蠢蠢欲动的，休息时也老交头接耳。

后来，丁俊亚眉头一皱，扔了本子走过来。

“怎么，这是都训练好了？”

教练一来，姑娘们纷纷消停了。

丁俊亚看了眼隔壁，隔着道玻璃门，一群穿队服的年轻小伙子里，就那个穿红背心训练的最显眼。

显眼就算了，这大冷天的外面还在下雪，他倒是浑身热气腾腾，胳膊肘、大腿都露在外面，冒汗厉害时，还把衣服下摆撩起来扇风，那整齐的“小菜地”只差没跳出腹部，叫嚣着“来呀来呀，来看我呀”。

他眉头一皱，收回目光，扫视一圈女队：“隔壁好看，是吧？”

“觉得隔壁好看的举个手，我送你们去隔壁。”他冷着张脸，点了几个最爱交头接耳的，“郝佳，卢思琴，李璇——”

目光落在靠边的宋诗意身上，她就在郝佳旁边，郝佳没事就找她说话……丁俊亚没想到她也会对这种事有热情，有心警告一下她，可目光不自觉往她脚后跟扫去。

昨晚才犯过毛病——

视线蓦地收回，他把那三个字咽回嗓子眼里：“你们三个，出列，一人两百个下蹲。”

三人一阵哀号。

宋诗意没忽略掉丁俊亚最后那一个眼神，莫名一阵心虚。

好，好像逃过一劫？

她叹口气，不知该为这份宽容感到庆幸还是悲哀。

值得一提的是，当天中午，程亦川就被丁俊亚叫去了办公室。

丁俊亚主要负责速降项目女子队，男队那边虽然也带一带，但上面今年的硬性指标落在了女队这边。我国女子速降出不来成绩不说，这两年连参加世界级比赛的积分都不够，成绩差了一大截，自从宋诗意退役后，连续两年都没人够格参加世锦赛了。

于是男队那边就交给了袁华，丁俊亚专注于带女队。

因此，袁华没找程亦川，反而是丁俊亚把他叫去了办公室，程亦川有一点摸不着头脑。

但这位是他的偶像，要见男神，程亦川有点小激动。

他一路琢磨着，请丁教练给他在背心上签个名会不会太浮夸，可走进办公室，才发现气压有点低。

程亦川是个很会看脸色的人，觉得状况不太对，当下收起了激动，规矩地叫了声：“丁教练，您找我？”

丁俊亚大他八岁，却已显现出成熟男人的稳重来，男人和男孩的区别一目了然。抬头看他一眼，淡淡点头，指指桌上：“这个是队服，你先穿着吧。”

程亦川有点诧异：“袁教练今早才量了我的尺寸，不是说队服要下周才拿得到吗？”

“这是我之前服役时穿的，这套还没穿过，你应该能穿，先将就用着吧。”

程亦川从小被富养，从未穿过别人的旧衣服，遂下意识回绝：“不用麻烦了，我穿自己的运动服先训练着就成，反正下周——”

“还是麻烦一下吧。”丁俊亚淡淡地说，把那套衣服往他面前一递。

程亦川顿了顿，接过衣服：“谢谢。”

衣服交接完毕，丁俊亚也没再多说，埋头继续在本子上写训练计划。程亦川又站了一会儿，被晾在原地有些尴尬，试探着问了句：“那我先走了，丁教练？”

丁俊亚头也没抬，点了下头。

走出办公室时，程亦川没了笑容，来时的激动无影无踪，心里反而像是被人塞了只气球，鼓鼓囊囊，堵得慌。

想起临走时在省队的食堂里众人送别的画面，又思及这两日来了国家队的种种，他心烦意乱地抹了把头发，难得地骂了句脏话。

这地方，难道真的只可远观，不可亵玩焉？

走得太快，出门时险些撞上谁，他一个急刹车，对方还是磕在了他下巴上。

两人同时叫出了声。

程亦川捂着下巴，对上捂着额头的宋诗意，一句“你怎么样”还没问出口，就被身后的男人往旁一拨。

下一刻，丁俊亚取代他站在宋诗意跟前：“伤着哪儿没？”

宋诗意：“没事，小事情。”

丁俊亚没马虎，还是拉开她的手仔细看了看，确定额头只是略微发红，才转头去看程亦川，皱眉道：“走个路那么风风火火做什么？”

程亦川原本还担心撞伤了人，对上他那冷冰冰的脸，气不打一处来，冷笑一声，也不多说，从他肩膀上猛地撞了过去，头也不回走了。

一肚子邪火没出发，他走到楼底下，重重踹了一脚垃圾桶，那声巨响惊得三楼上的宋诗意都忍不住往下瞧。

这是怎么了？看样子，那家伙又碰了一鼻子灰？这回还是在丁师哥这儿？

丁俊亚问她：“你找我？”

宋诗意赶紧收回目光，摆摆手：“也没什么要紧事，就是谢谢师哥高抬贵手，没罚我下蹲。”

提起这个，丁俊亚面色不虞："她们多大，你多大？都在队里多少年了，还跟刚进队的小姑娘似的沉不住气，来个新人就这么心猿意马——"

"我可没心猿意马！"宋诗意为自己辩解，"都是郝佳她们在叽叽喳喳，我又没掺和。"

看她这么急着叫冤，丁俊亚面色微松："那你朝隔壁男队看什么？"

裤子？

宋诗意也只敢腹诽，没敢真开这种玩笑，多少年师兄妹了，她分辨得出她这师哥的神色转变。此刻知道他没责备的意思了，便放下心来，指指楼底下刚离开的那位"垃圾桶杀手"。

"他怎么了？"

丁俊亚面色如常："我怎么知道他怎么了？"

定睛看他片刻，宋诗意笑了："怎么，你不喜欢他？"

丁俊亚淡淡地说："他又不是我的队员，我有必要喜欢他？"再瞥宋诗意一眼，"反正有我们女队这么多人青睐他，他也不缺人喜欢。"

看他意有所指，宋诗意赶紧跳出这个被指控范围："我可没青睐他。"

"谁知道呢？"丁俊亚睨她一眼，眼底却浮起一抹浅浅淡淡的笑意。

他那一笑，颇有种冰消雪融的缱绻意味，看得宋诗意一怔，心里忽然打起鼓来。

常年不爱笑的人忽然这么冲她笑……几个意思？

可不管丁俊亚是几个意思，笑得有多和蔼可亲，在程亦川那儿的偶像光环是彻底被破坏了。

这国家队的戾气可真够重的！

他蒙头睡了个午觉，下午两点，随车去附近的亚布力雪场做专项训练。

亚布力是国家高山滑雪队的训练场地，地处长白山脉，常年积雪覆盖。

这趟去雪场是程亦川来队里之后第一次进行专项训练，孙健平也来了，和袁华站在一块儿，抬头看着半山腰速降起点处的人。

"来了几天了，也该看看他的本事了。"

袁华笑："您可别诳我，您不是早就看过他的本事了？"

"我看是一回事，你看又是一回事。毕竟你现在才是负责他的教练，哎，我可是廉颇老矣，不能饭否。"

袁华："哟，瞧您这话说的，昨儿我可瞧见您在食堂一口气吃了三碗饭，这还不能饭否，谁能饭啊？"

孙健平："嘿，我说你这人怎么……你懂不懂什么叫修辞啊？"

两人说话间，起点处的人已经下来俩了，速度不够，成绩没眼看，孙健平都懒得去看，只有袁华还在瞧计时器。

孙健平咂嘴："都是吃干饭的！"

袁华安慰他："好歹吃的是国家的饭嘛，你又不出钱。"

孙健平服，再抬头时，眼睛一亮，来了精神，"哟，那小子来了。"

可不是？

昨夜一场雪后，今日天晴雪霁，晴空万里，这山间耀目的洁白之中，蓦然出现了一抹醒目的红。

袁华哈哈一笑："一看就很精神哪，小家伙状态不错。"

而事实却是——

半山腰上，程亦川像个气鼓鼓的青蛙，鼓着腮帮踏上雪板，摘下了发间的滑雪镜，隔绝了视线中刺眼的白。

才来队里两日，他已经憋了一肚子气。

这地方真行啊，要论资排辈，得尊老爱幼，老队员欺负他这初来乍到的新人，还有人嘱咐他爱护花草树木。他在训练馆卖力热身了一上午，还能被叫去办公室穿人旧衣裳，怎么，他是裸奔了还是衣不蔽体了？

他程亦川可从来没受过这种气。

而今终于踏上雪场，踩在柔软纯白的冰雪之上，他双手持杖，俯身向下，背部紧紧绷起，一口白雾从嘴边缓缓呼出。

脑中有个念头前所未有地清晰。

证明自己。

证明自己吧。

这里才是他的地盘。

那些看不起他的，瞧不顺眼他的，鄙夷的、不屑的、轻蔑的、不友好的，此刻都在山脚之下。

程亦川紧握雪杖，忽然朝山下大喝一声，凛冽北风灌入肺里，激得他眼泪都快出来了。可他爱极了这滋味，那刺骨的冷中带着极限的刺激，满鼻子满眼都是自由的味道。

山间的人全神贯注，在听闻枪响之后，猛地向下俯冲而去。

世界在这一刻寂静了，喧哗都是他们的，而他只闻风声，一心夺魁。

运动员要练习速降，需要乘坐缆车，从山下到山腰处的起点。

宋诗意全副武装坐在半空中的缆车里，眼见着快到起点了，忽然听见前边传来一声撕心裂肺的呐喊。

呼吸顿时乱了，心跳猛地一滞。

滑雪是极限运动，稍有不慎就面临性命之忧。几年前，她曾经亲眼看见高级雪道上的一桩意外事故，有个高级滑雪玩家意外失控，连人带板撞上赛道外边的岩石，雪地里只留下触目惊心的一摊红，那人头盔都瘪了，可想而知头盔里面是如何惨烈。

忽闻喊声，她吓得浑身一个激灵，猛地朝前看去……

却只看见起点处，有人仰天大喊一声，然后就如离弦的箭般破空而出。

那抹红很眼熟，眼熟到可疑。

下一秒，缆车抵达速降雪道的起点处，她跳下缆车，踏踏实实踩在雪地上，没忍住，扭头往山底下看去，脱口而出："你大爷的。"

哪怕头盔与滑雪镜遮住了面目，她也一看便知，又是那傻子。

人吓人，吓死人。

她还从来没见过哪个滑雪运动员这么嚣张，速降而已啊，大哥，好好准备不行吗，非得这么一惊一乍、撕心裂肺的？

可她的视线随着那个身影下移，却不得不承认，比之前几次，他好像又快了一点。

奇怪，前几次也没见他这么嚣张，起步前还大吼大叫啊？

那抹红像风，像火，在漫山雪白中飞速移动。宋诗意看着他，脑子里忽然冒出一首很老很老的歌。

人们的眼神像烟雾，

它四周乱转但不让人在乎。

你瞧我是不是不同，

像这灰色城市中那一点儿红。

她不记得这是什么歌了，只依稀记得儿时的胡同里有个不修边幅的中年大叔，典型的北京青年，每日捣鼓着一只收音机，反反复复放着那时候流行的摇滚乐。

这歌就是他爱放的其中之一。

宋诗意站在雪地里，看见那一点儿红携着雪、乘着风，一路急速而下，以利落的姿势冲破终点线，然后定格。山脚下的人群像小黑点，纷纷涌上前去，围住了那一点儿红。

原本被他吓得心跳都乱了，此刻又不免好笑。

哈，又该他出风头了。

她正想着，缆车上又跳下来个人。

郝佳指着山下冲她嚷嚷：“天哪，师姐你看见了没？程亦川，那是程亦川吧？那速度快赶上魏光严了！”

宋诗意摇头：“应该差点儿。”

魏光严是男子速降那边的领头羊，今年二十三了，滑出了现在男队最好的成绩，可惜从去年年底开始就一直卡在那了。

郝佳还在冲山下看：“差点儿吗？我看也八九不离十了！他这才刚进队里，就能滑这么快，再练练那还得了！”

宋诗意没说话。

不是没见过比程亦川更快的速度，国际比赛里，队里的魏光严等人，或是当年的丁俊亚，他们都比程亦川快。

可她往下瞧，遥遥望向程亦川所在的地方，不知为何，却唯独对他印象深刻。

好像也不是因为速度快。

那是因为什么呢？

她忆及初次在电视上看到他的比赛直播，年轻人咧嘴冲镜头笑着，傻了吧唧露出一口小白牙，还一个劲冲大家挥手。

那个傻劲儿，真是没法说。

光是想着，宋诗意又笑了。

郝佳奇怪地问：“你笑什么呀，师姐？”

她一愣，摆摆手：“嘿，笑一个傻子。”

瞥一眼山底下，她心道，可不就是个大傻子吗？年轻气盛，所有心思都明明白白写在脸上了，还生怕有人看不出，不摆脸上也要大吼大叫……

她和郝佳并肩往起点处走，那边的魏光严正在做准备。

卢金元站在他后头，口沫横飞地指着山底下说："狂个屁啊狂！吼什么呢吼！搞笑，真当自己是世界冠军不成？"

魏光严没吱声，眉头紧锁，啪的一下把滑雪镜戴上了。

卢金元还在一个劲叫唤："那小子挑衅呢吧？你可别省劲儿，给我狠狠挫挫他的威风！真是进了国家队就不知道自己姓什么了！"

"闭嘴吧，你！"魏光严沉声骂了句，"少搁这儿影响我。"

"我还不都为了你？你看他那嚣张的样子，咽得下这口气？"

"让你闭嘴！"

魏光严背部弓起，不再理会卢金元，只专心看着赛道，在枪声响后猛地冲了下去。

郝佳探头看了眼，咂咂嘴："我是没看出来程亦川和他的差距，好像都挺快啊。"

宋诗意没来得及说话，就见卢金元面色不善地回过头来："呵，程亦川算个什么啊！小白脸一个，也就你们女队把他当宝贝。"

都是速降队的，抬头不见低头见，说话比较随意。

郝佳笑嘻嘻地反问："那你自己呢？没他快就算了，脸也不好看啊。"

卢金元："呸，谁没他快了？你以为你是肉眼计时器不成？光凭看也能看出谁快谁慢？"

"就算我看不出，宋师姐也看得出啊。她都练了这么多年，谁快谁慢难道心里没数？"

"练这么多年怎么了？也没见现在练出个什么名堂啊。"卢金元可不是盏省油的灯，正值气头上，刀子专往人软肋戳。

郝佳脸色一变，正准备反唇相讥，就被宋诗意拉住了胳膊。

"我是没什么出息，不像你，年轻，后劲足。"宋诗意微微一笑，下巴朝山下一指，"喏，你那么厉害，也别指望别人帮你挫挫程亦川的锐气了，不如自个儿煞煞他的威风？"

卢金元脸色一黑。

宋诗意偏着脑袋，笑容可亲地催促一声："去啊！"

气歪嘴的卢金元只狠狠地说了句："你给我等着！"然后就使出吃奶的力气往底下去了。

只可惜由于用力过猛，他连重心都不大稳，一路滑下去，居然连续撞上终点处的几个旗门，最后是以狼狈的姿态滚过终点线的。

山上的郝佳笑弯了腰："耍猴呢这是？"

宋诗意拿出师姐循循善诱的模样，一本正经嘱咐她："赛道上，切忌心神大乱、用力过猛。"

说着，她伸手朝山下一指："看见没，那就是前车之鉴。"

郝佳："哈哈哈，我受不了了，师姐你别逗我了！"

宋诗意：谁逗你了？我明明这么严肃。

她往山下看去，眉头一皱。那家伙这两天生闷气的症结，少不了那卢金元吧？嗬，傻子就是傻子，气自己干什么，就不能动动脑子四两拨千斤吗？

郝佳性格爽朗，到女队练专项了，她毫不胆怯，头一个滑了下去。

几个教练都在底下看着呢，孙健平看完她的表现，瞄了眼计时器，说："还不错，有进步。"

郝佳咧嘴笑起来，笑到一半，又听他说："还差两秒多才滑得进世界赛水平。"

笑容戛然而止。

在速降比赛里，两秒多是什么概念呢？

丁俊亚十六岁进入国家队，到二十六岁退役那年，在速降赛场上的成绩一共提了七秒一八。

十年时间，所有的汗水与付出，只为了那七秒一八。

孙健平指指郝佳，问丁俊亚："她在女队成绩如何？"

丁俊亚答："排前三。"

孙健平摇头："差得可真远。咱们今明两年怕是也参加不了世界赛了。"

高山滑雪需要成绩说话，滑不进及格线，别说世界赛了，哪怕奥运会在我国举行，不达标的运动员也没资格参加。

遗憾的是，我国的滑雪历来不受重视，别说跟国球、游泳比了，就连不太拿得出手的田径也比滑雪受重视得多。当然，这也是大环境所致，毕竟田径、游泳等项目对场地要求不高，有地就能跑，有水便能游。

可滑雪不一样，这项运动对场地要求极高，我国除了东三省，其余地区基本没有太好的滑雪条件。对于大众来说，滑雪是高端运动，参与度极小，自然也就没有群众基础。

不过滑雪也分竞速和技巧两类，技巧类的比如跳台滑雪、自由式滑雪，这就跟游泳里的跳水项目一样，靠空中技巧取胜。我国在技巧类滑雪项目上也还取得过不错的成绩，只可惜竞速……

男队那边还出过一个世锦赛冠军丁俊亚，女队这边一直以来就没几个人拿到过参赛资格。当初宋诗意横空出世，还叫教练们看到了一丝希望，哪知道也是昙花一现。

……

郝佳倒是习惯了，心态好得不行，毕竟滑不进及格线就是滑不进，急也没用嘛。

她冲教练们吐了吐舌头，一眼瞧见不远处的红衣少年，二话不说就滑了过去。

“你就是程亦川？”她笑嘻嘻地凑上前，上下打量一番，“哟，近看也挺好的。”

程亦川滑下来后，趁休息时间坐在雪板上，懒洋洋地看着山腰上挨个往下滑的人。谈得来的陈晓春和薛同都是隔壁自由式滑雪的队员，竞速队这边，他已经自动把自己纳入孤狼范畴了。

被郝佳一打岔，他收回视线：“你是……？”

“我叫郝佳。”

“哦，郝师姐。”

郝佳扑哧一声笑出来，大大咧咧伸手推他一下：“叫名字就成。叫什么郝师姐啊？怪奇怪的！”

这位师姐的思维很有跳跃性。

郝佳自来熟，老早就认可了程亦川的皮囊，刚才又被他的速度给震惊了，几句话工夫就熟悉起来。回头瞥见不远处龇牙咧嘴揉脚踝的卢金元，那家伙见她和程亦川走得近，还在四目相对时狠狠剜了她一眼。

她凑过来：“哎，我问你，那卢金元是不是不太待见你？”

程亦川冷笑：“我用不着他待见。”

听听这语气！

“那就是不待见了。”郝佳嘿嘿一笑，坐他旁边，“这么说来，你可得好好感谢宋师姐了，她刚才帮你出了口气。”

宋师姐？怎么又是她？

程亦川倏地侧头看着她：“出什么气？”

“那家伙背后说你坏话呢，宋师姐狠狠刺激了他，把他搞得心神大乱，要不怎么屁滚尿流滚过终点的？”

郝佳哈哈笑着，把刚才的情形说给他听。

程亦川顿了顿，看她两眼：“为什么跟我说这个？”

她耸耸肩：“去年我刚来队里，也受过气，只有宋师姐对我好。她跟我说，初来乍到，又比其他人多了点天赋，受点挫是正常的。现在我看到你，就像看到当初的我，可不就琢磨着表达一下师姐情，鼓励鼓励你嘛。”

程亦川眉头一皱：“我们俩哪里像了？你连及格线都没滑进啊。”

郝佳：“哈？”

这个人是怎么回事！

她难道不是在安慰他吗？

郝佳目瞪口呆看着这个耿直 boy，后者却把目光转向山腰处，那里，一身蓝装的宋诗意已经准备就绪。

接下来郝佳说了什么，程亦川一句也没听进去，只是目不转睛观看宋诗意的速降全程。

世界亚军就是世界亚军，姿态标准，动作漂亮。她的起步堪称完美。

可奇怪的是，完美的仅仅是起步。

不知是哪里出了问题，到了速度提升阶段，她很快就卡在了一个极限速度上，再也上不去，该冲刺时少了点什么，该加速时加不起来，最终就这么一路平稳地抵达终点。

简直平庸至极。

程亦川皱眉看着那个停在终点处的人，说不失望是不可能的。

她就是靠这样的表现滑进世锦赛的？

这个水平别说世界亚军了，甚至还不如刚才的郝佳。

当年那个横空出世、惊艳世界的人，到底是怎么走到这一步的？

他看着她脱下雪板，走向教练，那群人严肃地对她说着什么，想也知道不会是什么好听的话。

她全程点头，末了还含笑冲教练道谢，就像今早在食堂里一样，仿佛没什么能击垮她，始终戴着波澜不惊的面具。

对，就是面具。

程亦川皱着眉头，猛地从雪地里跳起来，拍拍屁股。

郝佳叫住他："哎，上哪儿去？"

程亦川头也没回，朝宋诗意一指，随口敷衍说："道谢去。"

宋诗意脱了雪板，抱在怀里往一旁走。

一轮结束，总要休息一会儿，平复呼吸，整理心情。

她坐在一个小小的雪坡边上，仰头冲半山腰看，女队如今的头号种子罗雪正在准备速降。

不同于宋诗意，罗雪出生于滑雪世家，父亲是昔日的全运赛自由式滑雪冠军，母亲曾在国家跳台滑雪队服役。她才十八岁，去年一来队里，就受到特别关照。

出生于滑雪世家的运动员，总是从小打好了根基，比起半路入门的运动员来说，会显得根正苗红些，打从一开始起跑线就不同。

罗雪入队时，正值宋诗意归队，两人都饱受关注。

宋诗意倒是没怎么在意，但兴许是年纪小，罗雪对这位师姐的关注度却很高。运动员不肯服输的劲头总比寻常人要强一些，和当年的宋诗意一样，如今的罗雪也争强好胜，处处想争第一。

尤其想与宋诗意同台竞技时，成为第一。

宋诗意坐在雪坡上，静静地看着罗雪的速将全程。

年轻人就是年轻人，精气神都不一样，没有伤痛，挺拔自信，八百米雪道起起落落，最终漂亮地冲出终点。

教练们走上前去，罗雪却在人群里左顾右盼，像是在找谁。

宋诗意翻了个白眼。

幸好她躲开了，不然又遂了那小姑娘的意。啧啧，年轻人怎么都这么好胜啊？都全队第一了，还老惦记着她这个失意人。

脑子里乱七八糟想着事，一旁冷不丁响起一道熟悉的声音。

"师姐不厚道啊，人家滑得挺好，你躲在这儿白眼都翻上天了。"

宋诗意听出来者何人，侧头就是一记眼刀，不客气地说："我翻白眼，碍着你了？”

程亦川耸耸肩，在她身旁坐了下来。

宋诗意似笑非笑：“那么大的雪场，干吗偏挑我旁边坐？”

“想跟你讨教讨教翻白眼的技巧。”

“起开。”宋诗意瞪他一眼。

程亦川笑了，把雪板搁在雪地里，手肘支在上头，抬眼望着她：“我说师姐，你都比了多少年了，荣耀加身，奖杯到手，还在乎长江后浪推前浪？”

宋诗意拿下巴朝罗雪那边一指：“你以为我眼红她？”

“不然翻什么白眼？”

“我翻白眼是因为——”她说到一半，哑然失笑，又收起了解释的念头，起身抱起雪板往缆车走，“算了，跟你这臭小子有什么好聊的？”

“喂！”程亦川皱起眉头，“我这才刚坐下，你怎么就走了？”

“抓紧一分一秒，好好训练呗。”她头也不回继续走。

雪地里留下一排深深浅浅的脚印。

程亦川暗骂一声，抱起雪板就追了上去，也不顾三七二十一了，开门见山就问：“我刚才看了你的全程，起步堪称完美，力量够，速度够，姿势也很标准……为什么第一加速阶段不把速度提上去？”

宋诗意脚下一顿，没回头，只笑笑：“你这是要指点我？”

“我只是没想通。”

“提不上去了呗，年纪大了，腿脚不灵活。”她说笑似的，四两拨千斤。

“第一加速阶段不提速，中期速度就不够。还有，你每逢雪坡跳跃，离开雪地的时候，脚上姿势不到位，落地时摩擦面积过大，就会受到减速——”

“程亦川。”宋诗意猛地停下脚步，这一次总算回头与他对视，“你以为你是教练吗？那边那群人，哪个不比你——”

哪个不比你强？

你能看出的问题，难道他们看不出？

我要是能做到，我会放任自己变成现在这个样子？

你也太狂妄自大、不知天高地厚了吧。

……

那些反驳一刹那间涌入喉头，却在即将出口时，被她紧急刹车咽了回去。

不为别的，只因少年眉头紧蹙、抱着雪板执拗追问的模样，被她一眼看出了初衷。

那双黑漆漆的眼珠子里没有奚落，也没有逞威风的意思，他的所作所为不过出于关心。

宋诗意顿了顿，笑了。

她望着比自己高了将近一个头的少年，撇了撇嘴："也不知道是吃什么长大的，高成这样，跟电线杆子似的。"

程亦川：我们刚才不是还在聊别的吗？

"你别转移话题。"他皱眉嘀咕，"我能看出来的，你自己应该也知道，好歹也在国际比赛里拿过名次了……想重返巅峰，那些是你必须克服的问题，不然等到退役也提高不了多少。"

宋诗意笑意渐浓："看不出来啊，原来你这么希望看到我重返巅峰？"

"我——"好心被当成驴肝肺，她还有兴致打趣，程亦川盯她半天，憋出一句，"算了，随你的便吧。"

她能否重返巅峰是她的事，他都自顾不暇，真是吃饱了撑的才来关心她。

你瞧瞧，人家并不把他的关心当成要紧事。

程亦川抱着雪板，与她擦身而过，坐上了缆车，只是半途还是没忍住回头看了一眼。宋诗意就在下一辆缆车上，没注意到他的视线，只是望着山上又一个开始速降的队员。

目不转睛地望着。

缆车缓缓上升，背景是积雪覆盖的长白山脉，下午时分的太阳穿过玻璃窗，在她面上洒下一层朦胧的金色。

可最亮的却是那双眼，隐隐有令人动容的光。

同为运动员，爱与不爱，一目了然。

程亦川看她片刻，嗤笑一声："明明就很在意，偏要故作姿态。"

可那一天剩下的训练时间里，他亲眼看见宋诗意数次从起点冲出，完美的开局，漂亮的姿势，却总在提速阶段表现平庸。

他也知道为什么宋诗意会对着罗雪翻白眼了，因为当宋诗意表现不好时，罗雪总在山底下一脸开心。

有一回他跟她站得很近，亲耳听见了她的笑声。

他侧头看去，罗雪注意到了，也转头看着他，含笑问了句："你觉得她滑得怎么样？”

他没说话，也没有多余的表情。

罗雪自顾自接了下去：“她以前在女队首屈一指，我还以为会是劲敌，没想到……”

没说完的话，程亦川心知肚明，她大概想说宋诗意不堪一击。

竞争关系总让人性最丑恶的一面显露出来。可那本不该是运动的本质，也绝非竞技的目的。

他报以一笑，淡淡地扔下一句：“可她至少登顶过，风光过。”

回头再睨罗雪一眼，剩下的那句话没有说出口，可他知道，罗雪也心知肚明——“而你呢？”

他看不起她，莫名其妙帮着那个再不复当年勇的师姐说话。罗雪一愣，脸色难看起来。

最后一轮训练时，已近黄昏，宋诗意在提速时似有变化，脚上的姿势也更为用力，弧度略紧。

程亦川精神一振，在山下直起了腰来，以为他的话总算派上了用场，却在下一刻看见她又放松了下去。

……速度只提了那么零点零几秒吧，功亏一篑。

Shit！

他烦躁得抹了把头发，心道，好一头不求上进的倔驴，难道不知道底下有人等着看笑话吗？好歹争口气啊。

有那么一瞬间，他觉得自己和宋诗意其实立场很相似，队里都有人看他们不顺眼，而他们都需要证明自己。

可他又立马反驳了自己，不不不，他是因为出色，所以为人所忌惮，她才不是。

“程亦川。”有人叫他。

他还兀自沉浸在恨铁不成钢的情绪里。

孙健平在那头叫他半天，没见他有反应，只能气呼呼走上前来，一个栗暴敲在他脑门儿上：“叫你呢，训练时间发什么愣啊？”

程亦川一声痛呼，捂着脑门儿从雪地里跳起来：“我不是都练完了吗？”

“呸，我这队里有规矩，一天没拿世界冠军，训练就不算完！”孙健平指指山上，“去，再滑一次。”

对他的要求比对别人都要高上一些，因为能力越大，责任越大。

这个道理，程亦川也明白。

所以他嘴上嘀咕着：“残忍的老头子，下手真重。”身体却无比自觉地朝缆车走去。

孙健平在后头嚷嚷：“这就叫残忍了？那你是没见过我真正残忍的样子。改天一定好好让你瞧瞧！”

程亦川扭头，信口开河：“别介啊，您老人家都这岁数了，是更年期到了吧，脾气这么差劲？要不，吃点药调理调理？我爷爷有个老中医朋友，我给您介——”

“滚犊子！”孙健平几个箭步冲过来，一脚踹在他屁股上，“再废话，看我收拾不死你！”

程亦川一个趔趄，夹着尾巴跑了。

惹不起，惹不起。

还是他的田教练和蔼可亲惹人爱，哼。

不远处，刚气喘吁吁地脱了雪板的人看到这一幕，乐不可支。

孙健平一回头，就皱起了眉，把她拎到一边。

“不是说过，短期内不能自作主张加速吗？！”

宋诗意一顿，睁大了眼：“谁加速了？我没加速啊。加速了能滑这么慢？”

“你——”孙健平气闷，指着她哆嗦两下，“你要是不想要这条小命了，就直说，别搁这儿吓唬我。我年纪大了，经不起折腾。”

“就加了那么一小下，一小下——”她伸出两指，眯眼比手势。

“一下都不行！”孙健平厉声道，“你忘了当初是怎么出事的了？医生是怎么嘱咐你的？你那腿还要不要——”

“我知道，我知道。”宋诗意赶紧打断他，赔笑说，“下次再也不敢啦，您老人家快别气了，啊。”

她是笑着说这话的，可那笑里满是不甘，还有无论如何也藏不住的落寞。

孙健平想说什么，最后也只能叹口气，说了句：“你呀。”

曾登过顶，离天下无双的位置仅一步之遥，对冠军的渴望绝非常人能懂。

可他懂，他懂她的不甘心，也懂她的不能不甘心。

因为不甘心，所以又一次站在这雪地上，胜负输赢都不要紧，只要能够站在这里。

却也因为一身伤痛，不能不甘心，屈居人下，再难登顶。

孙健平看着爱徒，有那么一瞬间，喉头酸楚。他忽然有些怀疑，自己让她归队这个决定到底是对是错，是真对她好，还是叫她活得更不开心了？

他在这愁肠满肚的，那没心没肺的徒弟却拍拍肚皮，毫无尊师重道之心，把雪板往他怀里一塞："嗨呀，饿死了。来，孙教，帮我扛一下。咱们多久回基地啊？该开饭啦。"

瞧瞧他，这是造了什么孽，尽往基地招些什么东西！

一个两个都是没良心的孽徒。

他一边骂，一边扛住了雪板，也没见真把这沉甸甸的玩意儿给塞回徒弟怀里，末了只能叹口气，认命。

一物降一物，能降住他的，这辈子也就这些傻徒弟了。

山顶，一声枪响，那位身负重任的孽徒二号，终于意气风发地开始了最后一次速降。

孙健平赶紧收起心神，抬眼去看。

身侧，孽徒一号喃喃地说："这家伙脚上安了风火轮吧？怎么又快了？！"

训练时间已经结束了，所有人都站在雪地上，就连隔壁的技巧类项目队员也聚了过来。大伙只等孙健平一声召唤，大门外的大巴车候着呢，这就打道回府。

也因此，所有人都看见了额外加训一轮的程亦川。

无数道目光聚集在半空中的红点上，有惊叹，有迷茫，有无所谓，也有很在意。

在意的多是速降队的人，旁人不过看看热闹罢了。

魏光严只觉得一口气堵在喉咙里，上不来下不去，难受至极。

身边的人使劲儿踹了脚雪地，积雪四溅。

卢金元恨恨地说："混账东西！混账东西！"

可到底无处发泄，只能翻来覆去地骂着这四个字。

魏光严回头，瞥他一眼："技不如人，你也不过是个混账东西。"

"嘿，你怎么说话呢你？咱俩难道不是共同阵线的？"

“共同阵线？”魏光严心里有气，笑了两声，说话越发尖刻，“你也配？”

“呸。你可别假清高了，咱俩用不着狗咬狗，一嘴毛！”可不管卢金元怎么叫唤，魏光严头也不回地往大门外走了。

他不想看见那小子滑完全程。

程亦川的出现仿佛时刻提醒着他，他在这坐以待毙，而后来者就要居上。

Chapter 05

冰雪童话

大巴车就停在雪场大门外。

已近黄昏，运动员们陆续上车，准备返回基地。

程亦川由于比别人多练了一次，出来得晚，扛着雪板、背着双肩背包上车时，前半个车厢都坐满了。

袁华和孙健平在他身后。见他停在原地不动，袁华拍拍他："傻站着干什么？后面还有座位啊。"

倒数几排的薛同和陈晓春，齐齐伸手朝他挥了挥。

陈晓春猴子似的上蹿下跳："这儿，这儿，这儿，来这儿坐啊，兄弟！"

程亦川扫视一圈，目光定格，嘴角轻轻一扯。

"我坐这。"

说完，他径直走到第三排，指指某人身旁的背包，笑容可掬："师姐，挪一下包呗。"

正在调整姿势准备打盹的宋诗意表情一顿，指指身后："后面座位不挺多的？"

而且还有俩猴子在迎接他。

"走不动了。"

他二话不说拎起宋诗意的包，一屁股坐了下来，把她的包挂在了前座椅背的挂钩上。

宋诗意："咱俩很熟吗？"

为什么非得坐这儿？

"不是很熟。"程亦川答得老神在在，"不过这车上也就跟你熟一点，勉为其难挨你坐一下吧。"

嘿，这小子，居然得寸进尺。

勉为其难……

宋诗意瞪他一眼："你还勉为其难？呵，也不问问我乐不乐意你坐这儿。"

"那你乐意不乐意？"

"不乐意。怎么，你要换座位吗？"

"并不。"

宋诗意无语，"那你问我干什么？"

"不是你让我问的吗？"他还理直气壮地反问她。

宋诗意：臭小子，这对话没法进行下去。

她瞪他一眼："坐也行，你给我安静一点，别影响我睡觉。"

说罢，一副"敢吵我我就揍你"的表情，她往椅背上一靠，阖眼睡觉。

可某只程姓蚊子偏偏不遂她的意，没一会儿就凑了过来，悄悄问："师姐，最后一次，你加速了对不对？"

宋诗意闭眼不理会。

"我看见了，你就是加速了。"程蚊子很执着，从疑问句变成肯定句，异常笃定的语气。

宋诗意继续装死。

"喂，你别装死啊！"这回他不止动口，还动手了，小孩子似的拿手指戳她胳膊肘，"我问你，加都加了，干吗半途而废？一鼓作气，再而衰，三而竭的道理，你不懂吗？你——"

下一秒，宋诗意睁开了眼。

她不耐烦地拍开他的手："我不懂，就你懂。"

那一下用力过度，啪的一声打在他手背上，异常清晰。她都能感觉到掌心火辣辣的滋味。

程亦川一顿，脸色微变。

这会儿后悔也来不及了，宋诗意迟疑片刻，那句"对不起"却说不出口。

她真不是故意的。

僵持了好一会儿，她最终看向窗外，低声说了句："加不加速都是我的事情，你别管。"

少年没说话，只是轻笑一声，听在耳里有些嘲讽。

窗外是覆雪的路面，远处，泛白的山脉若隐若现，近处的半轮红日挂在光秃秃的枝丫上。天边泛着红，像是姑娘哭过的眼。

宋诗意心里不是滋味，也不再与程亦川多言，索性闭眼打盹。

接下来的一路，相安无事。

直到她迷迷糊糊睡着了，脑袋一下一下往玻璃窗那边垂。

程亦川坐在一旁，体会着这一路上的心路历程——起初是恨铁不成钢，一心想问明白她为什么才刚刚加速就放弃；然后是愤怒，他好意关心，这女人居然不识好歹；接着是不可置信，她狗咬吕洞宾之后，居然还睡得着？最后……

最后他看见宋诗意睡迷糊后，脑袋一下一下往旁边偏去，眼看着就要撞上玻璃窗了。

以她这一顿一顿往下栽的势头，撞上去估计就是咚的一声。

他心想：活该！咬了吕洞宾，你看，这下报应就来了。

程亦川眯着眼，幸灾乐祸地等着看好戏。

这是继去年从日本回国那一次乘机之旅后，他第一次与她比邻而坐。那一次，她自比林青霞、王祖贤，他恼羞成怒，也没工夫细看，这一次倒是看了个真切。

听说这位师姐年底就要满二十五了，大他整整五岁。

皮肤倒是很白，像雪砌的，素颜之下也干干净净。

不是他妈那种秀气的细眉，她的两弯眉像是远山似的，整齐、浓密，带着一星半点温柔的弧度。

呵，严重的表里不一。

他带着批判心态打量她，却在看清她眼睑下的青影时顿了顿。

肤白的人更易显出疲态来，看她这黑眼圈，和他宿舍里那魏光严快有得一拼了。所以，她整日里戴着张嬉皮笑脸的面具，事实上也在为成绩辗转反侧？

……

程亦川想起了薛同在食堂里说的那些话。

她的脑袋还在持续下垂中，终于在某一刻与车窗的距离即将缩减为零，眼看着就要重重撞上去。

也就在那一刻，额头与车窗间猛然多出一只手来。

他顾不得多想，就这么下意识伸手替她挡住了玻璃。

那是一种奇异的触觉，手背抵着冷冰冰的玻璃，像触冰一样。可手心却挨着她温热的额头，隐约还能察觉到她光滑细腻的肌肤，绸缎似的……

程亦川一怔，却又在她迷迷糊糊睁眼的那一刻，猛地缩回手来，正襟危坐……仿佛什么事也没发生过，只有一颗心兀自怦怦跳着。

醒来的宋诗意左右看了看，稀里糊涂地坐直了身子："到了？"

"你是猪吗？搁哪儿都能睡着。"他故作镇定，斜眼看她一眼，完全是下意识在损人，话连脑子都没过。

刚睡醒的人，面上还有两团浅浅的杏色，眼睛水蒙蒙的。

她打了个哈欠，没精打采地伸手，下一刻——砰地一下敲在他脑门上。

程亦川：？

“没大没小，欠揍的小子。”她收回手来，捂住嘴，继续打完这个哈欠，然后开开心心地从背包里拿出一只香蕉来，一下一下剥开，三下五除二解决掉了。

程亦川忍了又忍，忍无可忍：“你还打我？你知不知道刚才，刚才我，要是没有我——”

他卡在那里，说不出下文来。

宋诗意莫名其妙：“你什么你？”

他什么他？难道还能开口说：“刚才要不是我，你就撞上玻璃窗，脑门儿起包了？”

他说不出口。

万一那女人反问一句：“我又没让你帮我挡，谁让你自作多情的？”那他怎么办？

吕洞宾又被狗咬了！

吕洞宾总是被狗咬！！！

他一定是神志不清、心智失常，才会伸手替她挡那一下！

一念之差，悔不当初，程亦川咬牙切齿，反手给了自己一巴掌。哪知道那位师姐还斜眼看他，点头说：“早该有点觉悟了，你这孩子，一看就是小时候挨打挨少了，长大了才这么讨人厌。现在还懂得自我反省了，总算有点救。”

程亦川费尽九牛二虎之力，才算克制住掐死她的冲动。

冲动是魔鬼。

认真你就输了。

淡定一点，程亦川，你是要当冠军的人。

……

他跟念紧箍咒似的，不断在脑子里“妈咪妈咪哄”，如是劝自己。

对，没错，他是要当冠军的人。

等他当上冠军那一天，看他怎么耀武扬威来她面前奚落她！

自我麻痹的小师弟上线 ing。

回基地后，一下车，薛同和陈晓春就冲了上来。

薛同挤眉弄眼的："可以啊程亦川，抛弃兄弟去跟师姐挤一块儿，说，打什么主意呢？"

陈晓春痛心疾首地捂胸口："好歹也是刚认的兄弟，早上我才把我女神介绍给你，你这才过了半天就行动上了，你，你把我往哪儿搁！"

程亦川好笑："你想我把你搁哪儿？"指指胸口，"搁这儿？"再指指脑袋，"还是搁这儿？"

陈晓春一脸被雷劈的表情："你怎么这么奇怪？"

薛同哈哈笑："反正搁哪儿都成，他的意思就是你不能把师姐搁那儿。"

陈晓春重重点头："对，不能、不行、不可以。"

三人一起往食堂走，一路上就宋诗意这个话题交流了几分钟。

陈晓春："说，你们一路上聊了些啥！"

程亦川："她全程睡得跟猪似的，能聊什么？"

"怎么说话呢！"陈晓春生气，"你见过那么好看的猪吗？师姐就算是猪，也是基地里最漂亮的那一头！"

"噗——"程亦川和薛同都笑岔了气。

陈晓春又回过神来："呸，都是被你气糊涂了，你才是猪，你俩都是！师姐是仙女下凡，你们这些凡人休想染指！"

新交的两位朋友都是天生的相声演员，一口标准的东北普通话，生动丰富的面部表情、肢体语言。程亦川每跟他俩说几句话，都能乐呵半天。

走到了食堂窗口，三人陆续装了一盘子饭菜。

基地的伙食严格按照运动员进食标准设置，色香味俱全，营养丰富，但没有年轻人喜爱的垃圾食品和碳酸饮料。

训练一整日，原以为今日已近尾声，谁知吃个饭也能吃出个高潮来。

陈晓春挑的位置在窗边，正咋咋呼呼领着薛同与程亦川往那张空桌子走，意外陡生。

过道旁的某张桌边，卢金元与魏光严坐在一起，正苦口婆心地劝他跟自己统一阵线。

"我知道你最近心情不好，所以下午你说的那些话，我就当是气话了，不跟你一般见识。"卢金元觉得自己很大度。

魏光严面无表情地吃着饭："随你的便。"

“哎，魏光严你弄明白一点——”他指节一屈，敲敲桌面，“我又不是你的敌人，那姓程的才是。你冲我发火，有用？”

“我爱冲谁冲谁。”

“你——”卢金元气绝，这家伙怎么油盐不进啊？

也就在此时，身后突然传来陈晓春的声音。

“哎哎，那边窗户那儿有张空桌子，走走走，去那边儿。”

他神情不善，猛地一回头，果不其然，陈晓春和薛同背后，说曹操，曹操就跟着来了。他一见程亦川，原本都不疼了的脚又疼了起来。

下午撞上旗门，按理说都是宋诗意激怒他所致，可他把锅都一股脑甩给了程亦川。

恨一个人时，所有的矛头都指向他，所有的不痛快都只因他而起。

最可恨的是，他屁滚尿流地摔过了终点线，惹来一片笑声，可程亦川却大出风头，入队的第一次专项训练就吸引了众人的眼球。

卢金元无论如何不肯承认，那片艳羡的目光里，也有恨到煎熬的他。

别人努力多少年，凭什么有的人一来就得到了所有？

藏在桌下的手慢慢握紧，他咬紧牙关，眼神一沉。

魏光严抬头看他一眼，觉得有些不对劲：“你要干什么？”

卢金元冷笑一声：“不干什么，当师哥的教教师弟做人的道理，免得他整天不知道天高地厚的。”

“你别乱来。”魏光严警告他，“这里是队里，你要是乱来，第一个吃不了兜着走的就是你自己。”

卢金元没理会那么多，只笑了笑，端起了那碗只喝了一口的鱼汤。汤面冒着热气，还有些烫，方才尝那一口，险些把舌头烫出泡来。

第一个从他身旁过去的是陈晓春，然后是薛同，最后是程亦川。

一个意外而已，谁都不想发生的。

他还不信教练能拿他怎么样了。

卢金元全身紧绷，就在程亦川到来的那一瞬间，猛地站起身来，转身便与他撞了个满怀。手里的汤碗是照着人脸上去的，一滴不剩，狠狠地尽数泼了出去。

食堂里闹哄哄的，正值饭点，成群结队的饥饿大军陆续涌来。

程亦川挑食，青菜只要叶子；牛肉不要肥的不要瘦的，得肥瘦参半；蔬菜沙拉只要蔬菜，不要沙拉；水果拼盘不吃梨，只吃苹果。

他那精心挑选出来的一盘菜，受到了薛同和陈晓春的嘲笑。

“看不出来啊程亦川，吃个饭这么讲究。”薛同说。

陈晓春斜眼看那盘菜：“这要给魏光严看见，还不得胖揍你一顿？人家小时候家境贫困，连饭都吃不饱，搁你这儿，这不吃那不吃的，瞎讲究。”

程亦川很淡定，端着餐盘走在两人后头。他从小到大被宠着惯着，霸王性子由此养成，挑食的习惯也纠正不过来了。

只是没想到，魏光严没有揍他一顿，半路却杀出个卢金元。

过道宽敞，程亦川走在中间，本不应该与人撞上的。

可那人手里端了碗汤，猛地站起身来，转身之际，二话不说地照着他脸上泼了来。

程亦川一只手端着餐盘，另一只手下意识地挡在面前，下一秒，滚烫的液体悉数泼在他衣袖上，有那么几滴溅在手背上、下巴上，烫得像火灼。

还好这是在冬天，他那一身滑雪服厚实、防水，衣袖挡住了大部分的汤汁。

饶是如此，那滚烫的温度也叫他嘶的一声倒吸口气，险些拿不稳手里的餐盘，猛地退后两步，看清了眼前的人。

神色一变。

卢金元暗骂一句脏话。

明明是抱着弄死他的心态干这事的，可没想到低估了这小子的身高，又被他用衣袖挡住了。

预想中的开水烫死猪没能实现。

气仍未消，简直遗憾得想骂娘。

已经走过的陈晓春和薛同二人已经冲了回来，瞠目结舌地看着程亦川一身的汤汁，问他有没有事。

有没有事？

有。

下巴上一阵刺痛，可有事的不是烫伤的地方，是神经。

程亦川起初还没回过神来，但抬眼对上卢金元挑衅的神情，顿时明白了，这并不是一个意外。

卢金元端着空碗，毫无歉意地说：“哟，不好意思，没看见你在这儿呢。”

眼见着程亦川的脸色沉了下来，下巴上红了一小片，他又慢条斯理把空碗放桌上，回头似笑非笑问了句："烫伤了？真是对不住，师哥不像你身手那么灵巧，小小年纪天赋异禀。"

他把手一摊，笑得很是得意："这不，手上没轻没重的。你可别跟师哥计较啊。"

那张狂的模样，足以令程亦川瞬间暴怒。

短暂的僵持。

程亦川笑了两声，极轻极短促。下一刻，他从餐盘里端起那碗白米饭，二话不说照着人脑门上扣去。

上好的东北大米，蒸得白白胖胖、软软糯糯、热气腾腾。

不烫，但一整碗扣在脑门上，白花花一片，比汤汁狼狈多了。

卢金元的笑意戛然而止。

程亦川却笑着说："哟，不好意思，我也没看见你在这儿呢，手上没轻没重的。你可别跟师弟计较啊。"

他面上带笑，把卢金元的话原封不动回敬给他。

别说一旁的薛同和陈晓春了，就连魏光严都怔住了。小范围内，正吃饭的运动员们纷纷侧目，看着这突发的骚动。

卢金元做梦也没想到程亦川敢反将一军。

竞技体育的世界是残酷的，每一步都要咬牙前行，付出血和汗的代价。人在极限运动时，能够爆发出最原始的力量。

而相应的，这个世界也有着最原始的法则：弱肉强食。

从体校到国家集训队，越是优秀人才扎堆的地方，竞争越激烈，排挤越严重。别说朝脸上泼水了，一路走来，卢金元见过的这种事可不少。老将给新人穿小鞋，轻则言语辱骂、口头挑衅，重则肢体冲突。

十九岁那年，他在体校亲眼看见队友从滑雪鞋里倒出几颗大头钉来。

不同于普通鞋子，为保护运动员的脚踝，滑雪鞋的鞋口有很长一段坚硬的材料，也因此，运动员在穿鞋时需要用力朝里蹬。

当鞋子里出现了钉，可想而知那一蹬会蹬出什么样的后果来。

起初是震惊，后来是习以为常。

心术不正的人，有样学样是再容易不过的事。

众目睽睽之下被人扣了一碗饭在脑门儿上，卢金元简直气炸了，一把揪住程亦川的衣领：“你有病？”

程亦川比他高出小半个头，居高临下地盯着他，含笑说：“都说了不是故意的，师哥怎么这么认真啊？”

“倒老子一头米饭，你还敢说你不是故意的？”他揪得更用力了。

程亦川又笑了一声：“你该庆幸我不爱喝汤。”

——否则，你可没这么好运，躲得过被浇一头汤的危险了。

程亦川自小在爷爷奶奶家长大，父母常年在外奔波，并没有多少时间教育他。但“以其人之道还治其人之身”，是程翰教给儿子最实用也最基本的处世之道。

只是他的话比较通俗易懂，总是亘古不变的那一句——“能动手咱们尽量不说话，只要你占理，医药费爸爸给你出！”

明知此时不该笑，可陈晓春愣是没憋住，扑哧一声笑出来，笑完被一旁的薛同着急地瞪了一眼，又赶紧打住。

可那一声笑像是压死骆驼的最后一根稻草。

卢金元恼羞成怒，终于理智全无，一拳照着程亦川的脸砸了过去。

宋诗意归队后，并未第一时间赶去食堂吃饭。

滑雪服厚重、防水，也因此不太透气，训练一下午，她出了一身汗，习惯性先回宿舍洗澡。

当她踏进食堂时，骚动已经发生了。

一大群人饭也不吃，在大厅里围成一团，乱七八糟一片。

“干什么呢？”她莫名其妙，拨开人群朝里一看，简直不敢相信自己的眼睛。

程亦川？

那家伙疯了？！

入队第二天，打架斗殴？

还是在基地，众目睽睽之下？

事发地带堪称一片狼藉，桌椅翻了，汤汤水水洒了一地。而始作俑者程亦川同学，此刻刚以一记完美的过肩摔，将卢金元咚的一声掀翻在地。

过肩摔后，再接锁喉。

卢金元被打出了鼻血，满口脏话，一句比一句难听，间或夹杂着吃痛的惨叫，可就是无论如何打不着他——哪怕陈晓春和薛同，包括魏光严都在死命拉程亦川。

“都吃饱了撑的，站着看戏？”宋诗意冲围观的人喊了一句，“还不上去拦着？”

说是打架，其实压根儿是卢金元单方面的挨打。

又有几个男生如梦初醒，冲了上去，架住了程亦川。

“兄弟，冷静一点。”

“别打了，再打出事了！”

“消消气啊，你消消气。”

程亦川被人拉开了，卢金元才终于解脱了，赶紧从地上爬了起来，头发上、脸上还沾着一团团的白米饭，鼻子以下全是血，浅蓝色的滑雪服也蹭了一身乱七八糟的油污。

他进队好几年，人品也算是有目共睹，差到离谱。

也因此，围观的目光里好些带着幸灾乐祸的意味，只差没在脸上明明白白写着三个大字：你活该。

他是真没想到这小子敢还手。

当然，更没想到的是，程亦川竟然学过跆拳道，是个练家子。

人群里满是明晃晃的嘲笑，卢金元明明是先出手的那一个，结果一拳都没打着程亦川，反倒被揍了两下。一拳正中鼻子，当场就给他揍出了鼻血。他气得理智全无，随手拎了张凳子，这才换来程亦川一个过肩摔，外加一个锁喉。

如今程亦川总算被人架住，大概是局势一边倒得太明显，竟没人上来拉卢金元。

这下卢金元钻了个空子，眼看着拳头紧攥，朝着程亦川就扑过去。

可半路上还是杀出个程咬金来。

宋诗意想也不想，一个箭步冲上去，死死攥住了卢金元的手，拦住了他：“干什么你！”

唯一的反击机会落空，卢金元气得要命，破口大骂：“有你什么事儿？你给我滚一边儿去！”

可宋诗意也是运动员，并非普普通通的弱女子。她双手抵住卢金元，不让他靠近程亦川，嘴里喝道：“老实点儿！你们俩疯了是不是？这是什么地方？要打架滚回老家去，大老远跑这来，就是为了狗咬狗不成？”

她算是高山滑雪集训队里最高龄的一批运动员了，拿出了师姐的架子来，还当真能唬人。

可惜卢金元正在气头上，急红了眼，张牙舞爪的，不肯善罢甘休。

不知是谁叫了声：“教练来了！”

宋诗意抬头，越过人群看见袁华和丁俊亚刚走进食堂，显然是对这乱七八糟的现场震惊不已，一个满脸焦急，一个面如寒冰，大步流星朝他们走来。

这两位都是年轻教练，没有成家，也并非本地人，所以不同于成家的老教练，他们住在集训队的宿舍，也和运动员们一样，一日三餐都在食堂。

教练一来，这事就闹大了，不可能不了了之。

宋诗意百忙之中回头看了一眼，程亦川还被五六个人架着，拉胳膊的拉胳膊，抱腰的抱腰。

但要命的不是这个，而是他的模样。

不同于一身狼藉的卢金元，程亦川除了袖口和胸前有水渍之外，整个人干干净净，没有一点受伤的痕迹。

她飞快地收回目光，再看卢金元……

何止一个惨字了得。

满头饭，满脸血，鼻血没被止住，还弄脏了领口、前胸，只差没在脑门儿上刻俩字：狼狈。

教练已经走到人群外，大伙自发让出了一条道来。

宋诗意心里咯噔一下，也顾不得多想，低声冲卢金元说：“成，松手就松手，要打要杀随你的便吧。”

说完，手上一松，退后两步，放开了他。

一个是杀红眼的卢金元，此刻毫无束缚；一个是被人架住的程亦川，绝无还手之力。

高下立现。

于是就在两位教练拨开人群，急匆匆赶来时，卢金元有如神助，嘴里大骂着，照着程亦川就是一拳。

那一拳力道之大，叫人怀疑程亦川的鼻梁是否还有生存空间。

宋诗意都不忍心看，别开眼去，心里颤了两下。

伴着程亦川的痛呼，袁华惊呆了，冲着卢金元暴喝一声："你干什么！"

丁俊亚一把攥住卢金元的后领，用力一拉，像拎小鸡似的把人抛开，然后二话不说抬起程亦川的下巴："把头仰着。"

那一拳不仅打出了程亦川的鼻血，嘴唇也被牙齿磕破，分不清哪儿是哪儿的血。

丁俊亚侧头环顾人群，想找点止血的东西，宋诗意却在几秒之前就已经解下了围巾，飞快地递过来。

他一顿，看她一眼，接了围巾，折成几下，一把按在程亦川脸上："仰头，捂好了。"

再看一眼被袁华拎住的卢金元，那家伙的鼻血已经自己止住了。

他冷着脸，声音短促地对袁华说："我带他俩去医务室，你处理现场。"

程亦川被那一拳揍得耳边嗡嗡叫，接下来的好一阵，都有些头脑发蒙，回不过神来。

丁俊亚让他抬头，他抬头。

给他围巾堵住鼻血，他就下意识地堵住。

基本上是按照指示在机械行动。

疼痛令肾上腺素飙升，好像浑身血液都在往脑子里冲，他有点记不清自己是怎么从食堂走到医务室的了，也诧异自己居然和卢金元这么一路共处都相安无事。

天已经黑了，又是一场纷纷扬扬的雪。

他晕头转向地到了医务室，被护士安置在病床上时，还下意识地仰着头，用那围巾堵住鼻子。

天花板上是刺眼的白炽灯。

他不适地眯着眼，察觉到有咸而湿热的血沿着鼻腔流进了口中，血腥味跟铁锈似的。

除此之外，鼻端隐隐有种熟悉的味道。

是什么呢？他恍惚地想着。

好半天，直到护士摘了那围巾，一边嘱咐他别动，一边替他检查鼻腔、止血清洗时，他才记起来。

那是洗衣粉的味道。

小时候在爷爷奶奶家，奶奶总爱用那个牌子，柑橘味，甘甜里带着点淡淡的苦。那是童年的味道。

他下意识侧头去看，那染血的围巾是米白色的。

刚才意识不清，这会儿才隐约想起来，那好像是宋诗意的围巾？是她递给丁俊亚的。

记忆再往前推，脑子一激灵，他猛地跳了起来，不可置信地大骂一声："Shit！"

护士吓一大跳，手一抖，清理伤口的纱布都掉地上了。"你别动啊，还没弄完呢，一会儿又出血了……"

程亦川的意识悉数回笼，脸上一阵白一阵红的，眼睛瞪得跟灯泡似的。

刚才在食堂，卢金元那一拳落在他脸上之前，是她松了手，对吧？

她松手了，还说了句什么来着？

大概是肾上腺素终于下去了，他的眩晕感完全褪去，只剩下清醒的愤怒。他想起来了，那时候她说的是："成，松手就松手，要打要杀随你的便吧。"

要打要杀，随你的便吧？！

程亦川不可置信地抬起头来，只听见护士一声尖叫。

"你快别动，又流血了！"

鼻腔里一股温热的液体喷涌而出，但无论如何都比不上心头的怒气。

垃圾师姐想弄死他？！

宋诗意没有室友，单独住了间宿舍。

倒不是孙健平偏心，给徒弟特殊待遇，主要是归队时姑娘们两两一间，没有单出来的。

她心安理得住进了单人间，一个人乐得清闲。

草草吃了顿饭，从食堂回来，宋诗意心不在焉地往脚上喷云南白药。下午训练时，被那小子给激了下，一个没忍住就提速了，当时脚下一疼，她就知道要坏事。

幸好只是刹那冲动，很快止住。

喷雾停留在脚踝，凉飕飕的一片，她赤脚坐在床沿，还想着先前在食堂看见的那一幕。

呵，光看脸可真没看出来，那小子模样斯斯文文，还挺能打啊。

正想着，郝佳在外面敲门：“师姐，你在吗？”

她趿拉着拖鞋去开门，露出个脑袋：“我在。怎么了？”

郝佳指指走廊尽头的窗户：“楼下有人找。”

“谁啊？”

郝佳咧嘴笑：“打架小能手。”

“程亦川？”宋诗意一顿，“他让你来告诉我的？”

“我刚从外面回来，碰见他在女生宿舍楼下瞎转悠，说是没你电话，也不认识女队这边的人，只能在那干等着。呵，你是没瞧见他那样子，被揍得可真惨。”郝佳一脸惋惜，很是心痛，“也不知道卢金元对着那么张脸，怎么下得去手。”

“怎么下得去手”这件事，说起来好像和她有点关系。

宋诗意咳嗽两声，随手拎了件棉衣披上：“我下去看看。”

Chapter 06

圆满缺憾

宿舍底下铺了层积雪，松松软软。深蓝色的夜幕缀着星星点点的白。

宋诗意走到一半，才发现自己只穿了双毛茸茸的拖鞋，可这会儿回去换也迟了，索性就这么出了宿舍大门。

下雪的夜里，外面几乎不见人影，大门外却孤零零立着个人。

大概是站太久，那家伙不时往宿舍大门里看一眼，冷得又是搓手、又是跺脚。某一个瞬间，当他又朝门里看来，冷不丁地对上宋诗意的目光，一直紧皱的眉头便倏地一松。

只可惜下一秒，又猛地皱起，并且皱得更厉害了，一副兴师问罪的模样。

宋诗意猜到他一出医务室，就跑来找她了，不然也不会还穿着这身大红色滑雪服。

她走近了些，还在琢磨要怎么跟他解释，结果看见他那惨不忍睹的脸，一个没忍住，噗的一声笑出了声。

“你还笑得出来？”程亦川简直震惊了。

他的鼻子红肿不堪，嘴唇破了俩洞，离开医务室前，护士为了替他消毒，还给他抹上了几百年没见过的红药水。

这都什么年代了，还有这种丧心病狂、一抹就毁容的玩意儿？

他拒不涂抹，结果被医生摁在医务室，死活不让走……最后只能“丧权辱国”地妥协了。

一出医务室，程亦川二话不说朝女队宿舍杀来，心道，一定要让那狠心的女人看一看，看她把他害成什么样了！虽说揍他的不是她，是卢金元，可她不是罪魁祸首也是帮凶。

可他万万没想到，这女人看见他的第一秒，居然一点歉意也没有，还这么肆无忌惮地嘲笑他？！

是可忍，孰不可忍。

可宋诗意就站在他面前，裹紧了身上的棉衣，带着笑意反问：“我为什么笑不出来？当众打架的又不是我，被揍得鼻青脸肿的不是我，丢脸的也不是我。我当然笑得出来了。”

嗬，听听这话。

这要多没良心、多铁石心肠的人才说得出口？

连日来，对她的态度在同情与惋惜之间反反复复，此刻尽数被恼怒取代。

程亦川冷笑一声：“是，丢脸的当然不是你了。师姐那么清高的人，怎么能和聚众斗殴扯上关系呢？”

“我——”宋诗意才刚刚张口，就被正在气头上的人打断。

“我知道，你怕被教练当成共犯，所以一见他们来了，立马就撒开了卢金元的手。也不看看多少人拉着我，就你一人拉着他。反正你只管撒手就对了，随他怎么动手，我是死是活也不关你的事，是吧？”

他一股脑说了一堆气话，所有情绪都摆在脸上。

宋诗意顿了顿，也没动怒，只定定地看着他：“说完了吗？”

“没有。还没说完。”大概是连日以来受了不少挫折，气狠了，他气恼地握紧了拳头，“人人都说国家队了不起，个个都想进来。可我进来一看，哈，其实不过如此。”

宋诗意不说话，静静地听他发泄。

程亦川咬紧牙关，恨恨地说：“讲资历，排辈分。拉帮结派，排挤新人。眼红比自己强的人，毫无包容之心。不光队员这样，就连教练也良莠不齐，凭自己的喜好对待运动员，高兴就顺两下毛，不高兴就摆出一副臭脸来——”

他一股脑把憋在心里的事都吐了出来，气狠了，干脆不说了，一脚踹在林荫道旁的老树上。

这动不动就踢树的毛病，看来是改不掉了。

光秃秃的树干上没有树叶，倒是有一层厚厚的雪。

他这一踹，树干猛地一晃，积雪簌簌而下，扑了他一头一脸，还有不少落进衣领里，冷得他一个激灵，浑身都僵了。

宋诗意简直想哈哈大笑，这小子戏怎么这么多？

简直是个谐星。

可她到底不像他所说的那么没良心，知道他此刻心情糟糕，若是火上浇油，只怕会气出毛病来。

她忍住笑意，伸手去拉他。

“你别碰我。”程亦川一蹦三尺高，不让她拉。

“你给我过来。”她板起脸凶他，一把拉住他的衣领，“低头！”

“我不！”少年伸长了脖子，以示硬气。

宋诗意才不管他硬不硬气，踮起脚来，一巴掌摁在他脑门儿上：“叫你低头。”

硬生生把他给摁了下来。

程亦川简直不敢相信，她居然还敢动手？这是多猖狂，多笃定他不会打女人？！

他正怒火攻心，宋诗意却站上了路边的台阶，嘱咐一声：“别动。”然后伸手兜住了他的衣领，向外翻折，轻轻一抖。

积雪陆续被抖落在地。

她松开了手，踏下台阶，问：“该控诉的都控诉完了吗？”

那样冷静，那样不动声色。

该说的都说了，气也都发泄出来了，理智一回笼，程亦川就懊恼起来。他那么恼羞成怒，她却一副没事儿人的样子，衬得他跟个跳梁小丑似的。

他在原地挣扎片刻，手握紧了又松开。

教练那边痛骂了他和卢金元一顿，还让他们一人交一篇五千字检讨，他没法反抗，只能服从。对于卢金元哪怕再恨，恨得牙痒痒，也没办法再动一根毫毛，除非不想在队里继续待下去。

在气头上时，他什么都没想，一心找宋诗意算账。

可如今呢，真到了这里，他拿什么跟她算账？除了一逞口头威风，难道还能打她一顿？

更何况他连说都说不过她，从日本到哈尔滨，他就没有一次占了上风。

夜风扑面，还带着一星半点的雪，吹得人刺骨凉。

他忽然就心灰意冷了，干脆二话不说，扭头就走。

宋诗意有点莫名其妙，这家伙杀气腾腾地找上门来，一通气发完，还没听她解释，这就走了？

“喂，你别走啊！”

他没理她，步伐快得惊人。

宋诗意冲他喊：“我话还没说完呢，你跑什么跑？”

他头也不回：“我没话跟你说。”

她只得趿拉着拖鞋追上去：“可我有话跟你说。”

“不想听。”

“不想听也得听。”宋诗意也来了气，一把拉住他的衣袖，“程亦川，你给我站住！”

程亦川脚下一顿，依然没回头：“怎么，这是命令？”

她眉头一蹙，冷笑：“你就当是。”

他不肯回头，她便快走几步，绕到他面前站定：“罪名给人安得干脆利落，安完了，也不给人解释的机会、申辩的权利，这就要午后问斩了？”

程亦川居高临下看着她，一脸“麻烦你说人话”的表情。

宋诗意深吸一口气，问：“教练怎么说？”

“跟你有什么关系？”

宋诗意怒喝一声：“我问你教练怎么说！”

她那模样简直浩然正气、坦坦荡荡，叫程亦川都忍不住怀疑自己是不是产生了幻觉，把别人干的事儿安在了她身上。

他冷笑：“怎么说？能怎么说？说我刚刚入队，没有半点规矩，不知道和队友好好相处，还当众斗殴——”

“当众斗殴，呵。”宋诗意也冷笑一声，破天荒冒了句粗鲁的话，“没说你单方面殴打队友，你就谢天谢地吧。”

程亦川一顿。

宋诗意才懒得给他说话的机会，听他噼里啪啦地说了一顿，这下总算轮到自己了：“知道什么叫逞能吗？匹夫之勇，有勇无谋，说的就是你这种人。”

她仰头看着高自己一个头的少年。

“就你会打，是吧？就你身手了得，哪怕先动手的是卢金元，你也能毫发无伤把他揍得个鼻青脸肿？”

“我本来就——”

“你闭嘴。”宋诗意冷冰冰地说，“这么大的人了，你以为教练还会跟对待幼儿园小孩似的，一句一句盘问你们到底是谁挑事，谁打谁，谁先动手，谁理亏？”

程亦川表情微变。

“就算你说是卢金元故意拿汤泼你，你就有理了？你说他是故意的，他说他是无意的，你觉得教练凭什么信你？难不成你脸上写着‘诚实守信’四个大字？

“你知道要是没有那一拳，现场看上去是个什么状况吗？”

“呵，不说话，看来是脑子开窍了。”宋诗意面无表情地看着他，“你是挺能打的，自己干干净净、整整齐齐地站在那，倒是把挑事的揍得乱七八糟，鼻血都出来了。这事到了教练眼里，卢金元只要一口咬定他是无意中把汤洒你身上了，就会变成你抓着一个误会不放，得理不饶人，非把他打成那样。你知道要真成你单方面殴打队友，后果有多严重吗？

“是，这地方从来都不是你想象中的天堂。你进来了，拥有了更多的机会，更好的教练，更大的平台，可你凭什么以为一切都只会更好？既然好的更好了，凭什么坏的就不能更坏了？亏你还是本科生，高中没学过能量守恒？”

大抵是一口气说了不少话，气也消了一大半。

宋诗意深吸一口气，放缓了语气：“三年前，我隔壁宿舍的女生因为被人挤了名额，动手打伤了人，后来被对方咬着不放，说是要起诉她故意伤人。”

她停在了那里，程亦川终于开口：“后来呢？”

“后来，队里为了息事宁人，不闹出更大风波，把她除名了。”

以被国家队除名的方式收场，注定了不会有别的地方收留她。她再也无法以运动员的身份登上赛场，此生都将告别运动生涯。

曾为理想不懈努力，整个青春就只与“滑雪”二字有关，再无其他。可因为年轻气盛，只图旦夕的舒坦就由着性子胡来，理想就此破灭，青春亦如是。

空气凝滞了一刹那。

宋诗意看着他，淡淡地说：“被排挤的又不止你一个人，明着打架、私底下互相掐的多了去了。程亦川，你经历得太少了。”

风继续吹，漫天白雪愈渐浓烈，大有白了少年头的趋势。

程亦川一动不动站在原地，心里被人大刀阔斧劈了个天坑出来。

宋诗意好一阵没说话，就这么望着他。少年眼里的情绪变了又变，有惊疑，有懊恼，有尴尬，有不甘。

离得近了，他那破皮的嘴唇也更加明显，下唇磕出两个小坑，还涂着可笑的红药水，鼻子也还红肿着——再好看的人弄成这样，也好看不起来了。

她长叹一口气，都不知道自己到底图什么，明明跟她八竿子打不着，为什么非得去多管这闲事？看看自己，如今腿伤在身，成绩平平，前途一片迷茫，到底哪来的闲心去搭理他？

何况他再蠢、再冲动，品性又不坏，今日之事也没真闹出什么大乱子，顶多警告处理。就冲着他这天赋、这成绩，教练也不会把他怎么样。

想多了都是泪。

宋诗意仰天长叹：“一定是这几天伙食太好，我吃饱了撑的没事干……”

她沧桑地摆摆手，“你还是回宿舍去吧，当我刚才什么都没说。”

一边说着，她一边转身往女队宿舍走，心情格外凄凉。

可程亦川没有动。

他定定地站在原地，像是被人施了咒，一动不动看着她离去的背影。

雪还在下，仿佛不知疲倦。

此刻的他从自己的情绪里抽离出来，才发现无数被忽略的细节——

那个离去的身影穿的黑色棉服，正是去年在日本吃拉面那一晚她穿的那件；

脚下趿拉着一双毛茸茸的粉色棉拖，边缘的颜色深浅不一，大抵已被路面融化的积雪浸湿；

袜子也没穿，脚踝光溜溜地裸露在外，被风吹得有些发红；

脖子上光秃秃的，睡衣没有领，而棉衣的领口又太低，她模样可笑，边走边缩脖子。

……

最后一个念头是，她走得并不快，右脚似乎有点别扭，像是忍着疼，不敢太用力着地似的。

那个背影在雪夜里渐行渐远，可一口气却堵在了程亦川的心头，她走得越远，他的呼吸就越急促。

像是有人在心上划了道口子，冬夜的风呼呼地往里灌。

他艰难地握紧了手心，咬紧牙关，片刻后终于认命，倏地朝她走去。起先是快步走着，接着步伐越来越快，越来越快，到最后变成了小跑。

宋诗意走着走着，忽然听见身后传来急促的脚步声，茫然回头。

“程亦川？”她惊讶地开口。

下一秒，肩头忽地落下一件厚重的外套……大红色的滑雪服。

那人用力拉着领口，像是要把她完完全全罩在里头。

她惊疑不定，猛地后退一步：“干吗，我该解释的都解释完了，你还想勒死我？”

程亦川气急，一口气提在嗓子眼里，想骂人，片刻后，又被她认真的表情逗笑了。起初是很隐忍的笑，到后来渐渐变得肆无忌惮起来，干脆在原地大笑，轻快而张狂。

宋诗意莫名其妙看着他：“我说，你该不是气疯了吧？还是被卢金元一拳打傻了？”

他没理会她的取笑，只是抬手，用力揉了揉有些发热的眼眶，叫了声：“师姐。”

“欸？”她睁大了眼睛，黑漆漆的眼珠是这雪夜里唯一的星，独一无二，灼灼闪耀。

程亦川笑了，如释重负，眼睛里又渐渐有了第一次在日本见面时那种光彩。

他定睛看着她，咧嘴一笑，又叫一声：“师姐。”

不同于以往，不只是一个关乎辈分的称呼，这一晚的“师姐”二字，他叫得心悦诚服。

“你神经病啊，大晚上不回去睡觉，一个劲叫我干吗？”宋诗意被他弄得毛骨悚然，干脆一个栗暴砸在他脑门上，“滚回去睡觉。”

哪知道少年不说话，一路沿着林荫道跑了回去，没几步又回过头来，笑容灿烂地冲她再叫一声：“师姐！”

神经病！

宋诗意气得牙痒痒，抬手冲他一比，示意“再搞我，我揍你”，然后头也不回地转身走进宿舍大门。

走了几步，低头一看，一拍脑门儿。

那家伙的衣服！

她猛地回头，可林荫道上哪里还有那个人的身影？她拎着衣服，翻了个白眼。

喂，你倒是拿回去啊，几步路而已，用得着吗？偶像剧演给谁看啊？！

程亦川没发觉，明明上门找她算账的时候还一肚子气，简直咬牙切齿，觉得这基地的一切都叫人看不顺眼。可沿着林荫道回宿舍时，心境突然就跟盘古开天辟地似的，完全明朗起来。

这雪很漂亮啊，纷纷扬扬像鹅毛。

远处的长白山可真好看，比富士山也没差哪儿去。

这林荫道也铺得别具匠心啊，夏天遮阳，冬天挡雪……植物果然是人类的好朋友，净化空气，遮风挡雨。

一边感慨，他一边停下脚步，摸摸路边的老树，愧疚之情油然而生。

虽然刚才踹的那一棵并非眼前这一棵，但他还是心虚地咳嗽一声，嘀咕了一句："下次再也不朝你撒气了。"一顿，"我跟树道什么歉呢，被她气得脑子都坏掉了！"

程亦川大步流星地往宿舍走，走到一半又莫名其妙地想，对啊，他不是在生气吗？怎么这会儿……完全没有生气的状态了？！

这队里全都是坏心眼子，该生的气还是要生的。

他走了几步，又默默补充一句，当然，凡事不能以偏概全，坏心眼子遍地都是，但也有那么几个好人。

比如说，宋诗意这个人——他撇撇嘴角——人是别扭了点，老戴着面具假笑，不肯拿真心示人，可心肠还是不坏的。

嗯，大概，比不坏还要好一些。

薛同和陈晓春也不错。

那个叫郝佳的挺友好的，就是思想有点污秽。

他一路天马行空地琢磨着，终于到了宿舍。刷卡进门时，魏光严已经躺床上了，屋里灯还亮着。

在程亦川眼里，这人和卢金元是一丘之貉，穿一条裤衩的。今天的事情说不定就是他和卢金元商量好了的，他们不是在一桌吃饭吗？

呵，睡得还挺香，看来是良心被狗吃了，一点也不觉得愧疚。

他瞥了魏光严一眼，把外套一脱，拿出换洗衣物进卫生间洗澡。

床上的人听见关门声，动了动，飞快地回头看了眼程亦川的书桌……那家伙没看见。

是不是放得太不显眼了？

魏光严迟疑着，蹑手蹑脚爬起来，走到程亦川的书桌前，把那只白色塑料袋从一堆书后拎了出来，放在了一眼能看见的地方。

这下应该行了。

他潜回床上，继续闭眼装睡。

十分钟后，穿着背心裤衩的程亦川从卫生间出来，一边擦头发，一边在椅子上坐下来。下一秒，忽然发现桌上多了一团白花花的东西，疑惑地伸手去拨。

白色塑料袋里装了点奇怪的东西：云南白药，红霉素软膏，口罩，还有……

女士晶莹润彩唇膏？

什么玩意儿？

程亦川莫名其妙地看着这堆东西，心头一动，猛地回头，正好与暗中观察的魏光严四目相对。

魏光严吓一大跳，下意识把眼闭上，两秒钟后，又回过神来，唰地一下睁眼。

都被逮了个正着，闭眼还有什么用！

抢在程亦川开口之前，他冷冰冰地说："楼底下碰见女队的人，披头散发的看不清是谁，把东西塞我手里就跑了，说是让我转交给你。"

程亦川没说话，神情古怪地盯着他。

魏光严心虚，猛地一翻身，拿背对着他："才来队里几天，就有红颜知己上赶着给你送药了。你还是别辜负人家的一番好意，该抹就抹吧。"

最怕空气突然的安静。

宿舍里，一时之间谁也没说话，魏光严面朝墙，在心里把自己骂了个狗血淋头。

要你当好人！要你多管闲事！你吃饱了撑的，人是卢金元打的，又不是你，你当什么活雷锋？何况那堆乱七八糟的玩意儿居然要一百块，一百块可以吃多少顿饭了？

而另一边，程亦川看看魏光严，又看看塑料袋里那堆东西，最后啪的一声，把袋子扔桌上了。

他不是傻子，魏光严的话漏洞百出。哪来什么红颜知己？根本就是他自己心虚，才来做这亡羊补牢的事。

怎么，这是和卢金元合计过了，正面行不通了，打算来个迂回战术，诱他放下戒心，徐徐图之？

程亦川冷着脸，继续擦头发。

不管他们搞什么鬼，他都以不变应万变。

魏光严听见那一声动静，顿了顿，还是没忍住回头看了一眼，粗声粗气地问："那药……你不抹？"

"不抹。"

"好歹是别人的一片心意，你抹一下会死？"

"我浪费也是浪费别人的心意，你这么紧张干什么？"程亦川瞥他一眼。

魏光严说不出话来，憋了半天，想出个蹩脚的理由："你以为我关心你？

人家千叮咛万嘱咐，让我一定看着你抹。我不过是受人所托，怕辜负别人罢了！”

“是吗？”程亦川笑了两声，淡淡地说，“这种红颜知己，智商太低，辜负了也好。我不过受了点皮肉伤，又没伤筋动骨，买云南白药干什么？红霉素软膏是拿来治皮肤病的，你看我是长脓包了还是怎么的？”

魏光严气绝，反问一句，“不是还有只唇膏吗？”

“唇膏？”程亦川再笑，“男人用唇膏干什么？”

“保护嘴唇，不行啊？”

“行啊，怎么不行？”他跷着二郎腿，眯眼看着依然背对他的魏光严，“看样子你是要用唇膏的人，反正我是不用的，不如这唇膏我就转赠给你好了。”

说着，他从袋子里找出唇膏，朝魏光严床上一抛。

运动员身手灵活，靶子极准，这一扔，恰好扔在魏光严面前。魏光严咬牙切齿地拿起来，噌地一下坐起身：“你不要的东西，谁稀罕啊？你当我是乞丐吗！”

程亦川下巴一抬：“你仔细看看呢。”

魏光严低头，定睛一看，终于看清了唇膏包装上的字样，“女士”二字，尤为明显。再往下看，一行小字标注：阳光珊瑚色。

……

鬼知道他当时冲进药店胡乱拿了一气什么鬼。

程亦川淡淡地说：“不仅是女士用品，还有颜色。怎么，我看起来像有异装癖？”

魏光严面上一阵红一阵红的：“关我什么事？又不是我送的！”

他把那唇膏往程亦川桌上一扔，转身躺下，这回再也不扭头了。

好心当成驴肝肺，呸！

他再也不管那小子死活了！

而程亦川冷眼看着他的背影，心头冷笑，这家伙想羞辱自己？没门儿。

周五的早晨，天晴雪霁，晴空万里。

红日高升，照得一地敞亮，长白山脉在云端熠熠生辉。

国家高山滑雪集训队的升旗仪式又开始了。

都是成年人了，队里的升旗仪式很简单，不像学校里那么复杂，省去了主持环节，也没有什么国旗下的讲话。除非每逢大赛前夕，或者有新的决策要传达，才会有领导上台讲话。

像平日里，也不过就是全体集合，奏国歌，升国旗，众人原地肃穆，齐唱国歌，看着五星红旗冉冉升起罢了。

可今日不同。

今日，男子速降队的袁华教练一脸严肃地站在了人群正前方。

宋诗意每次参加升旗仪式时，总会有种复杂的心情。那一年的世锦赛，她也是这样站在温哥华的体育馆里，看着三面不同的旗帜冉冉升起，居于第二的那一面，是属于祖国的五星红旗。

那是她迄今为止最光辉的一日，在异国他乡，在我国从来没有拿过名次的女子速降项目上，那一面红旗因她而升起。

那一日，世界上所有关注高山滑雪运动的人，都知道了中国选手宋诗意，是她打破了我国在女子速降项目上零奖牌的纪录，完成了重大突破。

可没有人知道那一刻她有多遗憾，亚军带来了巨大的眩晕感，也带来巨大的落差感。

在她左边站着来自瑞典的女子速降冠军，两人不过咫尺之遥，领奖台的高度也只差了十几厘米。甚至，她们的比赛成绩只有 0.03 秒的差距。

可因为那 0.03 秒，她与冠军失之交臂，万人场馆中奏响的是瑞典国歌，而非《义勇军进行曲》。

事实上，踏上这条路是因为热爱滑雪，站上赛场是因为不懈努力，渺小如她，就算拼了命在雪道上奋力一搏，也只是为了完成自我的圆满。

可宋诗意永远忘不了那一刻。

当她站在领奖台上，望着那面冉冉升起的五星红旗，她才忽然意识到，竞技为滑雪赋予了新的意义。

那一刻的她不只是宋诗意。她是中国高山滑雪运动员，她为了个人的梦想而来，也肩负着更多人的期望。她从未意识到那面旗帜对她有如此重大的影响，它因她而升起，她也因它而圆满。

可那个圆满仍然是有缺憾的。

耳边响起的是瑞典国歌，而非熟悉的旋律。

夺冠的念头从未如此强烈，在那一天以前，完成奖牌零突破对她、对整个国家队而言，已是最大的目标。她光荣地完成了任务，却在那一刻感受到了强烈的不甘。

只是 0.03 秒。

就差 0.03 秒。

此后的每一次升旗仪式，宋诗意站在人群里，仰头望着五星红旗，都会回想起那一日的遗憾。

就在宋诗意意难平之际，袁华站在了人群正前方。

他说："下面宣布一个处分决定。国家高山滑雪集训队，男子速降队运动员，程亦川、卢金元两人，于本周四下午七点在食堂发生肢体冲突。经上级讨论后，念在两人态度端正，并且对这种错误的行为进行了较为深刻的反思，教练组决定对他们给予警告处分。"

顿了顿，他瞥了一眼不远处的两个人。

"下面，请程亦川和卢金元对本次斗殴行为做自我检讨。"

人群一阵骚动。

卢金元拼命往后缩，想让程亦川先上。这种场合，简直丢人至极。

可袁华走了过去，朝他脸上扫了眼，说："卢金元，你是老队员，你先上。"

卢金元只能拿着检讨书硬着头皮上。

卢金元的检讨非常传统，非常老套，换言之，用脚趾想想，也能猜到他这万能套路检讨是从网上拼拼凑凑而来，基本上是在换着法子阐述对于本次冲突事件他有多后悔，并且赌咒发誓今后再不犯错。

他全程以极快的语速，只图能含含糊糊过去就得了，这种事，实在丢人。

最后，他还"对程亦川同志进行诚恳的致歉，希望他不计前嫌，从今以后携手共进，争取为队争光，为国争光"。

宋诗意下意识侧头去看人群外围的程亦川，那家伙一脸冷漠，嘴角一扯，她几乎能想象到他是如何冷笑了一声。

掏掏耳朵，她有点想笑。真是奇怪的错觉。

可她就是知道他会作何反应，那一声笑一定是不屑的，短促而轻快，透着倨傲和狂妄。

袁华侧头："程亦川，该你了。"

程亦川："哦。"大步流星去接替卢金元的位置。

袁华赶紧叫住他："站住，你稿子呢？"

程亦川回头咧嘴一笑，指指脑门儿："在这儿呢。"

袁华突然有了一种很不好的预感。

事实证明，他是对的。

程亦川老神在在地站在了人群最前方，开门见山地点题："早上好，我是程亦川，今天耽误大家几分钟时间，从以下三个方面对昨天的事情进行自我检讨。"

不太正经，但至少到这一句为止，还算过得去。

哪知道下一句就开始出岔子。

"第一个方面，我对自己出色的滑雪技巧做出检讨。作为一个初来乍到的新人，我不该在一开始就表现出这种过硬的实力，超过在队服役时间比我长的师哥们，这是非常不尊敬前辈的行为，尤其给卢金元师哥带来了巨大的压力。"

台下一片哄笑，袁华的脸色都变了。

可程亦川还在诚恳地自我反省："我检讨，我有错，我应该循序渐进，先让卢师哥有个心理准备，免得伤害来得太快就像龙卷风。"

有人笑岔气了。卢金元脸绿了。

罪魁祸首没有笑，神情一派庄重："第二个方面，我对自己过于丰富的想象力做出检讨。昨天晚上在食堂里，我以为卢师哥试图把一碗滚烫的汤泼在我脸上。可事后就他解释，这应当是个误会，他只不过是从桌旁站起来，一不小心撞上了一米开外的我。一米这个距离，按理说是不太容易撞到人的，可他毕竟是速降队的，速度太快，我也能理解。所以我检讨，我有错，我不应该以小人之心度君子之腹，以为卢师兄嫉妒我长得好看、想毁我容。"

哄笑声此起彼伏。卢金元脸黑了。

袁华拿不准到底该不该上去把这混账东西拉下来，便朝人群后方使劲儿看。人是孙健平招进队里的，一来就犯事儿了，本来该他来处理。可孙健平嫌丢人，不肯出面，只在背后做了决定，让袁华来干这事儿。

如今程亦川这么一通检讨，袁华就去瞧孙健平的眼色，想看看他的意思。

谁知道孙健平捂着脸，压根儿没眼看。

台上，程亦川已经开始阐述最后一点。

"第三个方面，我对我出色的——"

昨晚打好的腹稿，是"对出色的摔跤技巧做出检讨"。他不该一点不顾及师哥的颜面，把人揍得七荤八素、鼻青脸肿。作为新来的师弟，理应谦让，毕竟是师哥先动手，总要给师哥一点面子，假装一下打不过也好。

可他只说了个开头，就停了下来。

人群里，绝大多数在笑，小部分人在憋笑，可还有一个人，在冲他摇头。

程亦川看不见其他人，也懒得去看，可当他对上宋诗意的眼神，却忽然停住了。她用一种焦急而又略带严厉的目光看着他，摇头，用嘴型对他说："认错。"

这不是可以乱来的地方。

贫嘴一时爽，烂摊子谁来处理？当徒弟的不争气，师父是要背锅的。

再者，他这嚣张气焰，如果不收敛收敛，只会招来更多不满。年轻人有傲骨是好事，但她还是那句话，刚极易折，强极则辱。他不该这么自找麻烦。

腹稿早已打好，而今到了嘴边，却忽然说不出口。程亦川看着她，默了默，脑子里莫名其妙浮现出昨夜的场景和她那掷地有声的话。

极为短暂的几秒钟里，心头千回百转。

到底要不要……听师姐的话？

他微微蹙眉，脑子里天人交战。

Chapter 07

暗里动心

这天早晨的升旗仪式，以卢金元毫无闪光点的套路式检讨开始，在程亦川可圈可点的狂妄发言中到达高潮。

他的检讨已近尾声，谁知道第三点却忽然颠覆了前两段的嚣张逻辑，一反常态地认真起来。

“第三个方面，我对我出色的——”

在这句话之后，他短暂地停顿了一下，目光落在人群中，片刻后，嘴角那点轻薄的笑意不见了。

他别开眼，像是极不情愿似的，却还是老老实实收起了倨傲。

“第三个方面，我对我的冲动幼稚做出检讨。”

台下众人摸不着头脑，绝大多数还一脸期待地等着他继续口出狂言。运动员生活枯燥乏味，正需要这样的热闹调剂调剂。

可谁知道调剂品忽然变了调调。

“我刚从省队上来，初来乍到，一心想出成绩，想证明自己，因为我练滑雪的目的从来都只有一个，希望有朝一日能够站在领奖台上，听大家叫我的名字，为我欢呼。”

运动员普遍文化程度不高，但也都知道该用糖衣包裹住野心，想拿冠军是真，但须得说成是“为国争光”“报效祖国”。

可程亦川没有说那些冠冕堂皇的话，他坦然站在众人面前，诚实地面对自我、袒露野心。

“我从小就喜欢滑雪，一开始是爱好，后来被选入省队，成了职业滑雪运动员。不想当将军的士兵不是好士兵，所以我想拿冠军也没什么好稀奇的。我相信你们也和我一样，既然都走上了这条路，就没人希望默默无闻。”

他没穿丁俊亚给的队服，依然我行我素，运动背心外套了件白色运动服。

台下一片浅蓝色队服，唯独他与众不同。

“但我今天站在这里做检讨，并不是因为我想当冠军。我之所以反省，是昨晚有人对我说，我来到国家队，拥有了更好的教练、更好的平台和更多的机会，那么理所当然也要面临更激烈的竞争。好的既然更好了，坏的也会更坏，这是能量守恒定律，无可厚非。”

他把手揣进外套口袋里，撇撇嘴：“所以我应该大度些，想明白些，不该一时头脑发热就和卢金元打架。我会好好反思，今后把重心放在值得放的地方，做一名心胸宽广的运动员。”

也不等袁华再说点什么，他做完检讨就走，一路走回台下的人群中。

袁华瞠目结舌，没想到这小子会来这么一个大反转，只能把那些紧急救场的念头掐断，清清嗓子，上台收尾，告诫大家今后要团结云云。

人群里，双手插兜的少年目不斜视，慢条斯理地伸手掏了掏耳朵："喂，刚才我在台上，你跟我说什么来着？"

宋诗意就站在他旁边。

他先前一路穿过人群，不偏不倚挤到了她的身侧。

"少装蒜。"宋诗意睨他一眼。

"我真没听见。隔那么远，谁知道你说什么来着。"

"听不见你改什么结尾？"

"我这不是良心发现，发觉一直插科打诨也不太好嘛。"

宋诗意有心刺他两句，批评他那不可一世的前两段检讨，可侧头看他，却只看见他一身洁白立于人群里，格格不入的样子。

眉眼还带着些许稚嫩，眼里若有光。

她下意识地想，他是和卢金元不一样的存在，他们根本不是一类人。

程亦川说得不错，在这台下没有谁甘于平庸，人人都想当冠军。可这并不意味着他们都是同类，拥有共同的理想。

多少人生在农村，因家境贫困被送去体校，努力是为了改变生活现状。

多少人成绩不好，没法继续求学，不得已走上艺体的道路，留在这国家队不过是为了谋生。

可程亦川不是。他是最罕见的那一种，因为爱好踏上那高高的雪山，仅凭满腔热血闯进了这里。他的热爱是纯粹的，想要夺冠的执着也是最纯粹的，不掺杂他物。

批评的话忽然就说不出口了。宋诗意静静地看着他，片刻后，放弃了。

为什么要拼了命去融入大众？棱角可以磨一磨，但内里最好还是别变。若是变了，他就不是程亦川了。

这小子是狂了点，倒也有那么几分可爱。

程亦川见她不说话，斜眼看她："怎么，还想批评我？"

他可是做好了心理准备，任由她攻击，他自岿然不动，哼。

可出人意料的是，这回宋师姐没有骂他了，反倒淡淡点评了句："前面两段狂是狂了点，听着也还有点道理。"

惊得他睁大了眼睛："哟，太阳打西边儿出来了？"

他受了惊，她却岿然不动："当然，最有道理的还是最后那段，一看就是深明大义、活得明白的有心人教给你的人生真谛。"

大写的服。

台上的袁华总结完毕，散会。程亦川还想跟宋诗意说上几句，冷不丁被人捉住了后衣领："臭小子，给我滚过来！"

"哎哎，说就说，别动手动——"话说到一半，回头看清了正主，立马蔫了，"哈哈，是孙教啊？您有事找我，说一声就成了，我麻溜地滚到您面前就是，哪儿用得着麻烦您老人家亲自动手呢？"

程亦川厚着脸皮卖萌，心里却在惨叫，完了，这回孙老头要动真格了。

国家队一周训练五天，周末双休，运动员可以离开基地。

周六，宋诗意起了个大早，上午去训练馆跑步，中午把衣服洗了，下午三点，换上了日常穿着，打算去商场。

基地为了靠近雪场，离市中心很远，偏僻得要命。

她等了半小时，才终于等来那唯一的一路公交车，身后跟着一群人，都是基地里憋了一周的家伙，趁周末出去放放风。

她找了个独座，缩在角落里打电话。

都大下午了，陆小双还没起床，铃声响了半天才接通，张嘴就是嘟嘟囔囔的一句："还让不让人睡觉了？"

"这都几点了，还在睡？"

"昨晚唱到凌晨三四点，天都亮了才回来，晚上六点钟我还得去赶场，这会儿不抓紧时间歇会儿，我晚上上台表演睡大头觉呢？"

"你再这么白天睡夜里闹腾的，迟早猝死。"

"呸，别咒我。"

陆小双和宋诗意穿一条裤衩长大，一同光着屁股在箭厂胡同撒丫子乱跑，一同在学校欺软怕硬、打遍天下无敌手，当然了，据陆小双所说，那就成了"惩恶扬善、救校园霸凌受害者于水火之中"。

但不管读书时代日子多风光，两人成绩都糟糕得很一致。

高中时，宋诗意开始练滑雪，陆小双在学校里找了几个人组乐队，毕业后直接去了后海的酒吧驻唱。

宋诗意言简意赅地切入正题："下个月我妈生日，我一会儿去商场给她买个礼物，到时候直接寄给你，你替我交给她吧。"

"你自己寄给她不行啊？"

"我怕她给退回来。这不是你送上门去，她也不好不收吗？"

陆小双不紧不慢地笑两声："哟，她这是还在跟你怄气啊？这可都大半年了呢，还没消气儿？"

宋诗意重新归队练滑雪后，钟淑仪基本上处于要跟她断绝母女关系的状态，半点也不退让。提起这话题，她就愁。

"可不是？我愁得头发大把掉，怕是不到年底就要秃了。"

她打电话打得专心，没发觉后面不远处坐了个人，听见她的话后，低低地笑出了声。

程亦川被拘了一个星期，打算出门随便走走，上车后才发觉宋诗意坐在前头。她在打电话，他也不好上去打扰。

北京人讲话都这么逗？

他听着她一通电话天南海北地贫，坐在后头笑成了狗尾巴花。

这位师姐可真有意思，一会儿秃了头，一会儿说什么二姨成天打电话给她介绍对象，上回好不容易去她家吃饭，居然二话不说带了个相亲对象上门。

"好什么好啊？地中海，地中海你知道吗？中间足球场，两边铁丝网……嘿，我说陆小双，你还是不是人啊？什么叫地中海配我这半秃子刚刚好？！"

她声音不大，带点姑娘家的哀怨，却听得程亦川只想笑，半点也生不出同情心来。

陆陆续续有人下车，程亦川没有目的地，就这么一路听着某位师姐贫嘴煲电话粥，也忘了下车。直到将近一个小时的车程后，公交车停在了某一站，她忽然挂了电话，说是到站了。

眼看着她下了车，师傅问了句："还有没有要下的？"

程亦川顿了顿，下一秒，从座位上站了起来："有。"

他下车后，左顾右盼一阵，居然没找着宋诗意的身影。奇怪了，前后也就半分钟不到，怎么就不见了？

目光落在旁边的一家商场前，定住了。

好像是要给母亲买生日礼物？……那应该是进商场了。

他挠挠头，也没多想，就这么往商场里去了，丝毫没察觉到自己正在当跟屁虫。

一楼是琳琅满目的化妆品。程亦川穿一件黑色毛衣，外面套了件一看就价值不菲的短款羊毛夹克，左顾右盼地走着。

不少专柜服务员上前推销，一脸笑意。都被他摇头拒绝。

他也没觉得自己在找人，只是没看见宋诗意的身影，理所当然地就坐电梯上了二楼。他一边走，一边漫无目的地扫过一家家商铺，女装、书店、钟表……某一个瞬间，脚下一停。

看见她了。

隔了一条过道，宋诗意停留在一家珠宝店里，正天真傻气地趴在玻璃柜上看什么。店员笑容满面地从玻璃柜里拿出一个亮晶晶的东西，递给她。她接过去看了看，又还了回去。

她在店里走走停停，又看了不少东西，最后仍然是回到了起点，又一次定睛去看先前那个东西。

店员一个劲地说着什么，又把东西往她面前送，她拿过来，爱不释手的模样叫人一眼看出心动，可到底还是摇摇头，又把东西放下了。

她走出了珠宝店，又找了家奶茶店坐下来，点了杯喝的。

程亦川慢慢靠近，经过珠宝店时，听见两名店员在说话。

“等着吧，待会儿肯定回来买，看她那样子就很喜欢。”

“我看不会。喜欢是喜欢，但应该买不起，你没见她听到价格的时候什么表情？”

“那我就没办法了。我跟她说的已经是活动价了，她要是嫌贵，可以买银的。又想买黄金的又舍不得花钱，能怎么办？”

程亦川心下一动，走到了奶茶店外。

玻璃窗边，宋诗意坐在那里低头看手机，桌上摆了杯不加糖不加奶盖的清茶。

隔着一道玻璃，他鬼使神差地站在她侧后方，没有引起她的注意，只是眯着眼睛去瞧她的手机屏幕。

微信界面，对话人：陆小双。

宋诗意踌躇地打字：“你这个月领工资了没？”

没有发出去。

陆小双要养乐队，很费钱。这年头酒吧也不景气，后海一带隔三岔五就有人去检查，不允许乐队驻唱。

她把那句话删了，又重新打字："我看上只金镯子，你知道我妈那人，几十年了都一如既往地俗，不爱珍珠不爱钻石，就爱黄金——"

手上一顿，下一秒，全部删掉。

和陆小双没什么不能说的，她俩关系好到哪怕她忘了自己的经期，陆小双也能准确无误地抢走她手里的雪糕，瞪着眼睛数落她："明后天就要来'姨妈'的人了，疯了吗这是，还敢吃冰的！"

可她不想让陆小双为难。

这要是开了口，以陆小双那两肋插刀的性子，上刀山下火海也没有半个"不"字，今天之内就会把钱打到她账上。可她知道陆小双也捉襟见肘。

关键时刻居然差钱，还找不到一个有钱的朋友……

宋诗意一头磕在桌面上，哀号一声，都怪她年少脑子不够用，书读得不好就算了，怎么也没灵光一闪，交点有出息的朋友呢？

箭厂胡同那些一起长大的家伙，个个都和她跟陆小双差不多。

果然是"物以类聚，人以群分"……

她一脸懊恼地滑动联系人名单，发现自己当真找不到可以开口借钱的对象，正拉动屏幕呢，身后凭空伸来一只手，忽地拿走了她的手机。

宋诗意一惊，猛地回头，却见那倨傲张狂的小师弟闲闲地立在那，手里还拿着她的手机。

她松口气，瞪眼睛："干吗呢你？把手机还我。"

程亦川却没说话，从衣兜里掏出自己的手机，扫了扫她的二维码，然后才把手机还她。

她低头一看，呵，这家伙自行加了她好友。

名字是【程亦川 1′ 44″ 12】。

她还从来没有见过这么膨胀的人，居然把自己目前为止的最好成绩弄成了微信名字？！

头像是穿着滑雪服、戴着护目镜全副武装的他本人，站在皑皑雪山上，那身衣服可当真是中原一点红。

平心而论，挺帅的。但是她拒绝承认。

宋诗意没好气地问：“你怎么在这儿？”

他却只顾着低头摆弄手机，片刻后，她手里一震，有消息到了。

低头一看，宋诗意愣住。

对话框里，“程亦川 1′ 44″ 12”发来了一笔转账，金额是两万。

她的脸色霎时间僵住，抬头问他：“什么意思？”

程亦川指指隔壁：“我刚才看见你在那儿选珠宝，钱没带够。”

不是没钱，也不是买不起，是“钱没带够”。

宋诗意眉头一皱：“所以？”

“江湖救个急。”他镇定地拍拍胸口，笑得像个二傻子，“你也别太感激，我程亦川一向做好事不留名，你就叫我红领巾。”

握着手机，宋诗意与他对视片刻。

不是没猜到程亦川家境不错，毕竟这小子日常穿着虽然简单，但一看便知价格不低。只是无论如何没想到，会不错到这个地步。

她有些好笑，扬扬手机：“我问你，你平常都这么傻里傻气的？”

嘿，怎么说话呢这是！

程亦川不可置信：“傻里傻气？我这不是看你钱没带够，助人为乐吗？你不领情就算了，说我傻是几个意思？”

“助人为乐？你平常助人为乐，都是随随便便出手就上万？”

程亦川一顿，片刻后理直气壮地反驳：“这不是差钱的人是你吗？换个人，我也没这么随便，出手这么大方。”

宋诗意被他弄得啼笑皆非，下巴朝对面椅子上一指：“坐。喝点什么？”

程亦川抬头看看墙上的小黑板，也不跟她客气，选了一个：“芝士草莓奶盖。”

巨婴。宋诗意在心里说，然后叫来店员，替他要了一杯巨婴饮品。

店员是个小姑娘，冲程亦川笑得很灿烂：“请问要什么甜度呢？我们有无糖，三分、五分和七分糖，另外还有满糖。”

程亦川：“满糖。”

宋诗意都惊了：“你就不怕糖摄入量太高，体重超标？”

“超了再降不就行了？”他答得理所当然。

“队里这么多人，一个个都严格控制体重，就你一个奇葩。”

“奇葩”翻了翻白眼，大言不惭：“严格控制体重有什么用？也没看他们控出什么成绩来，还不如我呢。”

宋诗意哑口无言，片刻后，轻哂两声：“程亦川，我可真佩服你。”

“怎么，终于发现自己有眼不识泰山了？”程亦川扬扬得意，斜眼看她，“说吧，佩服我什么？是被我高超的滑雪技术折服了，还是我出色的人格魅力？”

“都不是。”

“那你佩服我什么？”

“佩服你坐拥欠扁型人格，还能顺顺利利长这么大，没被人打死也是很稀奇了。”

这女人！

程亦川眯起眼来：“我说师姐，刚才我还乐于助人，借你钱呢，你怎么一点不知道知恩图报啊？”

“我这不是没收你钱吗？”

“为什么不收？”

“咱俩什么关系，你出手就是两万，这是埋汰我呢，还是人傻钱多？”

程亦川气不打一处来：“咱俩什么关系？同门师姐弟啊。况且这是我零用钱，放着也没用，借你救救急不是挺好的吗？”

他一脸愤愤不平的模样，宋诗意扑哧一声笑了出来。

“你还笑！”他凶她。

“行行行，我不笑。”她收起笑意，心平气和地说，“程亦川，这钱你收回去。是，我妈这么多年了一直心心念念想要一只金镯子，我也的确很想买给她，可我家条件不好，也得从实际情况出发。一来我借了你的钱，不知道什么时候才能还上。二来这镯子不是必需品，有它固然好，没有也不碍事。”

她说得坦然，眼睛里一片澄澈，没有自卑也没有不悦。

程亦川忽然就噎住了，不知道该说点什么。

可这钱，他并不想收回来。

他皱起眉头，理直气壮地说：“就是啊。这钱对我来说也一样，我拿了没地方用，没有也不碍事。你拿去物尽其用，刚刚好。”

端起店员送上的草莓奶盖，他喝了一口，耍起了无赖：“反正我给你了就是给你了，你也不用有压力，我又不急着要你还——”

“我急。”

年轻女人坐在他对面，眨眨眼：“行了，你的好意我心领了，小师弟。”

她玩味似的说出那个称呼，端起还没喝完的茶，很快站起身：“我再去逛逛，你也早点归队，别错过最后一班公交。”

“喂，你就这么走了？”程亦川不可置信，不是她让他坐下来的吗？奶茶才刚上，她这就把他扔在这儿坐冷板凳了？

可女人一如既往地干脆利落，头也不回地朝他挥挥手，懒洋洋地说：“好不容易放个风，别把时间浪费在我身上，爱干吗干吗去。”

程亦川死鱼眼状看她消失在视野里。

爱干吗干吗去？他这不是没事干吗。

这一天剩下的时间里，宋诗意在商场走走停停，试图找到第二件心仪的礼物送给母亲。可有了珠玉在前，再没有第二份礼物可以打动她的心。

她安慰自己，还剩一个月时间呢，下周再出来看看吧。金镯子确实好，但超出了自身承受能力，再好也不能强求。

商场繁华，尤其周末，人来人往好不热闹。

她转过拐角处，冷不丁瞧见对面的店里，程亦川正在试衣服。一身纯黑色的运动服，卫衣加束脚裤。

商场可真小，人这么多，兜兜转转也还能碰见。

她远远地打量，偏着头想，老天爷真是不公平，怎么能让一个人顺风顺水成这样呢？给了他优越的家境，超出常人的天赋，最后还赐他一副好皮囊。

你说说，都是练体育的，怎么他还能白得这么与众不同？一身黑色行头，越发衬得他身姿挺拔、眉眼利落。

年轻就是好看。

那边的程亦川可不知道自己正被人腹诽，还对着镜子左看右看。

店员笑眯眯地恭维他：“这套是我们这一季的主打款，卖得特别好，但是一般人穿不出您这种气质。”

程亦川看看侧面，又转回正面，暗暗嘀咕：“黑色行吗？”

他一直是个骚包性子，没怎么穿黑色，花花绿绿的倒是穿了不少。这审美也是拜莫雪芙女士所赐，仗着儿子皮肤白，从小她就给他穿花衣服。

“您说什么？”店员耳尖，笑起来，“您年纪轻，如果觉得穿黑色显成熟，不妨试试鲜艳点的颜色。这一款我们还有红蓝两款，要不您试试？”

这套黑色是程亦川自己选的，进来就指着橱窗里的模特：“我试试这个。”

要换做平常，他铁定选大红，可今天……

他看着镜子，抓住了关键词，迟疑着问：“这套穿着，真的显成熟？”

店员对上他的目光，一顿，没明白他的意思。

“看起来是不是沉稳多了，成熟多了？”他满怀希望地问。

店员迅速会意，顺着杆子往上爬：“对对对，黑色本来就会显得更稳重一些，您穿这套，看着特别沉稳，特别有气质。当然，其他颜色肯定也好看，但是要成熟稳重，选这套准没错。”

程亦川满意了，对着镜子再看片刻，做了决心：“行，那就这套了。”

付钱时，他沾沾自喜地想着，这下宋诗意没法说他像个孩子了。

成熟，稳重，有气质——说的就是他。

当天夜里，程亦川拎着从超市买的进口水果，敲响了隔壁宿舍的门。

开门的是薛同，把门拉开一条缝，探头探脑地望外瞧，看见程亦川时，如释重负地又把门拉开了些：“嘿，我还以为是谁呢。”

“鬼鬼祟祟的，这是在干什么？”程亦川往里瞧。

陈晓春在宿舍里鬼叫：“谁啊，薛同？”

薛同回头答道：“没事儿，是程亦川。”

“叫他来，叫他来，刚才去敲他宿舍门还没见人影呢，嘿，这下刚好赶上！”

程亦川正纳闷两人在屋子里大门紧闭，不知在搞什么鬼，进门一闻，空气里满满的烤肉味。

他一顿：“你俩在宿舍做饭？”

屋子中央，陈晓春蹲在地板上，拿了把蒲扇拼命扇，百忙之中回头冲他嘿嘿一笑，招招手：“来来来，不只是做饭，我们在弄好东西。”

他走近一看，地板正中摆了只烤肉炉子，陈晓春正把一片片五花肉往上放。肉一进锅，吱吱作响，香气四溢。

运动员有严格的进食标准，每一行都有体重把控，什么能吃、什么不能吃，一直有着泾渭分明的界线。

烤肉这种超高热量的垃圾食品，程亦川很多年没碰过了。他原本以为喝高糖奶茶的他已经是我辈楷模了，哪知道这儿还有俩更令人肃然起敬的。

薛同递了只碗过来：“喏，辣椒粉都给你放好了，上个月我俩偷偷在淘宝买的，六婆串串香同款调味料，嘿嘿。”

“六婆串串香是——”

“四川特有名的串串香品牌啊，你没听说过？”

还真没听说过。

三人围坐在宿舍中央，都不怎么拘小节，也就席地而坐了。

据薛同和陈晓春介绍，烤肉炉是网购的，偷偷摸摸带回了宿舍，偶尔趁周末开开伙，改善一下伙食。

知道程亦川讲究，陈晓春一个劲地给他夹好东西。

“来，这块五花肉肥瘦均匀，是你的菜。”

“嘿，这蒜蓉排骨是我早上就腌上的，来来来，尝尝味道。”

大概是因为程亦川第一次加入他们的烤肉小分队，陈晓春热情得像一把火，还一筷子夺过薛同刚夹起来的肥牛卷：“嘿，我说薛同，这片可是我切得最好、最成功的，你怎么不声不响就想私吞？”

下一刻，他像春风一般亲切，把肥牛送到了程亦川的碗中。

“来，尝尝看。”

薛同：他的肥牛！！！

都是年轻小伙，又是练体育的，食量惊人。薛同早上去菜市买回的两斤五花肉、一斤小排、半斤牛肉很快就被风卷残云、一扫而光。

饭后，程亦川把顺手带回来的水果分给两人。

薛同盯着塑料袋里满满的水果，惊了：“这得多少钱啊？全是进口的吧？！”

程亦川也往口袋里瞧了眼：“不知道啊，我随便拿的。”

陈晓春正处理犯罪现场呢，一边收拾一边回头：“我说程亦川，你这么养尊处优、出手阔绰的，家里还挺有钱的吧？我就奇了怪了，咱队里要不就是像我和薛同这种读不进书，半路辍学练体育来的，要不就是魏光严和卢金元那种家里穷，从农村出来讨口饭吃的。你说说，你家这不挺有钱的吗？你干什么不好，非得上这儿吃苦来了？”

程亦川拿了只香蕉，一边往嘴里塞，一边含含糊糊地说：“嘎里有钱揍嗯能念体育了？”（家里有钱就不能练体育了？）

“练体育多苦啊，还赚不了几个钱。”

提到钱，程亦川忽地一顿，想起什么。

他三下五除二把那只香蕉吃了下去，侧头问陈晓春：“哎，我问你，宋诗意她家是不是挺穷的？”

陈晓春不提这一茬，他都忘了，运动员好歹每月拿津贴，平日里又没处花钱，衣食住行都在基地。按理说，宋诗意这么些年运动生涯，早该攒下些钱了。更何况她曾经拿过大大小小各种比赛的名次，最大的都是世锦赛亚军了，不说奖金丰厚，至少也是一大笔钱了。

怎么会连只金镯子都买不起？

陈晓春眯着眼睛看他：“你问这个干吗？”

程亦川还以为他不知道，翻了个白眼：“你不是百晓生吗？上回还说队里的什么事都瞒不过你，我信以为真了。”

“哎，哎，怎么着，你以为我信口开河呢？”陈晓春来了气，把碗往桌上一放，撸袖子，“我告诉你，这我还真知道。宋师姐是吧？她是北京人，老胡同出生的姑娘，上回我还听人说呢，她家胡同就挨着国子监——国子监知道吧？超级大景点。别看胡同是老房子，可值钱了！”

“那不挺有钱的？”程亦川眉头一皱，嘀咕了句，“不应该啊……”

陈晓春斜眼看他：“什么不应该？”

涉及私事，程亦川不便多说，只含含糊糊地回答：“我看她平时挺节约的，以为她家境也不太好。”

陈晓春犹豫片刻，终究还是忍不住成全自己“江湖百晓生”的名声，凑了过来，神神秘秘地说：“我可是看你是自己人，才跟你说这些的，你不准告诉别人啊——”

那是个很短的故事。

须臾之间，窗外阴天了，晴了一整日，终于下起雪来。

夜里九点，魏光严满头大汗地回了宿舍。

房间里没开灯，漆黑一片，想必是那个游手好闲的家伙还没回来。

真烦啊，那小子看起来没心没肺的，论勤奋一点不如他，天知道为什么老天爷眷顾，才刚进队就有了这个成绩。

那天在雪场训练，魏光严亲眼看见袁华手里的计时器。

程亦川的速度和他还是有那么一点差距，但想想两年前他二十岁的时候，还压根儿滑不出这个成绩。

看程亦川那游刃有余的样子，再想想自己如今停滞不前大半年了……那小子超过他不过是时间问题。

可哪怕他趁着周末时间去抓紧练习，老天爷也没半点同情心。

一整天下来，没有半点进展。

魏光严心情糟糕，抬手摁开墙上的开关，屋内霎时间明亮起来，再一扭头——嗬，床上直挺挺地坐着个人！

差点没把他吓出心脏病来。

他哆哆嗦嗦地指着床上的人："你有毛病啊你！大晚上不睡觉，灯也不开坐在那，吓唬谁呢？"

程亦川哐当一声倒回枕头上，拿被子捂住了头："你管不着。"

"你以为我想管？我差点被你吓死！"

被子里的人没吭声，翻了个身，面朝墙壁不动了。

直到魏光严洗完澡出来，程亦川依然保持那个姿势侧卧着，古怪至极。

魏光严觉得莫名其妙，有心问他一句，但自尊心不允许，最后只能暗地里骂了句"神经病"，然后就关灯睡大觉。

可程亦川睡不着，满脑子都是今晚陈晓春说的话。

"她家以前条件挺好的，要不她怎么能去滑雪？北京又不是咱们东北，年年下大雪，他们那儿的滑雪场基本上靠人造雪，一般人也没那条件成天去滑。

"去年听说你要来队里，正巧那时候不是宋师姐也要归队了吗？我还听说你俩在日本就碰过面了，以为你俩有什么渊源，是不是在省队的时候都是一个教练带的。结果我们高教练说，宋师姐不是从省队上来的，当年她在高级雪场纯玩儿呢，恰好跟咱们国家集训队的碰上面了。那么大个雪场，除了咱们职业运动员，就只有她一个玩家级别的，也不知道是谁跟她杠上了，大概是说了什么看不起她的话吧，她那时候年轻气盛，非让人来比试比试。嘿，没想到吧，现在的师姐端庄大气，谁能想到以前的她也是个热血少女啊？"

那一年，宋诗意不过十六岁，缠着父亲带她来了全国最负盛名的亚布力滑雪场。国家队的姑娘们傲气十足，自然是看不起这样一个年纪轻轻的纯玩家小姑娘了，一口应下了她提出的比赛。

“后来呢？她赢了吗？”

“怎么可能？她才十六岁，也没受过我们这么专业的训练，当然输了。”

“那你讲这个干什么？”

“嘿，你急什么急？输是输了，但当时她又没受过专业训练，居然能跟国家队的较劲，速度还一直咬得死死的，差距非常小。你想想看，她要是接受了专业训练，会有多可怕？”

几个月后，孙健平亲自去了北京，经过一段时间的考量，把她招进了队里。宋诗意终于成了一名职业滑雪运动员。

她的滑雪是她父亲教的，一名滑雪发烧友，还曾经参加过不少大众级别的滑雪比赛。当年她还是一名高中生，要进国家集训队，基本上等同于告别学业。刻板的母亲不同意，认为荒废学业去练那前途未卜的滑雪，简直是疯了。

幸得父亲全力支持，她才顺利入队。

“只可惜她参加世锦赛的那一年，她爸爸被诊断出了肠癌晚期，发现的时候医生就说他活不过半年了。高教练说她家为了给她爸爸治病，用光了所有积蓄，还借了不少外债，当时队里还给她捐款了，只可惜杯水车薪。”

“那她爸爸……”

“走了。撑过了半年，没撑过第二年春天。”陈晓春惋惜地说，“师姐命不好，你别看她成天笑吟吟的，其实心里苦着呢。那次受伤估计也是受了家事的影响，如今成绩上不去，家里的债也没还完，挺心酸的。”

故事到这里就没了下文。

生老病死，再常见不过的事。程亦川自小跟随爷爷奶奶长大，老人家总爱看些家长里短的电视节目，有时候是家庭伦理剧，有时候是亲情类节目，耳濡目染，他也知道了不少。

有时候他会翻着白眼吐槽：“这世上哪有那么多悲剧啊？也就只有电视剧里才会这么惨，把编剧能想到的灾难全安在主角身上了。”

可他无论如何没想到，宋诗意会是那不幸之一。

所以她才这么拮据，那件黑色棉衣从去年冬天穿到今年冬天，也还是她一成不变的常服。

所以她才会在珠宝店里来回踱步，哪怕对那只金镯子爱不释手，也终究只能黯然离去。

想到这，他又从枕头下面拿出手机，那笔转账至今未被接收，到了明天肯定会退回来。

程亦川告诫自己别想了，这又不是他的事，爱莫能助。何况能出手相助的，他不都出手了吗？可宋诗意太有骨气，不肯借他的钱。

他试图催眠自己，闭眼睡觉，可脑海里浮现出的却总是商场里的那一幕——

她弯腰凑近了展示柜，天真傻气地看着心仪的礼物，鼻尖仿佛都要触到那冷冰冰的玻璃，而她却浑然不觉。

奶茶店一别，之后就没再见面了。

可他忍不住去想，她是否在那家珠宝店前来回踱步，然后又一次踏进去了？她会不会俯身再一次去探看那只镯子，眼里带着可望而不可即的伤感？

程亦川重重地翻了个身，烦躁不已。

他在这儿瞎脑补个什么劲？她那么有骨气，买不起怎么还会回去受店员的白眼？

可那一幕就是不断在眼前重现。

下一秒，房间里响起魏光严忍无可忍的声音："你还睡不睡觉了？"

程亦川正烦着呢，张口就是一句："你管我睡不睡？"

"你以为我想管啊？"魏光严火大，噌地一下坐起身，"你不睡就别在那儿折腾，翻来翻去床板响个不停，叫人怎么睡？"

程亦川没留意自己这里的动静，被他这么一说，忍了忍，默默不翻身了。

魏光严那么一吼，屋子里瞬间寂静下来，可他也没想到程亦川还挺讲道理，这就不还口也不闹腾了，安分守己地侧卧在那。

被子稍微隆起了一小团，躺在里面的人显得有点过分乖巧了。

黑暗里，他迟疑地朝程亦川那瞟，半晌，粗声粗气问："怎么，你脸没好，疼得睡不着？"

"呵，这会儿开始装模作样关心我了？"程亦川没好气地回了句，"你不是要睡觉？废话怎么这么多？"

魏光严砰的一声又躺下了，把被子往脑门上一蒙，气得咬牙切齿。

谁再对他示好一下，谁就是个大傻子！

这天夜里，程亦川迷迷糊糊睡着时，已是深夜。

睡前，他打开微信聊天界面，反复斟酌，想说点什么让宋诗意收下这笔钱。可对话框里的字打了又删，删了又打，最终还是没能变成一条完整的消息发送出去。

他有些心烦意乱，最终握着手机睡着了。

次日清晨，程亦川醒来时，对床的魏光严已经不见人影。用脚趾想想也知道，准是又跑去雪场加练了。

田鹏以前就对他说过，很多事情不是一味使蛮力就能成功，劳逸结合很重要，心态也一样。速度提不上去是因为遇到了瓶颈，如果真是多练几遍就能突破，也不会有那么多盛极而衰的运动员了。

这个道理，魏光严不见得不明白，只是不甘心。

程亦川呈大字形躺在床上，望着天花板发呆，片刻后，脑子里灵光一闪，噌地一下坐了起来。

当天中午，他又坐上了去往市中心的公交车，抵达了昨日的商场，直奔二楼珠宝店。

展示柜里一大堆亮晶晶的镯子，黄了吧唧闪瞎眼。

她看上的是哪一只？

店员热情地跟他推销着："是要送老人，还是送父母？"

程亦川开门见山就问："昨天有个年轻女人来你们这儿，看上只镯子没买，你还记得吗？"

店员 A 回头去看店员 B，两人面面相觑："周末人多，客流量很大，您说的是哪一个？"

他顿了顿，也不客气了："就她走了，你们还在说看她那样子也买不起金镯子，给她银的她又看不上的那个。"

店员面面相觑。

程亦川再问："还记得吗？"

店员 A 面上微红，但还是很有职业精神，笑容满面地说："记起来了，是个挺漂亮的姑娘，对吧？"

"她看上的是哪一款？"

"嗯，我记得是这款。"店员低头看了看，打开柜子，小心翼翼拿出了一只做工精美的黄金手镯，正中镂空雕刻了一朵牡丹，栩栩如生，"这只镯子其实不重，所以价格上也没有很贵，而且我们现在在做活动，特别划算。还有，今后如果戴腻了款式，还可以到我们店里重新打样，您看——”

“包起来。”

他说得太干脆利落，店员一愣，抬头看他。

他还没问价格啊……

可眨眼间，程亦川已经走到了收银台，拿出钱夹，也没等她问一句怎么支付，言简意赅地说：“刷卡。”

店员受宠若惊，忙不迭地帮他完成支付。

鲜少有这么爽快的顾客，连推销都不用，价格也不问，进来就买。

末了，她笑着抬头说：“请稍等，我给您开发票。”

发票？程亦川心下一动，忽地抬头问她：“等一下，发票上的金额……可以少写一点吗？”

工作这么些年，什么样的顾客没见过？有的挑剔，有的颐指气使，可从来没见过这么古怪的。

价格也不问就买了只金手镯，这还能用“有钱”来解释。

可从来开发票、填金额，都只见过想往高了填的，怎么还有人想往低了去？

店员迟疑地说：“我们这儿有规定，卖多少就得填多少，不能乱写。”

程亦川意兴阑珊地挥了挥手：“行吧，那你就随意发挥吧。”

Chapter 08

热心市民

东西是买了，一时冲动，也没想过该怎么交给她。

程亦川拎着礼品袋回了基地，这才开始犯愁，要把她叫出来当面给吗？可他有预感，要真面对面干这事儿，依宋诗意那性子，估计得板着脸呵斥他一顿，然后让他拿去退了。

不成。

他搔搔头，在女队宿舍外面转了两圈，蹲在棵光秃秃的树底下想办法。好半天，忽然腾地一下跳了起来。

嘿，有熟人！

机会来了。

郝佳是本地人，周末回了趟家，这会儿正拎着爸爸包的饺子回宿舍，冷不丁被人从身后叫住了。

“郝佳！”

她回头一看：“程亦川？”

上下打量他片刻，郝佳挑眉：“你伤好了？”

“差不多了。”他咧嘴笑，露出一口整齐的小白牙。

“嗬，你小子够没大没小的啊，咱们这才见了几次面，就直呼其名了？”郝佳翻白眼。

“不是你让我叫名字的吗？”程亦川理直气壮，“那要不，我还是叫你郝师姐？”

好师姐什么的，当真羞耻。

郝佳赶忙摆手：“别别别，那还是叫名字好了……哎哎，我说你，怎么又蹲在女队宿舍外头？”

程亦川有求于人，笑得那叫一个人畜无害，简直十二万分的乖巧。他把手里的礼品袋递过去：“麻烦你替我把这东西拿给宋诗意，成吗？”

又是宋诗意？

郝佳狐疑地看了眼那只包装精美的礼品袋，又抬眼看看模样乖巧的程亦川，恍然大悟，勾唇一笑：“哟，上回大晚上的下着雪，你傻不拉几在这儿等师姐。这回大白天的吃饱了没事干，又在这儿等师姐，还准备了礼物。怎么着，你小子想追人家？”

程亦川脸上一黑：“谁想追她了？哎，我说这位师姐，你这思想很有问题啊！”

动不动觉得“郝师姐”色情，托她拿个东西给宋诗意而已，就成他有不良动机了？

郝佳问：“那你这又是楼下苦等，又是送人礼物的，不是想追人，是在唱哪一出？”

“我——”程亦川一顿，下一刻，一脸正气地说，“我这是替她跑腿，帮她买东西回来，你想哪儿去了！”

他把东西往郝佳手里一塞，说了句谢谢，转身就走，没几步又顿住，大步流星地走回来，叫住郝佳：“你等一下。”

郝佳：“怎么，还有事？”

程亦川拿出手机，咳嗽一声：“加个微信？”

郝佳一愣，眼睛都睁大了，蓦地一笑：“怎么，绕了半天，原来不是想追师姐，是想借着找师姐接近我？”

这个人思想真的有问题。

程亦川死鱼眼状看着她，下了定论，然后忍无可忍地说：“我是想着，女队这边我也不认识几个人，要是将来还有什么事要找宋诗意，也好跟你——”

“联系”二字还未出口，他蓦地停下。

等等，他为什么要未雨绸缪？

他还能有什么事找宋诗意？

明明手机里也有她的联系方式，要这么迂回婉转地通过郝佳去联系，不外乎和这次一样是想背地里为她做点什么……

他程亦川什么时候成这种感动中国的活雷锋了？

他在原地僵持片刻，搔搔头，骂了句粗话，掉头就走。

郝佳在后面叫他：“喂，微信不加了？”

“不加了。”

“嘿，我说你这人，怎么一会儿一个样啊？比女人还善变。好歹有求于我，这才刚答应帮你办事，你就过河拆桥了？”郝佳气呼呼地冲他喊。

程亦川于是回头看看她，又一次露出一口小白牙，毫无诚意地说：“好友位我给你留着，下次有缘再加。”

呸，谁稀罕哪！

郝佳翻着白眼回了宿舍，敲了敲宋诗意的门：“师姐，你在不在？”

门是虚掩着的，宋诗意的声音从卫生间传来：“在洗衣服，怎么了？”

一边说着，她一边走到大门口，双手还戴着胶质手套，上面满是白色泡沫。

郝佳把手里的袋子递过去：“喏，有人让我交给你的。”

“什么东西？”宋诗意脱下手套，搭在一旁的柜子上，接过了那只礼品袋，莫名其妙，“谁给的？”

目光扫过纯黑色的包装，正中有一行烫金小字，正是她昨日逛过的珠宝品牌。

她一怔，似有预感。

下一秒，郝佳的回答印证了她的猜想：“不是你让程亦川给你带的吗？嘿，那小子真欠揍，过河拆桥，气死个人……”

郝佳站在门口，唠唠叨叨地吐槽着程亦川，可宋诗意没听进去。

她拎着那只礼品袋，明明很轻，却又莫名烫手。

郝佳觉得奇怪：“怎么，不是你让他帮你带的？难不成——”

恍然大悟的表情，她贼兮兮地笑起来，“哎，师姐，那小子当真在追你啊？”

宋诗意回过神来，瞥她一眼：“胡说八道些什么呢？他多大，我多大了？我看他就是一乳臭未干的愣头青，毛都没长齐，哪懂什么谈恋爱？”

“那这东西——”

“是我让他帮忙买的。”

八卦泡泡被戳破，郝佳撇了撇嘴，伸了个懒腰，伸到一半，又扑哧一声笑出来，拿胳膊肘捅捅宋诗意：“师姐，你刚才说得不对！”

“哪儿不对？”

“什么叫乳臭未干的愣头青，毛都没长齐？那天早上他穿背心在隔壁训练呢，你又不是没瞧见？”

郝佳挤眉弄眼地说着，边说还边伸手在肚子下面比了比。

“你走开，赶紧回你宿舍去。”宋诗意没好气地戳戳郝佳的头，“周身黄暴之气，都快蔓延到我的房间来了。”

郝佳：“哎哎，我这是实话实说啊！”

“走吧，走吧，你这心思要肯用在训练上，早八百年就不是现在这样了。”

“师姐你不地道，我才刚帮你做了快递员，你就戳我痛脚……”郝佳嘀嘀咕咕、垂头丧气地走了。

门关了。

宋诗意拎着袋子坐在桌前，皱着眉头打开来看。

袋子里还有一只纯黑色礼盒，小心翼翼地掀开盖子，天鹅绒为底，正中是一只镂空雕牡丹的黄金手镯，流光溢彩、精致贵气。

她定定地看着那只镯子，片刻后，重新盖上盖子，原封不动地将礼盒放回袋子里。

手机在充电，她站起身来，一把拔下数据线，走到窗边。

她没有程亦川的手机号，只有昨天刚加上的微信。点出对话窗口，看见那笔转账已经退了回去，顿了顿，她按下了语音聊天。

程亦川心情好着呢，解决了一桩烦心事，又当了一回活雷锋。

哎，说真的，他都开始羡慕他爸妈了，不知道上辈子做了什么好事，这辈子竟然生出他这么懂事的孩子。

感人。

这乐于奉献、不畏牺牲的大无畏精神，除了他也没谁了。

他哼着小调回了宿舍，打起精神来，把笔记本电脑打开了，准备浏览一下国外的滑雪网站、论坛，这是他上网原因之一。

没进省队之前，他是狂热的滑雪爱好者，时刻关注全世界的大众滑雪比赛，还兴致勃勃飞去世界各地参加过一些。后来虽说进了省队，也依然关注着国际滑雪形势，常常去论坛瞎逛。

当初他考上大学，选择英语专业，说到底也是因为这个。

上网原因之二：消费。

程亦川不爱乱花钱，但该花的地方绝不手软，这么些年来他一直随时关注着最新、最科学的尖端装备。毕竟是要当冠军的男人，滑雪装备不能差。

国外的滑雪设备素来比国内先进，这倒不是科技问题，主要还是因为滑雪在我国不够普及。也因此，程亦川没法直接购买看上的装备，总是在国外的网站选好想要的，把图片和型号一起发给他爹，由常年在外的程翰和莫雪芙同志亲自采购，邮寄回国。

就在他一脸轻松地挨个把图片发给程翰时，一旁的手机亮了。

屏幕上三个大字：鸡汤王。

程亦川手上一顿，忙不迭扔了鼠标，手忙脚乱拿起手机。

接电话前，他还做作地清了清嗓子，然后才接起。

“喂。”他淡淡地出声，成熟而稳重……

哪怕心里有个小人儿在手舞足蹈地叫嚣着：师姐她一定感动得泪流满面，这是要打电话感恩来了！

下一个念头：等等，我在背地里为她做了这么多，万一她，她情窦初开，想要以身相许怎么办？！

别。他眉头一皱，严肃地想着。我来国家队是有大理想、大目标的，实现理想之前，我是不会动歪心思的。

……

思想异常活跃，但表面依然稳如泰山的程亦川同学，为难地等待着对面开口。

可千万别太感激他啊，他脸皮薄，她要是太热情了，他会吃不消的。

正想着，宋诗意开口了。

“你在哪？”

他稍微有点失望，这声音、这语气，听着很是冷静，好像不如想象中那么喜出望外啊……

他撇撇嘴：“宿舍啊。”

“下楼。”宋诗意言简意赅命令道。

“什么？”

“马上下楼来，我去你宿舍楼下等你。”

这下程亦川察觉到哪里不对了，眉头一皱：“干吗，你要把东西还我？要是你打的是这个主意，我就不下去了。”

他理直气壮地耍无赖。

宋诗意站在窗前，看着远处的雪山、近处的训练场馆，深吸一口气。基地建得很别致，除去大气的场馆，小楼房均是复古的红色砖墙，这也是她热爱这里的原因之一。

她叫他的名字：“程亦川。”

“干吗？”他的语气里带着防备。

“谁让你这么做了？平白无故买只金镯子给我，你是被卢金元一拳打傻了？”

“谁说是送给你的了？借的。”程亦川强调一遍，“有借有还的借。”

“我都跟你说了，这镯子不在我消费范围之内，我不要。”宋诗意皱眉，“你现在，立刻，马上下楼，我去你楼下等着。”

“我——”

“你不下来，我就一直等，有本事你就一直窝在里面不出来。”

宋诗意冷静地说，然后不等他回答，立马切断了通话。

程亦川：说好的感激涕零、以身相许呢？

程亦川不肯妥协，坐在宿舍里生闷气。

真搞不懂女人这种生物，一天到晚都在想些什么啊？大家都这么熟了（错觉），人情世故你来我往的（错觉），她到底在别扭个什么劲儿？

他打定了主意不理她，她总不能横冲直撞地闯进男生宿舍来，硬把东西还给他吧？

可气鼓鼓地坐在书桌前，程亦川克制不住自己，眼睛总往窗外瞧。

那女人说到做到，性格执拗，该不会真的在楼底下傻等吧？

他慢吞吞地走到窗边，探头探脑地望外瞧——她真的在下面！

宿舍大门外，穿黑色棉衣的女人身姿笔直站在那，一动不动，耐心十足，仿佛就是等到天荒地老也要把他给等到。

十分钟后，来回踱步的程亦川骂了句他的经典台词。

最后他还是别无他法，从衣柜里拿出套衣服换上，然后风风火火冲下了楼。

跑出宿舍大门，他中气十足地叫了一声：“宋诗意！”

女人回头，一脸平静，仿佛早就笃定他必然会如期而至。

程亦川快给她气死了，这表情几个意思啊？代表她把他吃得死死的，是吧？

他气势汹汹，先下手为强：“那镯子我是不会收回来的，你要么自己收着，要么就扔了！”

宋诗意都快憋不住笑了，这家伙到底怎么回事啊？每次惹人生气的同时，又叫人哭笑不得，气不起来。

她把礼品袋递过来：“别小孩子气，拿着。”

程亦川眼珠子都快瞪出来了。

小孩子气？她这是打算一辈子拿他的年龄说事了？动辄说他是小孩子，

要么就小孩子气，能不能有点别的台词了？

盛怒之中的人压根没想到，自己每次骂起人来也就一句 shit，谁也没比谁有创意。

可往天他都能忍，今天她怎么能还说他小孩子气？

程亦川扯了扯自己的衣服，怒目而视：“小孩子气？我怎么就小孩子气了？宋诗意你看看清楚，我明明浑身上下都是成熟男人的气概！”

没错，那一身崭新的装备，纯黑色的男人味，连店员都夸他成熟稳重有气质！

宋诗意一顿，目光落在那套衣服上。

这不就是他昨天在商场试穿的那一套吗？有什么特别的说法？

她抬眼看了看他带着怒气的表情，跟哄孩子似的说：“是是是，你最成熟了。来，成熟的你快讲讲道理，把东西拿去退了吧。”

她当他是傻子吧？有她这么敷衍人的吗？

程亦川快被她气死了，忍了又忍，才按捺住跟她吵架的心情：“我是一片好意，你就不能简简单单地收下镯子，说声谢谢吗？”

宋诗意笑了：“我知道你是一片好意，也很感激，但是钱我已经借到了，礼物也另有喜欢的，这镯子还是麻烦你退了吧。”

程亦川一愣，狐疑地问：“你借到钱了？”

为了让他宽心，宋诗意点头，毫不迟疑地说：“昨天晚上在食堂碰见丁教练了，你知道他是我师哥，一听说我需要钱，二话不说就借给我了。”

假的。

但她笑得很真诚，骗一骗从来不懂掩饰的程亦川，绰绰有余。

可程亦川还是恼了，眼睛一眯：“怎么，他的钱是钱，我的钱就不是钱了？”

这下换宋诗意一愣，有点琢磨不透他生气的点在哪。

“他是我师哥，我和他好多年交情，这样我一时半会儿还不上，也用不着内疚——”

“所以呢？我昨天不是说了吗，我又不急着要你还，你就算三年五载不还我，我也不会催。”

宋诗意抬头看他，哑然失笑，摇摇头说：“程亦川，你讲讲道理行吗？哪有你这样逼着人借钱的？我从来只听说过上门催债，没听说过上门强借的。”

她拎着那只沉甸甸的袋子，抿了抿唇：“我们俩总共才见了几次面？两只手就能数得出来，说熟吧，你对我一无所知，要说不熟，又是同门师姐弟，低头不见抬头见的。可就是因为低头不见抬头见，我才更不想借你的钱，欠你这个人情。人与人之间相处，自在最重要，我一旦欠了你钱，每次见你都矮你一头，我这人自尊心强，最不愿意低头了。”

少年穿着一身黑衣，像这冰雪寒冬里的一抹异色，拧着脖子说：“没人叫你低头！”

宋诗意终于恼了，没好气地把袋子一把塞进他手里：“这东西你是收也得收，不收也得收。程亦川，我真是搞不懂你，无缘无故的，你干吗非得帮我一把？我都说不需要了，你何必这么热心肠？”

程亦川也忍无可忍了，也一把将袋子塞回她怀里。

“那你呢？你又为什么老是无缘无故帮我？我来基地的第一天受了气，一个人出来晃悠，你干吗跑来安慰我，说什么我的天地在雪山上？”

他皮肤白，生气起来面色通红，仿佛鲜血都要透出来了，眉眼生动得不像话。

“那天专项训练，卢金元在起点说我坏话，我人在山下，反正也听不见他说了什么，你又干吗帮我挤对他，害他摔了个狗啃屎？

“还有，我在食堂跟他打架，人人都看热闹，你又为什么跑来插一脚？让我打架，让我自讨苦吃不就好了，为什么担心我被重罚，还帮着我来了出苦肉计，免得局面一边倒？”

程亦川那一连串掷地有声的质问叫她彻底哑口无言。

少年用不甘又愤愤的目光瞪着她，说：“只准州官放火，不许百姓点灯。凭什么就准你当老好人，不准我当红领巾？你帮我那么多回，就不能让我也帮你一次吗？何况能用钱解决的问题都不叫问题，我这忙帮得毫不费力，一点成就感都没有。”

他嗓门儿太大，乍一听是愠怒，细品之下却带着一星半点儿的哀怨，依然是十足的孩子气。

可那孩子气是柔软的，善良的，带着冰雪的质朴与单纯。

旁人纷纷侧目。

已近黄昏，远处的落日西沉而下，挂在雪山顶，照得满目生辉，天地一片敞亮。

宋诗意与他对峙片刻，忽而低低地笑起来。

程亦川眼珠子都瞪圆了："你还笑？"

他都快气死了，她怎么能这么没有良心？还笑！还笑？！

就在他的怒气到达峰值时，女人终于开口："行，东西我收下了。"

"就没见过你这么没良——什么？"抱怨的话都说了一半，他戛然而止，不可置信地抬眼看她，"你说什么？"

"我说，东西我收下了，人情先欠着。"她语调轻快地说。

程亦川还有点摸不着头脑，半信半疑地看着她："是真收了，还是有什么下文在等着我？"

宋诗意扑哧一声笑出来，有点无奈，又有点好笑："没有下文了。镯子是我的了，钱先欠着你，麻烦你这债主给点面子，不要四处宣扬。"

先前还垮着的脸一下子明朗起来，黑漆漆的眼珠子里满是欢喜。

"不借丁俊亚的钱了？"

"是丁教练，别没大没小直呼其名。"她纠正他，然后点头，"不借了。"

程亦川眉开眼笑："怎么忽然就改变主意了？"

"你口才了得呗。"

"那是，我这人从小到大，十项全能，就没有哪方面差劲的。"他这人，惯会蹬鼻子上脸。

念在他是债主的分上，宋诗意决定给他点面子，就不拆穿他了。没有哪方面差劲的？脾气差，自制力差，在金钱方面大手大脚，将来持家能力肯定也好不到哪儿去。

但他毕竟是债主——

她点点头，煞有介事地说："对对对，十项全能，没毛病。"

眼前的人立马笑成了一朵花。

宋诗意看着他，嘴角一扯，翻了翻白眼。

哈，真是个不折不扣的傻白甜。

程亦川到队里的第二周，头一回上文化课。

陈晓春说："别看队里有我们这种先天大脑聪慧的，像卢金元那种后天努力都难以弥补智商缺陷的也不少——这就是文化课存在的意义。"

程亦川和薛同、陈晓春一起，坐在报告厅靠中间的位置，回头看了眼最后一排的卢金元等人——一群人像是打了麻药似的，整整齐齐地扑倒在桌面上，大头觉睡得正香。

他扯扯嘴角："这不还是没什么意义吗？"

一周四节文化课，外语为主，运动理论为辅。想必国家也不希望培养出只是四肢发达的文盲型运动员，每周来基地授课的老师还是从重点大学请来的讲师。

文化课是全基地的人一起上，除了他们练高山滑雪的，冰上项目的也在一起，加起来上百号人了，乌压压一片占据了整个报告厅。

文化课上分三种人，一种是学渣型，以卢金元等人为代表，每节课都坐在最后几排，大头觉睡得呼呼的，偶尔惊醒，也是抬头看看手机——还没下课？那还能再补会儿觉。

第二种是混子型，以薛同、陈晓春为代表，理所当然把程亦川也往这路子上培养。具体表现是，睡觉是不可能睡的，全神贯注听讲也是不可能听的，五分钟听课，七分钟玩手机，十分钟神游天外，完美。

第三种类型，以宋诗意为代表，节节课都坐前排，认真听讲，努力做笔记。

程亦川每回抬头，都不由自主地注意到她。

室内开着暖气，热烘烘的。她脱去外套，就穿一件白色套头毛衣，大多时候专心致志地听讲，间或埋头伏案疾书，仿佛一秒钟都不舍得错过。

程亦川都看愣神了，讲台上的地中海老头一口地地道道的东北英语，讲的东西也基础到极点，她怎么还能这么认真呢？

最叫人不可思议的是，课间休息，大半人都去室外放风了，毕竟运动员闲不住，多坐一会儿就浑身痒痒。

可宋诗意没有。

程亦川在走廊上站了会儿，去自动贩卖机那买了三瓶矿泉水，分给薛同和陈晓春，慢条斯理地往室内走时，抬眼就看见站在讲台上问问题的宋诗意。

Excuse me？

这年头还有这么认真刻苦的好学生？

自从上大学以来，程亦川就很少看见有人课间休息还能缠着老师问问题了，如今目睹某位师姐的勤奋，简直叹为观止。

室内不大通风，空气有些浑浊，他就倚在报告厅最后面的墙上，匪夷所思盯着她。

身边有人走过，看他两眼，又看看讲台，淡淡地说："珍稀动物，是吧？"

他侧头，看见一个短发女生停在身旁，很是眼熟。

左右看看，没看见其他人，他才确定她在跟他说话。顿了顿，想起来了，这人叫罗雪，女子速降队头号种子，上回宋诗意练专项时成绩不大好，数她在山底下笑得最欢。

程亦川皱眉，语气不善："问问题怎么了？人家勤学好问，碍着你了？"

罗雪轻笑两声："我说她是珍稀动物，又没说她不好，你生什么气？"

"是褒是贬，你自己心里清楚。"程亦川瞥她一眼。

"我只是替宋诗意惋惜，专项练得那么刻苦，结果出不来成绩。上课上得这么认真，可惜基础太差，每回考试都在七八十分挣扎。"

年轻姑娘耸耸肩，笑容里没有半点所谓的惋惜。

程亦川简直倒胃口，懒得跟她搭腔，径直往座位上走。

罗雪叫住他："喂，程亦川！"

他脚下一顿，回头。

罗雪问他："我跟你又没过节，你对我哪来这么大的恶意啊？说不定明年的全青赛你还要和我一起参加呢，稍微友好一点不行吗？"

程亦川眯眼看她，抛下两个字："不行。"

说完，拔腿就走。

接下来的课，程亦川坐在座位上神游天外，视线总停留在第一排那个身影上。

高中就开始练专项了，文化课确实会被耽误……

他在那发呆，冷不丁瞧见第一排的边上还有另外一个熟悉的身影——等等，那不是魏光严吗？他怎么也在第一排坐着？

程亦川不明就里，抬手碰了碰薛同："哎，那家伙怎么坐在第一排？"

薛同从手机上移开视线，定睛一看，习以为常的口吻："哦，魏光严啊。他从山里出来的，你也知道，山里面英语教学很糟糕。他到这儿来基本上相当于零基础，第一回出国比赛的时候可吃了大亏，听不懂裁判说什么，别的运动员交头接耳，他一句话也插不上。"

"后来就开始发愤图强？"

“是啊，他自尊心强，不允许自己在哪一方面落后。”薛同咧嘴一笑，“要不干吗看你不顺眼？还不是你一来就大出风头，给了他威胁感？”

两人交头接耳太长时间，讲台上的地中海老头终于忍无可忍。

“第一二三四五……第九排的那个穿蓝色衣服的男生，对，就是你——”他指着薛同，“来，你把我们刚才讲的这段课文读一遍。”

薛同一惊，噌地一下站起来，手忙脚乱地翻课本。

前排仁兄好心提醒：“第七十三页，第二段。”

薛同微微定心，捧起课本，磕磕巴巴地读了起来，读完忐忑地抬头看着地中海老头。

老头眯眼，说：“念都念不通畅，还不专心听讲？”

下一秒，眼神落在程亦川脸上，很明显是在警告他。杀鸡儆猴这一招，杀的是薛同，儆的是程亦川。

可程亦川气定神闲地靠在椅子上，忽然举手。

老头一愣：“你有什么事？”

台下的人眉梢眼角带着点笑，老神在在地站起身来：“老师，下一段我来念吧。”

嘿，看他是新面孔，都打算放他一马了，这还正面刚上了？

Skiing is a desirable activity for young people. It provides the excitement that the youth is commonly seeking. The skiers can enjoy the thrill of gliding at tremendous speed down a gleaming, white mountain slope...

一段关于滑雪的叙述，从薛同口中出来的是平淡无奇的，但从程亦川口中出来，就真的成了高山滑雪，惊心动魄。

富家公子哥的教育生涯可跟寻常人不一样，自小有外教一对一辅导，每逢寒暑假还能跟随父母出国游玩。再大些了，莫雪芙和程翰索性直接把他丢去国外的夏令营，哈佛游一圈，麻省游一圈，牛津待俩月，剑桥逛一逛……

更别提他考上的是名校的英语专业。

程亦川的口音是纯粹的美音，贴合他的个性，张扬且无拘无束。

他从前曾经受教于一名英国家教，莫雪芙坚称英音优雅绅士，是贵族口音。但程亦川死活不乐意，他一向认为自己要学的一切若非出于个人喜爱，不如不学。

莫雪芙拗不过他，只得点头，重新请来了美国外教。

程亦川是被放养大的孩子，所做一切，皆与自由相关。

他懒洋洋地站在座位上，流利而随意地念完了那一段文章，声音低沉却不喑哑，面色从容却不谦卑。

……技惊四座。

他这口英语，别说放在这学渣成堆的运动员里了，就是当初在大学里也一样令人惊艳。可想而知在场众人的面目表情。

薛同和陈晓春都惊了。

陈晓春一个劲拉他："程亦川，你外国人吗！"

薛同有气无力地捂住脸："没有对比就没有伤害……"

可程亦川放下书，抬头，只看见了从第一排投来的回眸。

宋诗意诧异地看着他，片刻后含着笑，无声地冲他比了比口型："可把你牛坏了。"

台上，地中海老头眯眼打量程亦川，瓮声瓮气地说："你叫什么名字？"

他扯扯嘴角："程亦川。"

对视片刻，老头哼了一声："坐。"把书卷成筒状，恨铁不成钢地指指倒数几排那些学渣，"你们要有他一半水平，就是躺在桌子上睡觉，我也没意见，还亲自替你们盖被子，祝你们做个好梦。"

台下众人傻乐。

老头眼珠子一瞪："笑，还有脸笑。你们以为我就说给最后几排听？都是国家队的运动员了，运动员的最高学府，不要以为自己比名校学子差在哪里。你们比他们，更能代表国人的脸面和素质。哦，好不容易去了国际赛场，开口只会说hello, how are you，闭嘴就是I'm fine, thank you。怎么，这样还能觉得自己很优秀？"

众人老老实实憋住了笑。

拥有一个拼命三郎室友的下场是什么？

程亦川每天醒来，总会发现魏光严已经出门跑步去了。而当他晚上从食堂回来，魏光严几乎从不在宿舍，用脚趾头想想就知道，一准是偷偷加练去了。

好不容易等到魏光严回了宿舍，睡前一定是拿起英语书啃了又啃，磕磕巴巴地用那大山里的土味英语练习日常对话。

程亦川偶尔会往他那边瞥上两眼，心想这人还要不要命了，每天除了训练就是学习，好像根本没有其他的娱乐生活。

魏光严察觉到他在偷看，冷不丁一记眼刀袭来，咆哮一句："看个鬼啊看！"

程亦川点头："确实是在看鬼。"

"你给老子滚！"

程亦川懒得跟他多说，收回目光干自己的事，心里大概也猜到了，魏光严知道两人之间在英语方面的差距，自卑是难免的。

只是摊上这么个室友，程亦川总觉得不跟着他一起拼命，良心就隐隐作痛。

他迟疑片刻，关掉了逛滑雪装备的页面，重新进入国外的滑雪赛事论坛，投入新一轮的知识补给中。

只是脑子里还隐隐有个疑问，为什么卢金元最近都不和魏光严来往了？他们俩以前不是一个鼻孔出气的吗，怎么，难道绝交了？

地中海老头姓林，江湖人称林 Sir。

之所以封 Sir，全因他动不动就考试。上个月讲的知识点了，你以为早已成为过去时，他冷不丁发张卷子下来，不好意思，临时抽查。

整个基地的人都对他产生了心理阴影。

按理说，都是国家级运动员了，理论考试也不怎么要紧，可孙健平和林 Sir 商量好了，运动员津贴与理论考试挂钩。全年超过三次不及格的，扣一个月津贴，公告栏还会张贴"耻辱榜"。

了解了林 Sir 的这个习性，程亦川总算明白薛同和陈晓春非要拉着他坐一块儿的原因了。

这不，周四晚上，他掐着点走进报告厅，里头已经坐满了人。

薛同和陈晓春替他留了座位，疯狂朝他招手，一脸看见救星的表情。

程亦川见每人面前都摆了张卷子，了悟，径直朝两人留的空位处走。哪知道林 Sir 忽然开口："程亦川，你坐这儿。"

他一抬头，看见林 Sir 随手一指，不偏不倚指着第一排的某个空座。

视线再往旁边一挪……宋诗意。

薛同和陈晓春目瞪口呆地看着他远去，而他回头无声地比嘴型："对不起了兄弟，我也不想的。"

大概是前两次的临时抽查，这两位总在及格边缘挣扎徘徊的混子忽然间不再是及格困难户，林 Sir 起了疑心，这才直接把程亦川调走。

程亦川倒是没什么，一屁股坐在宋诗意旁边，咧嘴，露出一口小白牙："好巧啊，师姐。"

宋诗意看他一眼，无暇分心，继续埋头答题。

卷子对程亦川来说很简单，半小时的题量，他十分钟答完，坐在座位上，百无聊赖地看看一旁。

宋诗意还剩一半。

哟，做得还挺认真，眉头紧蹙，下笔迟疑，一看就是拿不准。

他又左顾右盼，留意到不远处的罗雪，忽地想起什么。下一刻，他瞄了眼自己的卷子，偷偷摸摸凑近旁边的人。

"ABBCD。"

宋诗意笔尖一顿，侧头看他："？"

程亦川又露出那口小白牙，悄悄对她说："百分之百正确率，抄我的准没错。"

宋诗意一愣。

他以为宋诗意没听清，又放慢了语速，偷偷摸摸重述一遍："A——B——B——C——D——"

没想到宋诗意一脚踩在他脚背上，痛得他嗷呜一声叫了出来。

林 Sir 在报告厅后方巡视，那里是他的重点监视区，忽然听见前排的动静，猛地抬头看过来，眉头一皱："你叫什么？"

无数双眼睛看了过来。

程亦川忍住痛，赔笑道："卷子写完了，有点无聊。"

林 Sir 目露凶光警告他："写完了也给我老实待着，不然直接给你不及格。"

"遵命。"

程亦川收回视线，对身侧不领情还反咬一口的女人怒目而视，比口型："你干什么？"

宋诗意眯眼，反问："你干什么？"

"我这不是好心好意给你抄答案吗？"他为了不发出太大动静，凑得极近，几乎要贴在她脸上了。

宋诗意往后挪了挪身子，瞥他一眼："用不着。"

当真是狗咬吕洞宾——不识好人心。

程亦川咬牙转头，心道，她都不在乎被人看扁，他有什么好帮她的？

很快，考试结束。

林 Sir 从最后一排开始收卷，报告厅里的人陆陆续续收拾东西往外走。

程亦川站起来，无意中扫了眼宋诗意的卷子，BDBAD，CADDA……十道题，五道都和他的答案不一样。

他翻了个白眼，心想这位师姐的英语是真的差劲。

再一抬头，宋诗意已经走到很前面去了，报告厅里乱七八糟、人来人往，那个叫罗雪的忽然追上了宋诗意，响亮地叫了声："师姐！"

宋诗意一顿，回头对上她的目光。

罗雪笑容满面地问了句："师姐，卷子做得怎么样啊？"

程亦川没听见罗雪说了些什么，光是看着她的后脑勺也觉得碍眼。

你说说，怎么会有这么爱折腾的女人？八婆得要命。

耳边仿佛又响起几周前她说的话："我只是替宋诗意惋惜，专项练得那么刻苦，结果出不来成绩。上课上得这么认真，可惜基础太差，每回考试都在七八十分挣扎。"

那种幸灾乐祸的语气……

程亦川眼睛一眯，左右看看，发现没人注意到他。林 Sir 的所有注意力都放在后排人士身上，对于前排的勤奋好学生简直异常放心……

鬼使神差的，他拿起了橡皮，以迅雷不及掩耳之势擦掉了宋诗意的答案，然后飞快地照着自己的卷子把字母誊写上去。

大功告成！

他鬼鬼祟祟地收起笔，假装什么事情都没发生过，一边挠着后脑勺，一边装模作样地往外走。

刚走出报告厅，没想到门边站了个人，一脚伸出来，险些绊他个狗吃屎。

他踉踉跄跄往前栽了几步，好不容易稳住身形，回头一看，愠怒的表情还没来得及收起……顿时僵住。

门边，某位师姐穿着白色套头毛衣，手臂上搭着黑色棉服，眯眼面无表情地盯着他。

程亦川一惊，还以为改她卷子的事情败露了，心跳顿时乱了节奏，嘴上还强行维持镇定：“你，你绊我干吗？”

宋诗意没好气，一指头戳在他脑袋上：“刚才你干吗呢？”

“我，我能干吗啊？”他还兀自嘴硬。

“你能干吗？ABBCD——”宋诗意重复一遍他对她念的答案，“你冲我念什么念啊？”

程亦川一顿。

所以，她问的是考试时他对她念答案那回事儿？

搞半天她没看见他改卷子？

他试探着问了句：“就这事儿？”

宋诗意气不打一处来，又是一指头戳在他脑门儿上：“让人发现，我一世英名毁于一旦。怎么，这事儿还小了？”

“我这不是为了你好吗？”程亦川捂着脑门儿辩解，“你又不是不知道，多的是人等着看你笑话。好不容易林 Sir 把我弄去你旁边，这不是近水楼台先抄抄吗？你也不看看你那选择题，做的都是些什么东西啊？一准儿及不了格。”

宋诗意闻言一愣，狐疑地看着他：“多的是人看我笑话？你说的是谁？”

程亦川别开脑袋：“随口一说。”

“罗雪？”她极聪明，一语道破。

程亦川恼羞成怒：“怎么到这节骨眼上就聪明起来？刚才考试倒没见你脑子这么好用——”

话没说完，又被她不轻不重拍了一脑门儿。

“臭小子，一天到晚胡来。”她斜眼睨他，这回倒是不气了，冷不丁地笑出了声，“她关注我是她的事，爱哭哭，爱笑笑，我为什么在意她？”

他一顿，抬眼看她：“你真不在意？”

女人爽朗一笑，瞪他一眼：“这有什么好在意的？我宋诗意风光也好，落魄也好，只要对得起自己，跟她罗雪有半毛钱的关系吗？”

她像个大老爷们儿似的，揽着他的肩膀往前走，“啧，不过啊，念在你这么替师姐着想的分儿上，走，师姐请你吃夜宵去！”

她显然是把他当弟弟了，这么没有男女之别，动作极为自然。

可程亦川一怔，目光下意识落在她搭在他肩上的那只手上。

那是一只女人的手，手指纤长，指甲透明而有光泽，就这样不轻不重地落在肩头。隔着厚厚的毛衣，他似乎也能感受到那种温度……

他眨眨眼，抬头看她，也忘记了分辨她究竟在说些什么，只看见红唇一开一合。

奇怪了，明明是素面朝天，他却觉得那唇瓣像是早春三月枝头的一抹红杏，润泽漂亮，红艳至极。

宋诗意说完话，没听见身侧的人有什么反应，奇怪地侧头看他："程亦川？"

……

"程亦川！"

他如梦初醒，傻乎乎地抬头："啊？"

女人眯眼，一指头戳过来："跟你说话呢，你走什么神啊？"

他定定地看着那只指头，下意识摸摸脑门儿被她一戳再戳的地方……不痛不痒，就是有点发烫。

Chapter 09

大梦一场

都是运动员，队里每周量体重，对体型和重量都有严格要求。因此，所谓的夜宵也不过是食堂里的一杯脱脂牛奶，两人皆是一手握杯，一手拿只青椒茄子馅的素包子，边啃边往宿舍走。

程亦川嘀嘀咕咕："这也算是请夜宵，不知道是请哪门子的夜宵……"

"嫌这嫌那，有种别吃。"宋诗意伸手来抢，却被他眼疾手快躲了开去。

他三下五除二把包子啃了，塞了一嘴东西，话都说得含含糊糊："请都请了，整磨还要搜肥去？（请都请了，怎么还要收回去？）"

宋诗意看得好笑："不是嫌弃吗？"

他终于把嘴里的东西都吞咽下去，用一种"我给你三分薄面"的表情看着她，说："不浪费粮食是种美德，何况也是你的一点心意，我就勉为其难——哎，你上哪儿去？"

宋诗意在看见他的表情那一刻，就已经有预感他会大放厥词，白眼一翻，转身走了。

他在后面嚷嚷，她就头也不回摆摆手："夜宵也请了，各回各家吧。"

程亦川有点心烦，怎么每一次都是这样？她跟他的见面好像总以她的率先离场告终，多少次他话都没说完，她就这么潇洒挥手、扬长而去。

"喂！"突如其来的冲动，他冲她喊，"宋诗意！"

那个人一顿，回过头来，隔着不远不近的距离，一脸疑惑地看着他："怎么了？"

他张了张嘴，又不知道该说些什么，最后只能骂了句，朝反方向走了。

魏光严一如既往回来得很晚，十点钟，大汗淋漓推开了宿舍的门。

程亦川坐在床上看书，英文原著，Catch-22。

前几天他从本科同学那要来了这学期老师给的书单，训练回来抽空读一读。他不想承认，但又不得不承认，魏光严的刻苦在冥冥之中也推动着他往前走。

听见开门声，程亦川没抬头，还靠在枕头上埋头读着。

这一阵和魏光严的相处就这么一直不冷不热的，没有过多冲突，也没有什么交流。反正就是同一屋檐下一同居住的陌生人，没必要交心。

可魏光严脱了衣服，换上T恤，忽然回头看着他。

"今天收卷的时候，你改了宋诗意的卷子吧？"

程亦川倏地抬头，脑中警铃大作，嘴唇动了动：“我不知道你在说什么。”

“我看见了。”魏光严直视着他，“你趁她走了，把她的答案改了。”

“你看错了。”

“眼睛长在我自己脸上，看没看错，我比你清楚。”

两人对视片刻，程亦川率先沉不住气，扔了书，跳下床，改变了自己仰视他气场不够的局面：“魏光严，你要干什么？”

魏光严一顿，眉头皱了起来：“我要干什么？我能干什么？”

程亦川冷笑一声：“你最好什么都别干。”

他比魏光严还要高几厘米，居高临下地俯视着，眯眼说：“你跟我之间的事，不要牵扯其他人。要是让我知道你去告密了——”

“告密？”魏光严怒从中起，推了程亦川一把，“谁要告密了？程亦川，你少看不起人，在你眼里我就是那种人吗？背地里打小报告？”

“是。”程亦川答得斩钉截铁。

魏光严气得说不出话来，眼睛里都快喷出火了，死死瞪着他，好半天才咬牙切齿说：“是，我是从你来队里那天起就不待见你，但你用不着把我想得那么坏。卢金元做事没底线，不代表我也没有。我再不喜欢你，也不会背地里搞什么肮脏手段！”

说完，他一把扯下挂在衣架上的毛巾，转身进了卫生间。

留下程亦川一个人站在房间中央，担忧被疑惑取而代之：哎，这人好像……也没那么坏？

在下一节英语课来临之前，考试成绩不会出来，于是日子又成了三点一线：食堂、雪场和宿舍。

对卷子被改一事毫不知情的宋诗意，在母亲生日前一周，把礼物寄回了北京。

隔日却收到陆小双的电话：“你妈不收，冷着脸说打哪儿寄的退回哪儿去。”

宋诗意没想到钟淑仪的怒气值已经达到这个高度了，从前那么要面子的人，如今在外人面前也不想做做场面了。

她一顿：“你劝了没？”

陆小双有气无力地说："怎么可能没劝？我口水都说干了，她连门都没让我进。你是没看见她那张脸，满脸就一句话——知道你俩一个鼻孔出气的。"

宋诗意笑了两声，只能草草回答："我知道了。"

"那这礼物——"

"先放你那儿，我给她打个电话，想想法子。"

说是想法子，其实也没法子。

钟淑仪这人是个倔脾气，一辈子都这么要强，不撞南墙不回头，从来都说一不二。丈夫去世后，她只剩下这个女儿，更是执拗到没法说。

自打宋诗意归队后，她就彻底和女儿断了联系。

国家集训队每次集训完毕，都会给运动员一段休假时间，年初时宋诗意回过一次北京，被拒之门外。当时是大晚上，她没法进屋，只能去陆小双家里凑合了一晚，打算第二天回家继续磨。

她还以为"只要功夫深，铁杵磨成针"。

哪知道"铁杵"没给她这机会，第二天连家里的小卖部也收摊了，报了个夕阳红的廉价旅行团，一走了之。

家门口贴了一张字条：你一天不退役，就一天别认我这个妈。

宋诗意深吸一口气，拨通了母亲的号码。

无人接听是理所当然的事，她连拨六七次，始终没拨通。别无他法，她把电话打去了隔壁邻居家。

"张叔，我妈可能手机静音，没听见我的电话，麻烦您帮我看一下她在家吗，行吗？"

电话很快交到了钟淑仪手里。

家事能叫陆小双知道，因为她毕竟只算半个外人。可邻里邻居的，钟淑仪的面子还是要强行撑住，不好直接拒绝。

那边很快响起了久违的声音："什么事？"

生硬、冷淡，但毕竟还是接电话了。

宋诗意记不清她有多久没和母亲通过话了，也许是三五个月，又或许更久了。起初她的电话钟淑仪还会接，回回都和她扯皮，要她退役回家。可发觉她完全没有放弃的念头，也绝不可能退役后，索性电话也不接了。

钟淑仪不是一哭二闹三上吊的人，母女俩长得很像，都很秀气，可惜身体里都藏着同样的灵魂，跟钢筋铁铸的一样。

于是宋诗意只能每隔一阵就给她发信息，大多是说自己在队里过得很好，偶尔夹杂几句队里的趣事，或是周末出门的所见所闻。

信息无一例外，石沉大海。

隔了这么久，乍一听见她的声音，宋诗意眼眶一热，竟然鼻子发堵，有了哭意。

“妈。”她低低地叫了一声。

那头沉默片刻，依然是那句冷冰冰的话：“什么事？有事快说，这是别人的手机。”

宋诗意强行咽下哭腔，笑了：“也没什么要紧事，下周不是您生日吗？我让小双替我把礼物送上门，她说您让退回去，不肯收。”

“你知道我想要的是什么。”

是，她知道，可她给不了。宋诗意假意不知，只说，“您都没拆开包装看看呢，这么多年您不是一直想要一只金镯子吗？那天我去商场看见一只，特别漂亮，刚好您生日要到了，这不，我一咬牙就买下来了——”

“我不要。”

“您就收下吧。我也攒了一些津贴了，镯子贵在精巧，也没多重，不算贵，好歹是我的一片心意——”

“一片心意？宋诗意，我不需要这种心意。”钟淑仪的话终于多了一点，“你知道我要的是什么，如果你不退役，我们母女之间也没什么好说的。”

听出她有要挂电话的趋势，宋诗意叫了起来：“别别别，妈，您别挂电话！”

然而下一秒，通话还是终止了。

宋诗意握着手机，一动不动坐在床上，慢慢地、慢慢地闭上眼睛。浑身力气都像被抽空。

也不知道过了多久，大概只是须臾，却又像是已过百年，掌心里的手机忽然又响起来，在这安静的空间里显得有些突兀。

她猛地睁眼，看见屏幕上显示的名字，眼睛都睁大了。

张叔。

她想都不敢想，母亲竟然回心转意，又打回来了？

宋诗意迫不及待接起电话：“妈？”

可那头响起的是张叔的声音：“诗意啊，是我，你张叔。”

刚跃起的希望又破灭了。

宋诗意揉揉眉心，勉强笑道："是您啊，我还以为是我妈又打回来了。怎么，您找我有什么事吗？"

"我就是想跟你说说，最近你家里挺困难的，你要体谅一下你妈，她也不容易。"

"家里？家里怎么了？"

那头的张叔迟疑片刻，叹口气："北京在整顿棚户区，你们家那小铺子也被划入整改范围，要强拆。你妈不乐意，说一辈子靠这个吃饭，这是要断了她的生计，非不同意。上个月来了批人，强行把铺子封了，你妈把封条扒了又开门营业，过几天人家又给封了，你妈照撕不误，还进了趟派出所……"

"后来这不出来了吗？发现铺子已经给拆了，她又推着车去胡同口继续做生意，城管不允许，说是影响市容，景区附近不许摆摊。她给人又是塞烟又是送酒的，人家不收，推推搡搡的，东西掉地上摔破了，你妈急红了眼，还跟人发生了肢体冲突。"

听到后来，宋诗意已经分辨不清张叔究竟说了些什么。

那头似乎也意识到了她的情绪失控，叹口气，说："孩子啊，你妈也不容易，家里这么困难，你又带伤回去当运动员。她表面上对你狠心，其实心里还挂念的，不然怎么遇上这种事，还死活不跟你提半个字？"

结束了那通电话后，宋诗意失眠了一整夜，次日清晨，到训练馆跟孙健平请假去了。

馆内大家都在热身，孙健平一看她眼睑瘀青严重，一副神不守舍的样子，也不忙手里的事了，下巴朝大门外一指："走，外面说去。"

把人带出去了，才神情凝重地回过头来："说吧，到底怎么回事？"

……

训练馆内，程亦川正训练，忽然听见旁边有人说："哎，那不是宋诗意吗？怎么回事啊，刚才我进来，看见她眼睛红红的，在跟孙教练说话，一副随时随地都能哭出声来的样子。"

他一惊，猛地回头看去。

隔着玻璃门，大门外果不其然站着孙健平和宋诗意，外面阳光灿烂的，而她背对馆内，看不到面上的表情。

发生什么事了？她怎么会一副要哭的表情？难道是——

想起昨晚他自作主张的事，程亦川心里咯噔一下。

一旁的卢金元幸灾乐祸地说：“谁知道呢？既然要哭，那肯定不是什么好事儿了。哈哈，喜闻乐见，喜闻乐见！”

程亦川一听就来气，霍地回头，眼神像刀子一样戳在卢金元脸上。

卢金元吓得往后退了一步，这完全是下意识的举动，显然是上回挨揍留下了心理阴影，片刻后又发觉自己好像太窝囊了，怕大家笑话，于是挺起胸膛：“你看什么看？怎么着，公众场合，我连说话都不能说了？”

魏光严怕程亦川一个冲动又闹出什么乱子来，不动声色地横在了他面前，没好气地冲卢金元说：“不是不让你说，他是想劝你谨言慎行。”

卢金元眼睛一眯：“哟，魏光严，你什么时候成了这小子的狗？这是不打不相识？你可够能变脸的。”

魏光严脸色一变：“你说人话。”

再回头看，程亦川压根没工夫理他们，眼珠子一直望着大门外，忧心忡忡的样子。

训练馆里闹哄哄的，魏光严趁人不备，凑过去小声说了句：“你别瞎紧张，也不一定是改卷子的事——”

“让开。”程亦川冷冷地说，看他的眼神和看卢金元的并无二致，“你少惺惺作态了，魏光严。要真是改卷子的事，用脚趾想想也知道是谁去打的小报告。”

魏光严简直不可置信：“跟我有什么关系？我说了不会说出去，就是不会说出去。好心好意安慰你，你这什么意思啊？！”

程亦川回头再看，恰好看见孙健平拍了拍宋诗意的肩膀，她垂着头，背对场馆，抬手用力擦了擦脸，然后回头推门而入。

隔着不远不近的距离，他看不见她的面上是否有泪，哪怕有过，估计也被她擦干了。

她就这么回了隔壁大厅，重新归队训练。

留下程亦川一个人魂不守舍的，心里直打鼓——不是吧，难道真的是因为改卷子的事？可就算露馅了，也不能只找她一个人啊？考试的时候他就坐在她旁边，一看就跟这事儿脱不了干系啊！

……

程亦川急得像热锅上的蚂蚁。

一上午的拉伸训练，他心不在焉，人在馆里心在外。袁华点了他好几次名，他都始终没回魂。

袁华恼了，干脆指着外面："去，大门外头，五百个下蹲。不做完不许回来！"

卢金元低笑出声，暗骂一句："活该！"

可程亦川没工夫和他吵架，恍若未闻，扭头就朝大门外去了。

袁华恨铁不成钢："这臭小子！"

天赋过人是一回事，可不用心又是一回事。有天赋的运动员又不止他一个，勤奋不足，迟早滞留不前。

可他没瞧见，程亦川一奔出大门，转头看了眼，趁他不备，眨眼间就溜走了。

一口气跑到了教练办公室，他才停在门口稳了稳心神，调整呼吸，下一秒，带着英勇就义的大无畏精神跨了进去。

"报告！"

办公桌后，孙健平在填省运动会的高山滑雪队参选名单，闻言一顿，抬头："程亦川？"

眉头微皱，"你不是在训练吗？怎么跑我这儿来了？"

程亦川咬咬牙，昂首挺胸："一人做事一人当，孙教，我是来自首的！"

"自首？"孙健平眉头一皱，上下打量他片刻，"你自什么首啊？"

"我——"程亦川起了个头，及时刹车，总算还没傻到家，小心翼翼地问了句，"那啥，我先问下，您早上和宋诗——宋师姐在训练馆外面说什么呢？"

"我和她说什么，跟你小子有什么关系？"

"我这不是关心队友吗？"他张口胡说八道，"我看您都快把她给骂哭了，一来担心她情绪不好影响成绩，二来担心您一把年纪了肝火太旺——"

"算了吧你。"孙健平没好气地扔了笔，往椅子上一靠，指着程亦川的鼻子，"说，你到底干了什么坏事？"

"也没干什么……"程亦川赔笑，在心里抽了自己好几个大嘴巴子。

关心则乱，关心则乱。你说他做事情怎么这么不动脑子呢？一上来，开门见山就要自首。

现在看来，宋诗意和孙老头在训练馆外面的对话，怕是和考试作弊没有半毛钱的关系。

孙健平是老江湖了，一看他这模样就是心里有鬼，威慑几下，程亦川只能老老实实交代："昨天晚上不是英语考试吗？我看宋师姐平时那么刻苦，结果卷子做得不大好，手指头忽然不听使唤，就、就帮她改了下答案……"

孙健平眼神一定，缓缓抬眼："手指头不听使唤？"

程亦川忙点头："可能是训练一天太累了，脑子也有点抽抽。"

"这好办。"孙健平不动声色，下一秒，拉开抽屉，把水果刀拎了出来，哐当一声拍在桌面，"手指头不听使唤，那就剁手。脑子抽抽，那就开颅。"

"程亦川！"一声暴喝，孙健平指着他的鼻子，"你当这什么地方，凡事都能由着性子胡来？你才来这儿多久，架也打了，考试还作弊。当初我为什么把你招进来？你以为我把你招来丢人现眼的？"

孙健平是个暴脾气，冲着程亦川一顿臭骂。

识时务者为俊杰，程亦川选择立马蔫了，垂头丧气听他批斗，末了抬眼瞄一眼，低声下气地说："我知道错了，下回不敢了。"

眼见着孙健平还在平复呼吸，他赶紧又添一句："可我发誓，这都是我一个人的主意，跟宋诗意没有半点关系，她都不知道我改了她的卷子。考试的时候我想给她念答案来着，她还踩我一脚，事后骂了我一顿。"

"真的，您别不信。不信您问问林 Sir，宋诗意踩我那下特别重，我还当众叫出声来了。"

他信誓旦旦的，怪就怪在这么信誓旦旦的居然是在替宋诗意开脱。

孙健平看他两眼，指着门外："五百个下蹲，做完滚。"

程亦川接受处分，老老实实去门外做下蹲了，嘴里一声声数着。

第三十三下，他心想 那女人知道他这么"好汉做事一人当"，一定很感动。

第一百零一下，他稀里糊涂地擦了把汗：那今天早上她在训练馆外面哭什么啊？

第一百五十九下：难道孙健平是因为她出不来成绩，硬生生把她骂哭了？

不对啊，孙老头再凶，爱护徒弟的心也肉眼可见，怎么可能因为这个骂她？

……

他想得入神，蹲在那儿忘了起来。

下一秒，办公室里猛地飞来一个香蕉皮，啪嗒一下，正中他脑门儿。

孙健平中气十足地吼道：“偷什么懒啊？当老子瞎吗？再加一百个！”

宋诗意的假批下来了，一周时间，从下周一开始算起。

周四夜里的英语课，发卷子。

林 Sir 把卷子放在她桌前，神情复杂地投来一眼。宋诗意莫名其妙，低头一看，心里咯噔一下。

满分。

再一看，熟悉的 ABBCD，考试时程亦川念了两遍的答案，还自信满满地告诉她：“百分百的正确率。”

事实上她本来就有两道题拿不太准，打算做完卷子回过头来改一改的，但程亦川那么一念，她就算是想改也不打算改了。

不过是寻常小考，根本没有作弊的必要。

可是眼下，宋诗意面无表情地看着自己的卷子，既然她没改，那么真相只有一个。

她深呼吸，转头去看坐在报告厅中央的人，可那人左顾右盼，就是不看她。

林 Sir 已经发完了卷子，在讲台上说：“这次考试有五个满分，一个零分。”

宋诗意面色通红，听着林 Sir 念完了满分名单，可出人意料的是，这其中没有程亦川。

她狐疑地抬起头来，就看见林 Sir 面无表情地说：“零分获得者，程亦川。”

霍地回头，她看见程亦川面色如常地坐在那，一片哄笑声里，他显然早已知悉内情，并没半点有惊讶。

怎么回事？

一堂课上得心神不宁的，课间休息，宋诗意扭头去找那罪魁祸首，可程亦川跑得飞快，一眨眼就不在教室了。

她只能等到下课，第一时间拿着书就往外走，对着那个正迅速跑远的身影大叫：“程亦川，你给我站住！”

那人仿佛闻所未闻，眨眼间消失在人群里。

宋诗意在原地跺了跺脚，她把心一横，重返报告厅。室内的人走得七七八八了，林Sir还在讲台上收拾书。

她走上前，把卷子摆在讲台上，说：“林老师，对不起，这成绩不作数。”

林Sir顿了顿，笑了：“我知道。你可没这个水平。”

宋诗意面上微红：“谢谢您给我留面子。”

“谈不上留面子。毕竟你本来也没作弊，是那混账小子仗着自己英语底子好，自作主张改了你的答案。”

她一愣，抬头看着林Sir：“您怎么……”

“我怎么知道？”林Sir哈哈大笑，“那小子自首来了，还被孙健平罚了六百个下蹲，又交了篇检讨书给我。他老实交代了，这事儿跟你没半点关系，都是他一个人的主意。”

宋诗意定定地站在原地，神情复杂。

林Sir一面笑，一面往外走，摇头叹气：“臭小子，还挺仗义，坏人是他，好人也是他——”说到一半，回头看了眼宋诗意，点了点，“你呀，什么都好，就是这底子不好。多跟做师弟的请教请教，他是A大英语专业的，有两把刷子。”

宋诗意只能点头：“您说得是。”

她低头看看那卷子，心里不是滋味。

夜里，宋诗意给母亲发了一条消息。

“妈，我周一回北京。”

五分钟后，钟淑仪把电话打了回来，开门见山地问：“回北京？你终于想通了，准备退役了？”

“我……”她不愿头一句就打破母亲的幻想，好不容易才通一次话，索性生硬地转移话题，“我听张叔说，家里的小卖部被拆了？”

“嗯。棚户区改造。”

“那你现在——”

“买了辆二手小推车，平时出门摆摊。”

“国子监附近不是不让摆摊吗？”

钟淑仪冷笑一声：“不让摆？不让摆，他们让我怎么活？拆了我的店，还不让我摆摊，怎么，我的一日三餐由他们负责？”

“那你也不该和他们动手啊！”宋诗意急了，“张叔说你都进派出所了。妈，伤着哪儿没？”

“就蹭破点皮，不打紧，反正我这都老胳膊老腿了，还怕他们不成？”

宋诗意心头一紧。

首都治安严，尤其是三环以内，更别提她家又在国子监大街。

以前也见过不少在附近摆摊的商贩，城管一来，大家就推着车四处逃窜。有一段非常时期，箭厂胡同外头每天都开来一辆面包车，八九个城管全副武装地立在那，一人手里拎了根一米多长的铁棍，光是阵仗也够吓人的。

母亲一个女人家，推着车和那么多大老爷们儿抗衡……

宋诗意紧紧握着手机，吐字艰难：“你别摆摊了，家里的事我来操心，你还是歇着吧。”

“你来操心？家里现在还欠着十来万呢，我怎么歇着？不摆摊，等着喝西北风吗！”钟淑仪提起这个就来气，片刻后，自行消了点气，“不说那些了，你想明白了就好。你自己说说，这年头干什么不好，非得去当什么运动员？你的腿还要不要了？这个家还要不要了？”

都说不提了，结果还问了十万个为什么。

钟淑仪最后发觉打脸了，讪讪地说：“这次回来，去你二姨那边找个活儿干吧。虽然学历低了点，去她那公司打打杂也好过现在这么无所事事。”

“妈，那是二姨夫的公司——”

“夫妻之间，分什么你我？”

宋诗意深呼吸，勉力维持笑意：“妈，你听我说，这次我是请假回去看看你。队里给我批了一星期的假，我这不是——”

“你说什么？”钟淑仪不可置信，“你没打算退役？”

“我——”她动了动嘴，无力地说，“妈，我在队里挺好的，腿也没什么事——”

“你在队里挺好的。”钟淑仪一字一句重复，片刻后，笑了两声，那笑里带着哭腔，“好啊，你在队里挺好的，挺好的。”

按照她的性子，以往每回谈到这一步，就该挂电话了，她们娘俩谁也不爱把心里的苦挂在嘴上。

可是日子太难过了。

一个人撑着，她总觉得自己要垮了。

钟淑仪握着电话，脑子里像是白光乍现，所有的思绪都消失不见。她咬紧牙关，却堵不住心里的怨和苦，最终用有些凄厉的声音冲女儿喊道："你是挺好的，你想过我吗？你想过这个家吗？！"

宋诗意一顿，拿着电话说不出一个字来。

钟淑仪哭着质问："你爸走了，花光了家里所有的积蓄，还欠了一屁股债。你做了些什么？你倒好，一走了之，去追你那狗屁的梦，你追出个什么结果来了？宋诗意，我含辛茹苦养你多少年，别人家的孩子长大了是帮父母分忧的，而你呢？只有你一把年纪还叫我为你操心！

"滑雪，滑雪，你的世界就只有滑雪。搞个运动把自己搞成了半文盲，高中毕业就不读书了，你除了得到一身伤病，还得到了什么？学业没了，婚姻大事耽搁了，你爸在天上看见你这副样子，不知道有多痛心！"

那头的女人哭了，这头的人也吧嗒一声，眼泪断线。

宋诗意咬紧牙关，不让自己哭出声来，只声色喑哑地说："这是我爸替我选的路，他没能走下去，盼着我能坚持。他不会后悔。"

"可是他死了，他已经死了。"钟淑仪哭着说，"你想想我，成吗？别跟他一样总活在梦里，他活着的时候三天两头出国比赛，也不过问我的意思，自作主张就带你去学滑雪。谁家是这么过日子的？丈夫女儿总在外头，每个月的钱全都花在滑雪上面……"

……

那通电话打了很久，最后变成钟淑仪一个人的絮絮叨叨。

她憋了太久，从丈夫健康时的隐忍不发、不得不支持，变成丈夫生病时的衣不解带、费心照料，最后丈夫走了，她年纪轻轻就成了寡妇，不仅要处理后事，还要还家里欠的一屁股债。

可宋诗意仍在追梦。

还在追梦。

她不懂什么梦不梦，只知道别人在追梦，她却活在现实里，柴米油盐酱醋茶，哪一样不要钱？何况家里还欠着这么多债，不知要还到何年何月去。

宋诗意怔怔地听着母亲的发泄，眼泪模糊了视线。

到后来她已然听不清母亲说了些什么，只有那两句："你练出什么结果来了？除了险些断了腿、成了残废，你到底得到什么了？"

这么听着，好像真的很有道理。

终止了学业，所以如今连一个英语小考都要师弟怜悯，帮忙作弊。

苦练十几年，却只得到一身伤病，连队里的平均成绩都滑不出来。

她得到了什么？

二十五岁，从未谈过恋爱，学业没了，健康没了，前途也一片渺茫，她到底在这里干什么？

周五一大清早，就有大巴车候在外面了，载了一车运动员，从基地赶赴亚布力雪场。

程亦川和薛同、陈晓春一同上车，依然不打扰这对公不离婆、秤不离砣的好基友，一屁股坐在了宋诗意旁边。

“早啊，师姐。”他活力四射地扭头看她，咧嘴露出一口小白牙，顺手从背包里摸出一瓶养乐多，“喝吗？”

宋诗意却兴致缺缺、面有倦容，笑着摇头：“不喝。你自己喝吧。”

程亦川把吸管插上，两口就喝光了，越过宋诗意朝窗外看：“天气不错，是个练专项的好日子。”

“是吗？”

“昨晚下雪，今早又出太阳，风也不算大，还能有比这个更适合训练的日子吗？”他才刚问出口，就斩钉截铁地自问自答了，“没有。”

宋诗意笑了两声，揉了揉眼睛。

程亦川这才发觉她今天话少得可怜，要换作往常，一准说他蠢、说他话痨了。目光落在她脸上，他一顿，凑近了些：“师姐，你有黑眼圈了。”

宋诗意把那突然凑近的脑袋推开。

程亦川又说：“昨晚没睡好？室友太吵？”

片刻后，又想起来：“不对，你一个人住，不可能吵。”

哀号一声，他靠在椅背上嘟囔：“这就叫区别待遇。我也想一个人住啊，谁想跟一个每天能打出十级呼噜的人住一个屋檐下……”

最后瞥她一眼，扯嘴角：“算了，谁让我没拿过世锦赛亚军呢？”

他见宋诗意精神不佳，下意识说着打趣的话，却没想到戳到了她的伤口。

“亚军”二字，是往日的荣耀和遗憾，也是今后或许再也无法实现的高度。

宋诗意神色一暗，侧头去看窗外的风景，难辨喜怒地说了句：“程亦川，你话很多。”

“长路漫漫，和我这样话多的人坐在一起才不寂寞。”就他歪理多。

她闭眼，侧身靠在椅背上:“算了吧，比起被你烦死，我还是更喜欢寂寞。”

可她到底没能寂寞下来。程亦川不知哪里来的这么旺盛的精力，一路上叽叽喳喳，像只麻雀。

“师姐，食堂的师傅家里是卖葱的吧？十来种肉饼，个个都放葱，冲死我了。”

“哎哎，后海那边儿的李记涮肉还开着吗？我小时候去北京，我爸带我去那儿吃过一次涮肉，这么多年可把我馋的。真想什么时候再去吃一回……”

“师姐，哪天我去了北京，你带我四处转转呗。”

“师姐？”

“师姐！”

“师姐——”

像个还没长大的孩子，那家伙居然拖长了尾音，这是在撒娇？

宋诗意睁眼，面无表情地盯着他：“朋友，你能闭嘴吗？”

程亦川扯了扯嘴角，凑过来低声说：“能。只要一会儿你滑的时候注意中期提速，好好发挥。”

朝前面几排看了看，他对着某个背影翻了个白眼，“山中无老虎，猴子称大王。给她点颜色瞧瞧。”

他说的是罗雪。

宋诗意顺着他的目光看过去，顿了顿，笑了：“我提不了速。”

“怎么会？上次你不就提了吗？只是紧要关头又松懈了，就提了那么零点几秒。”程亦川皱眉，伸手夸张地比了个一点点的手势，“但是提了速怎么也比没提好，你看，你那次的最终成绩就有提高。”

他苦口婆心：“要是在滑到第七个旗门的时候，能有最大加速度，脚踝绷紧，和冰面摩擦减小些，还能提高更多。”

……

他一路上耐心讲解着宋诗意早已熟知的各种技巧，她没有反驳，也没有点头答应。侧头看看，她看见他那年轻气盛的模样，程亦川一心想让她滑出更好成绩，至少不让罗雪那么得意，继续看她笑话。

思绪飘了很远。

事到如今，为什么不能提速已经不重要了。

到达雪场，换上滑雪服，穿上滑雪鞋，拿出雪镜、雪板和手套，运动员们全副武装地站在了雪地上。

省运动会即将来临，孙健平忙得满头包，没有来雪场。

技巧类项目在低矮一些的雪道上，而速降这边，袁华和丁俊亚负责带队，身边还跟着些副教练、助理教练。

袁华在按照惯例讲一些注意事项。

丁俊亚发现程亦川跟了宋诗意一路，从大巴车上跟到大巴车下，就连换装备时也挤在她旁边，这会儿讲注意事项了，所有人都在专心听袁华讲话，就他还凑在宋诗意耳边嗡嗡嗡，像只小蜜蜂。

丁俊亚眉头一皱，绕到人群后方，表情冷峻地走近了他。

程亦川毫无所觉，还在宋诗意耳边念："一会儿提速啊，记住了。你的起步是她比不上的，就是中期发挥太平了，提速、提速、提速——"

他的紧箍咒才念到一半，就听闻后脑勺传来冷冰冰的三个字："程亦川。"

程亦川戛然而止，一回头，看见丁俊亚黑着脸站在身后。

"这么能，你怎么不去当教练？"丁俊亚面无表情地盯着他。

"我——"程亦川语塞，片刻后，给自己找了个台阶下，"我就是跟师姐交流交流。"

"是吗？那现在请你管好自己的嘴，听袁教练讲话。"

直到目送程亦川往缆车处走，丁俊亚才转头对宋诗意说："不要搭理他，那小子什么都不知道。"

宋诗意笑了笑，说"好"。

也许是她下眼睑的瘀青太明显，连丁俊亚都注意到了，眉头微蹙："昨晚没休息好？"

她揉了揉眼眶："还行吧。"

"脸色也不好看，惨白惨白的。"丁俊亚从背包里拎了瓶能量饮料，递给她，"把这个喝了。"

"不喝了，穿成这个样子，不想老往厕所跑。"她没精打采往缆车走，"我先上去了，师哥。"

她一向是个精力充沛的人，哪怕受了伤，成绩不复以往，也总是眉眼弯弯，对谁都带着笑。

今天这是怎么了？

丁俊亚看着她的背影，眉头紧锁。

是厌烦了成绩平平，对现状失望了？

“宋诗意。”他跟了上去，踩着松软的积雪走到她身旁，“不是跟你说了吗？不要急，有的事情急不来。”

宋诗意一顿。

是啊，有的事情急不来。就好比她的成绩、她的脚，如今只剩下这样了，也只能这样了，急又有什么用？

她自嘲地点点头：“我知道。我不急。”

丁俊亚按了按她的肩，沉声说：“现阶段不能用全力，等恢复好了，医生说可以了，再冲刺也不迟。”

宋诗意望着他，朝阳在他头顶发出耀目的光，刺得她眼睛生疼。

不迟？真的不迟吗？

她都二十五岁了，听医生的话，听孙健平的话，后来听他的话。回到队里一整年，成绩连平均值都跟不上，还要等多久呢？二十六岁？二十七岁？

丁俊亚二十七岁都已经拿了世界冠军，退役当教练了，而她呢？

宋诗意看了看他，笑了，指指半山腰的起点处：“我上去了，师哥。”

顶着黑眼圈，拖着病痛缠扰的身躯，她扭头坐上缆车。双脚悬空的一瞬间，她低头看着越发遥远的地面，觉得自己正走在这样一条路上，没有脚踏实地的踏实感，反而双脚虚浮，踩不到现实。

也许这就是母亲口中的梦。

丁俊亚与袁华一人在终点，一人在起点，分别照看队员。

起点处，袁华叮嘱魏光严：“不能急，你现在能稳住就不错，心急吃不了热豆腐。”

魏光严不吭声。

“我知道你背地里加练，每天训练时间都超出队里规定的时长。”袁华看了眼表，趁着最后的时间数落他，“为什么有时长规定？你的身体最适宜练多久，超过多少会有劳损，到达哪个地步会永久性损伤，这些全是这么多年教练们通过科学调查得出的结论——”

“您多虑了，我没加练。”魏光严反驳。

旁边冷不丁插进来一道声音："是吗？那你每天三更半夜的才回宿舍，你是干吗去了？"

魏光严霍地抬头，怒不可遏："程亦川！"

"都是教练们通过科学调查得出的结论，你可千万别胡来。"程亦川老神在在，咧嘴一笑，"我这也是关心你，你可不要太感激。"

毕竟他是红领巾少年。

魏光严咬牙切齿："你——"

啪，脑门儿上挨了袁华一巴掌。

"收心，还有一分钟准备时间，集中精力。脚太紧了，稍微弯曲一点。重心前倾，着力点向下。"

袁华看着手中的计时器，朝不远处点头示意。助理教练高呼一声，枪口朝上，喊完三二一后，手中一声枪响。

魏光严一身蓝装，面容冷峻，嘴唇已然绷成一条线。乍听枪响，他用力一蹬，整个人跃上了雪道。

他的速度很快，即便到达瓶颈期已久，也仍是队里最快的。

山上的人俯瞰着他，山下的人仰望着他，而他全神贯注，满心只有一个念头：冲破束缚已久的桎梏。

在他冲出终点的一瞬间，袁华低头看计时器，暗暗叹了口气。

永远进不了一分三十八秒吗？

他有点头疼。

一旁却忽然探出个头来，程亦川也看清了计时器上显示的数字，点评说："他起步不好，起始速度达不到最大化。"

"是啊——"袁华叹气，片刻后，眉毛一竖，揪住他的耳朵，"你还没他快呢，有什么资格在这儿点评人家？"

"暂时！"程亦川哎哟连天，还不忘强调，"是暂时没他快。"

袁华真想一脚给他踹下去，指指山下："那你来，让我见识一下你的进度。"

程亦川本想说"来就来，谁怕谁"，可转头就看见不远处与郝佳站在一起的宋诗意，眼神一动，侧头嬉皮笑脸："我最后，我最后。"

"你最什么后？"袁华瞪他，"赶紧的！"

可程亦川插科打诨，到底还是磨蹭到了后面，眼看着队友一个接一个地下去了。他走到宋诗意身边："师姐，上吧。"

“你怎么还没下去？”宋诗意看他一眼。

“这不是要监督你吗？”程亦川理直气壮，指指前方，“快，到你了。”

宋诗意的目光落在起点，慢慢地走了过去。

郝佳还在速降过程中，一身淡黄色滑雪服，阳光下熠熠生辉，像极了十九岁那年的她。

那一年，她初次踏入世界大赛，无人认得。

那一天，孙健平在后台冲她翻白眼：“瞎紧张个什么劲儿啊？反正也没人认识你，更没人对你有期待，你滑得不好无所谓，滑得好那才叫意外之喜。”

他说是骡子是马，练了这么些年了，也该拉出来遛遛。

他说快去吧，你爸还在观众席上看着呢，他那么大年纪了，当不了追梦人，希望可全在你身上了。

他笑着看她，说：“宋诗意，你准备好一飞冲天了吗？”

那一年还青涩稚嫩的她，在教练这样半是鼓励半是打击的话里，惴惴不安地坐上缆车，抵达起点。

她的英语烂到家了，基本上全部还给了初中老师，而高中忙于练专项，压根儿没上几节课。也因此，身边的外国选手热切交谈，以缓解压力和紧张感，她却一个人老老实实站在那，仰头是巍峨雪山，俯瞰是孤独的赛道。

孤单感前所未有地严重。

她为自己打气：爸爸在下面看着呢，孙教也在，她滑得又不慢，哪怕掐不了尖，最差也垫不了底，怕什么？

对，她宋诗意怕什么？

反正一无所有，难道还怕什么失去？没有。她不怕。

她可是才进国家队半年，就遥遥领先、毫无竞争压力的第一名。

想到这，她笑了，昂首挺胸，自信心全都回来了。怀着那样“初生牛犊不怕虎”的心态，宋诗意登场，那一年的她还穿着一身红装，那是中国队的颜色，是初升红日的光芒。

雪道上是自由的味道，深吸一口气，天地在眼前，伸手仿佛就能触到那个即将圆满的梦。

也在那一天，她初次参加世界级大赛，就夺得了第四名的成绩。即便无缘奖牌，这也是中国女子速降项目上的一大突破，更何况完成这一突破的还是一名十九岁的年轻小将，未来不可限量。

……

往事历历在目，宋诗意深呼吸，将头顶的滑雪镜摘下戴好。

袁华提醒她："不要急，慢慢来，注意脚下……"

他没有说出口那两个字，但宋诗意会明白的。

后面不远处传来谁的声音："中期提速啊！"

宋诗意没理会，俯身、用力，全身紧绷，进入了准备阶段。

一声枪响，她朝山下俯冲而去。

多少次从这半山腰往下冲了？数不清了。

十九岁前，她跟着父亲练滑雪，十九岁后，在孙健平的带领下来到亚布力。六年了，她从这里滑下去几千次，几万次，每一日，日复一日。

她知道没有一帆风顺的运动员，没有毫无伤痛就能抵达的光芒之巅，可无论如何没想到那一天来得这样快。

二十一岁，世锦赛亚军。

二十三岁，重伤退役。

二十五岁，重头来过。

二十五岁的尾巴上，一整年即将过去，一无所获。

"滑雪，滑雪，你的世界就只有滑雪。搞个运动把自己搞成了半文盲，高中毕业就不读书了，你除了得到一身伤病，还得到了什么？学业没了，婚姻大事耽搁了，你爸在天上看见你这副样子，不知道有多痛心！"

"你练出什么结果来了？除了险些断了腿、成了残废，你到底得到什么了？"

她到底得到什么了呢？

明明戴着护目镜，眼眶却忽地被泪盈满。

十年风雪，十年坚持，今日俯瞰这苍白赛道，才惊觉岁月无情，她空有满身伤痛，却年华虚度。她是梦里人，而梦外，母亲活在那逼仄胡同里，为生计奔波，被贫穷摧折。

为什么不能加速？

如果生活是一部电影，按下加速键，就能跳过这看似不可逾越的悲苦等待，该有多好。

宋诗意满面泪光，被风吹得像是刀子在割，痛得她呼吸困难。

她猛地一咬牙，不顾一切地绷紧了脚踝，不适感在第一时间攫住了她。几年前的十字韧带断裂、左脚粉碎性骨折，成了今日一切痛苦的来源。

它们阻止她登顶，阻止她追梦。

她成了队友眼里或可笑或可悲的存在。

宋诗意咬牙大笑，滚蛋吧，都有多远滚多远。

下一秒，她以更加决绝的姿态弯腰俯冲，膝盖下压、重心下移，仿佛从未受过伤一样，她歇斯底里、不顾一切，把命运交给了这满山风雪。

山下，丁俊亚心跳一滞，不可置信地握紧双拳，满脑子只有三个字：她疯了？

山上，程亦川双目圆睁，同样不可置信地握紧了双拳，满心欢喜：成了，成了！

Chapter 10

风雪一程

宋诗意冲出终点的那一瞬，山上人、山下人，个个都惊呆了。

袁华拿着计时器，瞠目结舌地看着数字。

罗雪一言不发地走到他身旁，看见时间后，脸色“唰”地一下白了。

郝佳在山地下，震惊地看着滑出这速度的宋诗意，嘴都张大了。

反应与众不同的只有两人，一个是山上的程亦川，一个是山下的丁俊亚。前者一蹦三尺高，哈哈哈地大笑出声，高呼了一句：“Yes！ Yes！我就知道！”

而后者——

丁俊亚的脸色猛地沉了下来，一颗心像是被攫住，攥得死死的，险些透不过气来。他在看见山腰上的人加速那一秒起，就一把握紧了手中的记录本，力道大得手背上青筋暴起、指节发白。

宋诗意冲出终点，没能顺利稳住身形，一下子扑倒在地。

好在雪地松软，滑雪服又厚重，她扑在积雪里，急促地喘着气，心跳如擂鼓。

滑了多少秒？

凭她的直觉，至少提高了两三秒吧？

剧烈运动后，大脑一片空白，肾上腺素极限飙升，她根本无暇顾及其他。脚踝隐隐作痛，积雪正以极快的速度往衣服里钻，落地时溅起的细碎雪花扑在面上、钻进脖子里，与滚烫的肌肤一接触，迅速融化……

凉得她浑身起鸡皮疙瘩。

可她就这么把脸埋在冰冷的积雪里，抬手一把扯下滑雪镜，用力地在雪地里蹭了两下。滚烫热泪都融进了一地冰雪。

她低低地笑着，把最后的眼泪蹭在积雪中。

她是宋诗意，绝不哭给别人看的宋诗意。

下一秒，手臂上骤然多出一只手，用力地攥着她：“宋诗意！”

她一顿，抬头望去，就看见丁俊亚眉头深锁、满眼焦虑的样子。不，不止焦虑，也不止深锁。

他咬紧牙关，用力拉她：“坐起来看看。”

“我没事——”

她才刚开口，丁俊亚已经半跪在雪地里，伸手拨开她滑雪鞋上的纽带。

宋诗意吓一跳，忙说：“我没受伤，师哥你别急——”

“脱了。”他面色沉沉，猛地抬头对上她的目光。

宋诗意一愣。他的眼神里仿佛有火光在跳动。她顿了顿，伸手脱掉了右脚的鞋，打开裤脚上束脚用的纽扣，又拉下了袜子。

脚踝是红肿的。

她看见丁俊亚的表情在一瞬间难看到了极致，挣扎着说："天气冷了一直就这样，隔三岔五有点水肿，都是正常的。"

"正常的？"丁俊亚看着她，问，"你去问问在场的运动员，有谁的脚隔三岔五水肿。"

"先回车上让队医看看，不行就上医院。"

他二话不说转过身去，依然是半蹲在雪地里，示意她上来，他背她回车上。

宋诗意说："我才只练了一轮——"

"你这个样子还想继续练？"丁俊亚忍无可忍，声色冷峻，"上来，我不会再说第二遍。"

雪地里多少人看着，宋诗意在原地迟疑片刻，支着身子站起来："我自己能走。"

丁俊亚猛地回头，和她对视。

他是斩钉截铁说一不二的人，可惜，她也一样。

他冷着脸，强压住怒气，说："随你的便吧。就是脚断了，也是你自己的事，碍不着我半点。"

他拔腿往不远处的大门外走，雪地里一脚深一脚浅的，异常难走。这么大步流星十来步后，他终于忍无可忍，猛地回头拉起她的胳膊，整个人架住了她。

"这样总行了吧？"

宋诗意低低地笑出了声，说："师哥啊师哥，这么多年了，嘴硬心软这毛病你还是没改掉。"

丁俊亚一字一句从牙缝里挤出来："宋诗意，我劝你别再激我。今天的事你以为就过去了？你等着，让孙教知道了，就算我拿你没辙，他也能叫你吃不了兜着走。"

"他也拿我没辙。"

"你把嘴闭上。"

宋诗意笑了，慢慢地吐出口气："师哥，我刚才用了多少秒？"

丁俊亚并不答话。

“快了不少吧？”

他依然死死闭着嘴。

宋诗意把一缕头发撩到脑后，望着那轮耀眼的红日，平静地说：“你不说我也知道，加速的是我，我比你更清楚。”

起点处，众人议论纷纷。

“怎么回事啊，突然滑这么快了！”

“之前一直不行，今天怎么突然就行了？”

“哎，罗雪，你刚才看计时器了，宋诗意到底滑了多少秒？”

“罗雪？”

“哎哎，你怎么不理人啊？”

卢思琴皱眉，探头去问：“袁教练，宋诗意刚才用时多少啊？”

袁华收起计时器，眉头一皱：“都嚷嚷什么？别人滑多长时间，跟你们有多大关系？做好自己的事。”

他侧头看了眼山底下，丁俊亚已经到宋诗意身边了，应该不会出什么事。呵，刚才心都快跳出嗓子眼了。

这个宋诗意，怎么这么沉不住气？简直是拿自己的身体开玩笑！

袁华紧紧攥着计时器，扭头粗声粗气地说：“下一个，谁上？”

之前还一个劲往后钻的程亦川，这一秒突然站了出来，笑得人畜无害：“我来。”

“刚才还推三阻四的，你不是要最后吗？”袁华狐疑地看着他。

“这会儿突然不想了。”少年一身红装，一个劲儿探头朝山底下看，急吼吼地想下去跟人说两句话。

他这才刚要下去，她可别又坐缆车上来了啊。

“那我下去了啊，教练。”程亦川指指下面，站在了起点处，开始俯身。

袁华说：“你慌什么慌啊？你的预备姿势只要三秒？”

他又念叨了几句，直到看见程亦川迫不及待做好了准备，一脸渴望，眼巴巴地盯着他，这才头皮发麻地皱起眉头，朝助理教练点头。

枪声响了。

程亦川一颗心早已奔下山去，这会儿忽闻枪声，像是吃了大力神丸，猛地一跃而起，朝坡下疾速而去。

袁华看看计时器，看看程亦川，看看计时器，再看看程亦川……

“这小子吃错药了？”他凝神，只觉得今天格外反常，怎么一个个都滑得这么不要命？

可程亦川冲出终点后，抬头一看，却只看见已经走到大门口的两人。

远处的大门口，丁俊亚和她在雪地上并肩往外走……等等，手挽着手？

他一惊，本来就刚剧烈运动完，心跳得飞快，呼吸急促，这下看见不远处的那一幕，简直魂都要吓没了。

他，他俩什么情况啊？

怎么这就离开雪场了？还手挽着手？！

程亦川目瞪口呆。

助理教练崔建迎了过来：“今天状态很好啊，程亦川。”

他没工夫理会，抬手往大门口指：“教练，那两个人怎么回事啊？”

崔建扭头：“丁教练带你师姐去车上，刚才她滑得太快了，得让队医看看。”

“队医？”程亦川一愣，“她受伤了？”

不可能啊，刚才不是滑得挺好吗？他让她加速，嘴皮子都快磨出茧了，今日她才终于听了进去。这不是滑出了人生新巅峰吗？怎么可能受伤？

下一秒，他也没来得及听崔建说了什么，就这么一路往大门外滑了过去。

崔建在后头叫他：“程亦川，你去哪儿？”

“喂，程亦川！”

他头也不回扔下一句：“撒尿！”

程亦川很快滑出了雪场大门，脱了雪板，扛在肩上就往外跑。

雪鞋在脚，脚踝不能弯曲，跑起来异常费劲。可他着急，懒得去大厅换鞋，就这么一路往停车场跑。

队里的大巴车就停在那里，门没关。

他气喘吁吁扛着雪板跑到车前，两步跃上车，里面正激烈争执着，谁也没注意到有人来了。

他看见宋诗意坐在最后一排，队医正蹲在那看她的脚，丁俊亚背对车门，挡住了他，宋诗意也就看不见他的存在。

他们在吵什么？

程亦川一顿，退了一级台阶，站在门口没出声。

说话的是丁俊亚："宋诗意，上缆车之前我是怎么跟你说的？让你不要急，不要急，你把我的话当什么？耳旁风？"

他向来冷峻，队员们都怕他，可纵是平日里过于严格苛刻，也没有今天这么吓人，声音紧绷，一听就是按捺住怒火在隐忍。

"我不知道你怎么了，都一年了，不是也好端端过来了？你回来的那天，孙教嘱咐你的时候，我也在。他说的你都答应了，既然答应了就要做到，今天你这是发什么疯？"

宋诗意坐在那里，静静地看着队医，后者神情严肃地查看她的脚踝，眉头渐渐皱了起来。

丁俊亚问："她的脚怎么样了？"

队医说："没伤筋动骨，就是水肿。"

宋诗意苦笑："看吧，我自己的脚，我还不清楚？说了没事就是没事——"

"怎么会没事？"队医打断了她，"隔三岔五就水肿，还说没事？你知不知道十字韧带断裂到底是个什么情况？这会儿肿得比刚才上车时还要严重了，照你这个样子练下去，过了三四十岁干脆腿就别要了。"

她张了张嘴，又合上了。

丁俊亚终于发火了："宋诗意，你知不知道自己现在是个什么状况？

"让你复出，我原本是不同意的。是孙教说你待在北京一事无成，身上有伤，心里也一样，还不如接回队里，就算滑不出当年的速度，只要你过得开心，他愿意把你带在身边。我们没人给你压力，没人逼你出成绩，你把自己逼到这个地步，到底图什么？"

宋诗意垂着眼坐在那，定定地看着自己的脚。

丁俊亚攥着拳头，怒声质问："人这一辈子，没谁会一直在巅峰站着不下来，你是没拿过名次还是怎么的？世锦赛亚军你拿了，国内国外大大小小各种赛事你也都参加过了，家里的奖杯还少吗？就不能老老实实安心待着，该滑的时候滑，该歇歇的时候歇，你就这么想一直待在那山顶，霸着荣耀不给人挪位子？"

他一口气说了很多，半晌才听见宋诗意平静的回答。

"师哥，你不懂我。"

他一怔，忽然哑火。

座位上的女人穿着厚重的滑雪服，兴许是方才埋头在雪地里，鼻尖、鬓发都沾染上冰雪，此刻湿漉漉的。

她用那疲惫的倦容望着他，微微一笑，说："如果早知道孙教找我回来是这个意思，那我无论如何也不会答应了。

"与其当个废人，被关在笼子里豢养，还不如让我回去守着我家的小卖部，和普通人打交道。可我既然回来了，我就不想只是顶着曾经的光环在这养老。我感激你们对我这么好，旁人挤破头也进不来，你们还能给我留着这位子，哪怕我一事无成。"

丁俊亚心头一动："你怎么就一事无成了？速降项目上，你是目前唯一的突破，唯一出过成绩的人，就冲着这个，你就有资格待在这队里。"

"我是想留在这里，但不是留下来养老，是以运动员的身份。"她依旧微微笑着，嗓音里却多了一丝暗哑，"如果我真的滑不出成绩了，留下来也没意思。"

"怎么就没意思了？孙教在这里，你住过的地方，努力过的地方，拿过荣耀的地方都在这里，我也……你不是喜欢那些红房子吗？不是说食堂的阿姨做饭合你胃口吗？不是说长这么大，这是你待过最喜欢、最不想离开的地方吗？"

丁俊亚险些说出些细枝末节来，但此刻不宜。

他盯着宋诗意，双拳紧握："为什么突然之间受不了了？一整年都好好的，突然就要加速——"

眉头猛地一蹙，他想起来了。

面色冷得像冰，丁俊亚眼神陡然一沉，一字一顿："是因为程亦川？"

车门外，有人身体一僵，下意识后退一步，却忘了自己在车门口的台阶上，一退就倒了下去，在雪地上踉踉跄跄好几大步，终于稳住身形。

抬头，他看见丁俊亚出现在门口，愠怒地看着他。

"你过来。"

丁俊亚下了车，头也不回擦过他的肩膀，朝着停车场深处大步流星走去。

宋诗意没瞧见车下的程亦川，还纳闷怎么丁俊亚说到一半就走了，直到两人走远了，她才从车窗看见他的背影。

两人一前一后往停车场深处走。

程亦川？

眉头一皱，她猛地站起身来。这会儿丁俊亚正在气头上，他怎么自己找上门来了？

队医连忙制止她："上哪儿去啊？脚肿成这个样子，坐这儿不许动！"

宋诗意一顿，停住了。

亚布力滑雪场分初中高三个等级的雪道，高级的如今只有国家集训队在使用，但初级和中级依然对大众开放。正值滑雪旺季，露天停车场停了不少车。

丁俊亚走到角落里，猛地回头。

"你知不知你干了什么好事？！"这是他的开场白，森冷中带着怒气。

程亦川对上他愠怒的双目，不知怎么一阵心虚："之前不知道，现在知道了……"

"现在知道了？你知道什么？"丁俊亚忍无可忍，一把拎起他的衣领，"她的伤有多重你知道吗？两年前她撞上旗门，右脚十字韧带撕裂，跟骨粉碎性骨折。医生说她很有可能这辈子都无法正常活动，可她硬是站起来了，在香港做了一年多的康复训练，才终于回到这里。"

他咬牙切齿，却又不能真的揍程亦川一顿。

"你算什么东西？跟她什么关系？满基地的教练都死了？她要是能尽全力提速，我们会放任她低迷一整年？程亦川，你以为你是谁，你才来队里几天，轮得到你在这指手画脚？"

"我不知道她的伤那么重。我以为我是在帮她——"

"帮她？你连自己都顾不好，你还想帮她？在食堂打架的是谁？考试作弊还把她拖下水的是谁？我奉劝你，说话做事之前，先看看自己有几斤几两，否则你只会是害群之马。"

丁俊亚的轻视轻而易举地伤害了程亦川的自尊。

他猛地后退一步，扒下丁俊亚拎住他衣领的手："我知道你了不起，知道你拿过世界冠军，或许在你眼里我确实不算个东西，可我从来没想过害她。你没必要污蔑我，我也是一片好意！"

"一片好意？这样的好意她不需要，你还是省省吧。"丁俊亚冷声说，"程亦川，你最好离她远一点。"

程亦川忍无可忍："那你呢？你又凭什么以这种姿态来教训我？就因

为你是教练，是她曾经的师哥？我不知情，我怂恿她加速，要骂要打也该是她亲自动手，你有什么立场叫我离她远一点？”

“我——”丁俊亚一时语塞，怒火加重，“我是教练，管理队员本来就是我的职责。”

少年硬拧着脖子站在那，脸涨得通红，却毫不示弱：“怂恿她加速是我做错了，该道歉也是对她说，我程亦川任打任骂，绝不还手。可这是我跟她之间的事，我既没违背运动员准则，也没违反队规，哪怕你是教练，也轮不到你来教训我。”

他风一样往回跑，也不理会丁俊亚在身后说什么。

一口气跑回大巴车旁，他三步并作两步，猛地跳上车，抬眼就看见宋诗意还坐在最后一排，队医蹲在一旁给她按摩消肿。

她脚踝的皮肤很白，因常年滑雪，总是穿着厚重的滑雪服，浑身上下都难得一见天日，所以白得有些刺眼了。可脚踝附近明显肿大，泛着艳艳的红。

队医还在口口声声数落她：“你忘了当初张医生怎么说的了？你要是不顾身体任性妄为，再倒在雪场上，脚伤复发，下半辈子就别想站起来了。”

宋诗意没回答，因为她看见有人跃上了车，一抬头，恰好与程亦川四目相对。

少年大步跑回来，呼吸还有些急促，嘴唇微微开阖着，一动不动站在车门处，面色通红。

“程亦川。”她迟疑着叫他一声，可还未说出下文，又见他咬着牙跳下了车。

车窗外，那人飞快地跑远了。

那一天的训练，程亦川缺席了。

所有人都在雪场上练专项，只有他躲在更衣室里，滑雪服也没换，只一言不发坐在角落。好半天过去，他从柜子里拿出手机，打开了浏览器。

搜索“宋诗意”三个字，铺天盖地都是她的信息。

可严格说来，那些都是她曾经的荣耀，统统停留在两年前。时间是无情利刃，一刀斩断过往，昔日的光芒万丈与如今的黯然失色，分明隔着楚河汉界。

他不知道自己在做什么，只是重复着那个动作，一遍一遍打开从前她参加的比赛视频。

全国青年大赛。

大众滑雪赛事。

亚洲高山滑雪竞技杯。

……

最后是世锦赛。

他看见了亚布力，看见了日本长野县，还看见了别的熟悉的地方。原来曾经的她也和他一样，从小规模赛事开始比。原来她早已去过他去到的那些地方，也曾和他一样初露锋芒。

镜头里的宋诗意比如今要青涩许多，不变的是那头马尾，干净利落，在脑后摇曳生姿。

她也曾身披红装，在镜头前笑得像个不知天高地厚的孩子。

那样的速度令他屏息，他听见现场的观众都在呐喊，而她冲出终点，笑容灿烂地振臂欢呼。现场太过嘈杂，他只能重复播放了好多遍这个细节，才从她的嘴型隐约分辨出，她是在叫："万岁！"

那是二十一岁的宋诗意，与今日的他差不多的年纪，一样的年少轻狂，一样的不可一世。

他蓦地笑了，为她那句"万岁"，也为她自己当初都没做到，如今却拿年轻气盛这个罪名来过分苛责他。

可那笑意只停留了须臾。

程亦川靠在冷冰冰的储物柜上，侧头看窗外，队友们正一遍一遍地从巍峨雪山上滑下来。可那其中并没有她。

他进队太晚，再也没能见过视频上那样肆意的宋诗意。

那个她被时间的手按下了暂停键，就此停在两年前，再也没能继续往前走。留下来的这一个，是被伤病缠身的，无能为力的，明明不甘心却还要忍受奚落与冷眼，在教练的好意下安心养老的。

程亦川用力揉了揉眼眶，双手握拳抵在柜门上。

他不是有意的。

脑中一遍遍回响起他无数次的质问："为什么不加速？"

那时候，他是如何理直气壮地对她表达出恨铁不成钢的心情，他以为她是养伤两年、疏于训练，又或是曾受过伤、留下了什么心理阴影，所以才难以提速、成绩平平。他一心只想着让她争口气，叫罗雪等人看看她的厉害，却从未想过其他。

程亦川的心脏像是被一只隐形的手牢牢抓紧，五指越收越拢，叫他喘不过气。

是他蠢得过分了。

如果能加速，她又怎么会不加？

他每一次的询问，她都是作何感受？他像个傻子一样一遍一遍地戳着她的伤口，时刻提醒她的有伤在身、无能为力。

……

面对丁俊亚时尚能嘴硬地辩驳，可此刻坐在空无一人的更衣室里，程亦川才挫败地咬紧牙关。

是他错了。

他真的错了。

丁俊亚回到车里，宋诗意问："他人呢？"

丁俊亚冷着脸："你问谁？"

"还能问谁，程亦川啊。"

"不知道。"

"你跟他说什么了？他怎么跳上车才几秒钟，话也没说就跑了？"

"你问我，我问谁。"

宋诗意看他冷着脸，自觉愧疚，也没敢多问。今天的事是她出格了，叫丁俊亚担心了。

队员们中午就在亚布力的餐厅吃饭，休息后，下午接着练。宋诗意脚踝肿着，丁俊亚嘱咐司机将她先送回基地。

"我一会儿给孙教打电话。"他淡淡地说。

宋诗意霍地抬头："师哥，我这脚现如今也好端端的，没什么大碍。给孙教打电话……就不必了吧？"

"我是管不了你的，从师哥到教练，也没见你真听过我一句话。既然我管不了，那就让孙教来。"

"他老人家最近忙省运动会，你就别给他添乱了。"

"我给他添乱？宋诗意，你说这话都不心虚吗？"

虚。

可她更心虚的是如何面对孙健平。

让他知道，她可算是别想清净了。老头子一准儿气得跳脚，指着鼻子把她骂个狗血淋头。

丁俊亚都要抬脚走了，衣袖忽然被人拉住，脚下一顿。

回头，宋诗意可怜巴巴地望着他："师哥，孙教他高血压，最近又忙得满头包。就算是为了他的身体着想，等他忙过这周，下周你再告诉他吧。"

明知她是在演戏，可丁俊亚就是拿她没辙。她这样眼巴巴望着他，满眼都是哀求。

他咬牙告诫自己别心软，可那只拉住衣袖的手晃啊晃，晃得他头晕。

"你自己说的，最迟下周一，我会原原本本把你今天干的好事告诉他。你躲得过初一躲不过十五。"

宋诗意点头，在他下车那一瞬，扑哧一声笑出来。

她这师哥，多少年了还这么单纯。下周一？下周一她已经回北京了，孙健平就是气得跳脚，也找不着人了。

可她也只笑了那么片刻，侧头再看巍峨雪山，脚上隐隐作痛。

宋诗意慢慢地收起笑意，回想起今天的任性妄为，有一种冲破牢笼的畅快感，可一想到将来，眼神又暗了下来。

所有人都在为她好，可那种好叫她感激，却到底不是她想要的。

下午三点，丁俊亚在更衣室找到了程亦川。

少年坐在地上，午饭也没吃，不知道在发什么呆。

丁俊亚火大，砰砰敲响柜子："你发什么神经？袁教练大半天找不着你，都快急疯了。"

程亦川别开脸："我给他发了信息，说我不舒服，休息一会儿。"

"然后呢？然后拒接电话，拒回短信？"丁俊亚冷笑，"你这会儿知道反省了，早干什么去了？"

"她人呢？"

"你问谁？"

"还能问谁？宋诗意。"程亦川一直别着脸，一眼都没看他。

丁俊亚忽然就有些愣怔。

他人呢。你问谁。还能问谁……

这样的对话，上午也曾上演过一遍。就在宋诗意临走之前，一模一样。

他没来由地一阵烦躁，指着门外："滚出去。不想练就离开这里，爱去哪去哪，少占着茅坑不拉屎。"

程亦川没动，又问了一遍："她人呢？"

"托你的福，回基地了。"

程亦川一顿，下一秒，噌地站了起来。

丁俊亚不知道他要干什么去，跟在他身后，却只看见他一路狂奔到雪场，跟袁华说了什么，然后就往大门外跑。

他一顿，上前问袁华："他跟你说什么了？"

"他说他肚子疼了一天，没法练了，去车里找队医。我让他好好看看，要是真生病了，让司机送他回基地。"

丁俊亚看着大门外，骂了句脏话。

袁华："你怎么了？多少年没动过肝火了，怎么今天气性这么大？"

丁俊亚黑着脸，连带着袁华也骂了进去："你也是个不动脑子的。"

被那小子骗得团团转！

而另一边，队医没看出程亦川有什么问题，但他一口咬定肚子疼。

"就是胃里面憋了股气，转来转去的，一抽一抽地疼。"

"拉肚子吗？"

"拉。"

"头晕吗？"

"晕。"

"持续多久了？"

"一上午了。"

队医狐疑地看着他："脸色挺红润的，不像是急性肠胃炎啊。"

"疼得我着急，一着急就面部充血。"程亦川赶紧解释。

队医看他半天，看不出所以然来："要不，你就在车上休息休息？"

程亦川有气无力地说："还是让我回基地吧，喝点热水，泡泡脚什么的。"

他成功了。

队医点头，司机转头把他送回了基地。

下午五点，冬日的黄昏来得早，天边已泛起了点点橘红，温柔的霞光像是姑娘羞赧的面颊。

宋诗意正在宿舍整理行囊，心不在焉地把叠好的衣服往背包里塞。

手机在充电，先前训练时静音了，回来后也忘了再开。也因此，她并未看见屏幕亮了又灭，灭了又亮。

楼下，有人被拦在大门外，进也进不去，发消息、发语音通话也石沉大海。

不幸的是今天郝佳也不在，没人能帮他进去通报一声。

他急了，在楼下等了十分钟之久，终于按捺不住，扯着嗓门儿叫了起来：“宋诗意！”

“宋诗意——”

少年人震天吼的一声拖得老长老长的，起初宋诗意还没听真切，后来从床上猛地跳起来，拉开窗户一看。

程亦川。

他怎么回来了？

宋诗意惊得张大了嘴，扭头再找手机，果不其然，微信有无数通没有接听的语音通话。

她站在窗口回拨过去：“你怎么回来了？”

少年站在宿舍大门口，仰头在三楼寻找她的身影。从左到右，一扇一扇窗口看了过来，直到某一刻，目光一定——

找到她了。

他不知道自己要做什么，也不知道亡羊补牢是否迟了，只是这大半天来脑子里就只有这一个念头：找到她。

他举着电话，隔着遥遥距离望着她，说：“脚怎么样？”

“你这么大老远跑回来，也不训练，就为了问我脚怎么样？”

他不回答，还是那一句：“我问你脚怎么样了。”

她心下一动，知道他担惊受怕的，便故作不耐烦：“死不了。”

“还能走吗？”

“何止能走，还能跑能跳。”

楼下的人默不作声，片刻后，说：“那你下来——”

像是怕她不同意，又添一句：“行吗？”

带着一点哀求。

说来也怪，隔着这么远，她在三楼，他在宿舍大门外，明明看不清对方的神情，她却总觉得他皱起了眉，嘴唇下垂，眉眼里带着三分可怜，三分撒娇。

男孩子撒娇是真的毫无阳刚之气，这是宋诗意以前的看法。可不知为什么，从程亦川身上她看不见那种软弱，哪怕是撒娇，他也撒得赏心悦目、浑然天成。

大概是母性泛滥，她翻了个白眼，说："等着。"

然后就开始穿鞋子、穿外套。吃一堑长一智，上次雪夜里下楼见他，就是吃了没穿戴完善的大亏，冷死她了。这回她全副武装，还系了条围巾才下楼去。

二十岁开头的大男生站在大门外等她，冻得鼻尖都红了。

宋诗意走上前去："说吧，什么事？"

程亦川刚准备开口，哪知道肚子抢先一步，咕咕叫出了声。

最怕空气忽然的安静。

他涨得面红耳赤，一口气堵在嗓子眼里，上不来下不去的。

宋诗意却笑出了声，上下看他两眼："这才几点，你是鸟吗，直肠短，饿得这么快？"

程亦川恼羞成怒："我中午没吃饭！"

没吃饭？

她一愣，片刻后了悟。这臭小子心里愧疚，连午饭都没吃？

宋诗意神色复杂，看他两眼，认命似的说："刚好我也要走了，今晚请你吃顿饭吧。"

走了两步，又嘀咕一句："真是奇怪，明明你才是来道歉的，怎么变成我请你吃饭了？"

程亦川一愣，侧头看她。

夕阳下，年轻女人走在他身侧，面颊被盛大霞光染成了淡淡的红，艳若桃花。

她什么都知道。

她心若明镜。

他定定地看着她，目光下移，落在她被裤脚遮住的脚踝上。

疼吗？

那两个字堵在嗓子里，却无论如何说不出口。

疼吗？

这两个字反复徘徊在嘴边，纠缠他一路，可就是无论如何问不出口。

途经食堂，宋诗意不曾停下，程亦川茫然问："不是吃饭吗？"

"有的人养尊处优，含着金汤匙出生，上回请夜宵吃食堂就叨叨了一路。这回，呵，吃一堑长一智。"宋诗意微笑。

他小声辩驳："我没嫌弃。食堂挺好。"

可宋诗意带着他往基地外走，他也就顺从地跟了上去。一路上，他不时低头去看她的脚，每多看一眼，愧疚就更多两分。

说来也怪，那趟半小时才来一次的公交车，今天竟然恰好被他们赶上，一分钟都没多等。

周五的下午，离队的人可不少，熙熙攘攘往公交上挤。

宋诗意走了几步，没见人跟上来，回头一看。

程亦川就紧跟在她身后，双臂微微张开，护犊子似的把拥挤的人群挡在了身后。左边有人挤上来，他就往左边挡，右边来人了，他又一脸紧张地往右边挪。

宋诗意想笑。

这傻小子。她摇摇头，收回目光往车上迈，小臂上却忽然多出一只手来，用不着回头也知道是谁在扶她。

她一边往车上走，一边下意识低头看。这小子年纪虽小，手却挺大。修长的手指像上好的玉石，白皙润泽，指甲修剪得整整齐齐，泛着健康的光泽。

待她上车后，那只手飞快地松开。

宋诗意寻了一处双人座，落座。

程亦川像是终于松了口气，一屁股在她身旁坐了下来，刚坐稳就听见她说："程亦川，旧伤而已，用不着把我当成是老弱病残。"

他侧头，对上她似笑非笑的模样。

窗外霞光万丈，映衬着漫山白雪，染红了莹莹树梢。而他倒映在她漆黑透亮的眼底，傻气十足。

他的关心很可笑吗？丁俊亚和队医都紧张得要命，为什么她却能做出这样若无其事的样子呢？

如果不是在大巴车上亲眼看见她红肿的脚踝，听见那番对话，他或许会真以为她一切安好。

程亦川有些烦躁。

对，要不是她一直以来表现得这么若无其事，他怎么会忽略了她的脚伤呢？

直勾勾地看着她，他问："为什么不告诉我？"

宋诗意一顿："告诉你什么？"

"我拼命让你加速，对着你指手画脚的时候，为什么不说是因为脚伤没好？"

"是没完全恢复，但也没你想象的那么严重。"她笑。

程亦川背脊僵直，依然和她对视着："你可以告诉我的。让我闭嘴，别再动不动提什么加速。你可以告诉我你的脚伤没好全，加不了速，让我别再戳你痛处。你可以指着我的鼻子说："程亦川，你知道个屁，闭上你的狗嘴吧。"

宋诗意蓦地笑出声来："傻小子，你缺心眼吗？还有这么骂自己的？"

程亦川却没笑。

他定定地看着她，心里有个声音在说：该骂。他活该。

公交车不紧不慢开在冰天雪地里，北国的冬日是洁白一片、冰封万里的。公交车里暖意融融，车窗玻璃都起雾了，朦朦胧胧一片，看不见外边的光景。

可她在笑，那张脸生动万分，健康而漂亮，是这模糊背景中唯一清晰的景致。

程亦川双手垂在身侧，慢慢地握紧了。

他说："我以前不是这么爱多管闲事的。"

"是吗？"

"我这个人不知天高地厚，自恋又狂妄，对着镜子感叹自己才华横溢、玉树临风都来不及，没时间去管别人。"

"有道理。"她又想大笑了。

他却看出她想笑的意图，一脸倔强地说："你别笑，我在承认错误。我以后不会这么爱多管闲事了。"

还是第一次看见有人这么承认错误的，夸自己才华横溢、玉树临风。

宋诗意啼笑皆非，抬眼看了看他，说："多管闲事也没什么不好。"

他一顿。

宋诗意望着他，含笑说：“我知道你有天赋，一入行就技惊四座，教练看重你，队友也都羡慕着你。当然，不管是友好的还是不友好的，你不像是会在意那些的人，因为你从来都一帆风顺，目标也很清晰、很坚定。”

公交车摇摇晃晃，经过某个路口，微微颠簸，她人也跟着晃了晃。

“可是程亦川，总是一个人活在自己的世界里，那多无聊？”

程亦川张了张嘴，眉头微蹙。

宋诗意却接着往下说：“我相信你的目标会实现，你会离大家欢呼雀跃叫着你名字的那一天越来越近。可是有一天当你回过头来看看，你会发现不管是冠军还是奖杯，都是一刹那的事。你从省队到国家队，在这条路上走了很久，一晃多少年？这许多年的意义或许真的不在于那只奖杯、那点荣誉，你总会发现，珍贵之处在别的什么地方。”

“什么地方？”

“每个人的珍贵之处都是不同的，我怎么知道你的在哪里？”

“那你的在哪里？”

“我的啊。”窗边的人笑了，偏着头往半空中看，思索片刻，才说，“两年前退役的时候，也不知道是当时脚伤太痛，还是离开国家队太不舍，我难得地哭了一场。当时我躺在病床上，脚上刚动完手术，我妈守在沙发上睡着了，而我望着天花板哭得一塌糊涂。

“那时候我想起了基地的红房子，它们在朝霞和黄昏里像是童话里才有的漂亮小屋，我想我一辈子都不会忘记。

“食堂的三号窗口，那个总是梳麻花辫的阿姨，每次见到我总会笑着用家乡话说，今天还是半糖的牛奶哇？她的笑总让我想起胡同里的李奶奶，我小时候每次放学回家，她就坐在门口的矮板凳上，仰头冲我笑。

“训练馆的天花板上垂着无数盏白色的灯，多少次汗水打湿了眼睛，我仰头去擦，总觉得那些灯像闪光灯。它们让我觉得，你所有的付出都会被看见、被铭记，都为了有朝一日站在聚光灯下，听见梦想实现的声音。

“我在基地生活了几年，总觉得运动员这条路枯燥又辛苦，我错过了风花雪月的年纪，错过了读书的黄金时间，退役的那天，我哭着想，我到底得到了什么。

“事实上到昨天晚上为止，我还在想这个问题。”

宋诗意像是在口述一篇作文，而程亦川居然耐着性子听完了，直到这时候才接话问：“那你想到了吗？”

“刚才跟你说了这么多，好像忽然得出答案了。”

他微微一顿，点头：“那你是该谢谢我，这顿饭请得不亏。”

宋诗意忍俊不禁，这小子的脑回路怎么这么稀奇古怪的？

她斜眼看他：“那你说，我到底得到什么了？”

“你都为这个写了一篇小作文，还需要我重复一遍吗？”程亦川露出一口小白牙，“作文的题目就叫作《我到底得到什么了》。”

宋诗意哈哈大笑起来。笑到一半，她听见他终于问出了那句写在脸上大半天的话：“宋诗意，你的脚还疼吗？”

她一顿，侧头看他。

少年身姿笔直坐在一旁，小心翼翼地看着她，眼里是抹不去的愧疚与焦虑。

她如实回答：“有一点儿。”

末了再加一句：“其实也没有特别疼，就是天气一冷，训练时间一长，它就会犯毛病。”

程亦川迟疑片刻：“真的像丁俊亚说的那样，再受伤的话，将来就连正常活动也会受影响吗？”

“大概吧。”

“那你——”他顿了顿，还是问出了那句话，“考虑过退役吗？”

宋诗意沉默片刻，抬眼对上他的视线，言简意赅：“正在。”

Chapter 11

醉后意浓

正在？

程亦川完全没想到，自己不过随口一问，居然问出这么个答案。

他吃了一惊，不可置信地反问："你居然真打算退役？"

"不是说了吗，正在考虑。到你嘴里怎么就成板上钉钉的事了？"

"宋诗意！"他没心思开玩笑，一脸严肃地警告她。

可宋诗意却别开脸，后脑勺贴在座椅上，闭眼说："我打个盹儿。到市中心了叫醒我。"

他气急败坏："都这样了，你还能睡得着？"

她没睁眼，低低地叹口气，半真半假地哀求他："你行行好。我昨晚一宿没睡，熬不住了。"

"你——"

明明还有很多话要说，可看见她眼睑处的瘀青和满面倦容，到嘴边的话又收了回去。程亦川目光沉沉地看着她，公交车在路面上起起伏伏，心也一样。

那将近一个小时的车程里，身侧的人渐渐睡熟，他却毫无睡意。

他忍不住侧头打量她，像是只要仔细察看，就能发现这张皮囊下的秘密。

爱笑。平和。总有说不完的鸡汤。很受欢迎。哪怕面对不友好的罗雪，也总是能够不动声色地保持平静。

这个人都不会生气的吗？

不，也不全是。

那天夜里他和卢金元打架，误以为她放任对方揍他，气冲冲上门兴师问罪。在林荫道上，他亲眼看见她发怒，一路穷追不舍要他站住。

其实发脾气的样子要生动得多。

那时候，她的双眼明亮到惊人，仿佛有烈焰在燃烧，烧得她整个人都真实起来。那一刻的她是生龙活虎的，而现在这一个呢？

生活在磋磨她，伤痛在困扰她，她满身疲惫，却还强打精神装作无所谓。

程亦川一直活在天堂，丰衣足食，一路顺遂，从未体验过宋诗意所经历的一切。可他看着她，耳边回荡着刚才那篇"小作文"，眼前又出现了下午在更衣室里看见的一幕幕。

她并不是一直都活得这么辛苦。

还未受伤的那些年里，她是如此意气风发，宛若烈焰一般从山顶急速而来，高呼万岁，不可一世。

程亦川怔怔地看着她，眼前忽而是憔悴的她，忽而是耀眼的她，一时之间竟分不清到底哪一个才是真正的宋诗意。

他苦恼地靠在座椅上，不知该如何度过这煎熬的一小时车程。

晚饭是在市中心吃的。

眼看着到站了，程亦川轻轻拍了拍她："喂。"

女人睡熟了，面颊都染得红通通的，迷茫地睁眼一看，失神片刻，然后才聚焦："到站了？"

"到了。"

"哦，那走吧。"她揉揉眼睛，下车带路。

明明是北京人，却因为在这里生活太久，找吃的也变得轻车熟路起来。

"你想吃什么？"她问。

"都行。"

"少来。你不是挑食小王子吗？什么能吃，什么不能吃，赶紧说。"

程亦川眯眼："谁告诉你的？薛同还是陈晓春？"

"用得着谁告诉我吗？每次在食堂看见你，端个盘子要在窗口磨蹭老半天。别人都是要这个、要那个，三言两语就完事，唯独你，吃饼不加葱，肥的不要瘦的不要，挑得食堂阿姨都不知道从何下手。"

他服。

吃什么呢？既要可口，又要顾虑她的经济条件，程亦川思来想去大半天，最后挑了个涮肉，她是北京人，爱吃涮羊肉，选这个总不会错。

果然，宋诗意一脸喜色："你也喜欢吃这个啊？"

一般。

可话到嘴边，出口却成了："喜欢。"

他看着她面露喜色，也跟着沾沾自喜起来。其实是想着她好不容易破费一次，还是选她爱吃的吧。

没办法，他就是这么体贴啊。程亦川无可奈何地想着，脑子里的小人一副摊手状。

宋诗意轻车熟路地走街串巷，弯过了好几条街，最后在狭窄的巷陌找到了一个小庭院，斑驳的木头招牌上写了三个字：涮羊肉。

“这个地方？你确定？”

程亦川可从来没在这样的地方吃过饭，一脸怀疑地看看招牌，脚下迟迟不动，就是迈不进院里。

“怎么，大少爷不赏脸，嫌规格不够、档次太低？”她挑眉，回头扫他一眼。

他立马被激得抬腿而入，跨过门槛。

“说谁呢？我是那么挑剔的人？”

他是。

可里子能丢，面子不能丢。程亦川是个不服输的人，尤其在她面前。

破旧的小门里别有洞天，是个不大不小的庭院。院子里种了三两棵青竹，屋里摆了八九张方桌，几桌人吃得热热闹闹。

很显然，她是熟客，三十来岁的老板娘看见她，熟稔地笑了：“来啦？”

“来了。”

“还是坐屋子里吧？”

“您安排就行。”

“那就老位子吧。”老板娘笑着领路，将他们带进了屋子，安排在靠窗的位置，“喏，还空着呢。”

屋子也不大，窗户是复古的中式木窗，窗棂上还贴着大红喜字，八仙桌也显得古朴陈旧。

宋诗意拿了菜单，一副主人家的模样，一边点菜一边问。

“肥牛吃吗？”

“吃。”

“虾滑要吗？”

“要。”

“羊肉吃哪个部位？”

“哪个部位？”他不解。

“羊腹肉鲜嫩，羊腿肉有嚼劲，羊羔肉口感好，羊胸肉——”她说得头头是道，末了一笑，“算了，看你一副不食人间烟火的样子，还是我做主吧。”

她要请客，也真是大手笔，一点不吝啬，什么好吃来什么。

也不过十来分钟的工夫，老板娘端着铜锅来了，烧得火红的炭在长长的炭管里噼里啪啦作响，清澈的汤汁不一会儿就咕噜咕噜冒起泡来。

程亦川插不上手，滑雪时身手矫捷，这时候却笨拙得不像话。

宋诗意只看他那生疏的姿势，就从他手中接过了盘子，接着往锅里倒：“我来吧。”

倒虾滑，放蘸料，而牛羊肉是一片片用筷子夹着涮。

她努努嘴：“动手吧。”

然后就自顾自地闷头吃了起来。

程亦川尝了一片肉，平心而论，味道真的不错。他隔着袅袅白雾看着她，说：“我以前没来这种地方吃过饭。”

“我知道。”

“今天试了，觉得挺好的。”

她笑：“我知道。”

“这你也知道？”他皱眉。

“当然了。小地方有小地方的好，我带来这儿吃饭的人，没一个不说好。”

这下程亦川不高兴了：“你还带了不少人来？”

“也没多少吧。孙教是第一个，丁师哥是第二个，你是第三个。”

丁师哥？

程亦川夹着片肉，往锅里一涮就忘了捞出来，只直勾勾看着她：“你俩还单独出来吃过饭？”

“单独吃饭怎么了？我现在不也和你在这儿吃？”

话是这么说没错，可是他俩多自然啊，和丁俊亚就……

程亦川的脸色渐渐沉了下来，回想今天丁俊亚的表现，明明是他和宋诗意之间的事，姓丁的却反客为主，把这事儿全揽在自己身上。

宋诗意提醒他：“肉烫老了。”

他心不在焉地把那片卷曲的牛肉捞进碗里，说：“我怎么觉得，丁俊亚对你好像有点——”

他斟酌片刻，一时不知用什么词合适，最后出口竟用了句成语：“有点别用有心呢？”

宋诗意被呛得一咳嗽：“你胡说八道什么？”

“你没见他今天对我那态度，恨不能吃了我。”程亦川眉头深锁，“这事儿不简单。”

她失笑，拿筷子头在他脑门儿上一敲：“不简单？我看你这大脑构造才不简单，成天想些什么乱七八糟的？”

“哎哎，别敲我啊。”程亦川揉脑袋，嘀咕，“你不觉得他对你太好了吗？”

“是好，可跟男女之情没半毛钱关系。我俩是师兄妹啊，当年一块儿练过来的。当初的队友走的走，散的散，如今也只剩我俩还留在队里了，感情自然不一样。”她说得理所当然。

可程亦川看她片刻，同情地摇了摇头。

果然这国家队就不是人待的地方，你看看，这傻姑娘都二十五岁了，至今还纯得跟白开水似的，对感情一窍不通。

像他们这些粗糙的男运动员，要不是真把人放心上了，谁会那么少女心泛滥地去管闲事呢？

啧，丁俊亚可不就是爱管闲事吗？

程亦川在心里乱七八糟想着，一会儿同情宋诗意，一会儿又同情丁俊亚，但总体来说，还是喜大于忧的。

哼，姓丁的看不起他，让他栽个跟头也是不错的。而且宋诗意吧，神经是大条了点，也爱胡乱敲人脑袋，喜怒哀乐老藏在心里，但人是很好的。好白菜可不能叫猪拱了。

他的心理活动很丰富，可这个话题告一段落后，抬眼看她时，又忍不住揪心。

程亦川食不知味地嚼着一颗娃娃菜，听对面的人说着这家涮锅的酱料有多特别。

“老板娘今年三十五啦，在这儿开了五年店了，有个七岁的儿子。她说这手艺是她爷爷奶奶传下来的，早些年她也静不下心来，一心出去闯荡。后来遇上心上人，忽然就想要细水长流地生活了，所以回来和丈夫一起开店……哎，你有没有觉得这麻酱里也有一股甜蜜的味道？”

麻酱甜蜜不甜蜜，他不知道。

他只知道她在这儿为别人的甜蜜瞎开心，可自己的生活却一塌糊涂。

程亦川没说话，听她碎碎念了一大堆后，才抬眼看她，不死心地问出那句：“真的要退役吗？”

对面的人原本还在滔滔不绝，此刻一顿，没了声音。

少年坐在她对面，筷子上夹了颗香菜丸子，在酱料里来回翻滚，就是不送入口中。他垂着头，也不看她，只慢吞吞问了句：“不退不行吗？”

宋诗意看着他，片刻后，轻声问：“为什么不希望我退役？”

他还在玩弄那颗丸子，沉默了一会儿，摇头："不知道。"

"谁想这么黯然退场呢。"她怅然一笑，靠在椅背上，"当初在北京养伤，闲来无事，只能替我妈看着家里的小卖部。孙教练亲自来北京看过我几回，终于忍不住了，他说他了解我，那不是我想要的人生，也不是适合我的人生。他劝我回来，所以今天我还在这里。"

目光飘向了窗外，飘向了夜色之中。

程亦川抬头："所以你后悔了吗？回来也没能重新爬上去，还被人踩在脚底下奚落。"

"后悔？我从来没后悔过。"宋诗意笑了，"只要我人在这里，能看见那些红房子，吃着阿姨做的饭菜，每天站在雪山上，日子就好像回到了以前。我没有期盼过比眼前这样更好的生活。"

"那你为什么想退役？"他一头雾水。

为什么想退役？

她眨眨眼，收回视线，笑了："这就说来话长了。"

"我时间充裕。"异常坚决的回答。

宋诗意一顿，对上他的双眼，少年那样坚定地望着她，眼里的急切毫不掩饰。

程亦川看她片刻，忽然回头叫人："老板娘，这儿来两瓶二锅头。"

？

宋诗意："谁准你碰酒精了？"

"今晚例外。"

"不能有例外。"原则性很强的宋诗意坚决驳回他的诉求，"你忘了自己的身份？这东西一滴都不许碰，让孙教知道了，小心扒了你的皮。"

"他不会知道的。"程亦川一字一句地说，铿锵有力，目光灼灼，"就今晚。今晚例外。"

说着，他又一次放低了姿态，仿佛知道她吃软不吃硬，索性带了点哀求的意味："就今天一晚上吧，好不好？"

片刻后，他补充两个字："师姐？"

少年用明亮的眼睛望着她，三分撒娇，七分演技。

宋诗意忽然意识到一个问题，这小子从什么时候开始，竟然都没管她叫师姐，反而直呼其名了？好像只有在哀求或者撒娇的时候，才会拿那两个字搪塞她、敷衍她。

……

可在她后知后觉地思索这个问题时，老板娘已经笑吟吟地拿了两瓶白酒过来。

宋诗意眉头一皱，抬眼瞪他，却只看见他眉开眼笑地开了瓶盖，往酒杯里倒酒。

他递来一杯透明的液体，信誓旦旦地对她说："杯酒解千愁。"

宋诗意看看他，又看看那杯酒，缓缓吐出口气，接了过来，一口饮尽。

若真能解千愁，那就一醉方休。

大红喜字，陈木窗棂，两人对坐共饮。

几杯酒下肚，火辣辣的滋味一路蔓延到腹部，宋诗意低低地笑两声："你想知道什么？"

程亦川看着她："你想说点什么？"

她懒洋洋地笑了："我想让你滚蛋，别跟个老妈子似的探听别人心事。"

他还以为要吃个闭门羹，可下一秒，对面的女人却开了个头："从哪儿说起呢？我就随便说说，想哪儿说哪儿好了。"

他一顿，她便开始了。

"我家住在国子监后面，胡同窄了点，房子小了些，但房价很高，所以我算是潜力股。邻居开玩笑时都说，咱们箭厂胡同的住户只要卖了房，立马身家千万不成问题。"

他看她两眼，点评："你就可劲儿炫富吧。"

"我小的时候，我妈在胡同外面开了个小卖部，我爸在国子监里头工作，算是个小官儿，管旅游这一块儿。那时候单位放票，他总能拿到一些免费的火车票，每逢寒暑假，就带着我和我妈四处玩。我很小的时候就去过不少地方了，洛阳龙门石窟、青海湖、济南趵突泉，还有好多景点。那时候交通不方便，坐火车总要费很长时间，可我喜欢坐在车上吃泡面，总觉得那种日子是神仙过的。"

他不说话，眼里流露出些许自己都未曾察觉的欣羡。

"日子很好过，工作也不忙，所以我爸有大把时间去追求自己的兴趣爱好。他喜欢滑雪，但北京不常下雪，他就带着我拼命往东北跑，去了不少滑雪场。现在想想，还好那时候他有免费的火车票，要不，我家肯定当时就破产了。”宋诗意咯咯笑起来，将又一杯酒一饮而尽。

眉头猛地蹙起，又渐渐舒展开来。

说是一杯解千愁，但到底喝光这些酒后能否解愁，犹未可知。多少年了，往事不提，她都快以为自己忘了。

“我妈可烦我爸滑雪这事儿了，三天两头带着我往雪场跑，一去就是好几天不见人影。好在后来北京也有雪场了，虽说是人造雪，但聊胜于无，贵在离家近，方便。”

“所以你就开始滑雪了？”

“是啊，也算是——”她嘴角弯弯，“子承父业？”

“那时候你多大？”

“七八岁吧。扎俩羊角辫，穿得跟个包子似的，胆儿肥得不行，第一次去雪场就一气儿到了坡上，二话不说往下冲。最后摔了个倒栽葱，满头满脸都是雪。”

程亦川笑出了声。

可从童年到成人，日子终于少了点不谙世事的天真，多了些挫折坎坷的磨砺。

十九岁，她进了国家队。

二十岁，第一次拿到世界级比赛的名次。

二十一岁，世锦赛亚军。

就在前途一片光明，桂冠唾手可得之时，她遇上瓶颈期，运动员最难过的关卡。

“我在队里没日没夜地练，孙教不但是教练，还兼职心理辅导师，隔三岔五找我谈心。我被亚军的光荣冲昏了头脑，一心夺冠，可速度却再也提不上去哪怕零点几秒。

“人人都说我是天才，可天才忽然之间成了蠢材，我开始钻牛角尖，曾经多骄傲自负，那时候就有多恨、多憋屈。我爸三天两头打电话来安慰我、鼓励我，可他说再多也帮不了我，我卡在那里上不去、下不来，多少双眼睛望着我。”

程亦川不知该说些什么，隔着铜锅散发出的朦胧雾气，看着她仿佛同样湿漉漉的眼。

她说："我过年不回家，放假也不回家，我不信邪，一天到晚在队里训练。我以为只要我足够努力，就一定能突破瓶颈。"

"后来呢？"他终于艰难地问出了口。

其实他早已听陈晓春说过大概，此刻心里已然有了答案，可这番对话原本就不是因为他想听，分明是为了让她一吐为快。

她也不过二十五岁，年轻姑娘本该被人捧在手心上精心呵护，却过早扛起了家庭的重担。

"后来，我妈哭着打电话给我，让我赶紧回去，我爸不行了。"

宋诗意坐在窗边，握着玻璃杯，怔怔地望着那一锅残汤剩水。炭管里冒出些许白烟，悠悠的，往事也不过如此，都是过眼云烟。

她从不知道在她为了成绩苦苦挣扎、求而不得之际，父亲因一次便血不止，被紧急送往医院，检查结果是结肠癌晚期，医生说他活不过半年。

可父母知道她训练紧张，怕误了她的大好年华。

运动员一辈子刻苦训练，能闪耀的也就那不足十年，黄金时期更是短得可怜。年龄是一道大山，多少人卡在那里，翻不过去。

父亲态度坚决，不可以告诉她这件事，绝对不能让她分心。

"所以我知道真相的那天，坐飞机赶回北京的时候，只看见我爸骨瘦如柴地躺在病床上，不成人形。"

病痛竟是如此可怕的存在，夺走了健康，夺走了意志，也夺走了灵魂。

她从未想过那个坚强乐观的父亲会缩成一团、蜷在床尾，像是失去理智一般哀求医生："我不治了，求求你让我死吧。"

她不可置信，做梦般走到床边，泪如雨下地叫着爸爸。

可是她的爸爸已是强弩之末，在一剂吗啡的作用下，神志不清、幻觉丛生。他挥舞着双手，不断说着胡话，连眼前的人究竟是谁都分辨不清。

那一天，他忘记了大雪纷飞的过往，忘记了这一生喜爱的冰雪，忘记了爱护半辈子的女儿，也忘记了求生的本能。他只知道痛。他只想要解脱。

那个过程很短暂，只持续了半小时不到，检测仪上的心跳就成了一条毫无起伏的直线。他这一生爬上过无数巍峨雪山，可人死之后，他像是被大雪淹没，了无生气。

宋诗意一眨眼，滚烫热泪如雨而下。

“我常在想，在我为成绩挣扎的半年里，他是怀着怎样的心情打来电话，试图安慰我。也许他曾经也想告诉我，告诉我他不久于世，希望我回家看看。可我一心只顾自己的喜乐，只会用不耐烦的语气再三告诉他我要挂电话了，于是他又不得已放弃了那个请求，告诉我安心训练。”

她连哭都哭得很平静，没有歇斯底里，没有大起大落。她淌着热泪，将杯中酒一饮而尽，只是安静地讲述着。

“后来他走了，我才知道那半年家里是什么光景。为了给他治病，我妈四处借钱，欠了不少。我劝她要不把房子卖了，可她说我爸这辈子都没能留下什么东西，那房子是她唯一的念想。我也没法再劝。何况住惯了的地方，我也不想走。

“替他处理完后事之后，还剩下半年不到就是冬奥会了，队里还需要我，没有我，冬奥会上女队连有资格参赛的队员都找不出一个。那一年，我抛下我妈，二话不说回了哈尔滨参加集训。”

于是有了后来，重重压力之下，她违背孙健平的训练计划，于赛道上执意加速。由于操作不得当，超出了自身能力，她在半途中狠狠撞上旗门，险些滚出雪道。

“那一年像个噩梦，先是我爸走了，然后是我重伤退役，医生说我将来能不能正常行动都是个未知数。我一共做了三场手术，有时候觉得自己像个机器人，反复拆了重组，可是零件出了问题，好像总是无济于事。最后一次手术恢复之后，孙教辗转反侧替我联系上香港的康复中心，还向队里申请了一大笔资金，把我送过去做康复训练。”

那一年半的康复训练很苦。每一天，她都克服身体的病痛，按照医生说的去站、去拉伸、去恢复，每次训练结束，都是大汗淋漓、没有一寸衣服是干的。

她明明在哭，却又扬起了嘴角，笑着敲敲腿。

“我也很了不起，我不仅站起来了，还重新回到了雪场上。医生说我简直是个英雄。”

程亦川想说点什么，可是大脑竟一片空白。他的手就这样搁在桌上，手指动了动，却无能为力到浑身血液都凝固的地步，心脏都揪紧。

他只能声色艰难地说：“是。你是英雄。”

他的女英雄笑了两声，抬眼望着他，说：“可我再也当不成英雄啦。

昨晚我妈打来电话，家里的小卖部被拆了，如今家徒四壁、负债累累的我，再也不能拿滑雪当借口，一直活在这个有红房子的童话世界里了。

“程亦川，我就快二十六岁了，人家说三十而立，都快而立的我，好像没办法继续做梦了。我在做梦，我妈却在家里苦苦煎熬，为生计奔波，为柴米油盐酱醋茶发愁。”

她擦干泪水，像是在安慰自己，微微笑着说：“我可能真的要退役了，小师弟。”

一顿饭吃得太久，话也说了太久，窗外不知不觉竟夜幕低垂，顾客们三三两两地离去了，只剩下几张空桌。

老板娘没有来催，悄悄在外忙活着。

万籁俱寂里，天上落起雪来，也是静悄悄的，无声无息。

可程亦川却像是被针扎了一样，坐立艰难。那声小师弟明明是开玩笑的，可他却听得一怔，胸腔里仿佛被重拳一击。

下一秒，他开始从外套口袋里掏钱夹，抽出一张又一张银行卡，咬咬牙，语无伦次地说:“这张是我妈给的零用钱，我一直没怎么用，攒了有七八万了。”

“这张是爷爷奶奶、外公外婆给的压岁钱，除了买滑雪装备，我都存下来了。”

“这张是我爸给的信用卡，可以透支十万。”

“这张——”

他像个急于献宝的孩子，一口气把存款全部亮给她看，甚至连钱夹里为数不多的纸币都一股脑摆在桌上。

他说：“你欠了多少？这些够不够？如果不够，我爸妈是搞摄影的，四处开展，和全世界很多公司都有商业合作，我可以问他们要！”

他是这样急切地说着，眼巴巴地望着她：“不退好不好？”

之前她问过他，为什么要劝她，为什么不希望她退役。那时候他混混沌沌找不到答案，可眼下好像一切都清晰起来，明朗起来。

他说：“你怎么能就这么放弃？”

“你不是说我的天地在雪山上吗？难道你不是吗？”

“我看了你比赛的视频，全部都看了，一场也没落下。”他攥着拳头，一张脸涨得通红，不知是急的还是气的，“你不能就这么退了。能用钱解决的问题都不是问题，只要你还想继续留在这里，只要你还愿意，我帮你。”

他错过了五年，没能亲眼看见她英姿飒爽地高呼万岁，竟前所未有的遗憾。

如果可以，请让他见证那一幕。

他烦透了罗雪在她面前时刻优越感十足的模样，也厌倦了陈晓春和薛同提起她时总是难掩同情的口吻，她明明不是那样。她明明比眼前这个柔弱的她要强大不知多少倍。

钱根本不是问题，那腿伤——对，还有腿伤！

程亦川张着嘴坐在那里，左思右想，然后像是针扎一样跳起来，一言不发往外跑，一路跑到了院子里，拿出手机打起了国际电话。

屋子里，宋诗意怔怔地坐在那，透过窗棂望了出去。

少年站在纷飞的小雪里，眉目生动的不像话。那堆银行卡还摆在桌上，外加一叠百元大钞。

炭火烧尽，沸腾的锅里也不再冒泡。

她看着那堆卡、那叠钱；片刻后，笑了起来。之前还酸楚的眼眶，热泪犹在，想哭，可又哭不出来了。

真是个傻孩子。

傻得要命。

程亦川在院子里打了一通电话，没头没尾，一开口就心急火燎地让程翰帮他找人。

“爸，你这几个月不是在瑞士吗？你帮我打听一个人。”

瑞士比国内晚七个小时，正值午后，程翰原本在午休，被臭小子一通电话吵醒，还以为他有什么急事。

“怎么了？”他从床上坐起身来，正色问。

“你帮我打听一位 Tom Gilbert，冰岛人，康复方面的专家。”

程翰闻言一惊：“康复专家？怎么，你受伤了？”

“嘘，你别乱说话，一会儿我妈听见可了不得——”

话音未落，电话被人一把夺过。莫雪芙的声音尖得像气球漏气，程亦川几乎看见眼前有只气球冲上天的影子。

“你受伤了？！”

还是迟了一步。

程亦川：“我没受伤，你别听我爸乱讲。”

“伤哪儿了？严重吗？都要找康复专家了？”那头一连串抛来十万个为什么，一声比一声大。

“妈，我都说了我没事——”程亦川没好气地打断她，“总之受伤的不是我，你别瞎操心了。快把手机给我爸。”

“真没受伤？”莫雪芙狐疑地问，“小川，你可不能骗妈妈。你要是为了不让我担心，就跟我撒谎——”

“妈！”

“行行行，妈妈相信你。”

“把电话给我爸！”

“好好好，拿去拿去。”

……

通话末尾，程亦川再三嘱咐：“他是冰岛人，当初看新闻我也只看了个大概，至于是在医院还是哪家康复中心，我记不清了。爸，你帮我多打听一下，如果他在冰岛，你替我上门拜访一下——”

“等等，你以为冰岛离瑞士很近吗？开车十分钟就到了？”

程亦川难得严肃：“爸，算我求你，这事儿你务必帮我的忙。”

程翰也一愣，片刻后，问：“打听到了又如何？”

“如果打听到了，帮我跟他谈谈，我这边有一位曾经受过伤的速降运动员，希望能得到他的帮助……总之你先打听着，要真成了，我亲自跟他联系，把详细资料给他发过去。”

程翰沉默了一会儿：“你们队里的？”

“嗯。”

“关系不错？”

“嗯。”

“男的女的？”

“女——爸！”程亦川想也没想就回答了，刚出口一个字后，又立即反应过来，恼怒地说，“挂了！”

“哎哎，别急着挂啊，爸爸也是关心——”

嘟，通话结束。

回头，程翰与妻子对视一眼。

莫雪芙："真是女孩子？"

程翰点头："八九不离十。"

"我看这小子有点不寻常。"

"是啊，也没见他对别人的事这么上心过。"

"那你帮不帮？"

"还能不帮吗？儿子都开口了，不帮他还会认我吗？"程翰不仅是妻奴，还是儿子奴，一心做个好父亲。电话打完，他觉也不睡，任劳任怨地爬了起来，打电话找人去了。

庭院里，一通电话打了好一会儿，程亦川挂断电话才察觉到冷。

屋内开了暖气，乍一出门，冷热交替。他惊觉拿手机的右手都冻僵了，赶紧回屋。

宋诗意还坐在那，抬眼看他，说："打完了？"

"打完了。"

"那走吧，账我都结好了。"

"欸？酒还没喝完啊，这就走了？"

宋诗意朝那堆卡和钱抬了抬下巴："你都喝得脑子糊涂了，还喝？"

"谁说我脑子糊涂了？！"程亦川怒气冲冲，把卡和钱朝她面前一推，"我清醒得很。出手的东西，恕不退货。"

说是没醉，可也喝得满脸通红。他皮肤白，更显醉态，面颊红红像是大苹果，还因为生气，眼睛也亮得可怕。

可是丝毫没有杀伤力。每回他生气，宋诗意都觉得看见了一只愤怒的小奶狗。

他打电话的这段时间，足够她平复下来。一吐为快的滋味令人动心至极，哪怕说故事的时候肝肠寸断，可说完之后，仿佛一口浊气吐出散尽，整个人都轻松了。

她说："把钱收起来，程亦川。"

"我不！"他愤怒地拒绝。

"你已经帮我很多了，但同情心不是这么用的，父母的钱也不该拿来这么挥霍。"她把卡推了回去，"俗话说得好，救急不救穷。我感激你的一片好意，我心领了。"

程亦川张了张嘴，找不到劝服她的理由，近乎无赖地质问她："怎么，你怕将来还不起债，我威逼利诱要你以身相许？"

宋诗意都快被气笑了。

他却信誓旦旦地说："你放心吧，我不是那种人。我可以保证，我程亦川决不催债，也不会因为咱俩的债务关系就对你颐指气使，更不会占你便宜。"

说着，他还想起什么，理直气壮地问："你看，上回买镯子你还欠我钱呢，这段时间我不是照样对你很好？一点儿也没欺负你。"

他的眉眼在昏黄灯火下生动好看。眉是远山之黛，浓烈飞扬。眼是上好的宝石，流光溢彩。

宋诗意活了二十五个年头，虽说运动员生涯单调闭塞，可托老胡同和小卖部的福，从小到大倒是见过不少人。她见识过陆小双的豪爽热心肠，领略过队友们的或虚情假意、或真心相待，更与形形色色的人打过交道。

可是没有一个——

没有一个像眼前这个少年一样，干净漂亮，柔软善良。

说他傻吧，他冰雪聪明，一点就透。说他机灵吧，又怎会对人毫无防备之心，随随便便将大笔钱财送出手？

从来锦上添花易，雪中送炭难。可他偏偏送来了，还不止一次。

宋诗意看着他，嘴角笑意渐浓。

她替他斟满酒，也替自己满上："程亦川，你就不怕我是胡说八道，看你有钱，所以诓你？还有，知人知面不知心，你这么轻易把钱借出手了，万一将来收不回去怎么办？"

收不回去？

他一顿，反应了一会儿，然后理所当然地说："收不回来，那就当我瞎了眼，错信了人呗。"

"就这样？"她不敢相信他竟然真有这么傻。

"不然能怎样？我还能打你一顿不成？"程亦川嗤笑一声，"再说了，我长这么大也不是有眼无珠的人，从来没信错谁。你不是那种人。"

"这么笃定？"

"那是。也不想想，你今天再不济，好歹也是拿过世界亚军的人，要真没出息到骗钱来了，我随便上什么微博、朋友圈哭诉一圈，你就二次出名了，上哪儿都有人认识你。”

宋诗意立马否定了先前的判断，这小子一点也不傻，精明得没法说。

两瓶白酒，最终下了肚。

两人都是运动员，平常滴酒不沾，哪知道一沾就是两大瓶。这酒后劲足，喝完时，站起来才惊觉醉意，两人七倒八歪、互相搀扶着往外走，哥哥姐姐叫不停，满口胡话。

老板娘哭笑不得："你俩等等，我替你们叫车。"

她穿了外套，心惊胆战地带着两人往巷外走，生怕他俩半路摔一堆。她是开餐馆的人，经验足，深知醉鬼的可怕，可怕到再瘦弱的人只要喝醉了，根本扶不住。

所幸这两个身体素质好，一路歪歪倒倒，看着是让人提心吊胆了点，但也真没倒下。

她叫来计程车，把两人弄了上去："我就不送了，你们悠着点儿。"

司机闻着一大股酒味，摇摇头："去哪儿啊？"

老板娘替他们回答了："去国家高山滑雪集训基地。"

车开走了。两只醉鬼半醉半清醒的，一会儿说句胡话，一会儿正儿八经说点要紧事。

直到某个瞬间，宋诗意浑身一激灵，猛地坐直了身。

程亦川吓一大跳，大着舌头问："怎么了？"

宋诗意瞪着眼睛说："不能回基地！"

"为什么不能？"酒精麻痹了人的生理反应，几秒钟后，程亦川才回过神来，也跟着一拍脑门儿，"真不能回去！"

他俩喝大了，回基地岂不是自投罗网？

要真被教练逮到他们溜出来喝酒，估计几千个下蹲都是轻的，处分绝对跑不了。

"怎么办？"小师弟没犯过这种原则上的错，眼巴巴望着师姐，一副唯她马首是瞻的样子。

师姐肩负起了重任，义正词严地说："为了我俩名誉不受损，我们今晚还是别回队里了。"

"那我们去哪儿？"

"酒店。"斩钉截铁的两个字。

前排的司机一个脑袋两个大。

为了两人的名誉不受损，所以不回基地，要去酒店开房？

这是什么逻辑？

他从后视镜里看看后座，试探着问："二位，咱们到底去哪儿？"

"酒店。"回应他的，是两人异口同声、斩钉截铁地回答。

司机把他们放在了市中心的某家七天酒店门口，黄澄澄的招牌大老远就看见了。

两人互相搀扶着到了前台。

服务员理所当然地问："一间大床房？"

两人整齐地晃脑袋，像两只哈巴狗。

"标间。"程亦川说。

宋诗意先点头，马上又摇头，纠正他："是两个单间。"

他反应了一会儿，笃定地点点头："对，你考虑得很周全。"

指指自己，再指指她，他傻乎乎地笑："我是男的，你是女的，不能一起住。男女授受不亲。"

"您好，这是您二位的房卡。祝你们入住愉快。"

服务员看着两人又是互相搀扶状走进电梯，走到门口时，男的还伸手弯腰："您请。"女的忙不迭地回应："您也请。"服务员的下巴抖了抖。

林子大了真的啥鸟都有。

两间房在走廊倒数第一、二间，最里面那间正好就在安全通道旁。

醉酒的程亦川还挺有绅士风度，顾虑安全问题，指指那间："我睡这。"

他拿过房卡，胡乱在门把上找感应区，嘀的一声刷开了门。礼貌使然，他回头咧嘴笑："要不要参观一下？"

宋诗意东倒西歪地往里走："好啊。"

"豪，豪华总统套间，您里面请。"程亦川领着她往里走，拍拍房间中央的大床，点评道，"柔软，弹性极佳。"

抬头看看她，咧嘴："试试看？"

宋诗意也不客气，一屁股坐了上去。

程亦川坐在她旁边，上下颠了颠："软吗？"

宋诗意跟着颠了颠，使劲点头："软。"

"有弹性吧？"他一脸与有荣焉。

"弹性十足。"她十分捧场。

"要不，躺下试试？"

……

两分钟后，两人毫无防备地躺在一块儿呼呼大睡起来。

窗外是又一场雪，纷纷扬扬落了一地。屋内却因暖气温暖如春，师姐弟带着浓浓酒气，一人占据着大床的一边，蒙头大睡，画面竟也异常和谐。

半夜里，程亦川饮酒过多，被尿憋醒。

他迷迷糊糊爬起来，全凭本能往卫生间走，解放完毕，走出来时，借着窗外传来的微弱灯光，忽然瞥见床上隆起的影子。

这是？

一瞬间，睡意全无。他怔怔地站在原地，张着嘴回忆睡前的种种，总算没喝断片儿，还能记起个大概。

嗬，亏得他二十年来洁身自好、纯真善良，要不这可跳进黄河也洗不清了！

程亦川吓出一身汗，脸涨得通红，赶紧把扔在地上的外套捡了起来，打算去隔壁房间接着睡。可走了两步，一拍脑门儿，房卡在宋诗意那！

她放哪儿了？

程亦川小心翼翼打开手机灯光，鬼鬼祟祟走到床边，摸摸枕头旁，又掀开被子找了找。

在哪里呢？

他四处搜寻，目光落在宋诗意身上。先前她因醉意直接睡了过去，外套都没脱，此刻被暖气熏得面色潮红。

他一眼瞥见她外套口袋里露出的房卡一角，松口气，弯腰凑近了，轻手轻脚地抽了出来，却迟迟没有直起腰。

她前额出汗了，晶莹透亮一片。

这样睡不太舒服吧。他这样想着，又皱眉警告自己，别瞎操心，要是把她弄醒了，那才是多少张嘴都说不清。

他一边告诫自己，一边直起腰来，走了两步，到底没忍住，回过身去替她把窗户开了些。

离去时，他在门口停顿片刻，看着熟睡中的人，喃喃地说：“做个好梦。”

梦里没有那么多伤心事，她得以无忧无虑安睡。

梦外，他轻轻阖上门，踩着影子打开隔壁的房门，洗了个热水澡，出神地想着什么。披着浴巾坐在床上，他没有继续睡，反而拿出手机搜索起什么。

八年前的温哥华冬奥会，年过三十的澳大利亚老将 Lashley 一举夺得跳台滑雪冠军。她曾是澳洲滑雪名将，因伤病退役很久了，那时候已为人母，忽然宣布复出，苦练半年就找回状态，还一路过关斩将，取得了参加冬奥会的资格，引起了全世界的关注。

三十岁对一名运动员来说简直是个可怕的分水岭。而 Lashley 以如此高龄，带着伤病累累的身体站上了跳台，没有任何人对她抱有期待。

人们都说她精神可嘉，即使失败也是虽败犹荣。

可没有人预料到，她在跳台上纵身一跃，以近乎完美的姿态完成了超高难度的动作，力压同属复出的中国名将李妮娜，夺得了渴望已久的冠军。

程亦川记得，那时候外行人都在关注 Lashley 的荣耀，可内行人却在关注幕后功臣——

连续好几年帮助 Lashley 的是一位来自冰岛的康复医生，Tom Gilbert。

房间里漆黑一片，他连灯都忘了开，在被窝里缩成一团，只露出个湿漉漉的脑袋，也没吹干。

程亦川仔仔细细搜索着国外的网页，一条一条看当年的新闻。

大雪纷飞的夜，被中人神情认真、目光执拗，像个天真孩童，一心想缝补起谁破碎的梦。

次日，先醒来的是宋诗意。

她茫然地看看四周，发现自己身在酒店，抓了抓乱七八糟的头发，懊恼于记不清昨晚是如何到这来的了。

她拎着衣服闻了闻，嫌恶地皱起眉头，迅速去卫生间洗了个澡。

程亦川呢？

她拿起手机给他打电话，响了不知多少声，那头才接起，用含混不清的声音喂了一声。

“你在哪儿呢？”

“你隔壁。”他的声音有气无力。

“我俩怎么跑酒店来了？”

“不是你提议的吗？说是回基地容易被发现，一逮到就是处分。”程亦川好像清醒了点，小心翼翼地问，“你不记得了？”

“没印象了。”宋诗意皱眉，“就记得老板娘把我们送上车……后面就没了。”

程亦川如释重负，舒坦地躺在床上：“那再睡会儿。”

她把手机拿下来看看，又凑到耳边：“这都十一点半了，还睡？起来吃饭！”

运动员作息规律、三餐按时，迫于宋诗意的淫威，熬了大半夜查资料的程亦川只得爬起来，跟她一起退了房。

午饭随便找了家小餐馆，程亦川饥肠辘辘，想吃肉，却被她喝止了。

“昨晚喝了酒，今天喝粥清肠胃。”

于是一顿饭吃得极为清淡，白粥小菜，少盐淡味，直吃得程亦川满脸褶子。

饭吃到尾声，宋诗意说：“周一我就回北京了。”

少年猛地抬头：“还是要退？”

她摇头：“家里最近遇到些事，我回去看看我妈。”

“那退役的事……”程亦川小心翼翼看着她。

宋诗意笑了笑：“我再考虑考虑。”

“那钱——”

“别提钱。说不借就是不借，再提翻脸啊。”宋诗意凶巴巴的，斩钉截铁拒绝了。

程亦川思来想去，有心想说点什么，到头来却说不出口。搜索一晚上，与 Tom Gilbert 有关的信息最多的便是他帮助 Lashley 恢复一事，其后还伴随着一些零零散散的治疗病例，其他的寥寥无几。

他是否还在冰岛，如今从业于何处，又能否帮助宋诗意……程亦川一概不知。

未知的事情，又怎么能开口对她说？万一给了她希望，最后却无济于事，怎么办？

程亦川一个头两个大，一顿饭也吃得食不知味。宋诗意发现了他情绪并不高涨，但却不知道他到底在想什么。

下午，两人回到基地。

程亦川满腹心事，连话都没多说几句，匆匆回了宿舍。宋诗意有心道个别，看他没什么兴致，也便潦草收尾。

宿醉后虽没有头疼，但精神不济，食欲不佳，她用了周末一天来调整作息，希望回家时有最好的状态。

在这期间，程亦川一直没有任何消息。

她有些意外，原以为按照那家伙的性格，会死缠烂打借钱给她，可手机亮了好几次，她第一时间拿起来，却都不是来自他的消息。

周末晚上，宋诗意穿着睡衣在床上看书，枕边的手机响了起来。

她又一次以为是程亦川，拿起来一看，却是丁俊亚打来的电话。

"师哥？"她有些意外。

丁俊亚问她："在宿舍吗？"

"在。"

"明早几点的飞机？"

她一愣："你知道了？"

"我也是你的教练，怎么，越过我跟孙教请了假，招呼都不打就要离队？"

宋诗意以为他生气了，一时间有些局促："也不是故意不告诉你，这不是当时你在气头上吗，我没找到合适的机会——"

"你下楼来。"

她一顿："你在楼下？"

披着厚重的大衣走出宿舍，宋诗意一眼就看见了等在门外的丁俊亚。

已近而立，男人穿着身黑色冲锋衣，面容冷峻立在那。

有技巧队的回宿舍，看见他站在门口，忙不迭打招呼："丁教练好。"

他简单颔首，也不爱说话，一派疏离的样子。

宋诗意还在为周五擅自加速的事心里七上八下的，走近了，赔笑着叫了声："师哥。"

丁俊亚递来一只纸袋："这个给你。"

"这是——"宋诗意接了过来，还挺沉，她纳闷地朝袋子里看。

"松花蛋，哈尔滨红肠。"丁俊亚言简意赅。

宋诗意一顿，疑惑地抬头："你给我这些干什么？"

"不是要回北京吗？"丁俊亚移开视线，"这么多年你活得跟个男人似的，心也不细，从来没见你往家里带过什么东西。这是特产，拿回去哄你妈开心。"

宋诗意眼睛都睁大了。

丁俊亚看她两眼，笑了："做什么这么盯着我？"

宋诗意迟疑着问："怎么突然想起给我特产了？"

她心里打鼓，鬼使神差想起了程亦川说的那些话，说什么丁俊亚对她别有用心……这么多年师兄妹，她可从来没往这上面想过。

丁俊亚说："你不是跟你妈闹了大半年？我听孙教说你家里出了点事，要请假回去，就想着你姿态做足点，场面也不至于太僵。"

换在从前，宋诗意大概就没心没肺收下了，可这节骨眼上，经程亦川那么一撩拨，她就开始胡思乱想起来。

有些事情一旦多想，就无论如何做不到应对如常。

她拎着袋子左思右想，还是递了回来："你还是自己留着吧，我妈那脾气，带不带东西回去都没用。说不定她觉得我浪费钱，还更生气。"

丁俊亚皱眉："怎么，你跟我还客气？"

宋诗意张了张嘴，欲言又止。

从前是大大咧咧没个顾忌，所以不客气。如今这是有所顾忌，不能不客气。

丁俊亚大概看出了她在想方设法推托，干脆转身就走，扔下一句："东西我买了，要不要随你。"

宋诗意只得冲他叫了声："谢谢师哥！"

丁俊亚又停住脚，回头说："明早我要带队，没法送你，你一路顺风。"

拎着沉甸甸的袋子往宿舍走时，宋诗意心不在焉的，总觉得心里也沉甸甸的。

丁俊亚对她好像是好得有点不寻常？可她从前总觉得那是因为多年的师兄妹情分……难道真的不正常？

思来想去，她把东西往桌上一放，烦躁地爬上床，书也看不进去了。

要不是程亦川在那儿胡说八道，她至于浑身不自在吗？

Chapter 12

万千星辉

由于次日是一大早的飞机，宋诗意早早地就关灯睡觉，睡前翻来覆去，还是没忍住拿出手机看一眼。

依然没有程亦川的任何消息。

她在黑暗里出神片刻，看着刺眼的屏幕，点开微信，迟疑着，却终归还是关掉了，没有点开他的头像。

没有只言片语，没有死缠烂打，怎么回事？这不像他的作风。

下一秒，她烦躁地翻了个身。

这不是挺好的吗？以往他穷追不舍的，她可烦他了。怎么如今他不闻不问了，她反倒不习惯了？

这也不是她的作风啊。

次日清晨，宋诗意天未亮就爬了起来，背起背包，拎着丁俊亚买的特产，冒着凛冽北风出了门。

外边风雪大作，她把棉衣自带的帽子掀了起来，罩住脑袋，口罩、围巾一应俱全，全副武装走出宿舍大门。

风太大了，刮得树枝呼呼作响，恍惚中她听见谁在叫她。

这大清早的，运动员们也都没起床，她以为是错觉。

可没走几步，身后的声音大了起来，清晰无比地叫着她的名字："宋诗意！"

她一怔，猛地回过头去。

林荫道上，有人站在光秃秃的树底下，一身黑色大衣，头上肩上落了一层浅浅的白。

少年嘟囔了一句："叫你老半天了，怎么不理人啊？"

一边说，他一边不悦地走上前来，从大衣口袋里掏出双手，呵了口气。

消失了一整个周末的程亦川终于出现。宋诗意睁大了眼睛望着他："你怎么在这儿？"

"等你啊。"

"等我干什么？"她的神情还是显得有些呆滞。

意料中的回答从少年口中不假思索地说了出来："送你啊。"

他还理直气壮数落她："我要跟你说了打算送你，你一准儿不同意。好在我机智，提前查了早上的航班，今天上午就只有八点有一班。"

说着，他沾沾自喜地咧嘴笑："我掐指一算，你肯定天不亮就出发，这不，干脆在这儿等你。这不是把你等到了吗？"

宋诗意忘了说话，就这么怔怔地抬头望着他。

真是个傻子，做了这种蠢事情，还一脸喜色，不知在得意什么劲。

可就是这么个傻子，一而再再而三令她像现在这样，一颗心湿漉漉的，柔软到极致。她作为一名运动员，带着人们所说的钢铁意志、不屈精神，像个男人一样活了二十五个年头，从未有过这样的感受。

目光落在少年的肩头，浅白色一片在黑色大衣上更加刺眼。

为了省钱，她买了早班飞机。基地离机场并不近，八点的航班，她六点就出了门。

寒冬腊月的，他竟像个傻子似的在这儿苦等，耳朵都冻得通红。

宋诗意眼眶微热，咬牙问他："等很久了？"

"刚来。"他撒起谎来一脸无辜，镇定自若。

想拆穿他，想呵斥他，想说他胡来、任性，可话到嘴边，出口却成了一阵雾气，很快消失在寒冷的空气里。

她问："你不训练了？"

"把你送到机场，顶多七点，回来刚好赶上啊。"

他一边笑，一边傻乐，拧开大衣的纽扣。大衣里面是件白色卫衣，腹部有个很大的口袋，他小心翼翼从中掏出只塑料袋，递给她："喏，还热乎乎的。"

宋诗意的目光落在塑料袋上。

两只包子。

那阵酸楚愈加浓烈，几乎烫伤了她的眼。

她接过来，低声问："食堂不是还没开吗？"

"食堂是没开，可我是谁啊？"他又露出那种沾沾自喜的神情，一副"老子天下最牛"的模样，得意地说，"我昨晚去食堂买的，挂在窗外一整夜，早上起来就跟从冰箱里拿出来的似的，冻得硬邦邦的。"

"那你怎么热的？"

"薛同和陈晓春在宿舍里藏了只烤肉锅，我跑他们宿舍热的，这不，还给你别出心裁地热成了生煎包。"他献完宝，指指包子，"赶紧吃，再不吃就凉了。"

宋诗意没再多说，也没让他回去，并肩往基地外走着，打开塑料袋，咬了一口。

是她喜欢的味道，阿姨的手艺一如既往，皮薄肉厚，鲜美多汁。

再啃一口，又仿佛多了些什么，有所不同。

她吸了吸鼻子，说："程亦川，从今天起我决定不叫你程亦川了。"

"嗯？"少年侧头，狐疑地看着她，"什么意思？"

"活雷锋。"她侧头与他对视，勾了勾嘴角，"打今儿起，你就叫活雷锋。"

程亦川眉头一皱，斩钉截铁地说："活雷锋我不喜欢，你还是叫我红领巾吧。"

宋诗意扑哧笑出了声。

一旁，程亦川得意扬扬地看着她的笑，一本正经地说："回北京了也要这么笑，多大点事儿啊？人生嘛，除了生老病死，别的都不算什么。你没听过那首歌吗？天空飘来五个字儿——"

"那都不算事儿。"她轻声接话。

程亦川咧嘴："是吧？打今儿起，你把这句歌词当成人生座右铭吧。"

她忍无可忍，哈哈大笑起来："你有病啊你，我文化水平不高也用不着你这么埋汰我吧？谁拿这种口水歌来当座右铭啊？"

"山不在高，有仙则名。"他还理直气壮地胡说八道，"别看这歌听起来没什么深度，最深刻的人生道理都是这样，返璞归真，删繁就简……"

这一路上有他的碎碎念，本该寂寞的路途也变得热闹起来。

宋诗意笑着，第二次与他坐在公交车上。

不同于周末，今天的早班车上除了司机以外，空无一人。

她笑着笑着，抬头一看，才发觉天光大亮。

他们在机场分别，宋诗意过了大门口的安检，都走了好几步了，回头一看，还能看见他立在外面的身影。

程亦川见她回头，拼命冲她挥手，末了跟个傻子似的歪着头，双手在嘴角比了比，傻乐着喊了句："Smile！"

她蓦地笑起来，也冲他用力挥挥手，说："回去吧！"

见她笑了，他露出心满意足的笑，点头，转身跑了。

宋诗意却没动，又在原地多站了片刻。很远很远的天际，长白山在云端若隐若现。天光大亮，雪山巍峨，天地辽阔到无人注意她的悲喜。

她忽然仰头，闭眼，抬手用力揉了揉眼眶。

手背染上些微滚烫的湿意。

她想，不管未来何去何从，关于这里，关于这些年的运动生涯，她又多了些许值得怀念的记忆。它们轻飘飘的，如同尘埃，也许对旁人来说不值一提，或许对程亦川本人来说也不过是热心肠、举手之劳，可于她而言，却是雪中送炭，是一片坦荡无瑕的赤诚关怀。

宋诗意上了飞机。

关机前，她侧头看着窗外种种，终于低头发了一条信息。

“程亦川，多谢。”

谢你的盛情关怀，谢你的笨拙照料。

从前未曾见过这样的少年，起初以为天真傻气，最后才发现，那分明是冰雪聪明。

直到下飞机，再开机时，她才看到他的回复。

程亦川说：“按理说你的人生该你自己做主，别人不该多管闲事。可是有句话我还是忍不住要说，千万不要放弃啊，宋诗意！！！”

她拿着手机往出口走，低头看着他那一连串触目惊心的感叹号，又一次笑出了声。

这小子是有什么搞笑魔法吗？

她收起手机，抬头看着机场出口。

我回来了，北京。

程亦川坐车回基地，全程都在打瞌睡。

为了送一送宋诗意，他起了个大清早，怕她太有时间观念，万一提前个两三小时就出发，他干脆定了五点的闹钟。

闹钟响时，魏光严被吵醒了，在床上瓮声瓮气地问了句：“到点儿了？”

他没说话，魏光严就真以为到起床时间了，自行摸索着爬起来，穿衣、洗漱。

程亦川欲言又止，神情古怪地打开窗户，拎了袋包子往隔壁走，把陈晓春和薛同都给弄醒了。

“谁啊？薛同稀里糊涂地开了门，“程亦川？干啥啊，怎么起这么早？”

程亦川咧嘴笑，一面侧身往里钻，一面道歉：“对不住对不住，借你们烤肉锅一用。昨晚上忘了提前来借，周末请你俩去吃海鲜补偿一下啊！”

薛同揉揉眼：“用不着，咱们谁跟谁啊。锅在柜子里，你自己拿，我继续睡了。”

陈晓春迷迷糊糊从床上探出个脑袋：“不吃白不吃啊，吃吃吃。”

说完就缩回脑袋，三秒钟后，床上传来均匀的呼噜声。

程亦川热好包子回宿舍时，看见魏光严洗漱完毕，从卫生间出来。

顿了顿，他从袋子里拿了俩包子，放在碗里递过去：“吃包子。”

魏光严一惊，抬头看他两眼，心道莫不是太阳打西边儿出来了。然后犹犹豫豫接过来：“谢谢啊。”

程亦川笑得人畜无害，拎着剩下的两只往外走，走到走廊尽头时，听见远远传来魏光严的暴喝：“程亦川，你给老子回来！！！”

“不关我的事啊，是你自己要爬起来的！”他一边大笑，一边飞快跑下楼，去女生宿舍外头等师姐。

哈哈哈，那家伙终于看表，发现早起一个多小时了！

宿舍里，魏光严一把捏烂了包子，黑着脸骂骂咧咧，骂完又低头看着包子，咬牙切齿，一口一口吃了。

不浪费粮食是美德。

不吃白不吃。

他不断安慰自己，这可不是在给那家伙面子。

在公交车上补了一小时的觉，程亦川揉着眼去了训练馆。

他是踩着点到的，一进大门，就发现众人都集合在大厅里，不仅男队女队都站在一起，就连技巧队的也到了。

出什么事了？

程亦川一愣，没走两步就听见袁华在人群最前面吼他：“磨磨蹭蹭干什么呢？还不赶紧过来集合？”

他快走两步，嘟囔一句：“不是还差两分钟才到点吗？”

薛同与陈晓春也在人群里，他理所当然站到了两人身旁，朝前一看，这才发现不仅队员们都来齐了，就连各个项目的教练都站在了一起。

“这是在干吗？”程亦川偷偷问身侧的陈晓春。

陈晓春一脸惊讶：“你不知道？”

“知道什么？”

“再过半个月就是省运会了，今天是公布参赛名单的日子啊。”

程亦川啊了一声，搔搔头，说：“我们教练没说。”

“说不说都一回事儿，反正参赛人选也是教练定，早说晚说都一样。之前不告诉你们，这会儿当众公布，还刚好避免有人私底下搞猫腻。”

“这种事，还有人搞猫腻？”

陈晓春一副“你真是少见多怪”的表情：“前两年花样滑冰那边有人送礼，怕自己发挥不稳定，教练不选她参加省运会。结果被教练骂了一顿不说，还取消了她的参赛资格，她自己都不知道名单里原本就有她的。”

省运会原本也不算什么大型赛事，毕竟上面还有国家级、世界级大赛。但我国冰雪类项目基本上集中在东三省，其余地区也没有训练条件，因此，省运会其实也代表了国家顶尖冰上运动员的实力。

可以说在省运会上拿到好成绩，基本也就在全国高山滑雪赛事里八九不离十了。

陈晓春还偷偷爆料：“听说这回拿了名次，奖金还挺多。”

到点了。

丁俊亚看了看手表，跟其他教练点了点头，手里拿了本名册，面向众人道：“都安静。”

窃窃私语的声音慢慢消失了。

他严肃地站在人群前方，说：“半个月后就要举行省运会了，教练组通过一段时间的考察，结合大家最近的表现，各个项目的推荐名单都出来了。”

“下面，我念一下各个组的参赛运动员。”

“女子空中技巧：王子云，刘雯雯，郭霞。”

“男子空中技巧：徐勇，李浩生，陈晓春。”

“女子U型池……”

薛同与陈晓春同属男子空中技巧队，偏偏陈晓春进了，薛同却因成绩不够拔尖而落选。

陈晓春有些尴尬地挠挠头，嘀咕：“怎么还有我啊……”

说着，他有些忐忑地侧头去看薛同。

薛同有点失落，脸色有点发白，但还是笑了：“没事儿，这是好事情啊。

你好好努力。”

程亦川拍了拍薛同的肩，没说话。

薛同朝他点点头：“放心，我没啥事。”再看眼明显有些不安的陈晓春，他说，“先说啊，你要是拿了名次，必须请吃饭。”

陈晓春明显松口气，拍拍胸脯，操着一口流利的东北英语：“No problem！”

正说着，丁俊亚已经照着名单念到了自己带的队：“女子速降，罗雪，吴新梅，郝佳。男子速降——”

程亦川不由自主地屏息，抬头看去。

丁俊亚面无表情宣布：“魏光严，于凯……”

他的心都提到了嗓子眼。

下一刻——

“程亦川。”

三个字，尘埃落定。

程亦川松口气，这才找回呼吸，薛同和陈晓春都冲他傻乐。

薛同说：“你才刚进队多久啊，就技压群雄入选了！”

陈晓春嘿嘿笑着把他拖下水：“这下不用我一个人请客了。”

速降的名单是最后一组公布的，念完程亦川的名字，丁俊亚就收起了名册，抬头看着大家：“以上名单全部公布完毕，都是各个项目的主教练、教练和助理教练共同商议选出来的人。名单会贴在公告栏里公示一周，大家如有疑问，可以找教练提出来。”

他话音未落，人群里已然有了阵骚动。

“不公平！”有人低低地吼了一声，很快被一旁的队友制止。

丁俊亚的目光落在那人脸上，冷了下来：“卢金元，你有什么问题？”

于凯一把拉住卢金元，小声说：“有什么事回头再说，这会儿其他队的都在，别闹！”

卢金元一把挣回胳膊，咬牙切齿，回头恨恨地瞪了眼程亦川。

丁俊亚说：“没什么问题就散了，教练们带人去训练吧。希望各位都好好努力，选上的争取为队里争光，没选上的再接再厉，最好下一场比赛来临前有所提升，能够为自己争取来一席之地。”

他看了眼还愤愤不平的卢金元，淡淡地说：“卢金元留下，其他人解散。”

然而其他队的人三三两两还未走远，就听见身后传来卢金元刺耳的质问。

"凭什么没有我？我来队里三年了，年年省运会都有我，凭什么姓程的一来，就把我的名额让给他？"

不少人回头看。

程亦川一早察觉卢金元的怒火跟自己有关，丁俊亚说解散，他却没走，就在原地等着。

袁华也没走，拿出本子，一边看一边对卢金元说："我记录了所有人一个月以来的成绩，程亦川基本都在一分四十三秒左右，而你有一分四十三秒左右的，也有四十四秒甚至四十五秒的，不够稳定——"

"他最快也就一分四十三，可我的最好成绩是一分四十二秒五八！"卢金元不服。

袁华眉头一皱："你是滑进过一分四十二，但那是多久的事了？这半年来你滑进去过几次？大多都是四十四、四十五。"

"那就该把我的名额让给他了？他一个愣头青，才进队里几天？你们所有人都向着他！"

"卢金元！"袁华呵斥他，"你说话注意点分寸！这里是国家队，不是你随便撒野的地方。名额？不管参加什么比赛，名额都是教练商议后共同决定，什么叫你的名额？怎么，队里规定省运会参赛人员里必须有个叫卢金元的？"

卢金元不管不顾地撒起泼来："别扯那么多，当谁不知道程亦川家里有钱吗？当初孙健平跟主任吵架，非要破格把他弄进队来，难道不是收了他什么好处？哈，上回我被他打得鼻青脸肿，你们也向着他，明明是他冤枉我、单方面对我动手，搁你们那儿就成了打架斗殴！这回他最好成绩明明不如我，你们非把他弄进参赛名单，把我给挤下来。当谁不知道你们的猫腻不成？！"

他嗓门儿太大了，训练馆里不少人都听见这话。行贿受贿这个罪名，一旦沾上可就洗不清了，多少张嘴都解释不清。

丁俊亚脸色一变，怒道："你当这是菜市场，说话做事随心所欲，红口白牙张口就污蔑人？"

"若要人不知，除非己莫为！"卢金元扯着脖子吼。

话音刚落，姗姗来迟的孙建平走进了大门，声音洪亮地说："行啊，那你说，你想怎么着吧。”

卢金元猛地回头，声音顿时小了好几度。

“把我的名额还给我！”

“怎么，名额上刻着你的名字，但凡你在队里，它就属于你？”孙健平笑了，不紧不慢地说，“这个办不到，你再想想别的。”

卢金元咬牙：“你们就是向着他，我能有什么法子？”

“你也别着急，这么着，你既然想不出法子，我帮你出个主意。”孙健平看看一旁的程亦川，目光落在卢金元面上，微微一笑，“谁参赛，嘴上功夫没用，咱们都是运动员，不如凭本事说话。”

程亦川目光一动。

卢金元问：“什么意思？”

孙健平笑了：“星期三练专项，你俩比画比画，一场定胜负。”

他斜眼看程亦川：“你有没有意见？”

程亦川笑了：“我没意见。”

孙健平再看卢金元：“你呢？”

卢金元咬牙：“好。比就比。”

当晚，程亦川频频看手机，这人怎么一回北京就无声无息了？嗬，在机场的时候还眼含热泪，看他的时候眼里一闪一闪亮晶晶，就跟有小星星似的，一回北京就把他给抛在脑后了。

好歹他俩也是同一张床上睡过的人，四舍五入就是睡过了，她怎么这么绝情呢？

程亦川等啊等，就是没等到她吱个声。

一气之下，他把发在群里的省运会名单给她扔了过去，一个字都没说。

几分钟后，她回信息了：恭喜恭喜！

就这样？

他不满：你这是不是太敷衍了？

敷衍？

那头的宋诗意想了想，噼里啪啦在屏幕上按了一波。

于是程亦川没好气地等来了下一条消息——恭喜恭喜，勇夺第一啊……p. s 看我真挚的眼神 +_+。

程亦川：……

嗤了一声，他把手机扔在一旁，片刻后又没忍住，拿起来再看一遍，嘴角扬了起来。

程亦川看着那条有蓄意卖萌之嫌的信息，正傻乐呢，对面又发来一条消息：那你准备得怎么样了？有没有信心拿名次？

这个人，萌不过三秒，又正经起来。

他顿了顿，心道她的烦心事已经够多了，卢金元从中作梗的事还是不要告诉她了，便答：拿名次可不是我的追求。

她问：那你的追求是……？

他正准备秀一波厚脸皮，就看见她的下一条信息如期而至：哦对，差点忘了，你可是要当冠军的人。不好意思多此一问了。

程亦川：多老的梗了，她为什么还记得！

大晚上的，两个人幼稚兮兮地发着毫无营养的对话。直到某一刻，宋诗意忽然收到郝佳的消息。

"哎哎哎，师姐你请假了？怎么今天一天都不见人影！"

她退出与程亦川的对话窗口，回复郝佳：家里有点事，请了一周假，早上又走得太早了，时间仓促，没来得及告诉大家。

郝佳是个活泼的话痨，在队里人缘挺不错，哪怕是宋诗意这种对谁都友好、却又跟谁都不亲近的类型，她也没心没肺贴了上来，整日里师姐长师姐短，任谁都对她讨厌不起来。

她恍然大悟：这样啊，是很急的事吗？有没有我能帮忙的地方？

宋诗意笑了，说：不是什么大事，不用帮忙。倒是你，好好备战省运会，争取拿个好成绩。要真得了奖金，等我回来你可要请吃饭。

郝佳正是要跟宋诗意八卦一下今天这事，她的室友是罗雪，高冷、优越。郝佳跟男队女队甚至隔壁队关系都不错，唯独跟罗雪不对付。

话又说回来，罗雪这种人，一天到晚脸上就写着七个大字：我很牛，不要烦我。谁能跟她关系好得起来？

郝佳又是个典型的不说话不八卦会死星人，想到宋诗意今天不在，她完全可以当个耳报神，就这事儿好好跟宋诗意八卦一下。

哪知道她还没开口，宋诗意就先提起运动会的事了。

郝佳奇怪：你怎么知道？

宋诗意答：听程亦川提了一下，猜到参选名单里肯定有你。

什么？是程亦川告诉她的？

郝佳目瞪口呆，飞快打字：那你不会也知道他和卢金元周三要在雪场大战的事了吧？

这下轮到宋诗意惊讶了，看了两遍，反问：什么大战？我不知道。

这下郝佳放心了，只要还能八卦就好，还好程亦川把唠嗑的机会留给了她。为了一口气说得流畅些，她发了一条长长的语音消息，超时后又连续发了好几条，把今天的事情原原本本讲给宋诗意听。

话痨如她，讲得巨细靡遗，简直令人身临其境。

宋诗意一条一条听下来，心跳一顿。

程亦川为什么没有告诉她？插科打诨好半天，只说准备得当、自信满满，却只字未提卢金元的事……

郝佳还在发表个人意见，又是感慨程亦川命好，又是吐槽卢金元人品卑劣。

可宋诗意没有继续听下去，她点开了和程亦川的对话窗口，最下方是刚才忙着和郝佳说话，没来得及看的新信息。程亦川连发三条——

第一条：你回家了吗？你妈态度怎么样？

第二条：没吵架吧？你也该收敛收敛脾气了，毕竟不是每个人都像我这么让着你。

第三条：人呢？

宋诗意没回复，直接打字问：你和卢金元怎么回事？

消息没有发出去，她又很快删了。

再来：为什么不告诉我卢金元的事？

再删。

她对着屏幕发呆片刻，把手机扔了。

其实不需要问，他连发三条都在关心她的状况，心思昭然若揭——根本就是不愿让她担心。

宋诗意失神片刻，又拿起手机，说：挺好的，我妈始终是我妈，不至于把我赶出家门。

睡觉时间早就到了，程亦川训练一天，眼皮子一直在打架，此刻终于等来她的信息，胸口一颗大石落地。

他笑眯眯地躺下了，在黑暗里发去一句：加油，宋诗意！！！

紧接着下一条：晚安，宋诗意！！！

盖上被子，他香甜地进入梦乡。

而另一边，宋诗意定定地看着他的信息，半晌，苦笑着爬了起来，打开冰箱，拿了鸡蛋、一碗冷饭，一边往锅里倒，一边按开免提，拨通了陆小双的电话。

“喂？”陆小双的声音夹杂在一片嘈杂的乐声里。

宋诗意问她：“什么时候回来？”

“两点之前吧！”她大着嗓门儿吼。

“给你炒了碗饭，就放在橱柜上，你回来热一热吃吧。”

“好嘞！”

“挂了。”宋诗意摁灭了手机，拿着锅铲翻来覆去地搅动，最后把饭都盛在了碗里，对着一片狼藉发呆。

她不在家里，在陆小双这。

中午到的北京，她拎着土特产回家，很真实地被钟淑仪拒之门外。

钟淑仪问她：“你回来干什么？”

她说：“看看你。”

母亲单刀直入地问了句：“退役吗？”

她张了张嘴，没能回答，只叫了声：“妈——”

砰的一声，门关了。钟淑仪在屋子里说：“行了，你从哪儿来的回哪儿去，别叫我妈，也用不着看我。”

宋诗意立在门外，眼泪唰的一下就下来了。

她已经失眠好几个晚上，今天又起得很早，在飞机上并没有睡着。身体与精神皆是疲倦至极。

她仰着头，看着近两年北京的空气质量经过不懈努力，已经被治理出来的蓝天，回想起程亦川对她说的话。

他说天空飘来五个字——那都不算事儿。

可这逼仄的胡同里，仅有的一线蓝天让人怀疑，那五个字到底能否飘得过来。

她疲倦地揉揉眼，一路走到隔壁胡同，拍响了陆小双的门。

夜生活半夜结束，白天正窝在家里补觉的人，猛然间被吵醒，一面怒气冲冲地嚷嚷着“谁啊”，一面大步流星地赶来开门。

推门一看，宋诗意？

陆小双揉揉眼，怀疑自己产生了错觉：“你不是在哈尔滨吗？”

“回来了。”她拖着疲倦的身躯往屋里走，“我妈不让我进门，我困了，来你这儿躺会儿。”

和从前无数次一样，她和陆小双总是相互收留。

这一觉睡得天昏地暗，仿佛把前些日子的瞌睡都补足了，等她醒来，窗外已是夜幕低垂。

……

宋诗意炒完饭，推门出去，迎着北京的干燥夜风，在国子监大街晃悠起来。

冬夜人不多，她裹着厚厚的棉袄，沿着路边慢慢走。

她在这里长大，在这里度过无忧无虑的童年，最后生活给她迎头一击，安稳与幸福就此破灭。

宋诗意拿出手机，对准国子监斑驳的墙壁拍了拍，又对准光秃秃的树枝拍了拍，然后发了一条朋友圈。

她是个极为低调的人，尤其是家逢变故后，几乎不怎么晒个人信息。今夜大抵是憋得慌，无处申诉，只能用文字发泄。

她将照片一一发上去，一字一句斟酌，最后却仍然只有言简意赅的一句：国子监大街的冬天真冷啊。

她不爱卖惨，也卖不来惨。隔着手机屏幕，你的悲惨到底能换来什么呢？说不定是嘲笑，说不定是幸灾乐祸，看热闹的永远多于真正为你的喜怒哀乐而牵动心绪的。

她关了手机，双手揣在兜里，一边走一边发愣，直到某一刻，手机忽然响了起来。

她低头一看——

程亦川。

不知为何，热泪忽然涌起，这些日子她仿佛格外脆弱，动不动就热泪盈眶。

而这样的时刻，说来奇怪，竟大多与这个小她五岁的大男生有关。

她怔怔地看了片刻那三个字，说不出是庆幸还是心虚，最后不动声色地接起："不是睡了吗？"

那头的人沉默片刻，片刻后，异常笃定地控诉她："宋诗意，你撒谎！"

她一没露出异样，声音如此平静，二没发什么不该发的消息，朋友圈如此正常。他是如何得出她撒谎的结论的？

"我撒谎？我撒什么谎了？"

程亦川气势汹汹："你现在在哪儿？"

"北京。"

"你——"她把他气得够呛，险些被口水呛到，"我还不知道你在北京？这都几点了，大晚上你出去当夜游神？"

"睡不着，起来走走。"

"你跟你妈没和好！"他下了结论。

"之前问你你还说挺好，我就知道有假！"程亦川像个名侦探柯南，或者神探夏洛克，条理清晰，有理有据，"说什么挺好呢，我才刚闭眼就觉得不对了。你妈要真那么容易妥协，至于跟你闹了大半年都没好？"

"我一想就觉得反常，睁眼一看朋友圈，呵呵，和妈妈挺好的人大晚上不好好在家待着，这么冷的天出去夜游？

"说什么国子监大街的冬天很冷。你也知道冷？这么冷你出去干什么？你是抖 M 吗，宋诗意？"

他一声比一声强有力。

宋诗意噗的一声，一不留神笑出了声。

程亦川怒了："Excuse me？你还笑？"

"我的确撒谎了。"宋诗意嘴角还带着那点笑意，低低地叹了口气，"我和我妈没和好，她甚至没让我进门。"

"没让你进门？那你现在——"

"我住在陆小双家。"

"男的女的？"他条件反射地问。

宋诗意又笑了："女的，发小。"

这名字很熟，程亦川思索片刻，记起来了，上回在商场她找人借钱，微信对话框上就是这个名字。

他振振有词："你大半夜出门她也不知道拦着，这算哪门子发小？"

宋诗意发现他一通电话打过来，她除了笑还是笑，几乎每句话都有令她捧腹的神奇魔力。

她停下了脚步，不再夜游，说：“行了，你别啰嗦了，我回去就是。”

程亦川倒是一愣，狐疑地问：“真回去了？”

她笑：“真回去了。”

“那你和你妈……”

“谈判吧，一次不行就两次，两次不行就死缠烂打。实在不行，大不了我退役。反正现在也没什么重回巅峰的可能性了，我认真考虑过，我家毕竟在国子监这儿有套房，我长得又不难看，说不定我还能相个亲，找个条件不错的对象嫁了。”

她的语气并不凝重，像是在说笑，但程亦川一听就觉得坏事儿了，她好像是来真的。

他吼了一声：“你在搞什么笑啊？不是说好不放弃吗？我在这儿——”

话音戛然而止。

他想说，他在那儿绞尽脑汁替她想办法，试图联系上有可能帮助到她的康复医生，她居然又轻言放弃。

可是不成，这事儿还不到说的时候。

程亦川忍了又忍：“想想你的座右铭，宋诗意。”

“我的座右铭是‘识时务者为俊杰’。”

“放屁！从今天早上开始它明明已经是天空飘来五个字，那都不算事儿了！”

宋诗意站在冬夜里，毫无防备地大笑出声，还惊动了路过的行人。

她笑得眼泪都出来了，最后轻声说了句：“程亦川啊，程亦川，你大概是这世界上最后一个还在鼓励我的人了。”

孙健平没有，丁俊亚没有，他们都为她好，却希望她做一只备受呵护的笼中鸟。

母亲没有，二姨没有，她们都恨不能劝服她放下雪板，立地成佛。只有这家伙还一心惦记着她的梦想，一腔热血地告诉她不要放弃。

她笑到最后，几度哽咽。

她说“傻子，顾好自己吧，后天不是要跟卢金元一决胜负吗？赶紧睡觉，养精蓄锐去。”

那头的人大吃一惊：“你怎么知道？！”

她煞有介事地说：“你都能推理，难道我不能？换作平常，指不定多得意跟我炫耀自己有多厉害了，今天三言两语敷衍过去，没几句话就说要睡觉了。我用脚指头都能猜到你心里有鬼！”

她一边说，一边往箭厂胡同里拐，很快就站在陆小双家门口了。

她仰头，看着今夜的闪烁星星，笑着说：“真的晚安了，程亦川。”

不知道今夜哈尔滨天气如何，愿你抬头时，也有万千星辉照耀。

Chapter 13

生死一线

陆小双半夜两点杀回了家，推门时还蹑手蹑脚的，怕吵醒宋诗意，结果进去一看，那家伙端端正正坐在沙发上看电视。

“这都几点了，还不睡？”她把钥匙搁在鞋柜上，腰也懒得弯，打着哈欠直接甩掉了脚上的两只鞋。

“下午睡太久，这会儿没瞌睡了。”

宋诗意抬眼就看见她浓妆艳抹的样子，并没有半点讶异，陆小双在酒吧驻唱，这副模样是常态。

陆小双脱了羽绒服，里面只穿了件大红色无袖长裙，妆也不卸就往厨房里走：“饭呢？饿死我了。”

她把饭热了一遍，端了两碗出来，又从冰箱里拿了罐香辣酱。

这就是她的生活常态，偶尔累极了，回家甚至饭也不吃，倒头就睡，否则也不会瘦成这个样子，一米七的个子却只有九十斤。

宋诗意也不跟她客气，端碗陪她一块儿吃，边吃边问：“怎么又把头发剪了？”

将近一年前，她还没离开北京时，陆小双的头发已经长到齐肩了，可这会儿又给剪成了干净利落的超短发，几乎没比男孩子的板寸长多少。

陆小双扒拉一口米饭，一边大口吃着，一边含含糊糊回答：“我除了睡觉吃饭，其余时间全在酒吧混天度日，懒得洗头。”

“再说了，那么多人清醒时都不是人，你还指望他们喝醉了能当个人？等他们喝得五迷三道的，看都看不清我的脸，想动手动脚的时候，一摸我脑门儿——嘿，这不是个爷们儿吗？这不就下半身冲动不翼而飞？”

宋诗意哈哈大笑，笑完又有些心酸。

陆小双的父母去世早，在她还是个孩子时，他们就遭遇车祸双双离世。而她家亲戚又势利冷漠，没人愿意接下这烂摊子，全都推三阻四的。

陆小双从十岁起，在姨妈家住了大概两年光景，被表姐表哥欺负得整日以泪洗面，而姨妈姨夫压根儿不为她主持公道，反而嫌她能吃。那时候她三天两头跑回箭厂胡同，邻里邻居都可怜她小小年纪就这么坎坷，每回都请她吃些好的。

宋诗意家是她最常去的地方，有什么苦她也只对宋诗意诉，在那逼仄的房间里，她能哭得像个无依无靠的孩子，可出了门，她就仰起头，无论如何都咬牙不示弱。

十四岁开始，陆小双回到了箭厂胡同，再不愿在姨妈家继续受气。

她人小鬼大，每日从李奶奶那儿拿了一堆包子、馒头、炸咯吱，李奶奶说每一份成本价就几毛钱，她就往上再添一倍，偷偷塞书包里往学校带，做起了这生意。每天下午大家饿了，三三两两地往小卖部跑，她就把东西拿出来，在教室里摆起了摊。

放学后，她就去国子监大街外头的一家老北京涮锅店打工。

那时候姨妈姨夫还以为摆脱了这么个赔钱货，可笑的是，北京的房价在几年后猛然飙升。从前不值钱的老胡同因为坐落在国子监旁，更是飙升成天价。

宋诗意问她："你姨妈现在还来吗？"

"来，怎么不来？每个月来个两三次，说我表哥娶媳妇缺钱，一把鼻涕一把泪地跟我诉苦，就指着我能放点血。"

"也是够厚脸皮的。"

"可不是？呵，当我没脑子吗，还动不动就怂恿我卖房子。说这儿环境不好，卖了还能买个公寓之类的，改善生活环境。"

"那当初怎么把你扔这儿不理不睬，不给你改善生活环境？"

……

饭吃完了，两人同睡一张床，依然有说不完的话。

陆小双问她："你这次回来，应该不止看看你妈那么简单吧？"

宋诗意沉默了一会儿，苦笑着说："我在队里也不太顺，趁这次回来，打算好好考虑一下，到底还该不该回去。"

"想听听看我的想法吗？"

宋诗意侧头看她，年轻姑娘一头板寸，明明有张姑娘家娇滴滴的脸，却一脸无拘无束的洒脱，那神情男孩子气十足。

"你说。"

"行，那我就有话直说了。"陆小双翻个身，认认真真地看着她，"宋诗意，你活得太累了。什么叫该不该回去？人就这一辈子，就算没个天灾人祸的，满打满算也就那么几十年，有什么该不该的？你问问自己想不想，要不要，痛快不痛快，这就完事儿，千不该万不该问一句该不该。

"我知道你又要说我做事不够瞻前顾后了，是，你家还有那么一堆烂摊子，家里小卖部拆迁了，还欠了一屁股债，阿姨不容易。可是阿姨不容易，难道你就容易了？大家都不容易，这不是该互相体谅吗？就算你回来了，这日子也不见得就会容易起来。该欠的还是欠着，你回来又能干什么？

“我说句直白的，咱们这学历，能找个什么了不得的工作吗？你觉得你回来能拿个一两万的月薪？”

“不能。”

“就是了，那你拿着那点工资，难道就能补贴家用了？”陆小双振振有词，片刻后，一拍脑门儿，“完犊子，我知道了，你妈肯定被你那二姨洗脑成功，想把你嫁个金龟婿。”

陆小双笑嘻嘻凑过来，捏住她的下巴，流里流气地说：“这位姑娘模样生得不赖，在下不才，学识不多，大腹便便，就胜在家财万贯，你嫁还是不嫁？”

宋诗意没好气地拍开她的手，翻身：“睡觉。”

“哎哎，我问你话呢。你那二姨不就是打这个主意吗？今年春节她上你家吃饭，莫名其妙带了个四十来岁的糟老头子，说是给你介绍对象，你妈不是气得把她撵了出去？现在你有这么个选择，嫁个有钱人，家里瞬间轻松，你嫁还是不嫁？”

“不嫁。”

“那不就结了？能轻松，是你自己不愿意轻松，那就别抱怨了。”陆小双戳戳她的背，“宋诗意，你妈就是性子倔，你都忍了二十来年了，继续忍着呗。我这不是隔三岔五也给阿姨送东西吗？钱她是不肯收我的，但人我替你照顾着，你该干什么干什么去，别在这儿优柔寡断啦。”

“哎，跟你说话呢，你睡着了？”

“睡着了。”

陆小双没好气地给了她一个“如来神掌”，打个哈欠，“好了，有事儿明天说，我是真困了。”

她合上眼，心知肚明，背对她的那个姑娘大概在被窝里偷偷抹眼泪。

可是人生如此，哪能只有天晴没有雨？她没那么神通广大，哪怕有心相助，也总是能力有限，能做到的仅此而已，和宋诗意互相取暖，做永远的坚实后盾。

宋诗意天刚亮就醒了。

身侧的陆小双还在睡，脚那头的天窗上传来窸窸窣窣的动静。她睁眼一看，看见屋顶上有三只野猫，两只黄白相间，一只雪白雪白的，正懒洋洋地坐在窗外挠痒痒，好奇地与她对视着。

国子监附近有那么几只猫，总爱在胡同平房里乱窜。

她与猫对视片刻，无声无息地爬了起来。

洗漱完，穿戴好，宋诗意去了胡同口，隔着一条国子监大街，看着对面街口。

钟淑仪已经起了，这会儿推着辆小车，坐在寒冬腊月里摆摊。她卖的东西很有限，烟酒饮料、些许零食，坐在张凳子上，一身臃肿棉服，还不时呵口气、搓搓手。

国子监是旅游景点，本地人外地人都不少，来往行人不时驻足买东西，钟淑仪一脸笑意地递这递那。偶尔一群小学生来了，个个七嘴八舌指着摊子："要可乐！""要雪碧！""要冰红茶！"她还手忙脚乱，有些应付不过来。

"要包玉溪。"又有个男人骑着自行车停下来。

钟淑仪还没给那群孩子拿完饮料，嘴里忙不迭地应着："好嘞，马上啊，您稍等。"

下一刻，有只手就替她拿了包玉溪，静静地递了过来。

钟淑仪一顿，回头，对上女儿的视线。

那只手拿着烟，静静地停滞在半空，丝毫没有要收回去的迹象。钟淑仪没有理会，从柜子里重新拿了包烟出来，递给那个男人："您的烟。"

……

忙过了这一阵，摊子前终于安静下来。

宋诗意拿着烟没走，一直站在那，客人要什么，她就递什么。钟淑仪不接，但客人总是会接的，这个没人能阻止。

终于不忙了，钟淑仪侧头看着她："你来干什么？"

宋诗意张了张口，颇有种未语泪先流的感觉。

昨夜陆小双说了那么长时间，要她按照自己的心意来选择，不要顾虑太多。可今天一起来就看见这样的场景，她无论如何做不到无所顾虑。

北京的冬天，大清早的温度接近零下，钟淑仪却受冻在这做生意。

小卖部拆了，唯一能替她遮风挡雨的四堵墙也没了，她忙忙碌碌的，收钱递东西时伸出的手却都已生了冻疮，红肿不堪，左手手背还破了，看起来触目惊心。

宋诗意看着她，看着她耳边刺眼的白发和手上难以忽视的冻伤，热泪不受控制地涌上眼眶。

她哽咽着，说："妈，对不起。"

艰难控制着眼泪，不让它掉下来，她看着那双手，心如刀割："对不起，是我太自私了。"

母女就这样对视着，她忍着泪，而母亲静静地看着她。

她以为这样的冷战还会继续僵持下去，却在仿佛一个世纪那么漫长的片刻过去后，听见了钟淑仪生涩艰难地问她："天这么冷，腿疼吗？"

宋诗意一眨眼，热泪滚滚。

几乎是立刻，她认输了，她咬牙，听见自己一字一顿地说："妈，我听你的话。"

钟淑仪一顿："你说什么？"

她抬头，泪眼婆娑看着母亲，哭着说："我说我答应你，再也不滑了。"

星期三的早上，雪场前所未有的热闹。

巍峨雪山，红日高升，速降队的世纪大战一触即发，就连别的队也跑来凑热闹，兴致勃勃站在山下观战。

孙健平也来了，和教练们站在一起，身后是一群围观的人，而他望着面前的两个年轻人，只笑了笑，说："比画比画，拿出你们的真本事。"

程亦川与卢金元站在一块儿，无形之中仿佛有一股火星在噼里啪啦地燃烧。

孙健平看了眼程亦川，目光落在卢金元面上："都放轻松，就当是平常的训练，全力以赴就行。我先把话撂这儿，说好一次就是一次，谁输了都别来找我说什么三局两胜。听明白了？"

"听明白了。"两人几乎是同时点头。

"行，在场这么多人，拿出本事，也拿出气度，别给我丢人。"孙健平言简意赅，朝缆车努努嘴，"袁华，你带他们上去吧。"

可袁华走了几步，忽然听见程亦川说："等一下，等一下，给我一分钟！"

他取下背包，从里面掏出微单，目光在人群里扫了一圈，咧嘴，把相机递给一旁观战的郝佳："郝师姐，帮我录一下行吗？"

有求于人，立马从直呼其名变成了“郝师姐”。

郝佳没好气地接过相机，压低了嗓音恶声恶气：“不是说好了不这么叫我吗？”

“我就知道你是个好人，那就麻烦你了啊！”程亦川认真交代，“一定要把我的帅气潇洒拍得淋漓尽致，手别抖，最后等我冲出终点时，给个特写——”

“啰唆什么呢？还不给我滚上去！”孙健平一巴掌招呼过来。

程亦川捂着脑门儿跑远了。

孙健平摇头：“这小子，都什么时候了，心思还不在正事儿上。”

丁俊亚淡淡地看着那个跑远的身影，说：“他这是有信心，一定会赢，所以不紧张。”

孙健平又哪里会不知道呢？骂归骂，眼里还是有一抹笑意，没好气地说了句：“猖狂。”

从山底到山腰，坐缆车不过几分钟时间。

猖狂的程亦川坐在缆车里，看着窗外红日初升的天，晴空万里，天光大亮，和他来队里那一天是一模一样的好天气。

日子过得飞快，离那一天已然过去好几个月。

他拿出手机，低头看着屏幕，对话框停留在今天早上。

七点钟，他还在食堂吃饭，忽然收到宋诗意的信息：今天要跟卢金元一决高下了，准备好了吗？

他噼里啪啦地回复：你是说准备好让那犊子在省运会的观众席上痛哭流涕地看我站上领奖台吗？差不多了。

对面：猖狂成这样，看来我白担心了。

他一顿，不可置信：担心什么？怎么，你担心我会输？

宋诗意：输是不太可能输的。我是担心你紧张，发挥失常。

他看着屏幕傻乐，嘴角都扬了起来，下一秒，咕咚咕咚喝完热牛奶，信心十足地回复：等着吧，我一定凯旋。

过了十来秒，那边的消息发了过来：等你的好消息。

简短的六个字，宛若一剂鸡血注入身体，他竟前所未有地热血沸腾。

行，那就等着吧。

程亦川从缆车大步走下，踏着积雪来到起点处，开始做准备工作。

卢金元就在他旁边，一样在穿雪板，目光频频落在他这边。

袁华还在叮嘱："都别急，平常心，不过一次训练而已，别因为心急弄伤了。"

他主要在叮嘱卢金元，在教练组看来，程亦川赢面已经很大了，他是怕卢金元一时想不开，滑的过程中万一出了岔子，那可就得不偿失。国家培养一名运动员也不容易，省运会事小，受伤事大。

程亦川笑了，侧头看着卢金元："听见没，叫你别心急，技不如人就是技不如人，急也没用。"

卢金元脸色一变："你说什么？就你这乳臭未干的臭小子，我急？我有什么好急的？倒是你——"

"都闭嘴！"袁华暴喝一声，"比的是技术，嘴上逞能算什么！"

程亦川似笑非笑地看看卢金元："对，比的是技术，你可别在这儿瞎打嘴炮了。"

"你——"卢金元咬牙切齿，片刻后，却又忽地笑了，闭上了嘴。

袁华："谁先上？"

程亦川正准备说话，卢金元抢先一步："他先。"

程亦川耸耸肩："我都行。"

他从容地站上起点，深吸一口气，对着山下吼了一声。

心里面还抽空惦记了一下：不知道郝佳准备好了没，可千万别把他拍丑了啊。

他并没有看见，在他身后的卢金元眼里有一抹得意，嘴角都不受控制地弯了起来，带着满满的恶意。

程亦川，你以为你就一定会赢了？就算速度比我快，那又怎么样？

这滑雪赛场上意外频频，天灾人祸，谁也说不清。

清晨的日光浓而不烈，照得雪山一片白莹莹。

那道红色身影是漫山遍野唯一的色彩，胜过红日，胜过朝霞，冲破了一山寂静。

教练们站在一处，目不转睛望着程亦川的速降全程。丁俊亚拿着计时器，不时轻声报一遍实时数据。孙健平抱臂而立，没说话，就这么仰头看着。

运动员们三三两两站着，交头接耳，一脸兴奋。

技巧队的人对速降也就一知半解，但仍是捧场地惊呼："我的天，好快啊！"

"帅得无法用人类的语言来形容好吗？"

"哥们儿现在转项还能行吗？"

此言一出，笑倒一片人。

郝佳受人所托，忠人之事，要不是拿着相机在拍，一早回头嘚瑟了。

这么些年来，技巧队的运动员参加各种国际大赛，斩获不少奖项，而竞速这边与国际差距太大，总是冷冷清清，别说拿奖了，能凑齐几个有资格参赛陪跑的人都算不错。今日因为程亦川，可算是扬眉吐气了。

陈晓春一脸沉重地环顾四周，拍拍薛同的肩膀，叹息："同啊，将来咱们打光棍的可能性更大了。"

薛同茫然问："什么意思？"

"半个队的人都来了，看了颜好活儿更好的程亦川，咱们的行情怕是一落千丈……"

薛同搔脑门儿，绞尽脑汁地安慰他，"这不是术业有专攻嘛。要不，一会儿你也让大家过去，你给展示展示跳台滑雪，你也帅一下？"

"你不懂。男人，要的就是简单粗暴直接干，像程亦川这种狂猛速度型才讨人喜欢。你见过几个姑娘家喜欢男人腾空转体、扭来扭去的？他是刚猛雄壮，到咱们技巧队这儿，男人也成了身娇体软……"陈晓春欲哭无泪。

郝佳这下可顾不得了，哪怕手里拿着相机，也乐不可支地扭头问了句："有多软啊？"

陈晓春面无表情地反问："你想摸摸看吗？"

"我呸！"

山下热热闹闹，所有人的焦点都在那一道红色身影上。

而那抹红本人在一个完美的开始后，正滑过一道又一道的旗门，视线定格在越来越近的加速点。

整个滑行阶段，两只雪杖都被他握在手里、朝后夹在腋下，而终于到了加速的时刻，他飞快抬手，用雪杖朝地面戳刺数下，依靠雪杖与地面的摩擦来完成这一动作。

一下，两下，三下……雪杖与地面一次又一次轻快地接触着，程亦川的速度越来越快，身体越来越紧绷。

可就在那须臾之间，雪杖又一次点地，左手的那一只却忽然发出一声清脆的声响，从正中断裂。

程亦川面色一变，根本来不及反应，只知道身体猛然失去重心，左手的雪杖短了一半，剩下半截插在了那片雪地里。而他惊呼一声，被惯性猝不及防掼地向了雪道一侧。

他的速度太快了，摔倒得太过突然，短短几秒内已然滚出了一道旗门，重重地撞向了下一个。

那道旗门近在眼前，而他偏离了雪道中心，以飞快的速度撞向旗门边缘。一旦撞上去，后果不堪设想。

千钧一发之际，程亦川下意识缩成一团，死命抱住双腿。

砰的一声，他避无可避地撞了上去，背部一阵剧痛。

脑袋在地上磕磕绊绊十来米，脚上只剩下一只雪板，另一只被硬生生磨掉了。撞上旗门的那一刻，他吃痛地叫出了声，一时之间分不清到底是哪里疼。

天昏地暗，日月无光。

……

所有人都惊呆了。

原本还热热闹闹的山下响起一片惊呼，不知何处伸来一只隐形的大手，猝不及防按下了暂停键。空气仿佛凝滞了，众人呆若木鸡。

郝佳傻在原地，嘴都张大了，一声惊呼后，手里的相机咚的一声掉在雪地里。

孙健平大喝一声：“叫队医！”

他是第一个冲出去的，连缆车都不坐，只不顾一切地往雪道上跑。

丁俊亚扭头大喊：“李平旭，李平旭在哪？”

助理教练急急忙忙地转身就跑：“在大厅里，我去找他！”

丁俊亚也没法从容了，焦急地冲他喊：“让他把急救箱带上，打电话让救助中心准备一下！”

回头，他命令所有人：“都待在这里不要走动，今天上午的一切训练暂时取消，听候各队教练通知。”

目光忽转，他沉声吩咐：“罗雪，看着女队。魏光严——”

话音一顿。

“魏光严去哪儿了？”

有人颤巍巍地伸手，指着山上。

丁俊亚一回头，看见有四五个男生已经冲上了雪道，紧随孙健平后，不要命似的朝程亦川跑去，为首的便是魏光严。

他一时之间无暇分辨跑上去的都有谁，只能咬牙换了个人：“张勇，你看着男队。”然后也跟着往上赶。

雪地里，相机沾了雪，屏幕上却仍处于录像状态。

郝佳拿到它时还在感慨这玩意儿一看就价值不菲，可得好好抓紧了，万一不小心摔坏了，她可赔不起。可如今相机落地，她却连捡都忘了捡，只是面色苍白地看着山上，脑子里一片空白。

雪场是个危险的地方，不说专业运动员，就连初级雪道和中级雪道也年年都事故频发，轻则受伤，重则死亡。对于竞速类的滑雪项目来说，摔倒不仅仅是摔倒，也许是致命一击。

在程亦川倒下的一瞬间，事实上不止郝佳，几乎所有人都变了脸色。

……

年轻人的速度比孙健平还是要快的，魏光严是第一个赶到程亦川身边的，第一眼看见的就是他一动不动蜷缩在旗杆旁，那一片的积雪都被他荡得触目惊心、满地狼藉。

视线微微一定，好在没有血。

魏光严下意识松了口气，猛地蹲在地上，却也不敢去掀开他的头盔，只一把抓住程亦川的手臂，叫他的名字：“程亦川，程亦川！”

薛同和陈晓春也扑了过来，两人都是满脸惨白，喘着粗气，竟不知该对谁说话。

“他怎么样？”

“昏了吗？”

“程亦川，你还醒着吗？”

颠三倒四，没个说话对象，也不知道到底该做些什么。

孙健平一把拨开薛同，蹲在地上，声色俱厉：“把他放平！”

几人七手八脚，拽胳膊的拽胳膊，抬腿的抬腿，小心翼翼地把程亦川放平在地上。

没有人敢去动他的头盔，只怕头盔里会是一片惨象。

他的护目镜在摔倒的过程中已经掉了，因连人带雪板在地上滚了好长距离，镜片碎裂，几片细小的残余物扎进了他的面颊，划出了好多道细小的血痕，将融未融的碎雪与血珠混为一体，一片狼藉。

脚上只剩下一只雪板，另一只在十来米开外的高处。

他软软地瘫在那里，一动不动，了无生气。

孙健平猛地回头，看着山底下慌里慌张才刚刚往上爬的助教和队医，末了收回视线，咬牙捧住了那顶纯黑色的头盔。

他执教已有二十余年，带过的运动员不计其数，受过伤的也不少，宋诗意是其中一个。

他知道这是一项危险的极限运动，伤痛在所难免。可每每面对这样的意外，他都呼吸困难，竟完全忘记了身为教练理应沉着镇定。

他从容不起来。

那双手布满老茧，不停颤抖着，像是风里摇曳的枯枝。

终于，他狠下心来，摘下了那只头盔。

视线里多出一张苍白的年轻面庞，短发被汗水打湿，凌乱不堪，万幸的是没有血。

孙健平长长地松了口气，却依然不能放下悬在半空的心。他解开程亦川那一身厚重的滑雪服，开始检查他的身体。

几名运动员手足无措地跪在他身边，有心帮忙，却又呆呆地看着他，无从下手。

魏光严叫他的名字："程亦川，你听得见我说话吗？"

"程亦川！"

"程亦川，快醒醒。"

几个人里，薛同最胆小，眼泪都快出来了，颤声问陈晓春："怎么办啊，他不会有事吧？"

陈晓春咬着牙去摸地上的人，从脸到手，然后跟自我安慰似的念着："没事，没什么问题。都是热的，也没见血，肯定不会有事……"

仿佛过去一个世纪那么漫长，但明明只是片刻。

队医来了，身后跟着好几个雪场救助中心的工作人员，几人抬着担架急匆匆停住。

李平旭是队医，猛地蹲下来，先探鼻息，再俯身听心跳，然后扒开眼皮凝神看。

“应该是昏过去了。”

孙健平声音急促：“身体没有出血，四肢也检查过了，看不出大问题，除了右脚肿大，不知道是不是骨折……”

说话间，李平旭已经再一次做过粗略检查，掀开程亦川的裤腿，伸手捏了捏他的右脚。

“应该不是骨折，骨头没有问题。但是回去之后还要拍个片确定一下。”

他侧头看孙健平：“怎么伤的？”

“撞旗杆了。”

“撞旗杆了？”他低头去看，“哪个地方撞的？四肢没有明显伤痕——”

“可能是背部。”魏光严忽然接口，“我们来的时候，他是缩成一团的，应该是背部撞上了。”

李平旭也不敢贸然乱动，回头指挥那几名工作人员：“先抬回救助中心，做了进一步检查再说。”

孙健平帮了把手，把程亦川挪上了担架，就在众人都准备往山下赶时，他却猛地回头，叫住了丁俊亚：“把他的雪杖、雪板和雪鞋全部带走。”

丁俊亚一顿，目光微动。

孙健平看着十来米开外的坡上，那半支插在雪地里的残杖，沉声说：“这里我就交给你了。”

丁俊亚点头：“好。”

袁华离事发处要远一些，此刻才从山上跑下来，身后跟着气喘吁吁的卢金元。

“程亦川怎么样？”袁华作为男队主教练，脸色也是难看至极。

“昏过去了，没看出明显伤。但既然能昏过去，估计是头部撞到了。”丁俊亚开始往坡上走，弯腰去捡孙健平嘱咐的那些东西。

袁华攥着手，一声不吭地跟他一起捡。

“你下去吧，去看着他。”丁俊亚看了眼他的脸色，“这儿有我。你既然担心，就跟着去。”

袁华拎着一只鞋，半天才挤出一句：“确定没事了，我再过去。”

都是一群糙老爷们儿，可遇上这种事，到底人心是肉做的，怕徒弟真出什么事，连第一手消息就不敢听。

丁俊亚拍拍他的肩："应该不会有大问题。"

一旁冷不丁插进来道声音："他没事就好。"

丁俊亚侧头，看见一直没能插进话来的卢金元，他的表情倒是比袁华要镇定得多，虽说是个年轻运动员，进队还没怎么见过这种意外。

他说："你下去吧，跟其他人在下面等通知。"

卢金元点头，往山下走了几步，又忽地回头，还是没忍住问了句："那，教练，我和程亦川还比吗？"

袁华猛地抬头，怒道："人都出事了，还比什么？"

卢金元抿了抿唇，有些紧张，试探着又问："省运会就剩下一个月不到了，要是他没好起来……"

"要是他没好起来，"丁俊亚已经从坡上捡起了两截断开的雪杖，凝神看了眼那整齐的切口，回过头来，静静地看着卢金元，"要是他没好起来，有的人就要准备好进公安局了。"

为了让程亦川安心与卢金元比赛，不影响他的心情，距离答应母亲退役的早晨已过去整整两日，宋诗意一直没告诉他这个决定。

早晨起了个大清早，她一面做早饭，一面传达了来自师姐的鼓励，结果被那家伙的猖狂逗乐。

这两天有所疑虑，有所遗憾，她鲜少露出笑容，多亏程亦川这么一番插科打诨。

饭后，她让钟淑仪在家休息一天，自己推着小车去胡同口坐着。

天很冷，谋生不易。忙碌时还没工夫细想，一空下来就心事重重，她望着雾蒙蒙的天，总觉得自己的未来也和这天一样，模糊而看不清轮廓。

但也不是完全没有任何指望，她是准备放弃梦想了，可到底还有人在坚守。

宋诗意偶尔拿出手机看一眼，下意识地等待着来自雪场的消息，那家伙信心百倍的，状态正好，赢卢金元应该是分分钟的事。他那性子，得胜了大概会第一时间跟她嘚瑟。

一想到他的反应，她就莫名其妙地觉得好笑。

可不知怎么回事，直到中午，程亦川也没有只言片语传来。

中午，钟淑仪在家做好饭，用保温盒拎出来，坐在胡同口和她一起吃。

“你二姨那边，我打过招呼了，她说公司里不缺人，但可以给你安排个文员的位置。”

宋诗意没说话，低头吃饭。

“她说文员清闲，打打杂，做点记录之类的，也不会太忙。我觉得挺好，能坐办公室，冬暖夏凉，也省得你腿伤再犯。”

“嗯。”

钟淑仪一直在看她的表情，犹豫片刻，才说：“妈也不指望你能赚大钱，但你爸走了，我一个人在这儿，日子不像日子，家不像家。我不图别的，就希望你好好的，咱娘儿俩好好过……成吗？”

宋诗意咽了那口饭，抬头说：“好。”

“那你二姨的公司——”

“我去。”

钟淑仪一顿，显然是没料到她这么好说话，眼睛都睁大了些：“你去？”

“你问问二姨，下个月去行不行。队里的手续总归要走完，教练们带我一场，总要和他们道个别。”

“好，好好好。”钟淑仪捧着饭盒笑，眼尾的褶子一层又一层。

下午三四点的时候，陆小双准备去酒吧了，化着冷艳的妆，一路风风火火地走到胡同口，一脚踹上她的椅子，险些没把宋诗意从椅子上踹下来。

“你干什么啊？”宋诗意吓一大跳，回过头来看清是谁，这才安了心，“你不说话，我还以为有人抢我摊子。”

陆小双手里拎了个什么东西，一把扔进宋诗意怀里，怒道：“你跟你妈妥协了？”

宋诗意下意识地捧住，定睛一看，是个暖手宝。

她捧好了，心里一热，点头：“妥协了。”

“我跟你说那么多，你当我放屁呢！”陆小双气坏了，指着她的鼻子，“怎么，当了这么多年追梦少女，打算前功尽弃了？”

“弃了。”

“所以这是想安心在这儿当个摊子老板娘，等着哪天上个头条——国子监大街最美胡同西施？”

宋诗意笑了。

“笑，你还笑！”陆小双恨铁不成钢，“你赶紧给我收拾包袱滚回哈尔滨，你妈这里我去说，她骂我一顿也好，打我一顿也好，横竖弄不死我。宋诗意，你才二十五岁，人生的四分之一罢了，这个时候就开始跟生活妥协，将来的四分之三你打算活在后悔里？”

宋诗意捧着暖手宝，平静地看着她，笑了：“双，你想过没，我是只有二十五岁，可我妈五十多了。”

陆小双一愣。

“我的人生才过去四分之一，可她剩下的也没比四分之一多多少了。”宋诗意笑着，眼里却是一片遗憾，“我爸走了，我就只剩下这么个妈。我不管她，谁管她？”

“那你自己的梦想呢？就这么不要了？”

“再找找，说不定还有别的梦可以追。”她十分乐观。

“我呸。”陆小双踩着高跟鞋扭头就走，没几步又回头，咬牙切齿地说，“我等着看你将来拖儿带女，一把鼻涕一把泪地跑来跟我哭，说你悔不当初，明明有梦可以追，结果输给了柴米油盐酱醋茶。”

……

宋诗意守摊守到了下午六点，天黑了，钟淑仪来找她。

“今天就到这儿吧，天太冷了，咱们娘儿俩去吃涮羊肉。”

两人一起收了摊，拐了几个胡同，就到了熟悉的小店。店里烟雾缭绕，暖气熏人，麻酱的香气在空气里久久不散。

宋诗意吃着吃着，就有些出神。

就在前不久，她还和那位小师弟一起在哈尔滨吃涮羊肉，她一股脑地把往事都吐给了他，他是那样坚定地告诉她，不要放弃。

钟淑仪碎碎念着些琐事，有的她听进去了，有的没听进去。

思绪总是不由自主就飘远了。

程亦川呢，他今天的比赛怎么样啊？赢了吗？和队友庆祝去了？竟然这么反常，都没第一时间告诉她好消息。

她又忍不住撇了撇嘴角，还说什么等他的好消息。

饭吃到一半，手机震动起来，一连好几条消息涌入。她一顿，还以为是程亦川终于记起她了，没想到拿起手机，却发现消息来自郝佳。

“师姐，程亦川出事了！”

"他滑到一半，刚开始加速，雪杖就断了！"

"他撞上旗门，当场就昏了过去，所有人都吓坏了。"

紧随其后的，是无数个哭泣的表情。

宋诗意一手拿着手机，一手还拿着筷子，听见这个消息，筷子吧嗒一声落在桌上。

钟淑仪抬头，就看见她脸色一白。

"怎么了？"

宋诗意没顾得上回答，猛地起身，大步流星地往店外走，拨通了郝佳的电话："怎么回事？"

Chapter 14

盛情关怀

程亦川醒来时，天都黑了。

空气里一股消毒水味，视线里白花花一片，医院永远是这么单调的色彩，雪白的墙，雪白的天花板，雪白的被子和雪白的制服。

他掀开眼皮子，动了动眼珠，就听见耳边传来一声巨大的嗓音："教练，他醒了！"

程亦川扭头一看，正对上魏光严兴奋的眼神。

下一秒，病房的门被人砰的一声推开，以孙健平为首，一众教练都挤了进来，就连难得出现的李主任也来了。

主任官职最大，清了清嗓子，带着官方的友好微笑，第一个开口："程亦川，你怎么样了？感觉还好吗？上面一听说有运动员在雪场受伤这事，第一时间就派我来看望。你——"

"一边儿去吧。"孙健平没给他什么好脸色，直接把他撞到了一边，眉头紧锁地挤到了床边，"头还疼吗？哪里不舒服？我让丁教练去叫医生了，你都昏迷一下午了，医生说等你醒了，再做一遍检查。"

程亦川愣愣的，还没回过神来："我怎么——"

也只是一刹那，无数记忆涌入心头。

雪杖断了。他摔了。背部撞上旗杆。天昏地暗。

雪杖。

他的雪杖！

程亦川支着床，猛地坐起身来："我雪杖呢？拿来！把我雪杖拿来！"

结果才刚坐起来，眼前一阵天旋地转，晕得要命。

魏光严见他脸色不对，赶紧上来扶住他："别乱动，你脑震荡呢，瞎动什么啊！一会儿头晕恶心不说，万一要是——"

话音未落，程亦川一把扒住他的手，哇的一声吐了出来。

全场震住。

这真是说时迟，那时快，程亦川几乎是眼都不眨就吐了魏光严一身。

魏光严的脸色白了又青，青了又紫，看着这一身乱七八糟的东西，浑身僵硬。

好在医生来了，还带了两名护士："怎么坐起来了？头晕了是吧？快，扶他躺下。"

护士赶紧接替了魏光严的工作，把人给扶躺下了。

魏光严咬牙切齿叫了一句："程亦川，你——"

到底没能对着这么个虚弱的病人说出什么难听的话来，他风也似的跑了，还没出门就开始脱衣服。

孙健平看着医生替程亦川检查，回头对李主任说："上面的关心，我替你们传达，这儿没你什么事了。"

"你传达？你什么身份，怎么能替我传达？"

"送客。"孙健平显然没有心情和老对头扯皮，直接下了逐客令。

袁华冲李主任笑笑："您还是先走吧，李主任。这儿有我们在，程亦川不会有事的。"

又扯了几句，李主任冲程亦川说了几句客套话，讪讪而去。

医生替程亦川检查一阵，取下听诊器，回头说："轻微脑震荡，今晚住院观察，明早再复查一次，如果没什么事，就可以办出院手续了。"

孙健平松口气，指指他的脚："这儿呢？"

"普通扭伤，静养一周就好，问题不大。"

"那背——"

"没有骨折，但皮肉伤还是挺严重，让他短时间内不要洗澡，每天都要抹药换绷带。"

孙健平总算松口气："谢谢医生。"

医生点头："他这会儿头晕，少说点话，多让他休息。有什么事情按铃，护士站会第一时间派人过来。"

然后他回头看着程亦川："有什么不舒服，一定要说。多喝水，少动，最好睡一觉。"

医生走后，病房里就剩下教练组和床上的程亦川。

孙健平顿了顿，头也没回地说："都回去吧，医生的话你们也听见了，问题不大。你们先回去，把队里的情绪安抚一下，就说程亦川只是轻伤，没什么大碍。"

袁华："那医院这边——"

"我守着，不是还有几个自告奋勇的人吗？魏光严是他室友，让他也留下照顾吧，其余的都回去。"

……

程亦川头晕目眩，话也不敢多说，云里雾里听见孙健平把人都弄走了。

房门合上，他半睁着眼睛，有气无力地问：“魏光严怎么回事啊？”

孙健平都想笑了：“你弄成这个样子，第一句想问的居然是魏光严？”

“他留下来干吗？看我没死，准备再送我一程？”

“胡说八道，别说什么死不死的。”孙健平皱眉，伸手想给他一下，伸到一半又缩了回去，摸摸鼻子，看在他是病人的分上，不予计较，“你摔了，魏光严是第一个跑过去的。你进医院了，人也没走，教练组在外头说话，他就在这儿守着你。”

程亦川有些发愣，没说出话来。

孙健平又说：“你小子，平时那么狂，看不出人缘还不错。你们速降队有人关心你就算了，隔壁技巧队还有俩死活不走，非要在这儿看着你的。”

“薛同和陈晓春？”

“可不是。”

程亦川笑了，笑着笑着又苦着脸，褶子都起来了。

“教练，我好晕啊，想吐……”

“呵，你这一跤摔得可不轻，只是头晕恶心已经是不幸中的万幸了。”孙健平皱眉坐在一旁的椅子上，拿出手机打电话，“我让丁教练去给你买点清粥什么的。”

一通电话言简意赅，挂了之后，他又说：“丁教练在给你办手续，魏光严去买饭了。”

程亦川半闭着眼，不知在想些什么。

空气短暂地停滞片刻，孙健平看着他，还是问出了口：“这事，你就没有什么想问的？”

床上的人脸上都是细小划痕，平时皮肤白净细腻，这会儿看着有了不少血痕，鼻尖也破了，抹了药很是狼狈。

他脸色苍白，毫无血色，就这么孱弱地躺在那，终于没了平日里的生龙活虎，多了点秀气斯文。

长长的睫毛颤了颤，缓缓睁开，露出一双黑漆漆的眼睛。

他看着孙健平，平静地说：“是卢金元干的吗？”

孙健平顿了顿：“还没查清楚。”

“不可能是意外。”他的眼睛慢慢地眯了起来，终于有了愠怒的征兆，“我所有的装备都是我爸妈替我从国外买回来的，不是最好的我不要。那雪杖我用了几个月，上星期还保养了一遍，要是出了问题，我不可能不知道。”

孙健平点头：“不是意外。”

程亦川猛地抬头看他。

“我让丁教练把你的装备都带走了，断的那根雪杖是从中间被人整整齐齐锯开，只用加固胶粘起来了，一旦你开始加速，雪杖跟地面开始摩擦，基本上就会立马断裂。”

程亦川垂在身侧的手慢慢地攥紧了被子。

孙健平再问：“如果真是他，你想我怎么处理？”

程亦川眼神一冷，笑了：“他不是想我死吗？以牙还牙，行不行？”

话音刚落，他的手机响了。

孙健平上前两步，从床头柜拿起他的手机，递给他，眼神落在屏幕上，忽然一顿。

程亦川接了过来，看见上面的名字，也是一顿。

宋诗意。

他不知哪来的慌乱，那阵戾气与愠怒霎时间灰飞烟灭，只留下一片不知所措。

程亦川拿着手机游移不定，苦大仇深地靠在床上，就是不想接起来。

病房里一片寂静，除了手机的震动声，只剩下走廊上偶尔传来的脚步声。

孙健平努努嘴：“接啊，愣着干什么？”

程亦川虚弱地扶住额头，将手机一把塞回孙健平手上，一脸做作：“我头晕，说不了话，一说就想吐。”

孙健平顿了顿：“那这电话，是我帮你接，还是——”

“静音吧，搁床头就行。”

孙健平瞪他一眼，没好气地接起了电话：“喂？”

程亦川手一僵，一把从额头放了下来，颤巍巍地指着孙健平，无比夸张地比口型：“我不在，我不在！”

孙健平回瞪他一眼，对着电话那头嗯了几声，然后说：“程亦川啊，他在我旁边啊。”

程亦川不可置信地瞪着眼。

下一刻，孙健平放过了他，一边瞥他一边说：“是摔了，但是没什么大碍，就是点儿皮肉伤，稍微有点脑震荡。这会儿睡过去了，你让他休息会儿，明天再打过来。”

程亦川如释重负。

孙健平把情况简单说了下，因事情还未调查清楚，就算是对着情同父女的徒弟，他也只说是程亦川自己摔了，没把卢金元扯进来。

哪怕怀疑再大，这种事情也不好信口开河，事关运动员的声誉，一旦出口，就会造成重大后果。

三言两语后，他挂了电话，把手机扔给程亦川。

“为什么不接电话？”

程亦川：“一说话就想吐。”

“老子信了你才有鬼。”孙健平指指他，“也不自己数数，从刚才到现在说多少句话了？也没见你真吐。”

两人没能说上几句，魏光严和丁俊亚回来了，拎了两口袋外卖，在病房外咚咚敲门。

孙健平开了门：“你俩怎么一起回来了？”

丁俊亚说：“楼下碰见的，我办好手续了，在电梯口看见他买饭回来。”

于是程亦川生平第一回跟个大爷似的躺在床上，看着教练和室友摆了一桌饭菜，魏光严亲自端了一盒清粥，还往里夹了一大堆菜，递到他手里。

被程亦川神情古怪地看着，魏光严浑身不自在，粗声粗气地吼了句：“我是看你这会儿要死不活的，好心帮你一把，免得你还把我和卢金元当成一伙！”

教练那边都是米饭，只有程亦川手里是清粥小菜，魏光严看似粗糙，其实粗中有细。

捧着饭盒，程亦川顿了顿，说了句谢谢。

魏光严倒是一惊，回头看他一眼，想说不用谢，最后出口的却是一个哼。

昏了一下午，这会儿脑子还晕乎乎的，程亦川没能吃下几口，很快又躺下了。孙健平让魏光严去处理饭盒一类的垃圾，把丁俊亚拉到走廊上说话去了。

病房里静悄悄的，程亦川迷迷糊糊地睡着了。

醒来时，天已完全黑了，病房里就剩下魏光严，坐在那单人沙发上跷着二郎腿，哼哼唧唧地玩手机。

程亦川看了两眼，说："直板机好玩吗？"

寂静了很久的病房里冷不丁响起说话声，魏光严吓一大跳，手上一松，险些把手机掉在地上，好不容易手忙脚乱拿稳了，抬头对着罪魁祸首怒目而视："你吱个声会死吗！"

程亦川顿了顿，张口："吱。"

魏光严："？"

"不是你让我吱一声吗？"

魏光严嘴唇哆嗦几下："老子真是服气。"

"我问你直板机好玩儿吗？"程亦川笑着挪挪身体。

魏光严下意识地上前扶他，知道他躺久了想坐起来，但嘴上还是一副吵架的口吻："你管我好不好玩？呵呵，知道你大少爷家里有钱，玩的都是高端智能机，不好意思老子穷，穷人喜欢用直板。"

程亦川笑了两声，没跟他吵，只抬手摸了摸脸上的细小伤痕，皱了皱眉，片刻后又松开："不是穷不穷的问题。我小时候也用过直板机，每天晚上写作业的时候偷偷摸摸玩贪吃蛇。"

抬头一看，发现魏光严表情有点不自然。

他了悟地一笑："你刚才在打贪吃蛇？"

魏光严："是又怎么样？"

"你能打多少分？"

"比你高就对了。"

"我看不见得。"

魏光严冷笑一声："程亦川，我发现你这人别的本事没有，就会胡说八道。来啊，光说没用，有能耐比一比。"

于是丁俊亚走进来的时候，看见的就是两人坐在床上，程亦川聚精会神拿着直板机打贪吃蛇，而魏光严疯狂在旁边呐喊："撞墙！撞墙！撞墙——又没撞。"

程亦川笑得一脸猖狂："呵呵，打从我穿开裆裤起，就开始玩贪吃蛇了，你玩儿不过我的。"

"呸，你赶紧打完，手机还我，再来一次！"

"哎哎，不是一局定胜负吗？我已经赢了。"

"谁说了？三局两胜，国际赛制！"魏光严迫不及待地抢过手机。

程亦川推他一把：“魏光严，你要赖，丢人不丢人？”

丁俊亚面无表情：“多大的人了，跑医院来玩贪吃蛇，让别人看见了，我们滑雪队才丢人。”

两人一顿，齐齐抬头，不敢造次了。

魏光严小声问：“孙教练呢？”

“他年纪大了，这几年身体也不好，我让他回去了，今晚有我在这儿。”丁俊亚一面说，一面把刚从超市买来的洗漱用品放在床头柜，侧头就对上程亦川无精打采的模样，“怎么，不待见我？”

“哪里。”程亦川否认得毫无诚意。

丁俊亚淡淡地笑了一声：“不待见也得见，你要想早点摆脱我，最好祈祷自己明早活蹦乱跳出院，省得咱们在这儿相看两相厌。”

……

病房里一共三张床位，程亦川在中间，另两张空着，暂时没人住进来。今晚正好，魏光严与丁俊亚一人一张。

有了丁俊亚在场，两人也不敢造次，哪怕年纪相差不大，毕竟也是教练，师生等级差了一截儿，地位是不平等的。

魏光严还是默默玩着贪吃蛇，程亦川侧卧在床上，百无聊赖地也下了个贪吃蛇，只是手机没一会儿又震一下，没一会儿又震一下的。他把来电给掐灭了，安安静静地看着屏幕上的三个大字。

魏光严中途给他倒热水，一不留神瞄了一眼：“鸡汤王？谁啊？”

程亦川赶紧收起手机，没吱声。

“怎么不接电话啊，这都多少个未接了？”魏光严还在热心肠地多管闲事，“你家里人？肯定是知道你受伤了，这得多着急啊，你赶紧接一个呗……喏，喝水。”

程亦川接过水杯，刚喝了一大口，就听见他的下文。

“鸡汤王这种名字，一听就是你妈——”

“噗——”程亦川一口吐了出来，正好吐在魏光严脸上。

魏光严：“程亦川，我上辈子刨了你家坟？”

程亦川赶紧伸手去替他擦，擦着擦着，又狂笑一阵。

背后的丁俊亚坐在床上看电视，侧头瞄了眼：“这会儿脑子不震荡了？可以这么狂笑了？”

……

宋诗意打了好几通电话来，最后干脆发了条微信：接电话。

程亦川最后还是没忍住，手贱回了她：我这会儿有点头晕，困得要命，明天再回你电话。

下一刻，对面回复：困得打贪吃蛇？

程亦川一顿，抬头面无表情地看着魏光严："你跟宋诗意说我什么了？"

魏光严才刚擦干净脸上的水，咦了一声："你怎么知道我跟她说你了？"

翻了个白眼，他说："呵呵，你这人那么欠揍，偏偏队里还不少人关心你，男队女队都在问我你怎么样了。我一个一个回消息都烦死了。"

可到底还是心地善良，一个一个替他回应了来自队友的关心。

程亦川追问："我是问你跟宋诗意说什么了。"

他背对丁俊亚，魏光严也全神贯注地和他说话，所以谁都没注意到，原本专心致志地看电视的人目光一顿，在听闻"宋诗意"三个字时，忽然看了过来。

魏光严下意识地说："她问我是不是在医院陪着你，我说是啊。她就问我你现在在干吗——"

"你跟她说我在玩贪吃蛇？"程亦川不可置信。

"你本来就在玩贪吃蛇啊！"魏光严摸不着头脑。

"你——"程亦川要气坏了，直想一脚踹过去，但这会儿身体虚弱，眼见着打不过对手，只得作罢，指着魏光严的鼻子，"滚滚滚。"

下一秒，手机又开始震动。

程亦川支起身子，弯腰穿鞋。

身后冷不丁传来丁俊亚的声音："去哪儿？"

"走廊上，接个电话。"

"就在这儿接。"丁俊亚眉头一皱，"身上有伤，脑子也摔了，医生嘱咐你的话，你都忘了？不许乱动。"

程亦川身形一滞，真是烦透了，只能把刚穿上还没来得及系鞋带的鞋用力一甩，躺回被窝里，把被子捂得严严实实的，压低声音接了电话。

"喂？"

像是做贼，闷声闷气，非常谨慎。

"舍得接电话了？"那头的声音不可谓不冰冷，简直来自北极冰川。

程亦川从来都深知识时务者为俊杰，老老实实地回答说：“舍得了。”

反倒是宋诗意被呛了一口，好几秒没反应过来，最后凶巴巴地问了句：“这会儿怎么样了？”

“就孙教练说的那样啊，没什么事。”被窝里的人小声说。

“就那样是哪样？脚扭了，脸上挂了彩，背上受伤，脑震荡，你说的哪一样？”

你看，他就知道会这样。就是不想让她担心，所以才让孙健平言简意赅说轻点。可她怎么还是知道了？

程亦川从被子里探出个头，阴森森地指了指魏光严，比口型：“长舌妇，八卦婆。”

魏光严正想骂人，那只脑袋又哧溜一下缩回了被子里。

“没你想的那么严重……”他咳嗽一声，清了清嗓子，“我这会儿还活蹦乱跳的呢，不信你问问丁俊——丁教练，他刚才还不准我去走廊上瞎蹦跶。”

“丁教练在你那儿？”

“在。”他在被窝里翻了个白眼，吐槽说，“你们真不愧是师兄妹，都一样的啰唆正经。”

他在被子里肆无忌惮，坐在一旁的魏光严十分不自在，偷偷瞄了一眼丁俊亚，只对上丁俊亚面无表情的脸。

魏光严光速收回视线，眼观鼻、鼻观心。

问完程亦川的状况，这下宋诗意开始跟他算账：“我问你，为什么不接电话？”

她一字一顿地重复：“回答我，程亦川，为什么不接电话？”

被子里的人有气无力地呜咽一声，趴在那含混不清地说：“都银……”

“你说什么？”

“我说丢人——”他翻了个身，压低嗓门儿欲哭无泪地说，“说好等我的好消息，说好风风光光把运动会名额拿下来，结果好消息没有，还摔了个狗啃屎。让你听说了，还不知道该怎么笑话我……”

那头的人一顿，显然没想到会听到这种古怪的答案。

“你怕我笑话你？”

程亦川在被窝里翻来覆去地折腾，心烦意乱地说：“早上还夸口说了一水儿的大话，结果一上场就摔得我妈都快不认识我了……算了，你不懂我的少男心。”

宋诗意被气笑了，一半是因为他这令人匪夷所思的少男心，一半是因为他还有精力在这儿胡搅蛮缠的，大约是没什么事了。

她说：“我懂，你不就是要面子吗？可那么多人都看你摔了，也不差我一个笑话你的了。”

“那怎么能一样呢？”他在被窝里用力蹬了蹬脚，振振有词，“那不一样。我又没跟他们放大话，只在你面前夸夸其谈、耀武扬威了。”

“所以？”

“所以你——”程亦川气急败坏地扭来扭去，险些把自己拧成麻花，最后泄了气，躺在床上不动了，嘀咕了一句，“我就说你不懂了。行了，行了，你别瞎操心了，我没什么事儿。你赶紧歇着去吧，我不想跟你说话。”

他心烦意乱地挂了电话，方觉被窝里喘不过气来，赶紧把头探出来，大口大口喘气。

一旁的魏光严一脸狐疑：“你脸怎么这么红？”

“很红吗？”程亦川搁下手机，摸摸脸，嗬，真烫。

他心虚地扇了扇风，说：“被窝里不通风，缺氧，咯咯。”

一边的丁俊亚一直没说话，目光落在少年身上，因为少年背对自己的缘故，只看得见那红得像石榴似的耳朵。

他和宋诗意关系这么近？

两人说话的随意程度令丁俊亚有些措手不及，可他下意识地想，这小子跟谁说话都这么没大没小的，也不稀奇。

可接下来的电视节目一点也看不进去了，哪怕是体育频道，他也看得兴致缺缺。

某一刻，手机响起。丁俊亚从包里掏出手机，低头一看，心跳漏了一拍。

电话是宋诗意打来的。

自打她请假回去，他还没和她说过话，只发去过两条信息。一条是她回家的当天，他问她是否平安到达，而她回复得正儿八经：到了，谢谢师哥。另一条是前天夜里，他问了一句：多久归队？她回复说：下周一。

其实都是废话，毫无意义的对白。

丁俊亚摸不准她是否察觉到了什么，那天他一个冲动，拎了堆土特产去她宿舍底下，是心血来潮，也是蓄谋已久。他这人，旁人都说他冷心冷肺，可他只是有些被动，不太会说话。

对于感情这回事，他素来内敛，也从不知如何下手。

可此刻看见她打来电话，他向来冷峻的面容也有所松动，甚至带了点隐隐的笑意。

“喂。”他低低地应了一声。

病房里，程亦川还在有气无力地趴在床上呻吟，嘴里念着“没脸见人了，丢死人了，颜面无存，痛心疾首”等等莫名其妙的台词。而魏光严忙着打贪吃蛇，一边打一边潦草地安慰他“你这张脸反正用处也不大，丢一丢也没什么要紧的啦”。

电视上，赛事进入白热化，解说的声音慷慨激昂。

但丁俊亚定定地坐在那里，耳边前所未有地安静，只剩下来自北京的一通电话，只听得见她的声音。

宋诗意叫了一声：“师哥。”

下一句，直奔主题：“你在医院守程亦川是吧？”

他瞟了眼身侧还在哀号的人，嗯了一声。

宋诗意问：“他说他状况不严重，是真的吗？”

丁俊亚顿了顿，说：“是真的。”

“对对对，你就这么回答就行，别让他知道我打你电话了。”她在那头一口气说了一大堆，全是在确认程亦川的状况，末了直截了当地问出一句，“他是怎么摔的？”

丁俊亚沉默片刻：“还不清楚。”

“是意外，还是——”她有所猜测。只因对方不是别人，而是卢金元。

卢金元这人臭名远扬，她早有耳闻，如果是他干了什么亏心事，她毫不意外。只是人心难测，她先前压根儿忘了这一茬，还一心等着程亦川所谓的好消息，这会儿出了事才想到，她早该提醒程亦川注意卢金元这个人。

“师哥，这话我就不跟孙教说了，免得他风风火火，直接找卢金元对质。你做事谨慎，没有证据也不会轻易行动，所以我想请你帮个忙——”

丁俊亚一边听，一边抬腿往走廊上走，待走远了，才打断她的话。

“不是意外。这事儿孙教也知道。”

宋诗意的声音戛然而止，下一刻，有些尖锐地响起来：“真是他干的？！”

他言简意赅地把雪杖被人锯断的事情说了，最后解释说："事情还在查，就算是卢金元干的，也得讲个证据。"

"如果真是他干的，你们打算怎么处理？"她的声音听上去异常遥远。

"还不清楚，这事要教练组商量，还要往上报——"

"如果还和以前一样呢？"她突然尖锐起来，"如果和以前一样，为了队里的名声，上面是不是会决定不把事情闹大，就这么瞒下来，从轻处理？"

丁俊亚一时无言。

那头的人还在气头上，一桩桩、一件件地数着从前的事："这种例子还少了吗？我进队第二年……"

他听着她的絮絮叨叨，听着她的气急败坏，忽然间开口打断了她。

"宋诗意。"

"啊？"她有些茫然，声音里还带着气。

丁俊亚站在走廊尽头，看着窗外的沉沉夜色，只觉得一颗心也没了边际。他沉默片刻，问她："你为什么这么关心程亦川的事？"

"我为什么这么关心他？"宋诗意几乎是有些好笑地重复了一遍这个问题，"我——"

然后就卡在了这里。

她拿着手机，站在胡同外面，因为事关程亦川受伤，她怕钟淑仪听不得这种事，便走出了胡同，站在外面的街道上打电话。

夜深了，北风凛冽，行人寥寥。

宋诗意立在原地，好半天没憋出句话来。好在丁俊亚不是咄咄逼人的人，也不难为她，只说："外面冷，回去吧。"

她一顿："你怎么知道我在外面？"

"风太大了，隔着手机都听得见。"

"我——"她紧了紧棉衣，低声说，"行，那我就回去了。你还得在医院守夜，辛苦了。"

丁俊亚忽然问她："这话你是代表队里说的，还是替程亦川说的？"

宋诗意一愣，却又听见他很快说了句："就这样，挂了。"

拿着手机，她在风里又站了一会儿，茫然回头，走进了无光的胡同里。

钟淑仪在家看电视，见她回来，问："怎么这么快？"

先前她出门打电话，胡诌了个借口，说是去找陆小双聊聊天。结果这才出门十分钟，转眼间就回来了。

宋诗意笑："她还在酒吧呢，没回来。"

钟淑仪皱了皱眉："这孩子，那一行能干多久呢？到底说出去不好听。我前一阵子还听见邻里邻居的在议论她，说是一看就不是好女孩儿，整天里浓妆艳抹、夜不归宿的——"

"她是唱歌，又不是做别的，没偷没抢，有什么好议论的？"

"我也是这么跟人说的，可红口白牙、三人成虎，我一转头，不知道那些人又得怎么说了。"钟淑仪借此机会教育她，"所以啊，妈不图你别的，就图你和别家孩子一样，健健康康、规规矩矩地过好这辈子，该做什么的时候就做什么，嫁人生子，安安稳稳，多好？"

宋诗意站在客厅里，和母亲对视片刻，轻声问："在你眼里，别人怎么说就那么重要吗？"

钟淑仪一愣。

有时候宋诗意觉得很好笑，母女一场，她的想法对于母亲来说却似乎永远不如外人的议论来得重要。

从前她练滑雪，还未高中毕业就长期待在了省队，胡同里的老人们传统，总觉得这是不学无术。于是钟淑仪也渐渐不满起来，埋怨她，埋怨丈夫，认为女儿小小年纪理应和常人一样继续念书，不该这样"不学无术"。

后来她拿了世锦赛亚军，一夜之间成了这胡同里炙手可热的红人，风向立马又变了。

"你家孩子可真长脸，小小年纪都为国争光了。想当年我们那个岁数，还不知道在干什么呢。"

"可不是？再瞧瞧我家孩子，哪能跟你们家宋诗意比啊。"

都是邻里邻居，不论是真心还是假意，三言两语就令钟淑仪飘飘然了。于是宋诗意俨然从不学无术变成了年少有为。

再后来，她受伤了，跌落神坛，不复从前，于是又在一夜之间被打回原形，什么也不是了。日子一长，谁也不记得她曾经的"年少有为"，只知道宋家有个闺女，年纪轻轻辍学搞运动，后来受了伤，没学历、没前途，也不知道将来能干什么。

好也是人家说的，不好也是人家说的，宋诗意有时候真是好笑，人活一辈子到底活给谁看？

其实像陆小双那样，未必不好，父母都不在了，她无牵无挂，想怎么活怎么活，谁爱说说去吧，就是磨破嘴也跟她没有半点关系。

宋诗意躺在床上，颇有些丧气。

可睡前脑子里一直反复出现丁俊亚的那一句："你为什么这么关心他？"

为什么？

她嘟嘟囔囔地翻了个身，不为什么。想关心就关心了，不行吗？

程亦川一夜没睡好。

医院的走廊上一晚上都有人走动，偶尔病人按铃，护士站的铃声响得刺耳，大老远飘进病房，挡也挡不住。

魏光严打呼，丁俊亚也打呼，只不过前者大声、后者小声。程亦川不知道自己打不打呼，但睡不着的时候真是想爬起来一人一脚，把他们踹回姥姥家。

第二天早上，孙健平一大早就来接他了。

"休息好了吗？休息好了就复查一次，没啥事咱们出院了。"

程亦川面无表情地指着魏光严，碍于教练的面子，只瞄了丁俊亚一眼，没敢一并指上："本来是没啥事的，可这人睡得跟猪一样，呼噜声吵死个人，我熬了一宿，没事也有事了。"

……

好在程亦川年纪轻，身体底子好，医生来替他做了一遍检查，笑着说没什么事了，可以回去休息了。

他正从床上往下爬呢，就见魏光严从外面推着轮椅进来了。

程亦川："什么玩意儿？"

孙健平："你脚不是还扭着吗？就别走路了。"

"它又没断，坐什么轮椅啊！"程亦川嚷了起来。

可教练的淫威难以反抗，最终，程亦川还是坐上了轮椅，以残疾人的身份回到了基地。

孙健平让魏光严直接把他推到了办公室，驱走所有人，就剩了他们俩在里面。程亦川坐在轮椅上，孙健平站在窗边，这场面怎么看都觉得两人角色互换了。

程亦川琢磨着自己是不是要站起来。

可孙健平没在意这些，只看着窗外，说："为了方便，你们的器械平时都是放在器械室的，各人有各人的柜子，安全起见都带锁。"

程亦川点头。

"器械室里没有监控，走廊上有。昨天晚上我来了基地，找保安调了监控。"孙健平回头，平静的表情，眼神却沉了下来，"前天晚上训练完了，大家都散了，卢金元是最后一个离开器械室的。"

程亦川一顿，没说话，双手握紧了轮椅扶手。

"我又和保安一起去器械室检查了一遍，你的锁被人撬过。你第二天开锁的时候没发现什么异样？"

"拧了两次才打开，我还以为是锁质量不好，跟人吐槽了两句，没仔细看。"他脸色难看。

孙健平皱眉："问题是器械室里面没有监控，单凭他最后一个走这点，并不能说明破坏雪杖的人就是他——"

"不是他还能是谁？我受伤这件事，受益者只有他卢金元一个！"

"真的只有他一个吗？"孙健平看着他，反问，"你来了队里，空降前三，被你压下去的每一个都看着你后来者居上。你说是卢金元干的，他难道会承认？"

程亦川咬牙："那怎么办？难道因为没证据，就这么算了？"

孙健平眼神微眯："就这么算了？他做了这种龌龊的事，我能让他继续待在这儿？害群之马，怎么可能让他逍遥法外？"

他慢慢地抬手，在程亦川肩上拍了拍："你好好养伤，我给你一周时间，能不能好起来？"

程亦川刚准备回答，又被他打断了："一周时间，必须好起来。"

"您准备怎么做？"

"怎么做是我的事，你安心养着就好，我不会让你白摔这一跤。"孙健平淡淡地说，"一周之后，我要你心无旁骛地跟他再赛一次，正面打败他。剩下的事你不用操心，我会想办法解决。"

程亦川与他对视片刻，点头："好，我听您的。"

"有信心打败他吗？"

"有。"无比坚定的回答。

他自己滑着轮椅往外走，走到一半又回头，咬牙切齿地说："他想去省运会是吧，我但凡让他去了，就不叫程亦川。”

孙健平：刚才还想夸你成熟稳重了，两秒就原形毕露。

魏光严在办公室外等着，见程亦川出来了，自觉地上前推轮椅。

程亦川没好气地拍开他，直接站了起来。

魏光严急道：“哎哎，干吗啊你，快坐着，快坐着！”

“坐什么啊，脚又没断，我苦情戏演给谁看？”程亦川踹了一脚那轮椅，“坐这玩意儿回去，还不笑掉他们大牙？”

“谁的大牙？”

程亦川瞪他一眼：“队里想看我一蹶不振，巴不得我真把腿摔断的人还少了？”

他气冲冲地往回走，脚因为扭伤的缘故，有点一瘸一拐的。

魏光严愣愣地看他片刻，追了上去，强行架住他一只胳膊。程亦川挣了挣，没挣脱。

魏光严把脸转到一边，粗声粗气地说了句：“我没这么想。”

程亦川看他两眼，笑了一声：“我知道。”

“你知道？”他侧头，一脸怀疑。

“你是有点眼红我天赋异禀，但头脑简单，还想不到那么高深的地方去。”

魏光严气得脸红脖子粗：“程亦川！”

“好了，好了，我是在夸你心地善良，没有阴人的歪脑筋。”程亦川敷衍地安慰他。

魏光严不想搭理他，就这么扶着他往宿舍走，一路受到不少慰问。直到走进宿舍大门，光线暗了下来，他才开口对程亦川说：“我以前是队里滑得最快的。”

程亦川看他一眼：“你现在也是。”

“很快就不是了。”他看着程亦川，面上紧绷，“你比我小两岁，但速度已经跟我差不了多少了，两年前我根本滑不到你这个速度。”

“我家里穷，从小练体育，练过不少项目，不是没天分就是身体条件不合适，后来好不容易在滑雪上站稳脚跟，进了国家队。我比谁都勤奋，比谁都能吃苦，后来终于成了第一。

“可是有些事情好像勤奋也没法解决，我停在原地很久了，怎么练都没法再快哪怕零点几秒。那时候孙教练去了趟日本，回来就兴奋地说他找到了一根好苗子，他从来没见过这么有天赋的滑雪运动员，连当年的丁教练都比不上。队里所有人都在想，到底是什么样的人能叫他兴奋成那样。”

魏光严身姿笔直地站在那里，手握成了拳。

“我听了半年你的名字，无数人在背后议论，我再这么停滞不前，会不会你一来就把我横扫马下。我加倍训练，加倍付出，我好不容易才成了队里的第一，不想被一个新人压下去。”

程亦川不知该说些什么，有些愣愣地站在原地。

“后来你来了，我怎么看你怎么不顺眼。你第一次上雪场，没我快，可我只开心了一晚上，因为我很快回过神来，如果我继续这么卡着，你超过我不过是时间问题。”

魏光严咬牙，像是一株倔强的白杨：“我没多少文化，可我知道什么能做，什么不能做。程亦川，我魏光严不是那种人，哪怕明天就被你赶超，哪怕今后你比我更快，能得到的荣誉比我更多，我也不屑于动什么阴招。”

程亦川前所未有的认真，与他对视片刻，点头，说：“我知道。”

魏光严笑了笑，大步流星地往宿舍走：“你知道就好。”

走了几步，又一拍脑门儿，回头去扶他：“我给忘了。”

程亦川没再抗拒，懒洋洋地把手搭在他肩上，慢慢地说了句：“魏光严啊，魏光严。”

“怎么？”

“你这朋友，”他咧嘴一笑，使劲儿握了握魏光严的肩，“我交了。”

魏光严面上一红，粗声粗气：“谁稀罕？”

“我。”程亦川笑嘻嘻，“我稀罕。稀罕得很哪。”

两人这么勾肩搭背走在走廊上，走到一半时，某扇门开了，冷不丁与正准备去食堂吃饭的卢金元狭路相逢。

卢金元笑了：“哟，这不是我们省运会准选手吗？哟，这脚怎么出问题啦？”

魏光严脸色一变：“说什么风凉话呢你，滚一边儿去。”

“我又没跟你说话，怎么，你是程亦川的狗吗？需要你来帮他开路？”

魏光严正准备开骂，就被程亦川拉住了。

“卢金元，你很得意是吧？”程亦川松开了魏光严，也没让他再架住自己，只上前一步，把卢金元逼退到了墙边。

毕竟挨过打，卢金元潜意识里还是很怕程亦川动手的，只是嘴硬地说：“我有什么好得意的？你那么能耐，摔一跤有什么了不起，瘸着腿也一样能上赛场，你说是吧？”

程亦川眼神一沉，一拳砸过去，还没落到卢金元脸上呢，就听他大叫起来。

“你干什么程亦川！”

那一拳并未朝着他脸上砸下去，半路改了走向，一把拎住了他的衣领。

程亦川冷笑一声，一字一句地说：“你要是把我弄死在雪场上，说不定今后就没什么事儿了。”

卢金元惊魂未定地看着他。

“既然我今天没死成，明天死的——”他笑笑，扔了一句，“就说不准是谁了。”

Chapter 15

熠熠星辉

一周假期结束后，宋诗意要归队了。

回哈尔滨的机票订在下午两点半，在家吃最后那顿早午饭时，她看见钟淑仪欲言又止，整个人都很紧绷。

宋诗意当然知道她在担心什么，只说："这次回去，我会把手续都办好。"

钟淑仪点头："慢慢来，不要落下什么程序。"

"可能要几天时间。"

"好。"

母女俩埋头吃饭，吃到尾声，钟淑仪才终于抬头问了句："你不会回去就变卦了吧？"

宋诗意扑哧一声笑了出来："你满脸都写着这句话，我还以为你不会问了呢。"

"我就怕孙健平那老东西又留又劝的，一会儿你又动摇了。"显而易见，钟淑仪对孙健平是心有余悸。

"这次不会了。"宋诗意放下筷子，平静地说，"答应你的事，我会努力办到的。"

过个正常的人生，和她相依为命，找一份安稳的工作，也许嫁人生子，按部就班。

这样想着似乎有点感伤，但宋诗意天生乐观，安慰自己，说不定嫁了个好人，关心她、爱护她、替她遮风挡雨，日子也能过得其乐融融呢？

临行时，钟淑仪把她送到家门口。

宋诗意挥手："回去吧，妈。你下午不是还要摆摊吗？休息一会儿吧，我过几天就回来。"

钟淑仪点头。

宋诗意背着背包，穿着队服，素面朝天站在胡同里，一边笑着冲她挥手，一边说："那我走啦。"

她站在门槛里，有一阵晃神，仿佛看见了学生时代的宋诗意。

那时候的小姑娘也是这样，穿着蓝白相间的校服，每天都活力四射地冲出门，一面跑一面头也不回地冲她喊："妈，我走啦！"

她忽然想起了很多再难追溯的时刻，比如宋诗意在学校里和人打架了，满脸抓痕跑回家，明明打了胜仗，却因为怕她责难，于是一面假哭一面说："是他们骂陆小双没人要的，他们先招惹我们的！"然后小心翼翼凑过来，指指脸上的伤，“妈，好痛哦，你给我吹一吹，好不好？”

比如英语考试不及格，偷偷把四十二改成了八十二，结果卷子上每道大题的得分都标注在旁边，她一算就知道真假。那一年她拿着鸡毛掸子追出了门，宋诗意撒丫子满胡同跑，一边跑一边哭着大叫：“我妈要杀人啦！”

……

一晃多少年，胡同口的老树都弯了腰，小姑娘的背影也变了很多，高了，成熟了，却还是一模一样的纤细、笔直。

只是不知从什么时候起，曾经没心没肺的小姑娘一夜长大，不再肆无忌惮地该哭哭、该笑笑，也学会了戴上坚强的面具去对抗生活的磨砺。

钟淑仪没忍住，忽然扒着门探出身去，叫住了她：“诗意！”

宋诗意脚下一顿，回头：“怎么了？”

还是那样熟悉的眉眼，却终归不是那个喜怒哀乐都挂在面上的少女了。钟淑仪心里发苦，低声问了句：“你是不是在怪我？”

换在从前，被她逼着做出这样违心的选择，宋诗意一定会大哭大闹，死都不妥协。可是如今呢，没有一滴泪，也没有一声责备，整顿饭吃下来平静至极，甚至连离开时都带着笑。

钟淑仪目的达成，却丝毫感受不到喜悦。

胡同里，宋诗意笑了：“妈，你说什么呢，我怪你做什么？”

不等钟淑仪回答，她就再次招招手，“行啦，你快回去休息吧，我要赶飞机去了。”

她始终带着笑，眉眼上扬，安然离去。

事情变成今天这样，她能怪谁呢？怪父亲撒手留下堆烂摊子，怪自己腿脚不争气，还是怪母亲太自私，逼迫她放弃理想？

她谁都不怪，只怪命运无常。

宋诗意快步走出胡同，却在胡同口的大树下撞见个人。大冬天的，那姑娘就穿了件宽松的白色套头毛衣，下面是皮裤配短靴，一头干净利落的短发被不耐烦地扒拉到耳后。

陆小双斜眼看着她：“你就这点行李？”

“反正就回去办个手续，准备走人，带那么多干什么？”

“基地还有不少东西等着带回来吧？”

“是啊。”宋诗意点头，抬起下巴问她，“你来干吗？”

“陪你回哈尔滨呗。”陆小双答得特理直气壮。

宋诗意一顿，以为自己听错了：“陪我回哈尔滨？”

陆小双抬手指着街对面的面包车，喊了声：“东子，把车开过来！”

再回头，她说：“我请了几天假，陪你回哈尔滨。那么多东西，你一个人怎么搬回来？”

宋诗意失笑：“东西可以打包寄回来啊，你浪费这机票钱干吗？”

“搬东西只是个借口。”陆小双扯了她一把，把车门打开，将人塞了进去，跟着也爬上车，坐在了她旁边，这才说出下一句，“告别才是最艰难的时刻，我不替你撑场子，怕你没出息哭出来。”

东子回头笑：“都坐稳了吗？那我就开去机场了？”

陆小双指指东子，介绍一句：“我们乐队的新架子鼓手候选人之一，为了讨好大姐大，先从司机做起。”

再指指宋诗意，“这位我就不用介绍了吧？”

东子忙不迭地点头：“冰雪皇后，谁不认识？”

陆小双一巴掌拍上他脑门儿：“皇后你个鬼啊，是公主！”

宋诗意扑哧一声笑出来，片刻后看窗外，眼底滚烫。她的确没什么出息，就现在都有想哭的冲动了。

下一刻，陆小双的手搁在了她的肩头。

多年好友，哪怕沉默不语，也胜过千言万语。

下飞机时，刚出机场，陆小双就恨不能扭头钻回机场大厅。

“这确定不是冰窖？”

宋诗意笑，抬手招了辆计程车：“赶紧上车，上车就不冷了。”

陆小双钻了进去，搓着手、呵着气，问她：“大概要几天啊？我就负责收拾东西就完事儿了？你就只有办手续，没别的事儿了吧？”

宋诗意点了点头，而后微微一顿，说：“还有件事。”

回到基地，她把陆小双安置在宿舍里，从食堂买了份饭回来，一面看着陆小双吃，一面在脑子里过了一遍需要完成的任务。

首先是和孙健平摊牌，得到他的许可。

其次是和其余教练致谢，其中也包括丁俊亚。

然后是和一众队友道别，毕竟朝夕相处一场。

最后……

她正在换上一件更厚的大衣，系纽扣的指尖顿了顿，心里有了主意。她把最后一件事提到了第一位。

陆小双问她："你怎么就买一份饭啊？我吃饭，你喝西北风？"

"我出去办点事，你累了就先休息，不累就看会儿书，玩手机也行，等我回来。"宋诗意戴上帽子，系上围巾，头也不回冲出了门。

她从走廊上跑过，经过每一扇窗时，都仿佛能看见前些时日的场景。那个不可一世的家伙在宿舍大门口等过她多少次了？

数不清了。

她一气儿跑出了宿舍楼，跑过了林荫道，最后气喘吁吁停在男生宿舍门口，拿出手机来，给一个不知何时把名字改成了"程亦川要进 1′ 45″"的膨胀少年发信息：在哪里？

程亦川：干吗？

下一秒，迅雷不及掩耳之势，第二条信息飞快到来：你回来了？

她笑了，打字：在宿舍？

他手速快得飞起：事实上我也想出去嗨，然而残疾人士，不在宿舍能在哪？

宋诗意学他，言简意赅的两个字：下楼。

同样的话，他好像对她说过不少次了。

她脑子转得飞快，忽然想到他的脚，又问：脚严重吗？能下楼不？不能的话，我跟阿姨说说，上去找你。

她并没看见，楼上的某扇窗口忽然探出个脑袋来，目瞪口呆地看着她的身影，下一秒，飞快地起身，扒开衣柜开始找衣服。

魏光严吓一跳："你干啥呢你？"

"出去一趟。"

"不吃饭了？"魏光严指指桌子上吃到一半的饭，那还是他刚才特意跑去食堂打包回来的，怕程亦川一个人吃饭太寂寞，他还好心好意把自己的也打包回来了，心道两人共饮共食，残疾人士也不那么心酸。

程亦川头也不回，还在飞速找衣服："不吃了，回头再说。"

边找边急促地自言自语："咦，我那黑色大衣哪儿去了？"

"这么冷的天，穿什么大衣啊，穿棉袄啊。"魏光严说。

“穿什么棉袄啊，丑哭。”

说话间，他终于找到了成熟稳重的黑色大衣，这是闲在宿舍要发霉的日子里，他网购来的成熟男士品牌。

为了不当小屁孩，不被看扁，他也是殚精竭虑啊。

于是宋诗意迟迟没等来回复，正纳闷着给他发信息时，就听见一阵急促的脚步声，对面原本该在宿舍里的人，已然风风火火地朝她奔来。

宋诗意惊呆了，下意识地吼他：“站住！”

程亦川就跟被人踩了急刹车似的，猛地定在原地。

“你脚好了？能这么跑？”宋诗意没好气地走上前去。

“好啦，本来就没啥事儿，是医生大惊小怪而已。”他苦恼地指指自己的背，“背上的伤倒是要严重一点，魏光严说又青又紫还破皮，医生不让我洗澡。”

宋诗意笑了，看他还这样生龙活虎、活蹦乱跳的，应该是没什么事了。

她问：“吃饭了没？”

程亦川下意识地回答：“没。”

“那正好，一起去食堂吧。”宋诗意再次确定，“脚真没问题？能走能蹦？”

他欢天喜地地跟了上去，完全忘记了半小时前奴役魏光严时还信誓旦旦地说：“压根儿没法走动，一走就全身疼，就跟针扎似的。”

于是，某扇窗口探出的另一个脑袋，在看见楼下的谎话精和宋诗意活蹦乱跳地往食堂走时，咬牙切齿地骂了句脏话。

好像很久不见，其实也不过一周时间。

退役的事情，暂且没告诉孙健平，也没告诉队里的任何一个人，程亦川反倒即将成为第一个知道的。

宋诗意下意识地对自己说，那是因为他受了伤，她第一时间来探望，顺便就告诉他这件事了。

这很自然。

这个点，运动员们几乎都吃完饭了，食堂里没几个人。室外风雪不断，室内却是光线充沛，明亮而温暖。

两人各自端了爱吃的饭菜，坐在一处。

宋诗意把骨头汤端给他，像个老年人一样语重心长：“吃啥补啥。”

程亦川黑了脸："怎么又是骨头汤？刚才魏光严还给端了碗——"

"刚才？"宋诗意抬头，"你不是没吃饭吗？"

程亦川紧急刹车："——我没吃啊，真没吃。我是说，他刚才还给他自己端了碗骨头汤。"

宋诗意看他片刻，笑了。反正吃顿饭只是找个地方坐着，也并非真为了吃饭。

她换了个话题，说："你受伤的事，我一直在问我师哥，进度我也都知道。唯一的证据就是卢金元最后一个离开器械室，其他的就没了。"

程亦川没说话。

"孙教练的意思是让你和他正面再比一次，让他输得心服口服。"她的目光落在他的脚上，"时间不多了，你能恢复完全状态吗？"

"一半状态也够让他输得屁滚尿流了。"程亦川还是一如既往地狂。

宋诗意笑了，笑到一半，正色说："现在不是逞能的时候，打败他根本不是什么要紧事。程亦川，你要清楚你是一名运动员，需要对自己的身体负责任。什么时候该休息，什么时候该战斗，不能有半点马虎。你看看我——"

她认真看着他，说："我就是前车之鉴。如果你不想弄成我这样，就对自己好一点，别拿自己的运动生涯开玩笑。"

程亦川也不笑了，顿了顿，一脸倔强地说："你放心，我自己的身体自己最清楚。下一次站上雪场，卢金元必输。"

宋诗意点头，看着少年年轻气盛、不可一世的模样，连日以来的低迷心情都被一扫而空。

他坐在明亮的灯光下，面容英俊，眉眼漂亮，眼睛里是未曾被生活磋磨过的神采奕奕，只要看着他，就仿佛觉得未来拥有无穷希望。

她笑着，目不转睛地看着他，这一刻似乎明白了自己为何想在归队的第一晚见到他，也明白了自己为什么对他总有一种护犊子的心。

师哥问她，为什么那么关心他。这个问题如今似乎也有了答案。

不是所有人的人生都是这样一帆风顺，不是每一个人都拥有常人难以企及的天赋与幸运，多少人历经风霜，多少人屈服于命运，可程亦川没有。他是得天独厚的那一个，是万众期待的那一个。

她看着他，像是看着曾经的自己。

"程亦川。"她如释重负般叫他的名字，在他询问的眼神里，轻描淡写地说，“你只管养好伤，没有后顾之忧地去正面打倒卢金元，剩下的事情，交给我们去解决。”

“你们？”程亦川敏感地捕捉到了这个字眼。

“孙教。”宋诗意笑着纠正，否认了自己的参与，“我是说，你好好比赛就行了，剩下的事交给孙教。那种垃圾不能留在队里，教练组会还你一个公道的。”

程亦川冷笑一声：“你别在这儿安慰我了，我知道上面要脸面，这种事情最后还是不了了之。”

“谁告诉你的？”

“魏光严啊。陈晓春和薛同也这么说，以前也发生过恶意伤人事件，最后还是无声无息就处理了，掀不起什么浪花。”

宋诗意笑了两声，说：“那我们走着瞧。”

程亦川蓦地抬眼看她：“你要干吗？”

“不干吗。”她笑得一脸和蔼，“就试试看，帮你讨个公道。”

那样的人不能留在队里。哪怕她要走，也在走之前还程亦川一份人情，替他斩草除根，去了这块绊脚石。

程亦川忽然岔开了话题，问她:“你家的事处理完了？你妈不跟你闹了？”

宋诗意一顿，原本想说的事似乎搁在此刻也不适宜继续了。她看着他，没好气地说：“你可别瞎操心了，先把伤养好，让卢金元输得屁滚尿流吧。”

“呵呵，你等着看吧。我要是没把他输得痛哭流涕跪舔爸爸的脚指头，我就不叫程亦川！”

和程亦川在女队宿舍楼下分道扬镳，宋诗意明明说了让他先回去，他非要发扬绅士风度，像个偷穿大人衣服装成熟的小孩子，一脸假正经，理直气壮地说：“哪有男的半路走人，让女的自己回去的道理？”

她好笑，也懒得拆穿他这看似成熟的幼稚，只在宿舍大门口挥了挥手：“回去吧。”

他还偏双手插兜，装酷似的说：“你先回去，我看你进门。”

宋诗意忍无可忍，哈哈大笑：“都在基地里，安全得一只苍蝇都飞不进来，你怎么老演偶像剧啊？”

真是戏精小孩。

程亦川脸红脖子粗，气得吹胡子瞪眼睛："让你走你就走，废话怎么那么多呢？"

"好，好好好，我走。"

她认命，转身往宿舍里走。

走到楼道时，回头，看见程亦川还立在门口，探头探脑看着她。

她笑了，挥挥手，低声说了句："傻小子。"

今后离队了，再也看不见他这耍宝的行径，和张狂又臭屁的模样，一定会很想念。

她有些感伤，爬上了三楼，推门进了宿舍。陆小双正趴在她的床上玩手机，头也不回诈了一句："我说，你该不会是会情郎去了吧？"

"胡说八道什么。"

"哼，我在窗口看见了！"陆小双跳了起来，搬凳子，把她摁上去，"现在开始，严刑逼供。"

宋诗意无语，在凳子上坐下来，忽然想起什么，眉头一皱，抬头说："小双，有件事我想找你帮忙。"

正是插科打诨的搞笑时刻，她却忽然露出这种严肃的表情。

陆小双一愣："什么事？"

宋诗意眼神微沉，一字一顿地说："有个人渣做了坏事不承认，这严刑逼供别对我使了，帮我想个法子，一起搞他。"

"怎么搞？"陆小双来了精神。

"以前在学校称王称霸时怎么搞，现在就怎么搞。"宋诗意的语气极为平淡，仿佛在说一起吃个饭。

陆小双沉吟片刻："这是在哈尔滨，又不是在北京，咱们人手不够。"

"你要多少人？"

"加上你和我，至少还要再找仨，光女的还不行，还得有男的。"

宋诗意眯着眼睛算了会儿，起身说："没问题，人我给你找，事儿你得帮我办了。"

陆小双笑了，甩了甩头发，一脸邪魅狂狷地说："咱俩自打毕业起，好久没一起干大事儿了，啧，还真是有点怀念。"

宋诗意笑了，起身给孙健平打电话，说了两件事。

其一，她要退役，这次主意打定了，明天就去办公室办退役手续。

其二，程亦川受伤一事，她有办法让卢金元认罪。

两件事，简直一件比一件像重磅炸弹。孙健平在电话那头捂着胸口一阵咆哮，却只换来徒弟一句话。

“孙教，您就帮我这一次，行吗？就当是退役之前，纵容我最后一次。”小姑娘带着点哀求之意，低声求他。

孙健平沉默片刻，重重地叹了口气：“好，我答应你。”

宋诗意挂了电话，扭头找人。郝佳一个，魏光严一个，薛同、陈晓春都算上，人手也就齐了。

违法乱纪的事情她干不来，擦边球却打过不少，好歹当初和陆小双同为箭厂胡同一带的霸王，在学校里屡屡犯事儿，只手遮天。

真卸了那家伙的零件是不可能的，但吓唬吓唬他，也够了。

这次回队里，宋诗意一共有两件事要办，第一是办理离队手续，第二是让卢金元认罪。

可孙健平的反应叫人有些意外，直接帮她省去了第一件事。

宋诗意是大清早到办公室的，孙健平比往常来得早，见她进门，搁下手里的笔，说：“坐。”

她老老实实坐下了。

其实不需要问，孙健平对她家里的情况知道得一清二楚，这些年来能帮的忙也都忙了，能劝的话也都对钟淑仪讲了，只可惜始终是家务事，外人难以插手。他当然知道宋诗意是为什么要退役。

“都想清楚了？”他问。

宋诗意点头：“想清楚了。”

“确定不会后悔？”

她笑了：“不确定。”

“不确定，那就等确定了再做决定。”孙健平皱眉，“这不是小事，不是顺着你妈的意思来办就好。你都这么大人了，完全有能力、有资格为自己的人生做打算。”

“这就是我自己的决定。”

“离队了，继续回家看小卖部？”

“拆了，已经没有小卖部了。”宋诗意笑着说，“我二姨夫开了个公司，我妈跟我二姨说好了，让我进去做个文员。”

“打杂的？”孙健平眉头又是一皱，“你要是去那种地方打杂，还不如来我这打杂。我也可以去跟主任说说，给你安排个文员的位置。”

“别，您别这样。”

宋诗意是知道孙健平跟李主任素来不对付的，当初破格招个实力不俗的程亦川进来，都闹得鸡犬不宁，如今要真为了自己去搞特殊化，指不定要闹出什么幺蛾子来。

她翻了个白眼，说：“您当我不知道吗？队里不差人，办公室如今多出好几个助理教练来，明明都是当初数得上号的老将，如今也都闲置着，没什么事儿可做。”

“既然多出好几个助教，为什么不能多你一个？他能把别人弄进来，我就不能把你也弄进来了？”孙健平振振有词，护犊之心日月可鉴。

宋诗意是知道他的，以他的能力，若是有心往上爬，早就在行政的路上走很远了。可孙健平这人讨厌特殊化，也不爱溜须拍马，这辈子把所有的心血都付诸一众运动员身上，这才一直留在教练的位置上。

为了她，他已经操了许多心、破了太多例，她不愿意继续当个麻烦留在这。

宋诗意拒绝得斩钉截铁，没有留下任何商量的余地。

师徒两人都是倔脾气，一个不肯退让，另一个也始终留有底线。孙健平最终挥手，说：“行，你不想留，我也不强留。但这离队手续，你先别急着办，我不批。”

宋诗意瞪大了眼睛：“您不批？您不批，我怎么离队？”

孙健平撕了张假条，大手一挥，拍在桌上，斩钉截铁地说：“无限期放假，直到你后悔为止。什么时候后悔了，什么时候回来销假。”

那样一张荒唐可笑的假条。

什么无限期放假，什么直到你后悔为止，他分明就是怕她逞一时之快，把事情做得太绝，他日就算想回来，也碍于脸面覆水难收了。

那是这么多年师徒一场，孙健平留给她的最后退路。

宋诗意抬眼看着他，说：“没想到您年纪越大，鬼主意越多。”

孙健平反唇相讥：“我也没想到你年纪越大，脾气越倔。”

“那不是因为长期跟您待在一块儿吗，我也算是长江后浪推前浪——”她看着师父的白发和皱纹，鼻子一酸，说不出下一句了。

她十九岁进队时，孙健平还只有四十开头，正值壮年，精力充沛。可短短六年，他已经奔五十了，华发丛生，老态毕露。

离去时，她牢牢握着那张假条，说："谢谢您，教练。"

"走吧，走吧，别在这儿烦我。"孙健平挥了挥手，不耐烦地让她走，可她前脚踏出门时，他又后脚追了出去，叫住了她，"宋诗意！"

宋诗意回头。

走廊尽头的办公室门前，一地日光倾泻而出，铺成光的海洋。孙健平就站在那海洋里，顿了顿，说："不管你还在不在队里，师父永远是你师父。"

她眼眶一热，想哭。

可孙健平像是怕极了这种煽情场面，又立马凶神恶煞地补充一句："如果遇到难事，你死活扛着不告诉我，那就是忘恩负义，不顾师徒情分。叫我知道你就死定了。"

宋诗意蓦地笑出声来，用力点了点头。

她笑靥如花，咧嘴笑着像是十九岁那年刚进队时来他办公室报到一样，说："得嘞，记住了，教练！"

此后的几天里，大家各自忙着各自的事，都有要务在身。

程亦川忙着养好伤，开始踏入训练馆恢复体能训练。

魏光严从死对头变身成为好兄弟，一面口头嘲讽程亦川把自己当成钢铁侠，一面又口是心非地承担起陪他义务训练的重任。

宋诗意和陆小双开始心无旁骛地策划一出《卢金元服罪记》的剧本，为此，她们跑了不少地方购买道具，同时也联络好了"演员"。

按理说，身为主教练的孙健平有责任阻止宋诗意带着外来人员在基地里胡闹，又是耽误运动员们的训练时间，又是私底下策划什么妖魔鬼怪的地下活动。

可当林 Sir 找上门去，说："你还管不管了？今儿晚上的文化课缺了好几个人，全是你们滑雪队的。我给你念念名单——"

孙健平却把耳朵捂住了："我听不见。"

下一秒，他还腾出一只手来，把林 Sir 的眼睛也蒙住了，说："就这一次，你也假装看不见吧。"

林 Sir："你这才是为老不尊，跟着胡闹！"

背锅的孙健平说到做到，没有干涉宋诗意的计划，甚至，他连问都不问，就这么睁一只眼闭一只眼地任她去胡闹了。有的事情，知道了反而不能视若无睹，他干脆自我麻痹，看不见、听不见。

执教一辈子，他看见过太多的不公平，因为身在国家队，又代表着国家顶级运动员，那些不公平都只能继续不公平下去，最后不了了之。但隐忍不代表认同，他的身份摆在这里，不得不听从上级的指示，可宋诗意要做什么，上面就不得而知了。

丁俊亚问他："你就不怕她闹出什么大乱子？"

孙健平冷笑："她能闹出什么大乱子？看个偶像剧都能哭成傻子的人，也就那点出息。"

他看着她长大，从十来岁的姑娘长成二十来岁的大姑娘，太清楚她的性子了。

孙健平看他两眼，说："与其在这儿担心她，不如担心担心自己。"

丁俊亚一愣。

下一刻，孙健平没好气地拍他一下："多少年了，还跟块木头似的。你以为你是姜太公钓鱼——愿者上钩？你是姜太公，她可不是鱼。"

"你再不开口，人走茶凉了。"

丁俊亚沉默片刻，苦笑："您以为我不知道？这几天给她打了不少电话，要么没接，要么说在忙，我找上宿舍去，看见她在楼下跟魏光严几个说话。人家忙着呢，压根儿没工夫搭理我。要不我怎么知道她背地里有小动作，上您这儿来问了？"

"是程亦川的事。"孙健平看他两眼。

"我知道。"听她和那几个人说话，句句离不开那三个字。

孙健平摇摇头："我是弄不懂你们年轻人的事，只有两句话想说给你听。第一句，凡事宜早不宜迟。第二句——"

他看着丁俊亚，默默叹口气："算了，你出去吧。"

没有出口的那一句，是感情的事情讲究两情相悦，不能勉强。

新的比赛日很快来临，程亦川在天不亮时就醒了。

他没有惊醒魏光严，黑灯瞎火摸索着起床，洗漱、穿衣。

洗脸时没用热水，刺骨的寒意拍在面颊上，激起一身鸡皮疙瘩。他满脸湿漉漉的，神情严肃，握拳问镜子里的人：“程亦川，你能赢吗？”

下一秒，门口传来魏光严的声音：“你是傻吗！”

程亦川：“我在加油打气！”

“对着镜子加油打气？你怎么不问魔镜魔镜世界上谁最帅呢？”

“我为什么要明知故问？”程亦川没好气地擦了把脸，推开他，开始换衣服，就连背影都散发出一股“老子天下第一帅”的气息。

魏光严哈哈大笑，一面骂他臭不要脸，一面进卫生间洗漱。

天边红日初升时，他和程亦川一同去食堂吃饭。姗姗来迟的薛同和陈晓春挤上了他们那桌，啃着玉米凑热闹。

“伤好利索了吧？”

“能把那烂人干掉吗？”

“这回得把雪杖检查好，不止雪杖，鞋子、裤子、头盔、护目镜，统统检查几遍。免得那烂人又出什么幺蛾子。”

薛同挤了挤陈晓春，小声说：“没证据的事，别讲那么大声。”

陈晓春翻了个白眼，换了话题：“我看你脸上还有点疤。”

程亦川喝光最后一口牛奶，不甚在意地说：“没事，老子就是脸上带疤，也是基地最帅的那一个。”

在场四人，除他之外，人人都是死鱼眼、呕吐状。

他说完就低头去看手边的手机，一整个早上都是这样，没吃几口就看一眼，仿佛下一秒那屏幕就会亮起来似的。

可屏幕始终没亮。

程亦川有点烦躁，暗骂了一句：“这都回来了，还不如在北京的时候会关心人……”

魏光严看他两眼，目光闪烁，没吭声。

薛同和陈晓春仿佛也意识到什么，和魏光严对看几眼，纷纷埋头吃饭，不发言。

他们都是计划内的“演员”，受到嘱咐，在比赛前不可以告诉程亦川，免得他分心。

新的周三，全队的人都赶往亚布力雪场进行专项训练，而程亦川和卢金元的再次大战也受到了众人极大的关注。

奇怪的是，程亦川没有在车上看见宋诗意的身影。

她不是都归队了吗？怎么不去训练啊？

程亦川坐在魏光严旁边，最后还是没忍住，掏出手机给她发信息：喂，你不训练吗？

那边过了五分钟才回复：今天请假了。

他一顿：生病了？

宋诗意：亲戚来访。

他不解：亲戚？哪个亲戚啊？

宋诗意：……

下一条："大姨妈"。

程亦川还是个愣头青，看见消息，面上陡然红透，差点没从座位上弹起来。他一把关了屏幕，把手机扔回背包里，面红耳赤地骂了句脏话。

几秒钟后，他又把手伸回背包，掏出了手机。

思来想去，发了一条：那真是很遗憾了，你错过了一场精彩的世纪大战。

他下意识地想着，这样她总记起来今天是什么日子了吧？

另一头，拿着手机的宋诗意低低地笑起来，眉眼间透着不易察觉的温柔。她想了想，回复他：反正是场毫无悬念的压倒性胜利，有什么好遗憾的？

大巴上，惆怅一早上的人立马眉开眼笑，满意得不行。

他说：算你有眼光。行了，行了，你好好歇着吧。

收起手机时，他抬眼看窗外，天光大亮，是个好日子。

适合毫无悬念，以压倒性胜利碾压卢金元的日子。

比赛前，孙健平亲自检查了一遍两人的所有雪具，包括滑雪服在内。

他淡淡地说："教练组提前半小时来了雪场，把雪道也都检查了一遍，确认无误。"

目光落在卢金元面上，孙健平不苟言笑："上一次比赛，程亦川出了意外，公平起见，今天重赛一次。我要说的和上次一样，这是一次公平、公正、公开的比赛，胜者拿到参加省运会的资格，愿赌服输。"

卢金元一声不吭，只在两人坐缆车抵达起点处时，才趁袁华不备，冲程亦川咧嘴低声说："你能行吗？上次不是摔晕了，我还以为你不死也要断条腿呢。"

他是真的遗憾，没想到程亦川命这么好，竟然只用了一周时间，就毫发无损地回到了雪场上，还能再赛一次。

天知道这雪道上发生那么多起意外，不死也是伤，凭什么轮到他程亦川了就这么好命？

卢金元气得要命，却又无法表现出来，只能暗自祈祷至少有轻伤在身的程亦川又缺席了好几天的训练，实力有所下降。

程亦川看着那张阴森森的脸，按捺住了把他摁在地上暴打一顿的冲动，只皮笑肉不笑地说："只锯一根雪杖还摔不死我，你应该把两根一起锯了。"

卢金元脸色一变："你胡说八道些什么！"

"是不是胡说八道，你自己心里清楚。"

"我清楚什么？你这是诽谤！"卢金元叫起来，"我可以告你诽谤！"

"我说什么不要紧，你还是闭嘴吧，好好想一下怎么样才能输得不那么难看，手下败将。"程亦川狂妄一笑，扯下护目镜，罩住了眼睛，踩上雪板往前滑去，对袁华喊了句，"教练，我准备好了。"

山下万众瞩目，山上积雪莹莹。

晴天红日，满山风雪，通通见证了这一刻。

程亦川乘风而下，目光前所未有地坚定，这一战为了自己，也为了难以求得的公平。既然没有公平可言，那就拿实力说话。

他要告诉所有人，哪怕使阴招，也没办法动摇真正的强者。

在他冲破终点那一刻，他看见了魏光严的笑，看见了薛同和陈晓春欢呼雀跃地跳起来，看见所有人都在为他喝彩。

他咧嘴笑起来，猜他破了自己的纪录。

可那一刻，他心里只有一个念头：她居然没有来！

Chapter 16

大礼已到

程亦川赢了，如宋诗意赛前那条信息所言，赢得毫无悬念。他滑进了一分四十六秒，打破了个人最好纪录，也令卢金元难以企及。

在冲破终点，得知自己的成绩时，他连看都懒得去看卢金元的速降。

而不知是不是受了他的影响，卢金元不仅输了，还输得异常难看，滑出了一分四十九秒三七的平庸成绩，连他自己的平均水平都没发挥出来。

没有人慰问卢金元，几乎所有人都围在程亦川身边，恭喜的恭喜，调侃的调侃。

陈晓春嚷嚷着要他请客。

程亦川爽快地说："没问题。择日不如撞日，要不，就今晚？"

陈晓春一愣："今晚？今晚不行。"

"不是你让请客吗？今晚怎么就不行了？"

"今晚我有事。"陈晓春挠头，"要不改天？"

程亦川："过期不候啊，客我是要请的，你自己不来就没办法了。"一边说着，一边扭头问薛同，"薛同，想吃什么？"

薛同一脸尴尬："那个，今晚我也有点事。"

程亦川一顿，目光落在魏光严面上："那你呢？你不会告诉我你也有事吧？"

魏光严强装镇定，转移视线："我倒是没什么事，但这客你还是改天再请吧，今天练完专项大家都累，回去好好休息休息。"

程亦川一头雾水："什么情况啊，请客都不去？"

目光在三人脸上转来转去，他眯眼："我说，你们仨是不是有事瞒着我？"

"没有，没有，没有……"三人整整齐齐地晃脑袋，跟和尚念经似的。

在这一天的专项训练开始前，上周就该落幕的名额之争终于毫无悬念地结束了。孙健平当众宣布，由程亦川和另两名早先已经确定的运动员一同参加省运会的男子速降项目，卢金元淘汰。

雪地里响起大家的掌声，郝佳还带头欢呼，顺带指桑骂槐。

"有的人名不正言不顺，技不如人还一肚子坏水，看看，这下输得心服口服了吧？"

卢金元的室友帮着说了句话："他也就是今天没发挥好，你不能少说两句？"

"没发挥好？他就是百分百发挥，也没见他滑进过四十六啊！"

卢金元孤零零站在一边，拳头攥得死死的，太阳穴上青筋暴突，却终究没法反驳一个字，只恨恨地盯着程亦川。

程亦川回头对上他的视线，懒洋洋地笑了笑，扛起雪板，冲薛同两人说："行了，你们也回去训练吧。"

然后和魏光严并肩朝缆车处走去，准备开始专项训练。

魏光严回头看了眼卢金元："你就这么轻易算了？可以啊，程亦川，肚量挺大啊。是我的话，好歹说两句刺刺他，这么好的机会，何必放过？"

程亦川一脸淡然："你不觉得我冲他笑一笑，他心里更难受吗？"

是谁的大拇指还没有竖起来？

训练结束在下午五点，天已擦黑，运动员们三五成群地上了大巴车，个个饥肠辘辘、嗷嗷待哺，回到基地就直奔食堂。

魏光严下车后接了个电话，原本要和程亦川一起去食堂吃饭的，半路改变了主意，说："袁教练找我，你自己去吃吧。"

"饭点找你？"

"可能是急事，我先走了啊。"

被抛弃的程亦川回头想搜寻个一起吃饭的对象，结果薛同和陈晓春都不见了人影。他一脸狐疑，这才刚下车走了几步路，他们怎么跑得这么快？

目光落在不远处的郝佳身上，他心道，行吧，退而求其次，和话痨师姐一起吃也行。结果刚张嘴，就看见郝佳接了个电话，急急忙忙往宿舍的方向跑了。

怎么，大家都是钢铁侠，不吃饭的吗？

他丈二和尚摸不着头脑，莫名其妙往食堂走，端着餐盘刚落座，忽然看见不远处丁俊亚和袁华一同进了食堂，开始打饭。

等等，袁华不是找魏光严去办公室了吗？

那么问题来了，既然魏光严去了办公室，袁华为什么会在这里？

另一边，消失的魏光严、薛同、陈晓春，包括郝佳在内，与宋诗意和陆小双在女生宿舍楼下碰了头。

陆小双挂了电话，说："车已经到门口了。我和郝佳去找人，你们几个先去车里等。"

"排练"了好几日，她和众人都熟悉起来，尤其是这场戏的主演——魏光严。

陆小双把背包往他怀里一扔："重死了，拿到车上去。"

魏光严下意识地伸手接过，意料之外的重量叫他手都晃了下："什么东西啊，这么重？"

陆小双一边搭着郝佳的肩往食堂走，一边回头指指他："什么东西你就甭管了。我可警告你啊，魏光严，今儿这戏你要是给我演砸了，回头你那伤可就不是化妆效果了，我动真格的。"

薛同和陈晓春咯咯地笑，这几天排练时，大家都被陆小双这大姐大的作风给震撼了。她可不是来虚的，雷厉风行，该动手时绝不手软。

而这其中，魏光严的戏份最重，可演技也最差劲，没少挨批。

当众被个姑娘恐吓，魏光严脸红脖子粗地嚷嚷："我怕你不成？老子之前不跟你计较，那是因为好男不跟女斗！"

"你倒是斗一个试试？"陆小双回头瞪了他一眼，二话不说带着郝佳走了。

卢金元在食堂吃完饭，出门时撞见了郝佳。

郝佳拿了瓶热牛奶暖手，在大门外等了有一会儿了，见到卢金元，冲他招了招手："喂，卢金元，你过来下。"

卢金元是和室友一起出来的，闻言扭头，看见了好整以暇地等在那的郝佳，神情不善地问："你要干吗？"

"让你过来，愣着干什么？"郝佳瞪眼睛，"怎么，还怕我吃了你不成？"

卢金元和郝佳并不算熟，但都是速降队的，也算抬头不见低头见了。他让室友先回去，自己走到了郝佳面前，冷冷地问："找我干什么？"

郝佳说："我只是帮人传个话，要找你的人在那边。"

一边说，她一边指指田径运动场旁。那有棵大树，树下站了个年轻姑娘，不同于来往的运动员，一件白色套头毛衣，下面是皮裙加短靴，一头短发干净利落，脸只有巴掌大，化着漂亮的妆。

察觉到卢金元的视线，她笑了笑，冲他招招手。

卢金元一愣："那谁啊？"

郝佳："我怎么知道？我刚从小卖部出来，人家姑娘一把拉住我，问我认不认识一个叫卢金元的。我还以为是你女朋友呢，怎么，你也不认识？"

“不认识。”

“不认识也上去问问啊。这大冷天的，没见人穿得少吗？看她那样子，也不知道在那儿等你多久了。”郝佳说完，扭头就走，“反正话我带到了，你爱见不见。”

基地里，运动员们不管男男女女，都穿着统一的运动服，除去队与队之间细微的差别，反正就是清一色不分男女，怎么方便怎么来。

唯独树下那人与众不同，一看就是外来人员，漂亮的妆容，赏心悦目的穿着。

卢金元鬼使神差地走上前去，站定了，对上她浅浅的笑，心里略微荡漾了那么一下：“你找我？”

树底下的姑娘笑容逐渐灿烂起来，点点头，咬了下嘴唇：“你好，我叫陆小双。”

含羞带怯的笑，眼睛一眨，仿佛有星光闪烁。

就连卢金元这种粗人都忍不住放低了声音：“你找我有什么事？”

陆小双红着脸，说：“我跟门卫说了，就进来十分钟，找个人就走。能去大门外面说吗？”

来者是个姑娘，年轻漂亮，看他的眼神还含情脉脉的。

卢金元几乎是顿悟。像他们这些年轻运动员，时常出去参加比赛，经常会撞见一些高校啦啦队员，或是少女怀春的观众。都是正值青春年华的运动员，个个穿得精神抖擞，在赛场上闪闪发光，来找他要电话号码的女生也不是一个两个了。

他是来者不拒的，只要对方漂亮，男女之间那点事，大家心知肚明。

可这一个，居然追到基地来了？

他有些沾沾自喜，一瞬间膨胀起来，不禁飘飘然。

陆小双仰头，轻声问了句：“行吗？”

他咳嗽一声，嘴角的笑意都快抑制不住，却还努力装平静，说：“行，但我时间不多。”

陆小双笑了：“没关系，耽误不了你多长时间的。”

她眨眨眼，笑里藏刀。不过没关系，面对蠢人，即使大刀五十米，他也看不出一丁点蛛丝马迹。

车里，魏光严问：“陆小双能行吗？万一卢金元不出来怎么办？”

陈晓春笑了两声："那人渣在外面和女生乱来又不是一次两次了，多少姑娘被他给骗过？你放心，哥的消息不会错。送上门的肥肉，他可不会就这么轻易丢了。"

哼，他滑雪队百晓生的名号可不是白来的。

几人坐在车里等着，宋诗意已经提前把陆小双准备的东西拿出来了。

没一会儿，视线里出现了两个人影，陆小双在左，卢金元在后。她指指车的方向，说："那边风小，去那儿说成吗？"

车里，魏光严嘀咕："她还会笑？我以为她天生一副母老虎的样子，除了吹胡子瞪眼睛，就没别的表情了。"

宋诗意都忍不住笑了。

另一边，卢金元也笑了，小姑娘都找上门来了，面皮还这么薄。什么风小，不就是看那是个角落，又有辆车挡着，没人能瞧见吗？

他假意不知，点头说好。

两人一前一后到了那个角落，他背对车，陆小双在他面前。不知是不是错觉，他忽然觉得这姑娘笑得好像和之前有些不一样了。

含羞带怯的意味没有了。

多了一点莫名其妙的强势。

"什么事，说吧。"就在他装酷的话刚说出口时，身后传来一点动静。

车里的宋诗意以迅雷不及掩耳之势打开了门，下一秒，三个壮汉跳了下来，以魏光严为首，直接将陆小双备好的麻袋套上了卢金元的脑袋。

"绑起来，带走。"陆小双收起了笑容，言简意赅地吩咐道。

于是魏光严把麻袋一路套到了卢金元的腰部，陈晓春和薛同一人拿了麻绳一头，将他绑了个结结实实，连反抗的机会都没给。

咚的一声，卢金元被扔上了车。

"你们干什么？放开我！放我出去！"

随他怎么嚷嚷，几人迅速跳上了车，陆小双跳进驾驶座，一脚油门下去，基地门口只留下一股青烟。

卢金元在后面拼命挣扎，拼命嚷嚷，前排传来陆小双冷冷的一句："别挣扎了，再动一下，动手剁手，动脚砍脚。"

一个眼神，魏光严懂了，拿着道具刀戳上了卢金元的胳膊。

陆小双懒洋洋地接话："再动一下试试？"

卢金元浑身冷汗，不敢再动，只下意识地想着还好手机在身上。

陆小双看他那样子，又笑了一声："把他手机收了。想找机会报警？门儿都没有。"

以暴制暴，这是宋诗意能想到唯一的公平。

车行一路，卢金元都被绑得结结实实，动弹不得。麻袋套住了他的头，眼前黑漆漆一片，唯有人影晃动还能察觉到。

他也不是没想过挣扎，只是每动一下，胳膊上那冷冰冰的刀子就提醒他一次。

这种事，他从来都只在电视上见过，何曾亲身经历过？

隆冬时节，他却大汗淋漓，勉力维持镇定，颤声跟那几人求饶："我家里穷，没几个钱，你们绑我也得不了什么，还犯法，得不偿失图什么呢？还不如放了我。"

陈晓春笑出了声，被陆小双瞪一眼，又赶紧收声。

宋诗意伸腿踹了踹他，说："你又怎么知道我们是图钱？"

女的？声音好像有一点耳熟。

但卢金元的念头没敢在这上头多停留，此刻如临大敌，哪有心思想这些？他缩了缩身子，说："不图钱，图、图什么？"

宋诗意蹲下身去，接过魏光严手里的道具刀，在卢金元身上比画了几下。

"你仔细想想，你前一阵干过什么亏心事，值得我们把你绑了？"

事实上，穿着厚重衣物的卢金元根本感觉不到那刀锋利与否，然而刀尖所到之处，他仿佛能想象到那冷冰冰的刀刃贴在他皮肤上的场景。

卢金元颤抖着，哆哆嗦嗦地叫起来："别动手，别动手啊！我什么都没干，我根本不认识你们！我每天在队里训练，根本没有跟外界接触过！"

宋诗意的手一顿，刀尖隔着麻袋贴在他脸上，这次卢金元能感觉到那冰一样的温度了。

"那你不如好好想想，你在国家队里又干了些什么？！"她冷冰冰地问。

卢金元吓得惨叫起来，声音像杀猪一样。

"我没干！我什么都没干！放我出去！你们这是犯法的！"

他一个劲号叫，似乎想引起外界的注意。

陆小双眉头一皱："别让他在这儿号，把嘴堵了，到地方再跟他好好算账。什么玩意儿，不见棺材不掉泪！”

嘴是不能堵的，毕竟套着麻袋呢，怎么堵？

宋诗意懒得多想，手肘往人后脑勺重重一击，卢金元的猪叫顿时被扼住，人也昏了过去。

薛同、陈晓春和魏光严三人，目瞪口呆地看着宋诗意，片刻后，不知是谁带头，齐齐鼓掌。

“看不出啊，高手在民间。”陈晓春感慨。

魏光严看看陆小双的背影，再看看宋诗意，嘀咕了一句：“不是一家人，不进一家门。”

趁着卢金元还晕着，三个男生鬼鬼祟祟把人抬下了车，跟在宋诗意身后进了大楼。

陆小双殿后，左右看了看，确定没人，跟着进了门。

地下一楼阴森森的，还没进店门呢，走廊上就装饰着各种恐怖道具，从獠牙毕露的鬼脑袋，到做得极度逼真的血淋淋的内脏器官，进门处挂了个牌子：青藤鬼校。

柜台后的小哥抬头看了眼：“来了？”

几人点头，抬着麻袋里的人往早就预定好的屋子里走。

宋诗意把钱拍在柜台上：“说好的包场俩小时，你可别放人进来。”

小哥收了钱，说：“放心，这工作日的大下午，我就是求着人来也没人来。”

一边说，他一边不放心地看了眼麻袋：“说好就是唬唬人，可别真闹出人命了啊！”

陆小双笑嘻嘻地凑过来，拍拍他的肩：“放心好了，都是好朋友，这货平常没少装神弄鬼吓我们。这回轮到我们吓一吓他了，你可别露馅。”

小哥被美人计迷惑，也跟着傻笑：“好的好的，没问题。”

陆小双伸手挑了挑他的下巴，眨眨眼：“谢谢啦。”

魏光严死鱼眼看着这一幕，直到穿过一间间恐怖的屋子，才作势呕吐了两嗓子：“女人，天生的演员。”

陆小双毫不客气，一巴掌拍上他脑门儿：“马上上场了，你闭嘴，好好演。”

卢金元是被冷水泼醒的。

后脑勺一阵阵地疼，他迷迷糊糊睁开眼，瞳孔陡然放大，失声尖叫起来。

这是什么地方？

屋子里一片昏暗，天花板上挂着血淋漓的人脑袋，他一睁眼，入目的便是那伸出口的猩红色长舌。脑袋正对他，那浑浊的眼珠子也不偏不倚与他对视着。

他像是被针扎了，猛地一挣扎，一边尖叫，一边试图爬起来。可他人被绑在长凳上，连人带凳翻倒在地，却无论如何站不起来。

头上的麻袋的确没有了，可手脚都被捆住。

他这一倒地，脸贴在冷冰冰的地板上，还没来得及感受疼痛，就又一次尖叫起来。

因为就在他脸旁，静静躺着一堆血淋淋的手指，肮脏的水泥地板上尽是正待干涸的血水，触目惊心。

这是一间很大的屋子，到处都是这样血腥的布置，桌子上放着沾血的斧子、菜刀，椅子上挂着女人的长发，角落里有几只硕大的水桶，隐隐可见人的残肢。

卢金元大喊大叫，吓得魂都没了，却忽然看见离他不远的地方，还有张凳子。凳子上躺了个人，和他一模一样被绑得严严实实，只是他醒着，那人还昏睡着。

他一顿，借着微弱的光线看过去。

魏光严？

“看够了吗？”从他身后传来冷冰冰的声音。

卢金元顾不得许多，死命抬头去看，这一看不打紧，居然有三个戴着鬼神面具的人立在那。一个青面獠牙，一个面上长毛，还有一个奇形怪状，说不出的面目可憎。

他在地上挣扎，无奈背着凳子，压根儿逃不了。

“你们要干什么？放我出去！快放我出去！救命啊，救命！”

尽管智商还在，明白那些断肢约莫都是恐怖道具，但人在这样的绝境里，孤身一人，被绑得结结实实，还一而再再而三地受到惊吓，他连脑子都快糊涂了，除了放声大喊，竟想不出一句完整的话。

面具上有獠牙的那人走了过来，也不把他从地上扶起来，任他背着凳子倒在那，漫不经心从桌上拿起把染血的刀来。

“这个人，你认得吧？”

说话的是个女人。

她走到魏光严的旁边，拿刀在他脖子上比画两下，懒洋洋的。

卢金元张着嘴倒在地上，颤声问：“你要干什么？”

“开灯。”獠牙吩咐了句。

另两人不知从哪推来个黑漆漆的射灯，啪的一声，灯开了，刺目的白光直射在房间中央。

卢金元下意识眯起眼，好几秒才适应了这灯光，再抬头时，看清了魏光严。

他就躺在凳子上，一动不动，一边脸全是血。

那身衣服是队服，白色的布料上血迹斑驳，不少地方破破烂烂的。

獠牙不轻不重地踢了踢他，一只胳膊软绵绵地耷拉下来，约莫是断了。

卢金元张了张嘴，心都快从嘴里跳出来了：“你，你们把他怎么了？”

獠牙笑了笑，说：“哦，你俩不是一伙的吗？整程亦川那事儿，既然是你干的，想必也少不了这家伙的份儿。”

卢金元的脑子咔嚓一声，僵住了。

程亦川？

只听獠牙冷冰冰地说：“你们俩合起火来锯了他的雪杖，差点要了他的命，他小情人不高兴了，也想搞一搞你们。”

话说到这份上，卢金元差不多明白了。

那穿白衣叫陆小双的，是程亦川的小情人，而魏光严是被自己拖下水的，被他们错抓了来。他们要给程亦川报仇。

他看着一旁像是死了一样的魏光严，大声吼着：“不关我的事，不是我干的。你们找错了人！”

“找错了人？”獠牙笑了，“你说不是你，就不是你了？”

她一脚踹上卢金元的凳子，害他连人带凳滚了一圈，然后冷冰冰地让人拿水来：“把这东西也给我泼醒。”

又是一盆水兜头而下，魏光严也醒了。

几乎是一回过神来，他就开始沙哑着嗓音叫：“不关我的事，我什么都不知道，别打了，求求你们别打了……”

简直就跟失心疯了似的，一看就是被打得受不了了。

他侧头，像是这才发现卢金元的存在，眼睛陡然睁大，那张脸鼻青脸肿的，分不清哪是血哪是泪，滑稽得很。

他忽然叫起来："卢金元，你跟他们说啊，这不关我的事。我跟你早就绝交了，不，咱俩根本从来没好过！你告诉他们，别让他们打我了！我求你了！"

魏光严胡乱求救，又是求那群戴着面具的人，又是求卢金元。

獠牙骂了句："吵死人了。"

下一秒，手起刀落，正中魏光严的腹部。

卢金元惊呆了，这一刻，空气仿佛凝固了，刺眼的灯光里，他只看见魏光严的小腹冒起一股黏稠的血液，像是慢镜头一般喷涌而出。

魏光严惨叫一声，又一次一动不动躺在那里了。

这一回，约莫是再也醒不过来了。

卢金元开始惨叫，惨绝人寰的那种叫法。

戴着獠牙面具的宋诗意都忍不住捏把汗，心道还好地方选在了鬼校，这里每天都有人被吓得尖叫不止，要不然，若是在别处，怕是会引来一群围观者。

可戏还要继续演下去。

她提刀走近了卢金元，在他一浪高过一浪的尖叫声里，慢慢地把刀拎了起来，对准他的脸。

"死到临头了还在撒谎，他该死。"

冷冰冰的声音像是来自遥远的地狱。

"现在轮到你了。"

卢金元惨叫着喊救命，可这才是叫破喉咙都没人搭理。

獠牙用那滴血的刀碰了碰他的脸，在新一轮的杀猪声里，淡淡地问："给你最后一次机会，说，雪杖是谁动的手脚？"

"是魏光严！是他干的！我什么都不知道！"

到了这个节骨眼，卢金元还能灵机一动，把罪过全推在"已经断气"的死人身上。

要不是外面的副导演太过凶残，魏光严真想立马跳起来踹他两脚。

"不见棺材不落泪。"獠牙气得骂了句，猛地举刀，朝他重重地砍下来。

刀光一闪，卢金元吓出尿了。

他尖叫着承认："是我，是我干的！是我锯断了他的雪杖！求求你别杀我！"

刀停在他面前几厘米处。

黏糊糊的血液吧嗒一声坠下来，正好滴在他面颊上，他浑身一颤，就跟筛子似的抖个不停。

獠牙一动不动地维持着这个姿势，问："怎么锯的？"

"器、器械室有维修工具，我找了个小型电锯，给他，给他锯断了……"

"电锯在哪找到的？"

"靠墙的那个架子下面，有，有个工具箱，电锯、电锯就在里面。"

"时间。"

"就，就上个星期二、二晚上，大、大家训练完了，都、都离开了。我最、最后一个走……"

"锯的哪个地方？"

"左、左杖。"

"用什么东西粘起来的？"

"特、特殊黏合剂，滑雪队的队员几乎，几乎都有。"

獠牙居高临下看着他，冷漠地问："为什么这么做？"

为什么这么做？

卢金元哭得上气不接下气，裤裆一片湿漉漉的，整个人大汗淋漓、狼狈不堪。

他半是不甘半是绝望地吼着："因为他本来就不该来的！要是他不来，我的名额就不会被抢走！我才是第三名，我一直是队里的第三名！如果他不走，以后都没有我了……"

他哭着说："都没有我了……"

那把刀离开了他的脖子，獠牙拿着刀，一动不动地站在原地，一字一顿地说："你有没有想过，他拿到的只是一次比赛名额，你锯了他的雪杖，可能会要了他的命！"

卢金元哭着大喊："那又怎么样？他该死，他本来就该死！"

他整个人都已经崩溃，哭着胡言乱语，到最后才说："我才不管他死不死。我只想让他把我的东西还给我……"

"那是我的，是我的！"

一屋人看着他歇斯底里的丑态，没有人说话，也没有人动。

直到有人开门，陆小双双手抱臂站在门外，淡淡地说："行了，弄完就走，还能让前台退一个小时的包场费。”

卢金元还在哭，根本停不下来。

陆小双按开了墙壁上的灯，皱眉说：“射灯关了，想闪瞎我啊？”

她一边说着，一边走到魏光严身旁，踹了踹凳子：“行了行了，别演了，收工了，回家吃饭了。”

卢金元的哭声戛然而止。

他满脸鼻涕眼泪，睁大了眼睛看着这一幕，只看见已经“死掉”的魏光严被陆小双解开了绳子，一边龇牙咧嘴地揉着肩膀，一边跳下了凳子：“这演技打几分啊，副导？”

陆小双：“勉强及格。”

下一秒，三个戴面具的人也摘下了面具，熟悉的面孔跃入他的眼底，卢金元惊骇地认出，他们全是队里的人。

他错愕地指着魏光严：“你，你不是——”

“死了？”魏光严咧嘴，从衣服里掏出袋黏糊糊的玩意儿，扔在地上，一脸嫌弃，又把沾上一抹红的手指放在嘴边舔了舔，笑道，“这个，番茄酱。”

卢金元震惊了。

魏光严还从地上拎起那把刀，递给他看：“塑料的。你看，刀口这么厚，根本砍不动人。”

“行了，别嘚瑟了。”陆小双没好气地拉开他，“说得就跟你是编剧似的。”

魏光严心有余悸地擦把汗，离这个编剧本人远了点，说：“你是，你是，你才是。”

宋诗意摘下獠牙面具，随手扔在地上，然后从外套口袋里拿出了手机，保存录音，递给一旁的陆小双，最后亲自弯腰来替卢金元解绳子。

卢金元大梦初醒，拼命挣扎着，吼叫着。

“我要报警！”

“你们这是恐吓！是绑架！我要报警！”

“我要让你们坐牢！全给我坐牢！这是严刑逼供，不算！全都不算！”

宋诗意退后两步，冷眼看着他，说：“我逼供？我只逼你说了是不是你干的，你要不是罪魁祸首，怎么会把作案过程都说得一清二楚？怎么，那些也是我一字一句教你的不成？”

卢金元哑然失声。

宋诗意带着一群人往外走，薛同和陈晓春都在对着卢金元指指点点。陆小双走在最后，收拾了一下道具。

失去束缚的卢金元似乎这时候才回过神来，猛地朝陆小双扑去。

“小心！”魏光严第一个发现不对，一把拉过陆小双，自己被卢金元扑倒在地。

卢金元也是急红了眼，不管自己到底扑住了谁，伸手就掐了上去。

“什么时候了，还来？”陆小双脱了高跟短靴，冲他脑门儿砸下去，这回卢金元彻底晕了。

她回头去看魏光严：“怎么，还不起来，想在这儿过夜呢？”

魏光严慢吞吞爬起来，小心翼翼离她又远了一些。

这个女人，惹不起的。

宋诗意没从前台把钱要回来，只嘱咐小哥：“一会儿你把他弄醒，让他滚蛋就成。”

离开地下室，室外一地阳光，空气都清新起来。

她一身轻松，终于了无牵挂。

站在大厦门口，她给孙健平打电话：“卢金元认罪了，我全都录了下来，作案过程他一五一十全都交代了。

“回头我把录音发给您，怎么处理，您做主。

“孙教，谢谢您。”

孙健平仿佛被人施了定身咒，最后一刻才问出口：“谢我什么？”

“谢您纵容我胡来，完成了这出好戏。”

她笑着挂了电话，坐上了回基地的车。

程亦川，离队之前，师姐的大礼已送到，请查收。

办完事，宋诗意请客，一群人在巷子里吃了顿老北京涮羊肉，还把郝佳也叫来了。

院子还是那个院子，店还是那家店，她也请不起什么大餐，这样一顿物美价廉的晚餐是她力所能及的一点心意。

热气腾腾的锅子端上来，一群人围坐在桌边，吃得火热。

宋诗意笑着举杯，说感谢大家这么够义气，这些日子辛苦了。

夜色温柔，凛冽北风也凉不了滚烫热血。三个大男生笑嘻嘻地摆手，说“应该的，应该的”。

她要了两瓶酒，陆小双一瓶，自己一瓶，郑重倒满，举杯：“有件事也不瞒大家了，前几天我已经在孙教练那儿办好了离队手续，这回一走，大概是很难再见面了。”

除了陆小双早知此事，一脸平静以外，其余人都吃了一惊。

“师姐，你开玩笑吗？”

“真的要退役？”

“怎么这么突然？”

“师姐，你考虑清楚了？这可不是小事情，不是闹着玩儿的。”

对于运动员来说，抛下学业，专注体育，这是件孤注一掷的事。一旦踏上，很难回头。因为继续往前走，还有机会在体育生涯里有所成绩，可中途离场，那就是颗粒无收。

宋诗意笑：“放心吧，已经考虑清楚了。今晚借这个机会，一是感谢大家为了我的好管闲事尽心尽力，二呢，也算是吃个散伙饭。我知道你们不能喝酒，所以这一杯就由我来敬各位，你们以茶代酒就行。”

夜色里，炭火正旺，铜炉里汤汁滚滚。

年轻的师姐笑容如画，声色明媚：“祝在座各位师弟师妹前程似锦，在未来的日子里得偿所愿，也为我们高山滑雪队留下浓墨重彩的一笔。”

她的滑雪生涯已告终，但他们的人生还很长。她盼在不久的将来，能看见他们将她未完的心愿延续下去。

魏光严回到宿舍之前，一而再，再而三地照镜子，确认陆小双给他化的妆都清理干净了，才敢回去。

宋诗意叮嘱过了，今天这事都别告诉程亦川。

他纳闷：“咱们背地里当活雷锋做好事，为什么不能告诉他？”

宋诗意说：“让他专心比赛就好，不然以他那性子，又得咋咋呼呼、没完没了。”

可她没想到的是，魏光严一脸镇定地回了宿舍，却被程亦川堵了个正着。

夜里十一点了，魏光严窸窸窣窣开了门，见屋里漆黑一片，灯也关了，料程亦川已经睡了，正好松口气。哪知道才蹑手蹑脚走到床边，准备换衣服躺下，一束手机灯光毫无征兆亮起，不偏不倚，恰好打在他脸上。

魏光严一惊：“你怎么还没睡？”

对面的床上，程亦川面无表情地盘腿坐在那，问他："你跑哪儿去了？"

"就，就出去吃了顿饭。"魏光严目光闪躲。

"和谁？"

"你不认识。"

"我不认识？"程亦川眯眼，跳下床去，啪的一声打开了房间里的灯，"薛同和陈晓春我也不认识？"

"你在说什么啊？"魏光严一惊，怀疑他是不是知道了什么，抬头心虚地看他。

程亦川没有回答，只不紧不慢地走到他面前，眼神微微一定，落在他耳朵上："这是什么？"

魏光严下意识地伸手去摸，摸到一块已经干涸的番茄酱。

"吃，吃的是肯德基。"他磕磕巴巴地解释，"估计是吃薯条的时候沾上了。"

"你家都用耳朵吃肯德基？"

魏光严脸涨得通红，未经彩排的表演，恕他天赋有限，演不出来。

程亦川拉了张椅子过来，坐下来，言简意赅地问："说吧，你们搞了辆车，把卢金元带哪儿去了？"

魏光严倏地抬头，震惊地望着他："你看见了？"

纸包不住火，他很快招了。

程亦川的表情也在那一刻凝固了，像是不敢相信自己的耳朵，错愕地又问一遍："你说什么？"

他想法简单，原以为他们是要把卢金元弄去揍一顿，却没想到宋诗意费尽心机，竟是为了替他讨个所谓的公平，千方百计他弄来了卢金元的口供。

程亦川再也坐不住，猛地从椅子上跳起来，夺门而出。

"这么晚了，你去哪儿啊？"魏光严扯着嗓门儿叫他。

可他没能叫住程亦川，那家伙像是兔子一样，飞快地蹿出了门，一头扎进茫茫夜色里。

Chapter 17

灿烂若他

宋诗意和陆小双回了宿舍，正准备洗洗睡了，忽然接到了丁俊亚的电话。

“睡了吗？”

宋诗意一顿，没料到他会这么晚找自己，抬手示意陆小双先去洗漱，自己走到窗边接电话。

“正准备睡。怎么了？”

丁俊亚沉默片刻，问：“退役的事情，你打算到什么时候才亲口告诉我？”

宋诗意一下子没答上来。

电话那头的人平静地又问一句：“还是你压根儿没把我当教练，觉得只要跟孙教说了就行，用不着亲口告诉我？”

“不是的，师哥。”宋诗意迟疑着，解释说，“这两天我手头有点事，所以没来得及告诉你。”

“当面说吧。”丁俊亚言简意赅，“我在你宿舍楼下。”

宋诗意一愣，从窗户望了出去，大门外果然站了个人。

“你等我一下，我马上下来。”她按了按眉心，挂断电话，冲卫生间里叫了一声，“小双，我下楼一趟，你一会儿先睡，不用等我。”

“黑灯瞎火的，下楼干什么？”陆小双卸完了妆，一脸狐疑地看着她。

回应陆小双的，却只有关门声。

丁俊亚在大门外等着，一身队服简简单单，面容肃静，不苟言笑。

别说大晚上路上没几个人了，就是有人，恐怕见了他也要绕道走。

宋诗意走出楼道时，脚下千斤重，可该面对的始终要面对，最终还是快步朝他走去。

“师哥。”

丁俊亚点头，没说话，像是在等着她先开口。

宋诗意只得开门见山：“不是不告诉你，是真有事在忙，一直不得空。”她抿了抿唇，诚实相告，“之前也跟你说过，我回队里快一年了，没有任何成绩，腿伤还反反复复，叫你和孙教担心。恰好前一阵我家里出了点事，回家和我妈商量之后，我就打算退役了。”

“退役了，回家干什么？”

“去我二姨夫的公司做文员。”她把跟孙健平说过的事又重复了一遍，末了笑道，“其实也是好事情，我年纪毕竟摆在这儿了，回来一年也没什么成绩，今后体力大概也会越来越跟不上。”

“师哥，你二十六岁就已经退役了，我年底就满二十五了，也是时候急流勇退了。”

丁俊亚神色不明，也没开口说什么。

宋诗意也察觉到气氛有点尴尬，便笑着打哈哈：“反正队里的年轻师妹们一个个都比我强，少了个我，你还少操点心，能把重心放在值得培养的人身上，免得白费力气。”

“在你看来，我对你操的心都是白费力气吗？”丁俊亚终于开口。

这回轮到宋诗意一顿，张了张嘴，没能说出话来。

“宋诗意，你进队多少年了？”

她愣愣地回答：“快六年了。”

“从你进队第一天起，孙教就把你交给我，说我是师哥，多带着点你。”丁俊亚看着她，目光沉沉，“从师哥到教练，相处近六年，你就真的没有半点感觉吗？”

他终于还是说了出口，听得宋诗意心惊肉跳，心头一沉。

自她十九岁入队起，丁俊亚与她就注定了不是普通师兄妹。速降队与国际无法接轨，能拿到世界赛资格的运动员更是寥寥无几，男队有个丁俊亚，女队也不过一个宋诗意，剩下的顶多打打擦边球，偶尔陪跑一回已是来之不易的机会。

那些年里，出国参加大赛的还有技巧队的队员，可速降队却只有他们，理所当然，他这个师哥就担负起了照顾师妹的职责。

宋诗意依然记得，她第一回去韩国釜山参加青年赛时，也曾紧张到坐在起点处的后台发抖，牙齿都直哆嗦。

下一个就轮到她了，哪怕几分钟前孙健平还在一个劲给她做心理建设，可她还是初生牛犊，无法克制地陷入极度紧张的状态。

是丁俊亚找到了她，在她面前投下一片温柔的阴影。

她下意识地抬头，就看见他蹲了下来，笑着递了瓶矿泉水给她：“怎么，怕了？”

她性子倔，怎么可能承认？当即反驳：“笑话，我怎么会怕？”

他笑笑，点头说：“我也觉得，我们宋师妹向来天不怕地不怕，小小比赛，怎么可能紧张！”

说完，他还特意反问：“是吧？”

宋诗意被激得霍地站起身来，拧开矿泉水咕咚咕咚两大口，凉意直入小腹，冷得她一个激灵，浑身都紧绷起来。

她听见广播里传来自己的名字，韩语一概听不懂，但她知道，轮到她上场了。

宋诗意把矿泉水往丁俊亚手里一塞，头也不回地往雪道上走。

身后却传来他的声音：“宋诗意，能拿第一吗？”

脚下一顿，她扭头冲他嫣然一笑：“等着瞧好了。”

他一边笑，一边点头：“那我就拭目以待了。”

那是她的初次比赛，不是什么大赛，也确实因为紧张没能发挥出全部实力。她拿了亚军，在这说大不大、说小不小的赛事上，头一回登上了领奖台。

她的目光落在那片人群里，看见了孙建平笑得眯起来的双眼，也看见了一旁的丁俊亚浅浅的笑。

少女怀春的年纪里，不是没有过一星半点的崇拜和依赖。

她去哪都有他，她是队里的女子第一，而他是男子第一，如此门当户对，如此理所当然。她当然知道他对她的照顾来源于孙建平的嘱咐，师哥看着点师妹，天经地义。可内心里还是偷偷萌生出一些细碎的属于少女的梦幻旖旎。

可她自幼热爱滑雪，进队后更是心无旁骛地为了那个目标苦练，哪怕是有一点少女怀春，也不过是夜里睡前的一点暗自心动。而白日的训练是如此辛劳，她往往出神不到几分钟，就沉沉睡去。

丁俊亚于她，始终只是枯燥生活中的些许调剂。

直到父亲出事，她赛场受伤，就此退役，背负起生活的重担。离队后，曾经因为枯燥的运动员生涯产生的旖旎情怀，就此消散。哪怕之后又回到队里，没了就是没了，丁俊亚从师哥变成了教练，但也仅此而已。

现在的他对于宋诗意来说，更像是个兄长，而她也真真切切地感受到，从前的那些旖旎情思也不过是一个入队后的孤单少女对于他人的关心所产生的依赖。

当初的她那样不可一世、傲气十足，和如今的程亦川一样，在队里不受人待见。

更有甚者，女生的心思是比男生更复杂的，她所遭受的要比程亦川多得多。

也因此，丁俊亚的照顾就显得格外可贵。

今夜，丁俊亚忽然开口说起从前，若说先前她还只因程亦川的提醒而有所猜测，那么这一刻，所有的猜测都成了事实。

宋诗意有些意外，又忍不住失笑。

丁俊亚问："你笑什么？我想追你，这么好笑吗？"

"是啊。"她斜眼看着他，"前世界冠军丁俊亚，长得好，滑得好，如今在队里混得也好，年纪轻轻就这么有本事，居然看上了我。不好笑吗？"

"看上你怎么了？"丁俊亚瞥她一眼，"你也用不着妄自菲薄，你不也是前世界亚军？说起来，我们也算是门当户对。"

"对你个头！"一旁的树后终于跳出个人，忍无可忍地指着他，"你害不害臊！身为教练，对自己的队员有非分之想，你你你，你简直是禽兽！"

大晚上的，树后面突然冒出个人来，还凶神恶煞地冲丁俊亚吼，把这边谈话的两人都吓了一大跳。

宋诗意一怔："你怎么在这儿？"

丁俊亚则是面色一沉："程亦川，你偷听？"

程亦川从草丛里一跃而出，将宋诗意一把拉住："跟我走，我有话问你。"

丁俊亚也下意识去拉人："你看不见我和她正在说话？"

宋诗意都被气笑了，干脆把手一抽，谁都没拉住她。

"师哥，退役的事我也都跟你说清楚了，你先回去吧。"她定定地望着他，从容而干脆。

丁俊亚眼神一动，一颗心慢慢地沉了下来。

若她对他有意，断然不该是这个反应。他不是傻子，哪怕平日里沉默了些，被动了些，也能判断出她对他到底是什么态度，什么感觉。

只是他始终想不通，为什么几年前她还是那个对他嬉笑怒骂时眉眼里都带有一抹撒娇之色的小姑娘，如今却什么都没了？

相反，程亦川就得意了，就差没冲丁俊亚嚷嚷："听见没，她让你走！"

可那样做未免太落井下石了，程亦川克制住了自己的喜悦，就只斜眼盯着丁俊亚，用眼神表达这个意思。

丁俊亚看都没看他，只朝宋诗意点了点头，说："明天再说。"

被这么个程咬金打岔，该说的话也没说完。但他是成年人了，不会冲动到非得挑个不对的时机去磨她。

和他相比，程亦川就是那个大龄“未成年人”，像个队霸一样杵在原地，冲宋诗意说：“现在轮到我了。”

宋诗意瞥他一眼：“我跟他是聊完了，什么时候说过要跟你继续聊了？”

话说完，她扭头就走，扔下一句：“大晚上的，各回各家，该休息休息，该睡睡。”

程亦川不可置信，冲她背影大喝一声：“宋诗意，你给我站住！”

宋诗意身形一顿，到底还是站住了。

程亦川风风火火地冲上来，明明有一大堆话想说，可站定了，一时之间竟又不知该说点什么。

原本是一腔热血，得知她为他费尽心思逼卢金元认罪，他揣着那颗惶惶不安的心飞奔而来，想问她是不是傻，为了那么个烂人，值得费这么大力气吗。想说这些苦力交给男人去做就可以了，他都这么大的人了，为什么把他当个孩子似的蒙在鼓里，自己一个姑娘家去办。

想问的太多，脑子里仿佛装了一万个为什么，跑来的一路上都在茫然自问。

为什么对他这么好。他揣着这一句，只觉心头山洪将至，摇摇欲坠。

可真到了宿舍门口，却看见她和丁俊亚站在一处。他像是做贼一般，下意识跳到了草丛里，躲在那棵被他踹过好几脚的老树后头，稀里糊涂地做起了偷听这种事。

哪知道却叫他意外得知，她这次回来竟是为了退役离队。

不是说好要坚持的吗？

明明她离开之前，他费尽心思地去鼓励她，一路送她去机场时都还在谆谆教诲。她怎么就这么不听劝呢？！

“宋诗意。”程亦川想也没想，伸手拉住她的胳膊，手中是她瘦弱纤细的臂膀，眼前是她睁大的眼。

该说一句“谢谢你”，感激她的倾囊相助，还是骂一句“真糊涂”，指责她的轻言放弃？

他张了张嘴，却傻愣愣地站在那，只是拉着她的胳膊，却一句话也没说出来。

宋诗意正想骂他，臭小子动手动脚干什么，又想演偶像剧了吗？可刚张嘴，就看见他茫然地低下头来，与她双目对视。

他急急地问她："为什么要走？"

少年的眉眼往常总是飞扬的，带着不可一世的狂妄和不谙世事的天真，此刻却藏着显而易见的焦虑与愁苦。

他急切地说："不是说好要坚持吗？是家里的事情没解决好，你急着用钱是不是？我说了我可以帮你啊，再等等不行吗？"

程翰已经找到 Gilbert 了，如今正在了解宋诗意的伤情。

他不能给她无谓的希望，可万一有机会呢？为什么就不能再等等，等他为她争取那一点光明呢？

程亦川有一肚子话想说，可此刻仍不是个适宜的机会。他怕他给了她希望又让她失望。

宋诗意不知他心中矛盾，却察觉到了他的焦虑，加之拉住她的那只手沉甸甸的，越握越紧，险些把她弄痛。

她一愣，叫他："程亦川？"

少年大梦初醒，猛地缩回了手，片刻后，低声问她："真的要走？"

"离队手续都办好了。"她点头。

"没有反悔的余地吗？"他追问。

"没有了。"她狠下心，不打算告诉他孙健平开的是张假条。

程亦川颓然地站在原地，先前的一腔热血化为乌有，一颗心都冷了下来。

宋诗意看他脸颊鼓得像河豚，没忍住，伸手戳了一下，笑道："我以为你该高兴的，卢金元把破坏雪杖的过程都交代了，证据已经送到了孙教那里。"

念及自己要走，对这个尚有稚气、不够成熟的小师弟却莫名其妙地放心不下，她收起了笑意，多叮嘱了两句。

"程亦川，年轻人有志气是好事，可是傲骨胜过傲气。志气该在心里，在骨子里，而不该总是浮于表面。否则就应了那句话，木秀于林，风必摧之。"

怕他总这样狂妄，重复自己从前的老路，在队里受人排挤，过于孤单。

"我曾经跟你说过，十九岁的时候我以为我来到队里是为了荣耀，为了冠军，可是二十五岁这年回头再看，才发现更重要的是这六年时间里和我朝夕相处的点点滴滴。"

所以你别重蹈覆辙，别像我一样蹉跎时光，也去交一些真心的朋友，不论前路多长多苦，有人与你患难与共总好过一个人扛。

“师姐年纪大了，身体也不济了，是时候急流勇退，回家嫁人啦。”她还开玩笑，“我妈说年纪再大些，就只能挑人家剩下不要的了。”

而你，你天赋过人，年华正好，未来一片光明。

愿你永远无忧，离我所经历的伤痛与挫折越远越好。

愿你前程似锦，脚下是荡荡坦途，抬首是万千光辉。

然而那些话，她一句也没说。她这样一个爽快利落的人，就不该说这样拖泥带水的话。否则叫陆小双听去了，一定会骂她真矫情。

宋诗意不用回头也知道，陆小双一定在窗口支着脑袋看呢。

不能叫她看热闹。

看热闹是要给钱的。

所以她哈哈笑着，伸手揉揉少年的脑袋，哪怕他比她还高了半个头多呢。可是没关系，疼爱小师弟的心在这里，不论他多高，在她心里也是那个可爱又可气的程亦川。

她笑容满面，说：“记住师姐说的话啊，不听老人言，吃亏在眼前。”

程亦川低头看着她，定定地看着，一眨不眨。

记忆里，她总像这样，以一副长辈的姿态教导他、嘱咐他，她一点也不温柔，可凶巴巴的语气里却是难以掩饰的关心。

胸腔里仿佛有颗玻璃心破碎了，扎得人很难受，浑身都抽抽。

他别开脸，眼眶有些热。

真不想承认，他一直不愿她走，总说是不想看见她终止梦想、半途而废。可这一刻他前所未有地清楚，不愿她走，分明是出于私心。

她走了，谁还会这样凶神恶煞地关心他？

她走了，也没人会敲他脑门儿笑话他、挤对他了。

从前她动手动脚时，程亦川总是一脸不可置信地拍下她的手，说：“你也不过大我几岁而已，凭什么教训我？”

“你敲我脑袋干什么？”

“还敲？”

可是这一刻，他没有去摘下那只“以下犯上”的手。

他任她揉着他的脑袋，像是对待稚童一般，末了，轻声问：“多久走？”

“不是明天就是后天了。”

“就不能多留几天吗？”

她一愣，抬眼看他。

程亦川别开脸，执拗地说："等到省运会开完了再走，不行吗？"

没听见她的回答，他又重新扭头看着她，明知这是个无理的要求，却还是开了口："至少看完我比赛，好不好？"

少年的眼神里带着或许连他自己也未曾察觉到的哀求、感伤。

宋诗意怔怔地看着他，一句拒绝的话也说不出口。

她点点头，说："好。"

然后看见他小狗一样，主人挠挠头、逗一下，就展露笑颜。

那双眼睛，比什么都明亮。

宋诗意回到宿舍时，陆小双已经躺在床上玩手机了。

宿舍床小，两人挤在一张床上，呼吸稍微重一点都能被彼此感知到。

已近凌晨时，陆小双忽然睁眼，推了她一把："睡不着就算了，干脆起来跑步。

宋诗意："我吵到你了？"

"废话，翻来覆去不睡觉，怎么，吃了兴奋剂？"

"这三个字在这地方可不能随便说。还好我退役了，否则叫人听了去，指不定传出什么话来。"

陆小双翻了个身，和她背靠背，片刻后，突兀地问了句："冷酷师哥，热血师弟，你选哪个？"

"？"

"少装蒜，我从窗户那儿全看见了。俩大老爷们儿演偶像剧呢，一人拉一只手，干吗，道明寺和花泽类抢人吗？"

"不是你想的那样。"宋诗意皱眉，"程亦川是找我问卢金元的事，丁师哥——"她顿了顿，按了按眉心，"丁师哥倒真是你想的那样。"

陆小双笑了："想不想听听我的看法？"

"洗耳恭听。"

"反正那俩人都是要留在这儿的，将来跟你八竿子打不着。要我说，都睡了，不睡白不睡。"陆小双理直气壮，"运动健儿嘛，体能好，身材棒，临走之前快活一把，开心你我他。"

"不是我说，你都二十五了，还是个雏儿。这么个难能可贵的机会摆在眼前，睡完一走了之，钱都不用给，可不得好好抓紧了？”

宋诗意一脚踹过去：“你给我闭嘴。”

“哎哎，踹我干吗，我说得很有道理啊！”

“陆小双，你上这儿干吗来的？拉皮条吗！听听你什么语气，你以为你是老鸨吗！”

被窝里，陆小双一脚踹回去，笑岔了气。

宋诗意本来还一个脑袋两个大，看她笑这么厉害，一个没忍住，也跟着笑起来。

这话直到第二天陆小双还在跟她碎碎念，一副地痞流氓的口吻。两人正在食堂吃早饭，宋诗意怕被人听见，下意识地拿馒头去堵她的嘴。

陆小双取出馒头，振振有词：“你要是喜欢温柔点的，就选师哥，年纪大的男人懂得心疼姑娘。要是喜欢激烈点的，就选师弟，年轻人冲动有劲儿，狂野小狼狗。”

她半开玩笑半逗宋诗意，还比了个狗爪子，侧头冲她嗷呜两声。

这一侧头，可不得了，居然有人端着餐盘停在她身旁。

陆小双下意识地抬头看，就看见满脸惊恐的魏光严，一脸看禽兽的表情看着她。

陆小双：“不好好吃饭去，你在这儿偷听什么呢你？”

魏光严面上一阵白一阵红，指着陆小双：“你把这儿当什么地方了？跑来乱搞男女关系？！”

陆小双：？

她拍桌子：“你胡说八道什么呢！”

宋诗意赶紧打圆场：“误会，误会一场，大家该干吗干吗去。”

魏光严一脸“老子不与你同流合污”的表情，愤愤而去：“女流氓！”

陆小双就差没掀桌子了：“说什么呢你！你回来！”

众人：一大清早，食堂好热闹啊。

丁俊亚第二天没有再找上门来，这叫宋诗意松了口气。

有时候她也认同陆小双对自己的评价，就好像多年运动生涯把她养成了粗神经、不细腻的糙汉，少女心已经久违了。

师哥哪里都好，不好的是她。

她的少女心在家里出事那一年就死掉了，从那以后都只会操心，不曾动心。一想到师哥可能会变情人，她就浑身不自在。

因为答应程亦川要留到一周后的省运会，所以她让陆小双先回北京，自己随后就回。

钟淑仪也来过电话，显然是担心她出尔反尔，她信誓旦旦地保证了归期："我肯定按时回来报到，迟到一分钟我绕胡同跑三圈。"

钟淑仪终于放下心来。

于是这一周的空闲日子，她过得无所事事，成日里都不知该做什么。

某日在基地闲逛时，撞见了从办公楼出来的丁俊亚，问她在干什么。

宋诗意略有些局促，说："快走了，想再看看待过的地方。"

丁俊亚像是没察觉到她的不自在，点头说："我这会儿没什么事，一起吧。"

该来的还是会来，心情好沉重。

可陆小双又说对了，已近而立之年的丁俊亚确实沉稳细心，很好地化解了她的尴尬。

走到训练馆外，他笑道："我还记得你刚来基地那一年，跟个孩子似的。袁雪杉能一口气做三个前空翻，你不服，就跟耍猴似的在里头前空翻接着后空翻，翻到自己跑出来大吐特吐。"

"你怎么还记得啊！"她捂脸哀号。

黑历史，求别提。

田径场上，绿草如茵，两人沿着红色塑胶跑道慢慢走着。

他又说："你跟人打架，孙教罚你四百下蹲，让我来这儿看着你做。你数完一百跳到了一百五，数完三百直接跳四百。"

宋诗意哈哈大笑："多谢师哥睁一只眼闭一只眼，不然我腿都废了呢——"

话音未落，她的眼神动了动，低头瞄了一眼自己的脚。对于运动员来说，如今这状况确实和废了没什么两样。

丁俊亚平静地说："决定都已经做了，未必不是件好事。这一行迟早是要退下来的，以你的性格，不管在什么地方，不管做什么，都能自得其乐。这一点我从来都没担心过。"

宋诗意抬头，对上他素来严肃冷峻的脸，此刻那总是清明冷静的眼底却多了几分温柔。

她曾以为是因为他们师兄妹一路并肩作战，比大多数队友都更有患难之情，他对她才比别人多了些柔软。可如今看来，是她想得太少。

她张了张嘴，低声说："师哥，谢谢你这么多年的照顾。"

"是不是觉得自己欠了我一个大人情？"

她笑："是啊，可惜我就要走了，估计这辈子也还不清——"

"还得清。"他不疾不徐地打断他，温言道，"以后的路那么长，慢慢来吧。我等着你。"

这样的话一出口，场面就不单纯只是回忆往昔了。

按理说，粉红的泡泡理应满天飞，可宋诗意……

她扶额，坦诚地说出心里的想法："师哥，说实话，我不是没考虑过和你发展一下，但我一想到咱俩在一起的画面，脑子里就只有四个字。"

"哪四个字？"

"天伦之乐。"

两人大眼瞪小眼，最终哈哈大笑起来。

丁俊亚也只能苦笑着说："慢慢来吧。好歹让我试一试，你别排斥就好。"

她迟疑片刻，终归还是点了点头，说："好。"

只是这事叫陆小双知道以后，匪夷所思地点评了一句："第一次看见谈感情像你们俩这样的，就跟制订战略合作计划似的。"

这算是谈感情吗？宋诗意觉得不太真实。

不过她没工夫去想那么多，因为很快，省运会来了。

省级运动会，各个市里包括乡镇都有运动员前来参加，但良莠不齐，最后通过小组赛淘汰一大堆，剩下的总是体校、省队和国家队的。

大清早的，她同郝佳一起坐上了大巴时，程亦川还没到。

因为并不参赛，她没和运动员们坐一起，只坐在尾座，猜那家伙上车后一定会毫不客气地坐在她旁边。

罗雪上车时，一眼看见了尾座的人。

她是前几天才知道宋诗意要离队的，当时乍一听消息，说不上来心里是什么滋味。好些年前，她还是个小姑娘，跟着父母练滑雪时就已经知道宋诗意此人了。

她在电视上看见宋诗意比赛，又因生在滑雪世家，父母都是体坛的人，耳濡目染，听说了无数和宋诗意有关的事情。

他们说她是冰雪公主，是难得的天才。

说她是竞速队多少年难得一遇的希望，终于有机会让中国女子高山滑雪在速降的舞台上占据一席之地。

那些年里，她总是睁眼闭眼都能听到这三个字：宋诗意。

因父母的缘故，罗雪从小就接受最正规的训练，在滑雪上很有天赋。她从不觉得自己会比别人差。后来就起了好胜心，她不想再听见宋诗意的名字。甚至，她拒绝了父母的推荐，不愿继承衣钵，继续练技巧类滑雪项目，她为自己选择了速降。

宋诗意可以做到的事情，她也可以，甚至能做得更好。

踏上大巴，她一眼看见了宋诗意，顿了顿，用不大不小的声音说："我还以为车上只有要去参赛的运动员。"

郝佳和她是室友，但二人并不对付，当即反唇相讥："车又不是你家的，怎么，你还能不让别人上车？"

罗雪笑了笑："不是都离队了吗？还赖着不走干什么？"

宋诗意刚张嘴，就见车门外有人一跃而上。

"我请她来的，你有意见？"

程亦川大步流星走上来，与罗雪擦肩而过，头也不回地扔下一句："我跪着给她磕了三个响头，好说歹说才把她留下来。毕竟是前世界亚军，能得她一句指点，胜过在队里听八婆瞎说不知道多少倍。"

一车人都在笑。

罗雪怒道："你骂谁八婆？"

程亦川好整以暇，一屁股在宋诗意身旁坐下来："谁瞎说，谁八婆。"

郝佳也适时地拉了拉罗雪，插了句嘴："行了，你就别对号入座了。"

罗雪霍地甩开她，自己坐在了一处。

还没到赛场，火药味就已经浓了起来。司机见怪不怪，毕竟年轻运动员们血气方刚，常年处于竞争压力中，口头争执也是常见的。

宋诗意独立惯了，习惯了自己解围，自己反击，如今被程亦川抢了先，倒是有些好笑。

人陆陆续续到了，教练也上了车。

车行一路，她侧头看他："怎么，怕我说不过？"

程亦川显然还对她离队一事耿耿于怀，目视前方，看都不看她："我古道热肠，乐于助人，不行吗？"

耳边传来她的笑声。

他到底还是没忍住，转过头去看着她，咬牙说了句："趁着还能护短，多护一护。将来走了，就是想替你出口气，也没地方出了。"

宋诗意一怔。

年轻的男生就在身侧，看似气鼓鼓的，两腮鼓得跟河豚似的。可连他自己都没察觉到，他的眼睛像两只哀怨忧郁的小灯笼，分外明亮，照得她心头发慌。

她下意识地笑道："护我干什么？我又不是没本事替自己出口气。"

程亦川点头："是啊，你那么剽悍泼辣，谁能欺负你？"

他没精打采地靠在椅背上，说："反正等你走了，别人欺负你我也看不见。眼不见心不烦。"

说着，他又侧头瞥她一眼。

"骗子。"

"说话不算数。"

"明明说好要坚持的。"

一路上都在碎碎念，像个小和尚。

宋诗意想笑。笑到一半，又忍不住伸手去揉那颗毛茸茸的脑袋。

程亦川，你怎么这么可爱！

他怒道："把手拿开！"

话音刚落，他又泄了气，重新靠在座椅上喃喃地说："算了，反正也要走了，动手动脚也没几次了……"

权当忍辱负重，给她一个送别礼。

宋诗意终于忍不住哈哈大笑，笑得眼泪都快出来了。

她想，离开这里以后，她有很多怀念的人和事。但最不舍的，一定是这个认识不久的小师弟。

竟然是他。

也当然是他。

开幕式在市体育中心举行，运动员们分批入场，奏国歌、升国旗，然后宣誓。

宋诗意坐在观众席上，静静地听着《运动员进行曲》，看着身穿各色制服的整齐方阵。这样的场景在过去很多年里曾反复上演着，可她从来没意识到，曾经觉得冗长无聊的环节会在退役之后变得如此难忘。

她怔怔地看着人群，在其中寻找着一个叫程亦川的年轻运动员。

某一个瞬间，他抬头看来，与她四目相对。

全场都是熙熙攘攘的人，朝气蓬勃的运动员们浑身上下都洋溢着健康的气息。可唯有他在那一片人海里抬头看她，咧嘴一笑，像个孩子。

程亦川抬手，拼命冲她挥了挥，生怕她看不见他。

于是那点怅惘顿时被冲散，宋诗意低低地笑出声来。

Chapter 18

A New Beginning

开幕式结束后，不同项目的运动员们分别去往不同的赛场，与高山滑雪相关的项目自然还是在熟悉的亚布力雪场进行。

宋诗意又一次站在了松软白雪之上，不同的是，这一次她只是个旁观者。

速降比赛排在上午十一点，开场的比赛项目是跳台滑雪。

程亦川热完身后，径直走到了宋诗意身旁："走，看陈晓春比赛去。"

亚布力难得这么热闹，雪地里到处都是人，好几次被人流冲散，她下意识地抬头去找程亦川。而他永远在察觉到她不见的那一刻，立马停下脚步，左顾右盼地找她。

"跟紧点，别丢了。"还这么老气横秋地数落她。

宋诗意又是一阵失笑。

跳台滑雪，顾名思义，就是运动员脚着特制的滑板，沿着跳台的倾斜助滑道下滑，然后借助速度和弹跳力，使身体跃入空中，在空中飞行约四到五秒钟后，落在山坡上。

评分依据是滑行、起跳、空中以及着落等几个动作的姿势完成度。

选手们已经开始比赛了，运动员以极快的速度冲下了坡道，然后蓦地跃起，在空中转体翻腾，最后落地，遗憾的是重心不稳，一屁股坐在了地上。

程亦川哈哈一笑："可惜了，落地没站稳。"

语气里倒是丝毫没听出可惜的意味。

宋诗意："到底是可惜还是可喜？我怎么看你这么高兴啊？"

程亦川振振有词："当然该高兴了，毕竟不是我们队的，他失利了，陈晓春拿名次的可能性就又大了一点。"

呵呵。

等待陈晓春登场的同时，宋诗意问他："知道跳台滑雪怎么来的吗？"

"怎么来的？"

"跳台滑雪起源于挪威。听说是古时的挪威统治者要处罚犯人，而当地天气严寒，常年积雪，于是就有人想出了这样一种刑罚，把犯人两脚各缚一块雪板，从有雪的高山上往下推，让他自由滑下去。通过断崖的最高处时，犯人的身体就会被抛到空中，最后落下山去摔死。后来，这种滑雪的动作就逐渐地演变成现代的跳雪运动。"

程亦川一脸惊悚。

宋诗意哈哈大笑："怕了吗？"

“我有什么好怕的？”他别开脸，“反正上去的是陈晓春，又不是我。”

轮到“烦人”陈晓春上场时，两人不再插科打诨了，开始为他加油。

那个平日里嘻嘻哈哈的家伙站在七十米高的跳台上，没有了往常的不正经，相反，他看起来全神贯注、异常认真。

广播里在播报陈晓春的动作难度，在已经出场的选手里，他的难度系数只算得上中等。也就是说，如果他的动作完成得一般，成绩就会落后于那些完成度同样一般，但难度系数比他高的选手。

程亦川很够义气，扯着嗓门儿对着七十米跳台上的人吼：“陈晓春，加油！”

也不知道那上面的人是否能听见。

终于，陈晓春开始了他的跳跃。从助滑到起跳，速度越来越快，雪板下积雪飞溅，而他像是入了定，全身紧绷，等待着腾空的一刻。

转体翻腾，动作标准。

所有人都屏息以待着最关键的那一刻，而他稳稳落地，片刻后，笑容灿烂至极，高举双手示意动作完成。

广播里开始一项一项地报他的单项得分，他都没听完，就欢呼着滑来人群边上，一边尖叫着一边抱住程亦川。

“说，哥们儿牛吗？！”他扯着嗓子大吼大叫，破音了也不管不顾。

程亦川一边从善如流地回应他：“牛，特牛。”

一边还不忘拽着他的胳膊：“一会儿就轮到我了，你过来，哥让你看看更牛的。”

陈晓春不乐意：“凭什么你能比我牛啊？”

“因为没有最牛，只有更牛。”

两人你一言我一语地讨论着，一旁的宋诗意一脸冷漠。

行行行，你俩都牛，没人比得过。

一整个上午，她都无所事事地当着观众，终于等来了千呼万唤的那一刻。

一同参赛的魏光严因为紧张，一到雪场就不见人影，听说是一直在热身。直到男子速降开始前，他才终于出现。

“准备好了吗？”他面色苍白，侧头问程亦川。

“准备好什么？”

“跟我一决雌雄啊。”

程亦川:“这还用决吗?反正我是雄的,你是不是雌的只有你自己知道。”

魏光严略显苍白的脸色顿时红了起来,粗着嗓门儿吼:“我——跟你说正经的,你怎么尽扯淡呢!”

程亦川吊儿郎当地往缆车走,走了几步,又回头看着宋诗意:“你是不是忘了点什么?”

她扯了扯嘴角,明知故问:“忘了什么?”

程亦川眯眼:“别装蒜,赶紧的。”

宋诗意终于哈哈笑起来,冲他挥挥手:“加油,程亦川。”

目光一转,落在魏光严面上,“你也一样,加油啊,魏光严,争取拿第一。”

程亦川:“喂喂,什么叫争取拿第一?你到底支持谁啊?他拿第一了,我干什么去?!”

“怎么,还不许人瞎说大实话?我本来就是队里的第一啊。”魏光严扯他胳膊,“行了,行了,到点了,赶紧上去。”

于是程亦川一路被人扯着往缆车走,还不忘扭头嚷嚷:“宋诗意,你这个偏心眼儿,明明是我找你来替我加油的,你居然临阵叛变……”

周围的人都扭头看他们。

程亦川还在叫:“你给我等着,我给你拿个冠军,叫你开开眼!”

可以溜吗!对不起,我不认识这个膨胀的人。

另一边,抵达起点处的魏光严和程亦川,很快被一群来自其他地方的运动员包围了。国家队的运动员统一着装,和其他运动员最大的区别,莫过于胸前和背后的五星红旗。

很多人都看着他们,眼神各式各样,有羡慕,有不服。

这个时候集体荣誉感就上头了,魏光严非常友好地跟程亦川商量:“拿出全力来,我第一,于凯第二,你第三。咱们包揽一下——”

“等一下,等一下。”程亦川不服气了,“凭什么你俩第一第二,我就只能擦个边?”

魏光严说出事实:“按照平常的成绩,咱仨就这个排序啊。”

“就不兴我是大赛型选手,超常发挥吗?”

魏光严选择懒得跟他争,敷衍地响应他:“对对对,你是大赛型选手,你最厉害了。”

程亦川也懒得搭理他，转头，目光落在山下的人群里，一上午的兴奋终于在此刻趋于平静，心里一沉。

她还是打定主意要退役了。

如果不是他强留，她今天大约已经回到北京了，甘于做一个平凡人，远离这巍峨高山，皑皑白雪。

他低低地说了句："等着吧，宋诗意。"

等我给你拿个第一。

这一战不过是省运动会，可对程亦川来说，重要程度却堪比世界级大赛。

袁华走了过来："都准备好了？"

"准备好了。"

"行，多的我也没什么好叮嘱的，好好发挥就行。"袁华没什么压力，毕竟是国家级与地方级的较量，实力悬殊，结果也是一目了然。

他又拍拍程亦川："好歹是你来队里的第一次比赛，虽然级别不大，但还是个舞台。好好亮相啊。"

程亦川点头，心还在山下。

比赛正式开始，参赛选手共十三名，魏光严排在第四个出场，于凯第七，程亦川第十。

袁华的不担心是正确的，前三名选手的成绩压根不用看，只有零点几秒的差距，当他们还在为这零点几抠破脑袋，巴望着后面的选手别超过自己时，魏光严出场了。这一出场，不好意思，不是零点几秒的问题，是去掉零点，剩下那几秒的差距。

他一出场，打破了前三名选手的最好成绩，并且比那位的一分四十八秒快了整整七秒。

不是一秒两秒，是七秒。

所有人的脸色都变了，包括后面还没开始比赛的运动员。

程亦川和于凯坐在准备区，听着魏光严的成绩，对视一眼。

于凯苦笑："压力山大啊。"

程亦川说："你加把劲，把他搞下去。"

于凯摇头："我还没滑进过四十一呢，搞不了，搞不了。"

"能不能是一回事，想不想是一回事。先想了，迟早能做到。"程亦川说得异常笃定，眼神若有光。

于凯一愣，没说出话来。他总觉得程亦川和队里的人都不一样，大家都活得脚踏实地，只有这个新来的有种“初生牛犊不怕虎”的气魄，总是心比天高。

可奇怪的是，他竟有种直觉，程亦川是真的能登天的那一类，并非白日梦患者。

继魏光严之后，于凯是第二个上场的国家队队员，同样，见过前几名选手平平无奇的表现后，他也成了全场瞩目的焦点。

这简直是王者对青铜的碾压局。

全场第二波高潮涌起，于凯滑出了一分四十二秒八七，又一次和其他人拉开巨大差距，目前暂居第二，排在魏光严之后。

这结局是意料之中的，于凯也不失望，袁华也觉得还行。

他扭头对孙健平说：“程亦川要正常发挥的话，前三又是咱们的了。”

孙健平一直在旁观，并未和袁华一样去鼓励运动员们。他是国家队的主教练，同时也是这次比赛的主裁判，为了公平起见，他撇去了国家队教练的身份，远远看着大家。

闻言，他问袁华：“你觉得他们三个排名如何？”

袁华下意识地说：“魏光严肯定第一啊，于凯和程亦川差距不大，但毕竟还是有差距，程亦川至今也就滑进过四十二一次，于凯是稳在四十二秒内的。”

言下之意，于凯第二，程亦川第三。

孙健平笑了：“咱俩打个赌，如何？”

“赌什么？”袁华没想通这有什么好赌的，结果一目了然啊。

“我赌程亦川第二。”

袁华一愣：“您对他这么有信心？”

孙健平笑笑：“他进队之前，我看过他两场比赛，一次在国内，一次在日本。老田告诉我说，程亦川每一次破了个人最好纪录，都不是在训练场上。”

“那是——”

“他是大赛型选手，竞争越激烈，他越不服输，通常最好成绩都出现在大型比赛里。”孙健平看着不远处已经做好准备的少年，眼底有一抹期待，“我看的那两次，也不例外。”

袁华的视线下意识也转了过去。

孙健平还在问："说啊，赌不赌？"

"赌就赌。您说吧，赌什么？"

"赌一个月的午饭。"

"？"袁华扭头，"我工资本来就比您低了一大截，您至于这么剥削我？"

孙健平瞥他一眼："你就这点出息？他还没比呢，你就已经认输了。看来你对他也相当有信心啊。"

"呵呵，您都那么说了，我还敢赌吗？"

赛道上，一声枪响，少年迎风而下。

他紧握雪杖，整个人像是一头优雅的雪豹，一身红白相间的队服，漆黑的护目镜在太阳底下熠熠生辉。

这是上场的最后一名国家队选手，胸前的五星红旗异常醒目，也因此，关注他的人也更多。

王者对青铜的碾压，哪怕毫无悬念，也是极为精彩的。

这样的速度和实力，往日只有在电视里才能看到。

亚布力雪场难得有这样的盛况，皑皑雪地里全是人，摩肩接踵，人头攒动，在程亦川看来，无异于一堆不分你我的小黑点。

可那黑点之中毕竟还有一个特殊的存在。

他浑身紧绷，穿过一道又一道旗门，脑中无数画面一闪而过。

初次见面，他不知天高地厚地在她手上签名，她似笑非笑地抬头睨他，说："谢谢你啊。"

初到国家队，他与室友不和，大晚上的，冲着老树撒气，她指着长白山脉对他说："小朋友，你的天地不在队里，在那边的雪山上。"

还有更多时候，还有更多笑意盈盈的眼神。

她总是嘴角带笑、声音轻快，像这山间簌簌而落的雪，轻若无物，落在心上却又柔软至极。

程亦川只觉得脚下生风，心头有一簇火苗倏地燃起，在这凛冽山风里摇摇欲坠，摇摇欲坠，却始终不曾熄灭，反而越燃越旺。

他想冲她喊："宋诗意，不要走！"

他想央求她留下来，继续唠唠叨叨地数落他，弹脑门儿也不要紧，敲脑袋也没问题。

这队里少了她，生活仿佛都没了滋味。

他从小到大衣食无忧，只缺一点陪伴和关心。父母远行，祖父母渐老，身边一群称兄道弟的都是大老爷们儿，男人之间不谈感情，祖孙之间隔着鸿沟。好多话都没法说，也没处说。

可她像是一个例外，那样直截了当地斩进了他这孑孓人生里，自顾自地塞了好多鸡汤给他，叫他从不耐烦喝到了习惯。

只可惜如今她要远行，去过新的人生，他毫无立场，也毫无资格干涉。

程亦川心头湿漉漉的，有个声音反反复复地念着那句："那就给她拿个第一。"

她平生一大憾事便是那场以 0.03 秒之差屈居亚军的世锦赛，至少今天他拿个冠军，把奖杯送给她。即便只是一场小小的比赛，也承载着他的一片心意。

他竭尽全力，使出了吃奶的力气，不要命地朝终点冲刺而去。

冲过最后一道旗门时，他累得瘫倒在地，周围的人都在欢呼，可他只大口大口地喘着气，竖起耳朵去听。

广播里在播报他的最后成绩。

那颗心被人拎到了八千米高空，惶惶地等待着那个宣判。

"男子速降，程亦川，一分四十二秒一三。"

终于，尘埃落定。

所有人都在欢呼、鼓掌。

坐缆车下来的孙健平在冲袁华笑："真是不好意思，这个月的午饭就交给你了。"

袁华瞪大了眼睛："我什么时候答应你要赌了？"

魏光严和于凯都冲上来，哈哈笑着，前者惊喜，后者惊喜里带着些许遗憾，但都真心实意地恭喜程亦川。

而程亦川呢。

他在听到自己的成绩后，眼睛一闭，鼻子都酸了。

还是没拿到第一。

就最后一个愿望了，想给她离队前的最后一份礼物，结果还是没办法实现。他不就想捧个奖杯给她吗？不就想看她笑容灿烂地敲他脑袋，骂一句

“臭小子，真膨胀”吗？

程亦川闭着眼睛躺在那，睫毛湿漉漉的，心从八千米高空猛然坠落，眼看就要四分五裂，摔得粉碎。

喧嚣的欢呼声他听不见，队友的恭喜他也无暇接受。

烦。真烦。烦透了。

可下一秒，横空插进来一道轻快的声音。

“躺着干吗，还不赶紧起来？”

他睫毛一动，睁开了眼。

背景是一片晃眼的晴空，那片蓝天下忽然探出个头来，扎着马尾，素面朝天，眉梢眼角俱是笑意。

“哟，不就是破了自己的最好纪录吗？这就喜极而泣啦？程亦川，看把你出息的。”她咯咯笑着，伸出手来，示意他麻利地爬起来。

程亦川慢慢地，慢慢地，握住了那只纤细白净的手。

不够细腻，薄茧不少，兴许是常年运动所致，又或许是家庭负担过重。

那位师姐看着纤细瘦弱，力气却大得很，以运动健将的身手一把拉起了他，瞥一眼他湿漉漉的睫毛，没好气地敲了敲他的脑袋。

“臭小子，真够膨胀的，这点成绩就把你乐成这样。”

她的心思极为单纯，误解了他的初衷。

可那又怎么样？

程亦川在听到这句话的那一刻，蓦地笑起来，从小乐变成了大乐，最后哈哈哈个没完没了。

宋诗意错愕地看着他：“疯了吗，挨个骂这么高兴？”

他却伸手拉住他，一边哈哈笑着，一边使劲儿将她的手往自己脑袋上放：“来，再骂两句，再敲两下，我保证不还手。”

宋诗意：果然是疯了。

宋诗意离开那天，谁也没告诉，怕大家送来送去的，徒增伤感，所以谎称自己是次日早上的航班，实际上当天下午就走了。

到得太早，起飞前两小时才能取票，她只能坐在机场大厅里打盹。

冷不丁接到程亦川的电话。

他开门见山就问：“在哪儿啊，郝佳说你不在宿舍。”

她镇定自若，答：“出了趟门。”

“去哪儿了？”他听起来有些警惕。

“外面。”她言简意赅，四两拨千斤，答非所问，“怎么，找我有事？”

话音刚落，机场广播响起。

“请十五点十分前往广州的旅客注意，您乘坐的航班……”

电话里一时寂静无声。

片刻后，程亦川从椅子上跳了起来，气急败坏道：“你果然在机场！”

他没挂电话，从衣柜里拿出外套，攥在手里就往外走，怒气冲冲地说：“中午在食堂没看见你，问郝佳，她说你不在宿舍。我一想就不对劲，明早就要回北京的人，这个点出门干什么？呵呵，果然叫我猜着了！”

宋诗意哭笑不得。

“几点的飞机？”手机那头传来他急促的脚步声，连说话都带了点喘。

很显然，他想往机场赶。

“干什么？哎，哎，程亦川，你别来啊，千万别来！”宋诗意赶紧打消他的念头，“你就是来了也赶不及，我一会儿就过安检了，你只能白跑一趟。”

那头的脚步声停下了。

他没说话，她也不知该说些什么，最后只能低声笑着安慰他：“你的好意我心领了，但真别送我，长这么大，风里来雨里去的，我习惯一个人了。煽情的场面……想想就行了。”

程亦川咬牙切齿：“我好歹是你债主，冤有头债有主，临走之前你至少该给我一个交代。”

宋诗意失笑：“好，那我就好好交代一下。欠你的镯子，我会用工资来还，麻烦这位债主通融通融，多给我几个月时间。”

她的声音听上去还是那样轻快，带着玩笑的意味。

程亦川站在宿舍门口，林荫道上只剩下光秃秃的枝干，凛冬带走了绿荫，带走了生机，也带走了那个笑起来时仿佛天都快放晴的人。

冬日一片颓然之景，他早该注意到的，却在此刻才倍感无力。

“我想听的不是这个。”他垂着头站在原地，冷风呼呼往脖子里灌，而外套还捏在手里，未曾穿上。

宋诗意顿了顿，说：“回北京之后，我会好好生活。没了赛场，宋诗意还是宋诗意，毕竟是箭厂胡同排得上号的恶霸——”

说到这，她笑了笑，“忘了我怎么收拾卢金元的吗？”

素来跟她针尖对麦芒的小师弟一声不吭，在手机那头静静地听着，除了北方肆意而萧瑟的风声，偶尔能听见他轻微的呼吸，此刻听起来颇有点沉郁顿挫的伤感。

本以为避开了大家的相送便能避开离愁，结果还是无可避免地被这一通电话勾起了酸楚。

宋诗意抬眼看去，这座机场并不大，也不属于她的家乡，可从十九岁那年起，她来了无数次，或拎着行李箱兴奋不已地奔赴国家集训队基地，或在假期欣然踏上归家之路。她从这里起航，也从这里归去。

她从未如此清醒地意识到，这也许会是一个诀别。

今后即将告别哈尔滨，告别基地，也告别了那总在云端若隐若现的苍茫雪山。

她握着手机，带了点鼻音，但始终含笑，对那头的人说：“程亦川，有空来北京吧，师姐带你走街串巷，吃炸咯吱、炸灌肠，去后海的酒吧坐坐，也逛逛故宫、颐和园。”

那头的人呼吸愈加沉重，低低地问了句：“是因为你欠我钱，所以讨好债主吗？”

宋诗意一个没忍住，笑出了声来，眼眶里尚有些许热泪，面上却云开雾散：“放心吧，就算债务还清了，也一样好好招待你。”

“说话算数吗？”

“算。”她慢慢地吐出一口气，笑容明朗，声音轻快，“说到做到。”

程亦川顿了顿，点头：“好，那你等着我。”

他转身往宿舍走，从日光下回到阴暗的楼道里，一字一顿地说：“宋诗意，我会来找你的。”

那是一句承诺，虽然听的人并未上心，但说的人却异常笃定。

他会去找她的，带着一个东山再起、从头来过的机会。

回北京后，宋诗意待业了半个月。

二姨那边已经给她准备好了职位，普普通通的办公室文员，打打字、整理整理文件。

“工作还是很清闲的啦，偶尔替你姨父跑跑腿，端杯茶送个水。”二姨在电话里如是说，“还有，开会的时候做做记录，有合作方来访的时候带带路，陪一下，基本上就是这些。”

宋诗意说好，要了半个月左右的准备时间。

钟淑仪问：“这还需要什么准备？”

宋诗意说：“平复一下心情，准备好精神面貌迎接新的人生啊。”

对于老一辈的来说，早一天工作就早一天赚钱，无所事事地闲在家里是没什么出息的。但女儿退役归来，已足够令自己称心如意，钟淑仪随她去了。

这半个月里，宋诗意被陆小双拉着去做了一次头发，马尾还是那个马尾，但颜色成了浅浅的棕，小尾巴蓬松卷曲，多了一丝俏皮。

十二月是年终促销折扣季，陆小双又带她去商场大采购，收获了一堆她从前都没怎么用过的化妆品。

“这是砍刀眉笔，适合你这种初级玩家，注意啊，轻轻描几下就成，别弄成蜡笔小新了。”

“口红的话，先来两支凑合用，橘色系显精神，大红色适合职场白骨精。”

“OL 套装裙也来两身，上班得穿。”

她把宋诗意推进更衣室，再一抬头，夸张地瞪大了眼睛：“平常穿运动服的时候，看不出身材这么魔鬼啊！”

宋诗意不自在地摸摸包臀裙：“有宽松点的吗？”

再拉了拉刚好合身的衬衣：“大一码的可能更好。”

陆小双笑得花枝乱颤。

寻了个夜里，她们去后海的酒吧喝了一场，陆小双陪她吹了两瓶，上台拿起了话筒：“下面这首歌，送给我最爱的姑娘。”

那是陆小双的乐队，上回送她们去机场的小哥咧嘴笑着，坐在架子鼓后，显然已经从司机转正。

贝斯手一头爆炸卷毛，吉他手穿得花里胡哨。

键盘手是个姑娘，脖子上有青色文身，耳朵上戴着超夸张的大金属耳环。

光怪陆离的夜，灯红酒绿的地方，可人们正因如此，反而肆无忌惮地挥霍着青春，享受着人生。

陆小双一头利落的短发，在空中帅气一甩，而她化着早已不流行的烟熏妆，一身黑色的蓬蓬裙，上衣是单薄的机车茄克。

那落后的朋克风从十几年前开始流行的，如今早已落伍。

可陆小双看似前卫浪荡，内心却最为执拗，恨一个人就刻骨铭心，爱上什么便长长久久。

她挥舞着双手，尖叫两声，眼睛一眨，对着宋诗意比了个心。

All alone as you look through the door.

Nothing left to see.

If it hurts and you can't take no more.

Lay it all on me.

那是一首英文歌，她唱“当你望向门外，这世界除了孤独所剩无几”。

她说“如果伤痛多到你无力承受，让我为你担下所有。

不必将心紧锁，我不会让你难过。若你对未来感到不安恐惧，亲爱的，让我来告诉你。”

Let my love in, let my love in.

Lay your heart on me.

陆小双无疑是所有人的关注点，可她没有看别人，率性洒脱地唱着，眼睛却只看着宋诗意。她化着夸张的妆容，穿着标新立异的服装，却既不烟视媚行，也不风尘俗气。

她反反复复地望着挚友，唱着那句 lay your heart on me。

一曲终了,她扔下话筒,在尖叫声与欢呼声里走向宋诗意,喝光了一瓶酒。

她举起那空空的酒瓶，高喊：“为庆祝宋诗意洗心革面、重新做人，今晚的酒，我请大家喝！”

气氛抵达最高点，喧嚣与热闹充斥了整间酒吧，鼓点声与音乐声震耳欲聋，酒精带来了巨大的欢腾，令人心醉神迷，又令人激动狂喜。

宋诗意不知道自己喝了多少，出门时，已是凌晨。

曲终人散，后海忽然安静得可怕，她和陆小双勾肩搭背，拎着空荡荡的酒瓶子走在冷风里。灯火照在结冰的湖面，远处的楼，近处的灌木，天上的星星，地下的蝼蚁。

她低声呢喃着：“Lay your heart on me.”

凭她这烂得要命的英语，一首歌能听懂两句已是极限。可陆小双不断重复的这一句，她无论如何都听进去了。

趁着醉意，她打开手机，醉眼模糊地发信息。

“快，给我翻译一下，Lay your heart on me 这首歌。”

没有回应。

她生气，拿酒瓶子敲了敲陆小双的脑袋：“他为什么不回信息？”

陆小双习惯了酒吧，还清醒着，捂着脑袋瞪眼睛：“谁啊？他不回信息，你敲我干吗！”

宋诗意低头，噼里啪啦地打字发过去：“翻译。”

“快翻译。”

“急急急。”

“十万火急。”

“太上老君急急如律令！！！”

一堆感叹号触目惊心。

大半夜的，程亦川被一连串的微信提示音吵醒，连带着另一边的魏光严都翻了个身，不耐烦地抱怨了一句：“静音行不行，大晚上的吵死人了。”

程亦川莫名其妙地从枕头下掏出手机，一看，清醒了。

宋诗意？

那个头像疯狂跳动着，还有更多新消息涌入。

他猛地坐起身来，打开了对话框，一看之下，眼睛都直了。

于是就在宋诗意不断刷屏的同时，凌晨三点半，某位作息规律的运动员回消息了——

第一条：什么玩意儿？

第二条：你喝多了？

第三条：宋诗意，你在哪？！

不等她回话，屏幕上的对话框骤然消失，新的来电出现。屏幕上赫然出现三个大字：程亦川。

宋诗意眼皮子在跳，但酒鬼是神志不清的，想也不想就接了起来，大着舌头理直气壮地问：“我，我要的翻译呢？”

程亦川沉默两秒，问她：“大姐，你看看现在几点了。”

宋诗意把手机拿远了些，定睛一看，又凑到耳边，非常有力地说：“凌晨三点半啊。”

下一句：“别给我整些有的没的，快给我翻译！”

程亦川：很好，人是回北京了，脑子忘在基地了。

天窗上有光照进来，照得人闭着眼睛都觉得明晃晃的，好刺眼啊。

宋诗意伸手挡着，皱眉翻身，继续睡。

几只野猫跃上屋顶，在窗外喵喵叫着，叫了大概几分钟之久，终于把床上的人彻底吵醒。

她睁眼望着窗外，眼睛一阵刺痛，脑袋也晕乎乎的，像团糨糊。支着身子爬起来，她头重脚轻地去厨房找水喝，意识这才回笼。

哦，这是陆小双家。

水是纯净水，没有烧过，大冬天的一入喉头，直接激起一阵难以言喻的凉意。宋诗意的头脑又清醒了些，一边咕咚咕咚地喝着，一边迷迷糊糊地想起昨晚的一幕又一幕。

对哦，喝酒去了。

陆小双还唱歌了，什么 heart 什么 me。

喝完是几点来着？好像是凌晨三点多？

那些零散的片段一个接一个蹦入脑海，串联成完整的时间线，直到某一刻，她握着水杯忽然不喝了，浑身一僵。

下一秒，噗的一声喷了出来。

宋诗意慌忙扔了水杯，像猫一样蹿回床上，一把拿过枕边的手机，打开微信，点开某个头像。

……

两秒钟后，她关了手机，倒头就睡，闭眼狂念：我在做梦，我在做梦，我在做梦……

半分钟后，她绝望地拉住被子，捂着脸，哀号起来。

酒是王八蛋，王八蛋啊王八蛋！

可是这样挣扎了好一阵，她又慢慢睁眼，重新拿起了手机，定睛看着那最后一行。

在昨夜那场对话的最后，程亦川老老实实地认了命，将歌词翻译过来。

在那之前，他在一通电话里仔仔细细地盘问了宋诗意，时间、地点、人物，起因、经过、结果，巨细靡遗都过问了一遍。

她喝醉了，乱答一气，一会儿说在酒吧，一会儿说在酒店，吓得程亦川以为她被人拐走，准备跟人开房，简直要暴跳着打 110 报警了。

好在陆小双在旁，夺了电话，骂了句“多管闲事”，然后挂断。

知道她和陆小双在一起，程亦川总算松口气。他没了睡意，在床上翻来覆去，其实根本不用猜也知道常年不沾酒的她为什么会去酒吧。

那些嘻嘻哈哈的背后，未尝不是她莫大的遗憾与哀伤。

他在网上找到了那首歌，Lay it all on me。然后一字一句地翻译给她。译至结尾处，他在漆黑一片的房间里侧卧着，一遍一遍地念着。

So if you're hurting babe.

Just let your heart be free.

You got a friend in me.

I'll be your shoulder at anytime you need.

当你受伤难过，

索性放空所有。

别担心，至少你还有我这个朋友。

只要你需要，不论何时，我都是你的依靠。

程亦川默默念着，在结尾处加上了三个字：我也是。

而在这日光充沛的早晨，宿醉的宋诗意看着那三个字，酒精慢慢蒸发，心里逐渐清明。

她笑了笑，跳下床，仰头冲天窗外的小猫们说：“Morning！”

今日天朗气清，宜洗心革面，重新做人。